Anna Johannsen

Hinter der Dunkelheit

Das Buch

Nach einer turbulenten ersten Begegnung bei einer Geiselnahme bekommen Hauptkommissarin Hanna Will und Kriminalpsychologe Jan de Bruyn ein besonderes Angebot des LKA – als Team sollen sie es in ganz Norddeutschland bei komplizierten Ermittlungen unterstützen.

Ihr erster Einsatz führt sie ins Alte Land: Eine Frau wurde mit einem Kissen erstickt. Die SoKo geht von einem Serientäter aus, der zuvor schon andere Frauen vergewaltigt, aber nicht getötet hat. Durch Jans Täterprofil gerät schnell ein junger Mann in den Fokus, dem aber nichts nachgewiesen werden kann. Während Hanna auf unkonventionelle Ermittlungsmethoden und Alleingänge setzt, taucht Jan immer weiter in die Psyche des Mörders ein. Dabei fällt es beiden schwer, sich aufeinander einzulassen. Kann das ungleiche Paar den Täter stoppen oder haben sie sich in eine Sackgasse manövriert?

Die Autorin

Anna Johannsen lebt seit ihrer Kindheit in Nordfriesland. Sie liebt die Landschaft und die Menschen der Region, besonders verbunden ist sie den Nordfriesischen Inseln, auf denen die Krimireihe »Die Inselkommissarin« spielt. Nun liefert die Autorin den ersten gemeinsamen Fall für die Hauptkommissarin Hanna Will und den Kriminalpsychologen Jan de Bruyn.

ANNA
JOHANNSEN

HINTER DER DUNKELHEIT

KRIMINALROMAN

Deutsche Erstveröffentlichung bei
Edition M, Amazon Media EU S. à r. l.
38, Avenue John F. Kennedy, L-1855 Luxembourg
Oktober 2022

Umschlaggestaltung: semper smile, München, www.sempersmile.de
Umschlagmotiv: © Axel Göhns / EyeEm / Getty Images
1. Lektorat: Kanut Kirches
2. Lektorat und Korrektorat: Rotkel Textwerkstatt
Gedruckt durch:
Amazon Distribution GmbH, Amazonstraße 1, 04347 Leipzig /
Canon Deutschland Business Services GmbH, Ferdinand-Jühlke-Str. 7,
99095 Erfurt /
CPI books GmbH, Birkstraße 10, 25917 Leck

ISBN 978-2-49671-027-4

www.edition-m-verlag.de

Eins

Jan de Bruyn wandte sich um, als er Stimmen in seinem Rücken hörte. Eine Frau war in den Einsatzwagen hereingelassen worden, sie sprach jetzt leise mit dem SEK-Leiter. Sie war groß, schlank und durchtrainiert. Ihr halblanges blondes Haar trug sie hinten mit einem Haargummi zusammengebunden. Ihr ganzes Auftreten erinnerte ihn an einen Bekannten, der Berufssoldat und mehrfach in Afghanistan stationiert gewesen war.

Die Frau nickte dem SEK-Leiter zu und trat zu Jan. »Hanna Will, LKA. Sie verhandeln mit den Geiselnehmern?«

Jan nickte und wollte sich gerade wieder dem Monitor vor sich zuwenden, als die Frau ihm die Hand auf die Schulter legte. »Wie ist Ihre Strategie?«

Er warf ihr einen verständnislosen Blick zu, schüttelte ihre Hand ab und fragte sich, warum er sich auf diesen Einsatz eingelassen hatte.

»Hallo, ich spreche mit Ihnen«, fuhr sie ihn an. »Ich habe die Einsatzleitung gerade übernommen. Also?«

Er seufzte leise. »Wie Sie vielleicht wissen, wissen wir quasi nichts. Das ist meine Strategie. Und jetzt lassen Sie mich arbeiten oder *Sie* können für mich übernehmen.«

Jan atmete tief durch und schloss für einen Moment die Augen. In wenigen Sekunden würde der Beamte neben ihm den ersten Kontakt zu den Männern in der Bank herstellen. Vor einer Dreiviertelstunde war die Filiale der Oldenburger Volksbank überfallen worden, ein Mitarbeiter hatte den stillen Alarm ausgelöst und bevor die Männer das Gebäude verlassen konnten, wurde es von SEK-Beamten umstellt. Wenig später hatte sich ein Mann unter 112 gemeldet, sprach von einer Geiselnahme und gab seine Forderungen durch.

Jan nickte dem Techniker zu. Im nächsten Augenblick hörte er das Freizeichen über seine Kopfhörer, schob das Mikrofon in die richtige Position und wartete.

»Verdammtes Glück gehabt!«, fauchte ihn eine männliche Stimme an. »Zehn Sekunden später und es hätte hier den ersten Toten gegeben.«

»Guten Tag, ich heiße Jan de Bruyn und bin ab sofort Ihr Ansprechpartner. Sind alle wohlauf bei Ihnen?«

»Scheiße! Willst du mich verarschen, Alter? Ich habe doch klipp und klar durchgegeben, um was es geht. Zwei Millionen in kleinen Scheinen, einen 7er BMW und keine Bullen weit und breit. Was daran habt ihr nicht verstanden?«

Jan wartete einen Moment und versuchte anschließend, so viel Unsicherheit wie möglich in seine Stimme zu legen. »Entschuldigen Sie vielmals. Ich bin erst vor zwei Minuten hier eingetroffen. Sie haben zuvor mit jemandem gesprochen, der – nun ja, sagen wir so – seine Kompetenzen etwas überschätzt hat. Ich kann mich dafür nur noch einmal entschuldigen.«

»Überschätzt? Was quasselst du da? Hast du meine Ansage verstanden? Ja oder nein? Und überleg genau, was du jetzt sagst. Du willst doch nicht, dass der alte Mann hier neben mir mit einer Kugel im Kopf endet. Oder?«

»Selbstverständlich nicht. Und meine Antwort auf Ihre Frage ist, dass ich Ihre Wünsche verstanden habe. Meine

Vorgesetzten sind informiert. Ich erwarte jeden Augenblick grünes Licht, damit wir …«

Ein ohrenbetäubender Knall ließ Jan zusammenzucken. Er schüttelte sich kurz und beugte sich leicht nach vorne. »Was ist bei Ihnen passiert?«

Ein hämisches Lachen war zu hören. »Jetzt hast du dir gerade in die Hose gepinkelt, Alter. Das war eine letzte Warnung. Beim nächsten Mal kratzt hier jemand ab. Du hast zehn Minuten.« Die Leitung wurde unterbrochen.

Jan atmete tief durch und stellte eine der drei vor ihm liegenden Stoppuhren auf die vorgegebene Zeit, bevor er sich zu Hanna Will umdrehte.

Sie rollte mit den Augen. »Haben Sie jetzt eine Strategie?«

»Der Zug war schon abgefahren, bevor ich hier war«, sagte Jan ruhig. »Wer dafür verantwortlich ist, können Sie gerne später klären.« Er griff nach der laufenden Stoppuhr und hielt sie hoch. »Neuneinhalb Minuten noch. Wann kann der Wagen hier sein?«

Die Einsatzleiterin wandte sich wütend ab und sprach in ihr Funkgerät: »In spätestens fünf Minuten brauche ich das Auto vor dem Eingang. Fünf Minuten. Verstanden?«

»Was ist mit dem Geld?«, fragte Jan.

Die Frau schien sich zwingen zu müssen, ruhig zu antworten: »Wird gerade präpariert. Unter einer halben Stunde läuft da nichts.«

»Wie sind die Chancen, dass Ihre Leute ins Gebäude kommen?«

»Gleich null. Wenn sie ins Auto wechseln, schlagen wir zu.«

»Sie? Wie viele sind es?«

»Vermutlich zwei.«

»Sie wissen es also nicht?«

Sie funkelte ihn an. »Nein. Wir brauchen Zeit. Schaffen Sie das?«

Jan atmete einmal tief durch, bevor er antwortete. »Schaffen *Sie* das?« Das *Sie* hatte er besonders betont.

»Hören Sie mit den Spielchen auf und machen Sie Ihre Arbeit«, fuhr die Frau ihn an.

Hätte Jan vor ihr gestanden, hätte er die Hacken zusammengeschlagen. So mühte er sich nur ein müdes Lächeln ab und sah ihr direkt in die Augen. Sie hielt dem Blick stand.

Die Stoppuhr machte sich mit einem Piepton bemerkbar. »Fünf Minuten noch«, sagte Jan, ohne sich zur Uhr umzusehen.

»Sie wissen, was zu tun ist«, sagte Hanna Will in befehlsmäßigem Ton.

»Immer zu Diensten«, murmelte Jan leise und gab dem Techniker ein Zeichen, dass er ihn in zwei Minuten durchschalten solle. Jan schloss die Augen und massierte sich die Stirn. Irgendetwas an dem Gespräch mit dem Geiselnehmer war ihm merkwürdig vorgekommen. Er ging in Gedanken noch einmal die Gesprächssituation durch und stöhnte schließlich leise. In diesem Augenblick hob der Techniker seine Hand, Jan nickte.

»Was ist?«, fauchte ihn die gleiche Stimme wie zuvor an.

»Der BMW sollte jeden Augenblick vor der Tür stehen. Leider gibt es eine kleine Verspätung mit dem Geld. Die Bank hatte es uns zugesagt, aber als unsere Leute vor Ort waren, fehlte noch ein größerer Betrag.«

»Verdammt, ich habe dir doch …« Jan hörte jemanden schwer atmen. »Wie lange?«

»Es ist heutzutage nicht so einfach, einen so großen Bargeldbetrag in so kurzer Zeit zu beschaffen. Es tut mir wirklich leid, aber wir arbeiten mit Hochdruck da…«

»Hör auf zu labern. Wie lange?«

»Ungefähr eine halbe Stunde. Oh, ich sehe gerade, dass Ihr Auto vorfährt. Können Sie es auch sehen?«

»Ja, ist gut. Der Fahrer soll den Schlüssel im Wagen lassen. Und zieh diese verdammten Scharfschützen vom Dach ab. In fünf Minuten will ich niemanden mehr sehen. Ist das klar?«

»Ja.« Jan griff zu einer weiteren Stoppuhr und stellte sie. »Nach unserer Information hält sich bei Ihnen eine Frau auf, eine Kundin der Bank. Sie war zufällig vor Ort.«

»Und?«, knurrte der Mann am anderen Ende der Leitung.

»Darf ich fragen, wie alt die Dame ist?«

»Was soll der Scheiß? Das weißt du doch längst.«

»Es wäre ein Zeichen Ihres guten Willens, wenn Sie die Dame freilassen könnten. Sie ist keine Mitarbeiterin der Bank und hat mit der ganzen Angelegenheit nichts zu tun.«

»Mitgefangen, mitgehangen«, blaffte der Mann ihn an.

»Ich verstehe durchaus, was Sie meinen. Es ist aber zu befürchten, dass die alte Dame die für sie sehr belastende Situation nicht durchsteht. Wir wollen doch alle die Angelegenheit ohne Verletzte oder gar Tote über die Bühne bringen.« Jan legte eine kurze Pause ein und wartete auf die Reaktion.

»Das liegt in deiner Hand.« Dieses Mal klang die Stimme nicht mehr ganz so aggressiv wie zuvor.

»Selbstverständlich, und ich werde auch alles tun, damit Ihre Wünsche erfüllt werden. Aber ich habe Vorgesetzte und die sind nicht so überzeugt, dass die Angelegenheit hier zu einem einvernehmlichen Ende kommt. Deshalb wäre es ein gutes Zeichen, wenn Sie die alte Dame freilassen würden. Ich gebe Ihnen mein Wort, dass Sie den gewünschten Betrag bekommen und Sie freies Geleit haben. Ich halte meine Versprechen, aber kommen Sie mir bitte etwas entgegen und lassen die alte Dame frei.«

Der Mann am Telefon schwieg. Schließlich hörte Jan ein Rascheln. »Ruf in fünf Minuten wieder an.« Die Leitung wurde unterbrochen.

Jan wandte sich zur Einsatzleiterin um. »Sind die Scharfschützen abgezogen?«

Hanna Will nickte. »Sie sind von der Bank aus nicht mehr zu sehen.«

»Was haben Sie für Anweisungen von oben?«

»Die Geiselnehmer dürfen nicht über die Sicherheitszone hinauskommen«, antwortete die Kommissarin. Jan sah ihr an, wie widerwillig sie mit ihm sprach.

»Und die Geiseln?«, fragte er. »Die Männer werden sicher eine, wenn nicht zwei von ihnen mitnehmen.«

»Die Gefahr besteht. Aber wir können die Männer nicht aus der Sicherheitszone lassen.« Sie deutete ein Augenrollen an. »Ich kann es aber gerne noch ein drittes Mal sagen.«

Jan reagierte nicht auf die Provokation. »Sind Sie ganz sicher, dass es kein Entkommen aus der Bank gibt? Außer durch den Eingang?«, fragte er stattdessen.

»Das hatten wir doch schon«, fuhr die Einsatzleiterin ihn an. »Wenn unsere Leute nicht reinkommen, kommen die Typen auch nicht raus. Konzentrieren Sie sich besser auf die Verhand…«

»Ich habe das Gefühl, dass uns hier etwas vorgespielt wird«, unterbrach Jan sie. »Der Mann am Telefon wirkt vollkommen ruhig und gelassen. Seine Ausbrüche kommen mir gespielt, ja, sogar wie eingeübt vor. Wenn der Überfall tatsächlich so kolossal schiefgelaufen wäre, müsste er unter Hochspannung stehen, vollgepumpt mit Adrenalin.«

»Wir haben jetzt keine Zeit, um Ih…«

»Der Geiselnehmer hat vorhin viel zu schnell nachgegeben«, fuhr Jan unbeirrt fort. »Es ist doch ein Klassiker, dass Geiseln freigegeben werden sollen. Warum sollten sie sich darauf einlassen, ohne dass sie etwas dafür bekommen?«

Hanna Will zog die Augenbrauen hoch. »Das kann ja noch kommen.«

Jan kontrollierte die Zeit. In genau zwei Minuten würde er sich wieder bei dem Mann melden. Er konzentrierte sich auf seine Atmung und spürte, wie er langsam ruhiger wurde.

Die Stoppuhr machte sich bemerkbar. Jan gab dem Techniker ein Zeichen und zählte die Sekunden mit erhobener Hand an den Fingern ab. Es klingelte.

»Auf die Sekunde pünktlich! Sieh an. Geht doch. Wie war noch dein Name?«

»Jan de Bruyn.«

»Jan! Schöner Name. Also Jan, du bekommst die Frau. Wie sieht es mit dem Geld aus?«

»Gut. Ich habe vor zwei Minuten die Nachricht erhalten, dass die Koffer auf dem Weg zu uns sind.«

»So gefällt mir das, Jan. Weiter so und wir kommen gut miteinander aus. Also, die Frau kommt jetzt. Nun zum Geld: Wenn du mich verarschen willst, stirbt hier jemand. Und dafür wärst du verantwortlich. Du ganz allein. Also sieh zu, dass die Koffer hier rechtzeitig vor der Tür stehen.«

Der Geiselnehmer legte auf und im gleichen Augenblick sah Jan auf dem Monitor, wie sich die automatische Tür der Bank öffnete und eine Frau mit einer schwarzen Binde über den Augen nach draußen trat. Sie tastete sich vor und stolperte um ein Haar, fing sich aber wieder und riss schließlich die Binde von den Augen. Inzwischen war sie fast bei den ersten Fahrzeugen des SEK angelangt. Beamte liefen von zwei Seiten auf sie zu und zogen sie mit sich hinter die Absperrung.

»Wie lange haben wir noch?«, fragte Hanna Will.

»Sechzehn Minuten und elf, zehn Sekunden.«

»Ich bin gleich wieder da«, sagte sie und eilte aus dem Einsatzwagen.

Zwei

Hanna Will gab dem SEK-Beamten einen Wink, worauf er ihr aus dem Transporter folgte.

»Psychologe?«, fragte sie.

Der SEK-Beamte nickte. »Guter Mann, würde ich sagen. Hab schon mal mit ihm zusammengearbeitet.«

»Die denken mir zu viel«, murmelte Hanna, während sie auf die beiden SEK-Leute zuliefen, in deren Mitte die befreite Geisel stand.

»Wie heißt die Frau?«

»Gudrun Wessel. Ihr Sohn hatte sie hergefahren und war dann kurz ins Geschäft nebenan gegangen.«

»Verstehe.«

Ein weiterer uniformierter Polizist kam von der Seite auf Frau Wessel zu, einen Klappstuhl in der Hand.

Hanna stellte sich vor und zeigte auf den Stuhl. »Setzen Sie sich doch bitte, Frau Wessel.«

Die Frau sank auf den Stuhl. »Wo ist mein Sohn?«

»Er kommt sofort. Ich muss Ihnen einige Fragen stellen.« Hanna hielt kurz inne und wartete, bis die Frau sich gesammelt hatte. »Wie viele Männer haben die Bank überfallen?«

»Drei. Sie haben schwarze Masken auf.«

»Haben alle Waffen?«

»Ja. Beretta. Ich glaube, es war die M9.«

»Woher …«

»Mein verstorbener Mann war Berufssoldat. Er …«

»Okay, das können wir später besprechen«, fiel Hanna ihr ins Wort. »Können Sie uns ganz kurz schildern, was passiert ist, als die drei Männer in die Bank kamen?«

Der SEK-Einsatzleiter warf ihr einen erstaunten Blick zu, schwieg aber.

»Nun ja, es war ja recht deutlich, was die drei Männer in der Bank wollten. Sie waren nicht nur schwarz gekleidet, sondern hatten auch alle Masken auf.«

»Was haben sie gemacht?«, drängte Hanna.

»Sofort die Waffen gezogen. Einer von ihnen blieb an der Tür stehen, ein anderer bedrohte Herrn Eilers. Das ist der Kundenberater.«

»Und der dritte?«

»Der ist zu einem der Schreibtische gegangen.«

»Was hat er da gemacht?«

»Das weiß ich nicht. Danach ist er in die hinteren Büros gelaufen.«

»Sind Sie oder eine der anderen Geiseln geschlagen oder gedemütigt worden?«

»Nein.«

»Einer der Männer hat mit uns per Telefon verhandelt. Und dabei ist ein Schuss gefallen. War das im Kundenraum der Bank?«

»Nein. Das muss in einem der Büros gewesen sein.«

»Wo waren da die drei Mitarbeiter der Bank?«

»Die waren mit mir zusammen vorne.«

»Danke, Frau Wessel.« Hanna trat mit dem SEK-Einsatzleiter zur Seite. »Wo sind die Pläne?«

»In unserem Fahrzeug.« Er zeigte auf einen dunklen Van.

Hanna lief los, der SEK-Mann eilte ihr hinterher.

Nach einem kurzen Blick auf den Plan zeigte sie auf die sechs Gebäude, die in der Nähe der Bank standen. »Sind die alle evakuiert worden?«

»Ja.« Der Einsatzleiter tippte mit dem Zeigefinger auf das mittlere von drei Häusern, die in der Parallelstraße an die Bank angrenzten. »Dort haben wir niemanden angetroffen.«

Hanna warf einen hastigen Blick auf die Uhr, hob ihr Funkgerät und stellte eine Verbindung zum Einsatzwagen her.

Jan de Bruyn meldete sich.

»Wir brauchen Zeit. Mindestens eine halbe Stunde. Lassen Sie sich was einfallen.« Bevor er antworten konnte, hatte sie das Funkgerät deaktiviert und wandte sich wieder an den SEK-Mann. »Wer wohnt da?«

»Wir haben den Vermieter erreicht. Dort lebt ein Ehepaar. Wahrscheinlich sind sie auf der Ar…«

»Wie lange schon?«

»Das weiß ich nicht.«

»Und die anderen Häuser?«

Der SEK-Mann zeigte auf das Gebäude neben der Bank. »Unten Laden, oben Büros. Wir haben alle angetroffen. Die beiden Häuser gegenüber werden von den Besitzern bewohnt. Sie sind in Sicherheit.«

Hanna ging im Kopf alle möglichen Optionen durch und schätzte die Entfernung des mittleren Hauses zur Bank.

»Schicken Sie zwei Ihrer Leute in die Parallelstraße.« Sie tippte mit dem Finger auf das Gebäude. »Wenn sich hier vorne nichts tut, müssen die drei irgendwie aus der Bank rauskommen.«

»Ein Tunnel?«

»Wäre nicht das erste Mal. Ich muss jetzt zurück. Wenn die zwei in Position sind, sagen Sie mir sofort Bescheid. Alles klar?«

Der SEK-Einsatzleiter nickte. »Unter Umständen haben wir vorne dann zu wenig Leute.«

»Das Risiko müssen wir eingehen.« Hanna wandte sich ab und lief im Laufschritt zum Einsatzwagen zurück. Bevor sie die Tür öffnete, blieb sie kurz stehen und atmete tief durch. Sie bezweifelte, dass an der Theorie des Psychologen mit dem zweiten Ausgang etwas dran war. Einen Tunnel zu graben war eine ausgesprochen schwierige Angelegenheit. Wenn die Männer schnell durch ihn entkommen wollten, musste er mehr als Kriechhöhe haben, professionell abgestützt werden und an einem bestimmten Punkt in der Bank enden, an dem ein schneller Durchbruch möglich war. Ein solches Vorhaben konnte Monate dauern. Der Schutt musste abtransportiert, die Baumaterialien ins Haus gebracht werden. Das alles wäre eine logistische Meisterleistung. Auf der anderen Seite: Was war in der Bank schon großartig zu holen? Die Geldbeträge, die heutzutage in den Filialen gelagert wurden, waren minimal. Größere Barbeträge mussten Kunden anmelden. War das der Fall und die Männer in der Bank hatten davon Wind bekommen? Sie schloss die Augen und ging noch einmal alle Fakten durch. Ja, es war richtig, dass sie eine Einheit in die Parallelstraße geschickt hatte.

Im Fahrzeug trat Hanna hinter den Psychologen. »Und?«

»Geht sofort los.« Er reichte ihr einen zweiten Kopfhörer und hob die Hand als Zeichen, dass der Techniker die Verbindung herstellen sollte.

»Hier ist Jan de Bruyn.«

»Wer sonst, verflucht? Wo ist das Geld?«

»Es gibt eine kleine Verzögerung. Das Transportfahrzeug war in einen Unfall verwickelt. Wir warten gerade auf ein Ersatzfahrzeug. Geben Sie uns eine Viertelstunde.«

»Eine dümmere Ausrede ist dir nicht eingefallen?«, schrie der Mann in der Bank. »Ist es das, was du unter Worthalten verstehst? Dir ist klar, was jetzt passiert?«

»Ein Unfall. Am Pferdemarkt. Das ist nicht einmal zwei Kilometer von uns entfernt. Eventuell sind die Kollegen auch in zehn Minuten hier.«

»Zehn Minuten und keine Sekunde länger. Geht das in deinen Schädel rein, Jan … de … Bruyn?« Die Verbindung wurde unterbrochen.

Jan de Bruyn wandte sich zu Hanna um. »Mehr war nicht drin.«

Hanna nahm die Kopfhörer ab. »Nach Ihrer Theorie werden die Geiselnehmer niemandem auch nur ein Haar krümmen. Wir versuchen es noch einmal. Ich brauche …«

»So einfach ist das nicht«, sagte der Psychologe. »Selbst wenn das der Plan der Geiselnehmer ist, kann es jetzt zu einer so aufgeheizten Stimmung kommen, die wiederum zu einer Kurzschlusshandlung führen kann. Wenn die Geiselnehmer zu dem Schluss kommen, dass wir sie hinhalten – warum auch immer –, zwingen wir sie quasi dazu zu handeln.«

Das war es, was Hanna an der Psychologie hasste. Alles konnte begründet werden und am Ende standen nicht selten die Täter als Opfer da. Sie überlegte fieberhaft, welche Alternativen ihr blieben. Schließlich griff sie zum Funkgerät. »Ich brauche das Geld. Ist es da?«

»Vor Ort. Was sollen wir machen?«

»Abwarten. Ich melde mich.«

»Wie ist Ihre Strategie?«, fragte der Psychologe mit der Andeutung eines triumphierenden Schmunzelns.

Hanna hätte ihm am liebsten die Faust ins Gesicht gedrückt, atmete aber stattdessen tief durch und fixierte ihn. »Das ist jetzt nicht die Zeit für Hahnenkämpfe. Ich habe Ihre Idee eines von uns noch nicht lokalisierten Fluchtweges mit eingeplant. Es könnte ein Tunnel sein.«

Jan de Bruyn nickte und wirkte dabei leicht zerknirscht. War ihm klar geworden, dass seine vorherige Reaktion, schon gar in dieser Situation, unprofessionell gewesen war?

»Sollten die Geiselnehmer die Geldkoffer in die Bank holen, brauchen wir einen permanenten Kontakt zu ihnen«, fuhr Hanna fort. »Sie verstehen, worum es geht?«

Jan de Bruyn nickte erneut und heftete seinen Blick auf den Monitor.

»Ich muss wissen, wie das Geld übergeben werden soll«, sagte Hanna in seinen Rücken. »Fragen Sie danach, dann unterbrechen Sie unter irgendeinem Vorwand. Ihnen fällt schon was ein.«

Hanna wandte sich an den Techniker. »Ich will die Gespräche mit den Geiselnehmern direkt auf ein Headset. Geht das?«

Nachdem der Techniker den Daumen gehoben und ihr ein Headset gereicht hatte, verließ sie den Wagen und winkte draußen den SEK-Einsatzleiter zu sich.

»Zwei Mann in Stellung«, sagte der Beamte, als er vor ihr stand.

»Wie schnell bekommen wir da weitere Leute hin?«

»Fünf Minuten Minimum. Der Zaun hinter dem Gebäude ist zu hoch, um ihn übersteigen zu können. Außerdem wissen wir nicht, ob sie uns aus der Bank beobachten.« Er zeigte die Straße entlang. »Es gibt keinen anderen Weg. Die nächste links und dann wieder links.«

»Und die Nachbargrundstücke?«

»Bin ich überfragt. Soll ich …«

»Nein«, sagte Hanna und war bereits auf dem Weg zum Gebäude rechts neben der Bank. Sie schlängelte sich durch die Fahrzeuge und lief gebückt, bis sie einen engen Gang zwischen zwei Häusern fand. Hier zog sie ihr Handy aus der Tasche und öffnete den detaillierten Straßenplan, den sie zuvor fotografiert hatte. Mit Daumen und Zeigefinger zog sie das Bild auseinander und erhielt den passenden Ausschnitt. Der Garten hinter dem Haus war klein, aber er grenzte an das Grundstück des mutmaßlichen Tunnelhauses. Als Hanna weitergehen wollte, hörte sie über Headset, dass Jan de Bruyn wieder mit den Geiselnehmern verbunden war.

»Ist das Geld da?«, fauchte die bekannte Stimme.

»Es ist gerade eingetroffen. Können Sie mir bitte sagen, wo wir die Koffer übergeben sollen?«

»Stell sie vor die Tür.«

»Wir könnten sie in den Kofferraum des Fahrzeugs legen oder auf den Rücksitz«, schlug der Psychologe vor.

»Vor die Tür!«, schrie der Geiselnehmer.

Hanna hatte inzwischen den Rückzug angetreten und lief gebückt über die Straße.

»In Ordnung«, sagte Jan de Bruyn. »Es gibt da noch die Frage der Sicherheit unseres Kollegen, der die Koffer bis zur Tür bringt. Garantieren Sie mir, dass er unbehelligt wieder zurückkommt?«

»Ja, verdammt! Jetzt sieh zu, dass die Koffer vor die Tür kommen.« Zum ersten Mal hörte Hanna ein Zittern in der Stimme. Der Geiselnehmer sprach schneller als zuvor und schien nervös geworden zu sein.

»Wie wird der weitere Ablauf sein?«, fragte Jan de Bruyn unbeirrt weiter. »Mir geht es hier in erster Linie um die drei Bankmitarbeiter.«

Hanna war inzwischen beim Van des SEK angekommen und klopfte an die Tür. Der Einsatzleiter öffnete ihr und sie kletterte ins Fahrzeug.

»Wenn du noch weiter quasselst, gibt es sie nicht mehr. Die Koffer!« Die letzten zwei Worte hatte der Geiselnehmer ins Telefon geschrien.

Hanna hielt den Atem an. Der Psychologe hatte mehr Mumm in den Knochen, als sie angenommen hatte. Er ging gerade ein hohes Risiko ein.

»Entschuldigen Sie, wenn meine Frage ungeschickt war. Sie möchten also, dass einer unserer Kollegen die Koffer vor der Tür abstellt?« De Bruyn sprach ruhig und sachlich. Er schien von den Drohungen unbeeindruckt zu sein.

Als der SEK-Einsatzleiter zum Reden ansetzte, stoppte Hanna ihn mit einer Handbewegung und konzentrierte sich weiter auf das Gespräch zwischen dem Geiselnehmer und Jan de Bruyn auf ihrem Headset.

»Und zwar sofort! Ich garantiere, dass dem Mann nichts passiert. Zwei Minuten. Ab jetzt!« Der Geiselnehmer hatte sich abrupt aus der Leitung verabschiedet.

»Die Koffer müssen vor die Tür«, ordnete Hanna an. »Einfach abstellen und zurück. Wer geht?«

Der Einsatzleiter hob sein Funkgerät und gab einige Befehle durch. Hanna ließ sich zu Jan de Bruyn schalten. »Die Koffer kommen jeden Augenblick. Ich muss wissen, was die Geiselnehmer vorhaben. Bleiben Sie mit ihnen in Kontakt. Sagen Sie ihnen, dass wir die Straße absichern müssen und dass wir sie vorher nicht rauslassen können.«

»Sie kommen nicht vorne raus«, sagte Jan de Bruyn in einem Ton, als gäbe es keinen Zweifel an seiner Theorie.

»Machen Sie einfach, was ich gesagt habe. Die Koffer kommen jetzt. Rufen Sie an!«

»Okay.« Zum ersten Mal schien es Hanna, als wenn der Psychologe mit ihr kooperierte. Besser spät als nie, dachte sie.

Drei

Es knackte kurz in der Leitung. Hanna drückte mit einem Finger auf das Headset in ihrem Ohr, um besser hören zu können.

»Hier ist Jan de Bruyn. Die Koffer werden jetzt vor die Tür gestellt.«

»Wird auch Zeit!«

»Wie geht es weiter?«

»Das wirst du schon sehen.«

»Es tut mir leid, aber wir müssen die Straße vorher absichern.«

»Absichern?«

»Oh, ich sehe gerade, dass der Mann mit den Koffern auf die Tür zugeht. Sehen Sie ihn auch?«

»Ja, verdammt.«

»Warten Sie bitte, bis er sich vom Haus entfernt hat.«

In der Leitung wurde es still, sie schien aber nicht unterbrochen zu sein. Hanna starrte wie gebannt auf den Bildschirm. Der Kollege stellte die Koffer ab und machte sofort kehrt.

»So, jetzt können Sie die Koffer holen«, sagte Jan de Bruyn.

Hanna hörte weit im Hintergrund hektische Stimmen, die Eingangstür öffnete sich und ein Mann, vermutlich einer der

Bankangestellten, trat vor das Gebäude, griff nach den beiden Koffern und verschwand wieder in der Bank.

»Die Verbindung darf nicht abbrechen«, murmelte Hanna ins deaktivierte Mikrofon. »Rede mit ihnen.«

In diesem Augenblick öffnete sich wieder die automatische Glastür und der gleiche Mann trat erneut auf den Bürgersteig. Er hatte die Arme erhoben und ging auf den Einsatzwagen zu.

»In Sicherheit bringen und kontrollieren!«, rief Hanna ins Funkgerät, während sie aus dem SEK-Einsatzwagen stieg und sich langsam in gebückter Haltung an den parkenden Autos entlangschlich.

»Haben Sie die Koffer?«, hörte sie den Psychologen fragen.

Hanna stöhnte leise. »Weitersprechen! Halte sie in der Leitung!«

»Ja.« Die Stimme des Geiselnehmers klang erleichtert.

»Vielen Dank, dass Sie einen der Bankmitarbeiter freigelassen haben.« Jan de Bruyn hielt kurz inne, bevor er hinzufügte: »Wie gesagt, wir müssen die Straße bis zur Autobahnauffahrt zu Ihrem Schutz absichern. Das verstehen Sie doch sicher.«

»Ist ja gut, Mann. Hör auf zu quasseln. Ich sag dir schon noch, wann es losgeht.«

»Sie können sich darauf verlassen, dass der Betrag Ihren Wünschen entspricht. Es sind genau zwei Millionen.«

»Hältst du uns für dämlich? Hier ist garantiert ein Sender drin. Das dauert, bis wir alles umgepackt haben.«

»Ich weiß nichts von einem Sender. Der Geldbetrag stimmt auf jeden Fall auf den Euro genau.«

Hanna befand sich inzwischen wieder in dem kleinen Gang zwischen den Häusern, der, wie sie zuvor im Einsatzfahrzeug auf dem Monitor gesehen hatte, direkt in den kleinen Garten hinter dem Haus führte. Ein Rasenstück, Gartenmöbel, ein Sonnenschirm. Der Nachbargarten war durch eine dichte Hecke abgetrennt. Sie sah sich vorsichtig um. Der Garten war nicht von dem mutmaßlichen Tunnelhaus einsehbar. Sie preschte nach vorne und suchte die Hecke nach einer lichten Stelle ab.

»Halt dein Maul!«, schrie der Geiselnehmer. »Wir zählen jetzt. Wie lange dauert die Absicherung der Straße?«

»Fünf Minuten, wir haben alles vorbereitet. Aber Sie verstehen sicher, dass wir die Straße nur für einen kurzen Zeitraum sperren können. Wann kommen Sie heraus?«

Hanna schob weiter Zweige auseinander, um die Dichte der Hecke zu kontrollieren. Zumindest macht der Psychologe seine Arbeit gut, dachte sie, und begutachtete die etwas lichtere Stelle in der Hecke. Sie zwängte sich hindurch und sah vorsichtig auf die andere Seite zum Haus, dessen Bewohner sie nicht erreicht hatten.

»Nerv nicht rum!«, fuhr der Mann Jan de Bruyn an. »Wir brauchen noch eine Viertelstunde.« Er machte eine kurze Pause, als überlege er, ob die Zeit ausreichen würde. »Oder auch zwanzig Minuten. Wenn es so weit ist, melde ich mich. Bis dahin will ich nichts von dir hören. Ist das klar?«

»Es wird schwierig, wenn ich …«

»Halt dein verdammtes Maul, sonst stirbt hier jemand. Zwanzig Minuten. Bis dahin ist Funkstille.« Es knackte in der Leitung. Sie war unterbrochen worden.

Hanna kroch mehrere Meter auf dem Rasen, bis sie den Zaun zum Nachbargrundstück erreicht hatte. Er sah aus, als sei er vor Kurzem neu gesetzt worden.

»Ich brauche hier drei weitere Männer in der Parallelstraße«, flüsterte Hanna ins Funkgerät.

»Zwei, mehr geht nicht«, antwortete der SEK-Einsatzleiter.

»Es muss schnell gehen. Wo stehen die anderen Männer?«

»Sie stehen dreißig Meter vom Hauseingang entfernt. Jeder auf einer Seite.«

»Okay. Ich bin gleich dort. Halten Sie die Stellung vor der Bank. Sie wissen, was zu tun ist, wenn sie bei Ihnen herauskommen.« Hanna ging dicht am Zaun entlang und ließ sich mit den beiden SEK-Beamten auf der Straße verbinden. »Ihr bekommt gleich Verstärkung. Zwei Mann. Ich gehe davon aus, dass die Geiselnehmer über einen Tunnel auf unserer Seite erscheinen.«

»Und die Geiseln?«, fragte einer der SEK-Leute.

»Nicht bekannt.«

»Okay.«

Hanna stand vor einer verschlossenen Gartentür. Sie zog ihr Dietrich-Set aus der Tasche und öffnete innerhalb von Sekunden die Tür. Vor ihr lag ein gepflasterter Weg zur Straße. Auch hier stand der gleich hohe Zaun zum Nebenhaus. Hanna sah auf die Uhr und begann zu laufen. Kurz bevor sie den Bürgersteig erreichte, ging sie den letzten Meter langsamer. Mit der Hand an der Waffe horchte sie in die Straße hinein.

»Wie weit sind die Leute?«, flüsterte sie ins Funkgerät.

»Zwei, vielleicht drei Minuten noch.«

In diesem Augenblick hörte Hanna, wie eine Tür geöffnet wurde. Sie zog ihre Waffe und entsicherte sie. Die Geräusche waren eindeutig: Die Geiselnehmer mussten ein Fahrzeug in der Auffahrt stehen haben. Eine Autotür klackte, ein Kofferraum wurde geöffnet. »Einsteigen!«, befahl eine ihr bekannte Stimme.

Hanna sprach leise ins Funkgerät. »Zum Haus, sofort! Sie sind hier.« Sie wartete, bis die Türen zugeschlagen wurden, und sprang auf die Straße, die Waffe auf die Frontscheibe des Fahrzeugs gerichtet. Im gleichen Moment wurde der Motor des Fluchtwagens gestartet. Hanna hielt die Waffe auf den Fahrer gerichtet, ohne den Nebenmann und den dritten Mann auf der Rückbank außer Acht zu lassen.

»Motor aus!«, schrie sie.

Der Mann auf dem Beifahrersitz zischte dem Fahrer etwas zu, was Hanna nicht verstehen konnte, beugte sich gleichzeitig nach vorne und riss im nächsten Augenblick mit beiden Händen eine Waffe hoch. Hanna fixierte ihn und schüttelte langsam den Kopf. Der Mann mit der Waffe stierte sie wütend an, sein Finger bewegte sich Richtung Abzug. Nur noch Hanna und der Mann existierten, vier Augen, eine Sekunde, eine zweite. Wieder schüttelte Hanna mit angehaltenem Atem den Kopf. Drei Sekunden. Fast im gleichen Moment trafen die SEK-Beamten ein und stellten sich auf beiden Seiten neben sie.

»Aussteigen! Ich will die Hände sehen!«, schrie Hanna und zischte den Kollegen zu: »Nicht schießen.« Beim ersten Schuss konnte, je nach Aufprallwinkel, die Windschutzscheibe zersplittern und ihnen die Sicht auf die Männer nehmen.

Der Mann am Steuer hob als Erster die Arme, der Maskierte auf der Rückbank tat es ihm gleich. Nur der unmaskierte Mann auf dem Beifahrersitz starrte Hanna weiter an, die Waffe immer noch auf sie gerichtet. Hanna hielt seinem Blick stand und trat einen Schritt vor. Sie stand jetzt direkt vor der Stoßstange. »Runter mit der Waffe!«, schrie sie ein weiteres Mal. Hinter ihr gab es Bewegung. Die Verstärkung war eingetroffen. Der Mann im Auto funkelte sie hasserfüllt an, legte aber langsam die Waffe auf die Ablage und hob die Hände.

Vier

Vier Stunden später reichte Hanna Kriminaldirektor Hagemann die Hand.

»Danke für Ihren Einsatz«, sagte Hagemann. »Um ein Haar …« Er seufzte schwer. »Ich werde Sie in meinem Bericht lobend erwähnen.«

»Danke.« Hanna zögerte kurz, dann fügte sie hinzu: »Dieser Psychologe war eine große Hilfe. Er war maßgeblich beteiligt.«

»De Bruyn? Ja, er ist ein guter Mann, wenn auch manchmal etwas eigensinnig.«

Hanna verabschiedete sich von Hagemann und ging den langen Flur in der Polizeidirektion entlang. Als sie den Aufzug erreichte, öffnete sich die Tür und ein Mann trat heraus. Hanna ging hinein und zog im nächsten Augenblick überrascht die Augenbrauen hoch. Vor ihr stand Jan de Bruyn und lächelte sie an.

»Wollen Sie auch nach unten?«, fragte er und zeigte auf den freien Platz neben ihm.

Hanna nickte. »Erdgeschoss.«

Jan drückte auf eine der Tasten, die Tür schloss sich. Schweigend standen sie voreinander. Hanna lächelte den Psychologen verhalten an. In seinem dunklen Anzug mit dem weißen Hemd sah er im ersten Moment wie ein Autoverkäufer aus, wären da nicht der Dreitagebart und seine braungrünen Augen, die sie aufmerksam musterten. Seine dichten schwarzen Haare wellten sich leicht. Hanna vermutete, dass er kaum älter war als sie, allenfalls Anfang vierzig.

Nach quälenden Sekunden sprang endlich die Tür auf, Jan hob die Hand als Zeichen, dass er ihr den Vortritt ließ.

»Danke«, murmelte Hanna und ging voraus, Jan folgte ihr.

»Dann wünsche ich Ihnen noch einen schönen Tag«, sagte er und lächelte sie erneut an.

Hanna räusperte sich. »Gute Arbeit, übrigens. Ich habe Hagemann ins Bild gesetzt.«

»Danke! Und Gratulation zur Festnahme.« Als sie ins Freie traten, sah er sich um, als suche er etwas. Dann griff er in die Tasche und zog ein Handy heraus. »Die Kollegen haben wohl vergessen, mein Taxi zu bestellen.«

»Kann ich Sie mitnehmen?«, fragte Hanna und ärgerte sich im gleichen Augenblick über ihr Angebot.

»Ich muss nach Bad Zwischenahn. Fahren Sie zufällig in die ...«

»Kein Problem«, unterbrach Hanna ihn. »Kommen Sie einfach mit.«

Jan nickte und ging neben Hanna her, bis sie vor einem Wohnmobil stehen blieb. »Sie müssen auf der anderen Seite einsteigen.«

Der Psychologe zog eine Augenbraue hoch. »Ja, das ist vermutlich besser.«

Hanna konnte sich ein Augenrollen nicht verkneifen. Was für ein Witzbold. Sie rechnete im Kopf nach, wie lange sie bis Bad Zwischenahn fahren würde. Nicht länger als zwanzig Minuten. Wenn sie sich richtig erinnerte, gab es nahe dem Schwimmbad einen Stellplatz für Wohnwagen. Und ein

Restaurant, das nicht nur Schnitzel anbot, würde sich vermutlich auch leicht finden lassen.

»Sie übernachten in diesem … Wagen?«, fragte Jan, als er neben ihr saß.

»Warum nicht?«

»Ist sicher praktisch, wenn man an vielen Orten eingesetzt wird.«

Gut erkannt, dachte Hanna und deutete ein Nicken an.

»Sind Sie schon lange beim LKA?«

Hanna stöhnte innerlich auf. Selbst schuld, jetzt musst du sehen, wie du damit fertigwirst.

»Wie man's nimmt«, murmelte sie nach einer Weile. Sie würde ihm wohl kaum ihren kleinen Umweg unter die Nase reiben. Sie konnte sich lebhaft vorstellen, wie der Psychologe darauf reagieren würde. »Und selbst?«

»Ich bin mehr oder weniger freiberuflich für die Polizei tätig.«

»Mehr oder weniger?«

Jan nickte. »Ich habe dort kein Büro. Hin und wieder werde ich zu Ermittlungen hinzugezogen.«

»Freiberuflich? Wäre mir neu, dass es so was gibt.«

Jan lächelte. »Sie haben recht. Einen Vertrag habe ich schon. Notgedrungen. Ansonsten dürfte ich nicht einmal beraten.«

»Keine Waffe?«

»Wie man's nimmt«, murmelte Jan.

Hanna musste unwillkürlich schmunzeln, als der Psychologe ihre Worte wiederholte. Vermutlich lag seine Waffe in einem Tresor in seiner Wohnung und wurde allenfalls zum Schießtraining herausgeholt.

»Schon lange in Oldenburg?«, fragte sie.

Er schüttelte den Kopf. »Nein. Ich habe in London als Kriminalpsychologe beim MPS gearbeitet.«

»Scotland Yard?« Hanna hatte es nicht geschafft, ihre Verwunderung aus der Stimme zu verbannen.

Jan nickte. »Zehn Jahre. Ich bin erst ein gutes Jahr hier.«

Hanna verkniff sich die Nachfrage, die ihr auf der Zunge lag. In spätestens zehn Minuten würde sie den Psychologen absetzen und mit Glück nicht so schnell wiedersehen.

»Wo ist Ihr Problem?«, fragte er unvermittelt.

Hanna warf ihm einen irritierten Blick zu. »Wie bitte?«

»Geht es darum, dass ich Ihnen nicht Polizist genug bin? Keine Waffe trage? Oder macht Ihnen mein Beruf Angst?«

Hanna lachte. »Träumen Sie weiter. Es ist alles in bester Ordnung. Wir haben die Bösen hinter Gitter gebracht. Auftrag erledigt.«

»Wir?«

Hanna ärgerte sich über sich selbst. Kein Gespräch, kein Problem. War es nicht das, was sie sich vor der Fahrt geschworen hatte?

»Waren Sie lange beim Militär? Kampfeinsatz? Mali oder Afghanistan?«

»Woher wissen Sie, dass …« Hanna schluckte und spürte Sand zwischen ihren Zähnen. Für den Bruchteil einer Sekunde saß sie wieder am Steuer eines Enoks und sah durch die Frontscheibe in die glühende Wüstenlandschaft. Wie konnte er das wissen? Hatte er Einblick in ihre Personalakte? Die war unter Verschluss und nur wenigen Personen zugänglich.

»Ihr Gang, Ihr Auftreten, die Stimmlage.« Er zögerte kurz. »Aber ich wollte Ihnen nicht zu nahe treten. Entschuldigen Sie bitte.«

Hanna reagierte nicht auf seine Worte, atmete einmal tief durch und fragte: »Wo genau müssen Sie hin?«

»Fahren Sie Dreibergen ab. Dann zeige ich Ihnen den Weg.« Der Psychologe hielt kurz inne, bevor er sie von der Seite anblickte. »Es tut mir wirklich leid. Das war gerade übergriffig.«

»Vielleicht sind Sie mal eine Weile still. Ich liefere Sie bei Ihrem Haus ab und wir verabschieden uns nett. Und morgen scheint mit Glück wieder die Sonne.«

»Okay. Guter Plan.«

Hannas Fuß kam der Bremse ziemlich nah. Der Psychologe wäre nicht der erste Mann, den sie mitten auf der Straße ausgesetzt hatte.

Ein großes Schild kündigte die Ausfahrt an, Hanna drosselte die Geschwindigkeit und sah starr geradeaus.

»Rechts bitte«, sagte Jan, als sie die Abfahrt hinunterfuhren. »Nach einem Kilometer wieder rechts und dann parallel zum Wasser.«

Hanna nickte. Nach weiteren zwei Kilometern forderte er sie auf, nach links abzubiegen. »Gleich kommt wieder links eine kleine Einfahrt zum Haus. Da können Sie mich rauslassen.«

Hanna setzte den Blinker, bog ab und fuhr auf den Privatweg. Der Psychologe zuckte nur kurz mit den Schultern, als sie nicht anhielt und weiterfuhr.

Der Feldweg endete in einem breiten Platz vor einem herrschaftlichen Anwesen. Ein Blick aufs Navi verriet Hanna, dass sich das Gebäude unmittelbar am Wasser befinden musste. Das Eingangsportal befand sich in der Mitte des zweistöckigen Hauses. Zu beiden Seiten zählte Hanna fünf Sprossenfenster im Erdgeschoss und die gleiche Anzahl im ersten Stock. Im Reetdach war eine große Gaube eingelassen, die sich über mehrere Fenster hinzog.

»Hier wohnen Sie?«, fragte Hanna mit Blick auf das Gebäude.

»Vorübergehend. Es gehörte meinem leiblichen Vater und ich weiß noch nicht, was ich damit mache.«

»Vierhundert Quadratmeter?«

»So ungefähr«, wich der Psychologe ihr aus.

»Butler?«

Jan lachte herzlich. »Nein, ganz sicher nicht.« Er öffnete die Tür und stieg aus. »Vielen Dank fürs Bringen. Vielleicht sehen wir uns ja mal wieder.«

»Eher nicht«, murmelte Hanna, hob die Hand zum Abschiedsgruß, wendete und fuhr den Feldweg zurück.

Kaum hatte sie die Hauptstraße erreicht, klingelte ihr Handy. Sie warf einen Blick aufs Display und stöhnte leise. Lisa versuchte seit Tagen, sie zu erreichen. Widerwillig nahm sie das Gespräch auf der Freisprechanlage an.

»Endlich, Hanna! Warum bist du nie zu erreichen?«

»Jetzt hör auf, die große Schwester zu spielen. Ich muss arbeiten, hast du das schon vergessen?«

»Nein, wie könnte ich auch?« Lisas Stimme klang jetzt leicht spöttisch.

Hanna atmete tief durch. Sie konnte bei ihrer Schwester nicht den Frust über den Psychologen abladen. »Sorry, war ein anstrengender Tag.«

»Hast du einen Einsatz gehabt?«

»Banküberfall mit Geiselnahme.«

»In Oldenburg? Das habe ich im Radio gehört.«

»Alles gut gelaufen. Ich suche mir gleich einen Platz, esse was und schlafe ein paar Stunden.«

Lisa schwieg.

»Als Kind hast du doch auch gerne im Wohnwagen übernachtet«, scherzte Hanna.

»Das war nicht ich. Du warst immer Feuer und Flamme, wenn wir in dem Klapperteil durch die Weltgeschichte gefahren sind.« Sie hielt einen Moment inne. »Mama würde sich sicher freuen, wenn du sie mal anrufen würdest.«

»Sie hat doch meine Nummer.«

»Du weißt, dass sie nicht den ersten Schritt machen wird, Hanna. Kannst du nicht einfach über deinen Scha…«

»Nein!«, fiel Hanna ihr ins Wort. »Was machen die Kleinen? Ich habe sie schon eine Weile nicht mehr gesehen.« Lisas Töchter waren neun und zwölf Jahre alt.

»Es ist fast ein Jahr her, dass du hier warst.«

Musste ihre Schwester sie mit jedem zweiten Satz unter Druck setzen? Konnten sie sich nicht einfach über das Wetter unterhalten oder über Greta und Jana? Wenn es sein musste, auch über Robert, Lisas Mann.

»Vielleicht bist du ja irgendwann hier in der Gegend«, fuhr Lisa fort. »Greta und Jana würden sich riesig freuen, wenn du vorbeikommst.«

»Ja, ich schau mal. Im Moment ist es schlecht.« Hanna setzte den Blinker und fuhr auf den Wohnmobilstellplatz. »Ich muss jetzt auch. Mein Chef wollte mich gleich noch anrufen.«

»Meldest du dich bald?«

Hanna fuhr auf den erstbesten Platz und stellte den Motor ab. »Ja, das mache ich. Grüß alle von mir.«

»Bis dann, Hanna.«

Fünf

Jan stellte seinen VW Käfer auf einem öffentlichen Parkplatz in der Nähe der Polizeidirektion ab und lief die restlichen zweihundert Meter zu Fuß. Seit der Geiselnahme in der Volksbankfiliale waren drei Wochen vergangen, in denen er sich ganz auf das erste Kapitel seines neuen Buches konzentriert hatte.

Als er gerade die große Glastür passieren wollte, machte sich sein Handy bemerkbar. Er warf einen Blick aufs Display, überlegte kurz, ob er Zeit hatte, das Gespräch anzunehmen, und entschied dann, dass Kriminaldirektor Hagemann warten konnte.

»Hey, George«, begrüßte er seinen neunjährigen Sohn über den Videochat. »Warum bist du nicht in der Schule?«

»Hey Dad!« George winkte ihm zu. »Wir haben doch Feiertag. Weißt du das nicht?«

»Sorry, das hatte ich ganz vergessen.«

Im Hintergrund huschte seine Mutter durchs Bild. Jan schluckte schwer. Jetzt trat sie hinter George und winkte. Jan atmete auf. »Alles gut bei euch?«

Violet nickte, lächelte kurz in die Kamera und verschwand wieder.

»Ich hab meinen Pullover in deiner Wohnung vergessen«, sagte George, der zweisprachig aufgewachsen war und perfekt Deutsch sprach.

»Ist es der blaue?«

George nickte.

»Ist es ganz wichtig? Dann könnte ich dem Hausmeister Bescheid geben und ihn mit dem Taxi schicken lassen.«

»Nein, nicht so richtig. Wann kommst du wieder nach London?«, fragte George und sah Jan mit einem erwartungsvollen Blick an.

»Das weißt du doch, George. In knapp drei Wochen.«

»Kannst du nicht …« George brach ab.

»Ich versuche es. Aber ich muss erst mit Mum sprechen. Okay?«

Der Junge nickte.

»Jetzt mach nicht so ein Gesicht. Wir haben doch darüber gesprochen, dass es im Moment besser ist, wenn ich hier in Deutschland wohne. Vielleicht kannst du ja in den Sommerferien ein paar Wochen zu mir kommen.« Er grinste. »Platz genug habe ich ja.«

»Meinst du, dass Mum auch mitkommt?«

»Das weiß ich nicht, George. Das muss Mum entscheiden.« Jan hielt kurz inne und suchte nach einem anderen Thema. »Sag mal, du hast mir gar nicht geschrieben, was du jetzt für eine Note in der Mathearbeit hast.«

»Rate!«

»Ein D?«

George lachte. »Dad, du spinnst.«

»Dann tippe ich mal auf ein B«, sagte Jan schmunzelnd.

George rollte mit den Augen. »Nein, Dad, ich habe die beste Arbeit in der Klasse.«

»Wow! Das habe ich in deinem Alter nie geschafft.«

»Du schwindelst doch wieder. Mum sagt, dass du immer der Klassenbeste warst.«

Jan lachte. »Kann sein. Es ist schon so lange her.«

Sie unterhielten sich noch eine Weile und planten für den Sommer, bevor Violet George zum Frühstück rief. Er winkte Jan zu, der Mühe hatte, die Tränen zurückzuhalten.

Jan lief über die langen Gänge und klopfte am Vorzimmer von Kriminaldirektor Hagemann, der ihn zu einem Gespräch nach Oldenburg gebeten hatte.

Der Assistent des Kriminaldirektors begleitete ihn ins Büro, Hagemann stand auf und kam ihm entgegen. Kurz befürchtete Jan, dass Hagemann ihn zur Begrüßung umarmen wollte, aber dann streckte der Kriminaldirektor die Hand aus.

»Es freut mich, dass Sie uns wieder mal in den heiligen Hallen besuchen, Herr de Bruyn. Darf ich Ihnen etwas zu trinken anbieten? Kaffee, Tee, Mineralwasser oder einen Orangensaft?«

»Milchkaffee, bitte.«

»Stimmt, das hatte ich fast vergessen.« Hagemann warf einen Blick zu seinem Assistenten, der immer noch in der Tür stand. »Und bitte einen Earl Grey für mich.«

Hinter Jan wurde die Tür geschlossen. Hagemann zeigte auf die Sitzgruppe und wartete, bis Jan sich gesetzt hatte.

»Sie fragen sich sicher, was der alte Knochen von Ihnen will«, begann Hagemann das Gespräch mit einem smarten Lächeln.

Jan lächelte schweigend zurück.

»Nun gut, dann falle ich einfach mal mit der Tür ins Haus, lieber de Bruyn.« Hagemann legte eine gewichtige Kunstpause ein und fuhr fort. »Ihre letzten Einsätze, allen voran Ihre Rolle bei der Geiselnahme hier in Oldenburg, sind allseits ausgesprochen positiv aufgenommen worden. Und das trotz der vielen Vorbehalte, die es auch hier im Norden gegen Kriminalpsychologen im Außendienst gibt.«

Jan war sich sicher, dass Hagemanns Lob seinen Preis haben würde.

»Wie sind Sie mit Hauptkommissarin Will zurechtgekommen?«, fuhr Hagemann wie beiläufig fort.

Warum hatte er ihren Titel so besonders betont, fragte sich Jan und zuckte schließlich mit den Schultern. »Wie heißt es so schön? Letztendlich zählt das Ergebnis. Es ist niemand verletzt worden, die Geiselnehmer stehen in Kürze vor Gericht, wir alle sind glücklich und zufrieden.«

Hagemann fuhr sich mehrfach mit dem Finger über seinen Nasenrücken und schien zu überlegen, was Jan damit sagen wollte. »Da haben Sie vollkommen recht. Sie könnten sich also vorstellen, häufiger mit Frau Will zusammenzuarbeiten?«

Jan schwieg.

»Wir als Flächenland haben es mit der Verfolgung von schweren Straftaten nicht so einfach wie die Stadtstaaten. Nicht dass wir eine schlechtere Aufklärungsquote hätten als zum Beispiel Bremen oder Hamburg, aber …« Hagemann hob beide Hände. »›Mehr geht immer‹, sagte mein verstorbener Großvater gerne.«

Jan fühlte sich genötigt, zustimmend zu lächeln. Er ahnte inzwischen, auf was das Gespräch hinauslaufen würde.

»Der Gedanke kam auf, eine kleine mobile Taskforce zu gründen, die die Kollegen vor Ort schnell und effektiv unterstützt. Keine große schwerfällige SoKo, kein lähmender Wasserkopf, sofort einsatzbereit. Zwei hochkarätige Kriminalisten, die auf Experten im Hintergrund zurückgreifen können. Natürlich habe ich da gleich an Sie gedacht, mein lieber de Bruyn. Was meinen Sie? Wäre das nicht was für Sie?«

Als Jan zu einer Antwort ansetzen wollte, hob Hagemann die Hand und kam ihm zuvor. »Natürlich würden wir unser bisheriges Arrangement aufrechterhalten. Sie sind zwanzig Wochenstunden bei uns angestellt und arbeiten ausschließlich projektbezogen. Allerdings in einem etwas größeren Radius als zuvor. Bei fast fünfzigtausend Quadratkilometern unseres wunderschönen Landes wird der eine oder andere Einsatzort etwas weiter von Oldenburg entfernt liegen. Und keine Angst, Ihre Spesenrechnung werden wir selbstverständlich großzügig handhaben.«

Der Kriminaldirektor verschränkte die Arme vor der Brust und sah Jan erwartungsvoll an.

Jan hatte erst wenige Wochen zuvor Kriminaldirektor Hagemann darum gebeten, mit interessanteren Fällen betraut zu werden. Und das auf Augenhöhe mit den beteiligten Kriminalbeamten. An ein Team mit einer durchgeknallten Hauptkommissarin hatte er dabei allerdings nicht gedacht. Konnte das gut gehen?

»Haben Sie bereits mit Frau Will darüber gesprochen?«, fragte Jan.

»Aber selbstverständlich. Hauptkommissarin Will ist einverstanden.«

»Sie wartet nebenan?«

»Im Haus, mein Lieber, im Haus. Wenn Sie ebenfalls zusagen, könnten wir zusammen die Details besprechen.«

»Frau Will und ich würden auf Augenhöhe zusammenarbeiten?«

»Absolut. Das war meine Bedingung. Sie sollen kein fünftes Rad am Wagen sein und unterstehen auch keiner Befehlskette. Sie beide arbeiten gleichberechtigt und müssen sich lediglich mit der jeweiligen Staatsanwaltschaft und den Kollegen vor Ort arrangieren. Sollte es Probleme geben, bin ich Ihr erster Ansprechpartner.«

Jan hatte sich insgeheim schon entschieden. Eine neue Aufgabe, ohne die bisherigen Hierarchien, voll konzentriert auf die Ermittlungen. Der einzige Haken war sie.

»Ich bin für ein halbes Jahr dabei. Anschließend entscheide ich, wie es weitergeht. Mehr kann ich Ihnen nicht anbieten.«

Kriminaldirektor Hagemann setzte sein Siegerlächeln auf. »Perfekt, mein Lieber. Die Arbeit wird Ihnen gefallen, glauben Sie mir. Alles andere wird sich ergeben.«

Jan ließ Hanna Will den Vortritt. Sie kamen von der halbstündigen Besprechung mit Hagemann und suchten jetzt einen Platz in der Cafeteria der Polizeidirektion.

»Ich hole uns etwas zu trinken«, schlug Hanna vor und sah Jan fragend an.

»Mineralwasser, still.«

Hanna nickte, als habe sie nichts anderes erwartet, und machte sich auf in Richtung Getränkeausgabe. Jan zog einen Stuhl vor und setzte sich. Bisher hatte sich seine neue Partnerin vollkommen neutral verhalten. Statt Ablehnung, mit der Jan zumindest unterschwellig gerechnet hatte, professionelle Distanz.

Sie reichte ihm Glas und Flasche. Sie selbst hatte sich eine Tasse Kaffee mitgebracht.

»Ich hatte nicht damit gerechnet, dass Sie zusagen«, durchbrach die Hauptkommissarin nach einer Weile das Schweigen am Tisch.

»Wieso nicht?«

Hanna lächelte. »Können wir uns gleich auf etwas einigen? Ich bin kein Objekt Ihrer Analyse.«

Jan verkniff sich ein Lächeln. »Sie dachten, Ihre abweisende Art mir gegenüber hätte den zartbesaiteten Psychologen verschreckt?«

Hanna stöhnte theatralisch. »Also kein Deal?«

Er zuckte mit den Schultern. »Ich weiß immer gerne, mit wem ich es zu tun habe.«

»Ich auch«, kam es postwendend zurück.

»Touché!«

»Und?«, fragte sie.

»Haben Sie nicht meine Personalakte eingesehen?«

»Da steht nicht viel drin.« Hanna sah ihn direkt an. »Warum ich? Warum jetzt? Hagemann hat Ihnen wohl kaum die Pistole auf die Brust gesetzt.«

»Ihnen?«

Hanna seufzte kopfschüttelnd. »Sagten Sie ›zartbesaitet‹?«

Jan gab auf. Sie schienen keine Ebene zu finden, auf der ein persönlicher Austausch im Moment möglich war. »Die Aufgaben hier vor Ort entsprachen bisher nur selten meinen Ansprüchen.«

Hanna hob die Augenbrauen. »Auf Deutsch: Ihnen ist hier in Oldenburg langweilig?«

»Wenn Sie es so ausdrücken wollen. Ja, in gewisser Weise trifft es das wohl.«

Sie fixierte ihn. »Warum arbeiten Sie überhaupt? Man munkelt, Sie hätten ein Vermögen geerbt.«

Jan ließ sich Zeit mit der Antwort. »Gute Frage, die ich mir aber bisher noch nicht beantwortet habe. Vielleicht wäre ja die Antwort, dass diese Arbeit das Einzige ist, was ich kann. Würden Sie aufhören, wenn Sie, sagen wir, einige Millionen Euro erben würden?«

Hanna rollte mit den Augen. »Hat Ihnen nie jemand beigebracht, dass man eine Frage nicht mit einer Gegenfrage beantwortet?«

Jan grinste frech. »Mir schwant, dass wir prima miteinander auskommen werden.« Auf eine gewisse Art faszinierte ihn diese Frau. Wieso das so war, konnte er noch nicht sagen.

Sie zögerte, schien einen Moment überrascht zu sein. Dann lächelte sie. »Was soll ich da noch sagen? Sie sind der Experte fürs Innenleben, ich vertraue Ihnen da voll und ganz.« Sie hob ihre Kaffeetasse und stieß damit sein halb volles, auf dem Tisch stehendes Wasserglas an. »Auf unseren Versuch, das Unmögliche zu schaffen.«

»Das klingt doch nach einem Anfang«, sagte Jan und stieß mit ihr an.

Sechs

Hanna Will fuhr den schmalen Privatweg entlang und hielt vor dem Tor des Anwesens. Als sich nichts rührte, hupte sie mehrmals. Kurz darauf öffnete sich die große Eingangstür und Jan de Bruyn trat auf den Vorplatz. Er hob die Hand zum Gruß und kam langsam auf Hannas Wohnmobil zu.

»Danke fürs Abholen«, sagte Jan, nachdem er seinen Lederkoffer verstaut und mit seinem Rucksack neben Hanna auf dem Beifahrersitz Platz genommen hatte.

Hanna startete den Motor und wendete. »Was ist mit Ihrem Oldtimer passiert?«

»Er ist in der Werkstatt. Es ist noch nicht klar, was defekt ist. Technisch bin ich nicht so be…«

»Schon klar«, unterbrach Hanna ihn und bog ab auf die Hauptstraße. »Sie haben sich eingelesen?«

»Soweit Zeit war.«

»Haben Sie die Ermittlungsakten nicht gestern bekommen?«

»Nein, schon vor zwei Tagen«, antwortete Jan wortkarg.

»Dann hatten Sie ja mehr Zeit als ich«, sagte Hanna. »Können Sie mir schon eine erste Einschätzung geben?«

Jan schwieg und griff in den kleinen Rucksack, den er zwischen seine Beine gestellt hatte. Er öffnete die Thermosflasche und schenkte sich eine heiße Flüssigkeit ein. »Wollen Sie auch einen Tee?«

»Nein danke, ich habe schon gefrühstückt.«

Sie hatten inzwischen die Autobahn erreicht und fuhren Richtung Oldenburg auf. »Was halten Sie denn jetzt von dem Fall?«

Jan trank einen Schluck Tee und stellte dann die Tasse auf dem Armaturenbrett ab. »Vier Vergewaltigungen in einem Umkreis von fünfundzwanzig Kilometern. Der Modus Operandi unterscheidet sich, aber es lässt sich durchaus ein Muster erkennen.«

»Ich höre!«

Jan deutete ein Augenrollen an, fuhr aber mit seinen Ausführungen fort. »Die erste Tat scheint relativ planlos begangen worden zu sein. Ein Zufallsopfer, klassische Situation. Die Frau ist um Mitternacht auf dem Weg nach Hause. Ein nicht beleuchteter Weg, der auch von Autos befahren werden kann. Ihr Fahrrad hat einen Platten, sie muss schieben.«

»Und?«

»Die Spurenlage hat die Aussage des Opfers bestätigt. Ein Wagen kam ihr entgegen, hielt und ließ das Aufblendlicht an, als der Fahrer auf sie zukam. Er überwältigte sie und zog sie ins hohe Gras, wo er ihr Rock und Slip vom Körper riss und sie vergewaltigte.«

»Und er hatte Glück, dass die Frau ihn nur ungenau beschreiben konnte«, fügte Hanna hinzu, die die betuliche Art des Psychologen nur mit Mühe unkommentiert lassen konnte. In den letzten zwei Wochen hatte sie mehrfach überlegt, ihre Entscheidung wieder rückgängig zu machen. Aus einem ihr unklaren Grund hatte sie jedoch gezögert, Kriminaldirektor Hagemann anzusprechen, und es schließlich aufgegeben. War es die Herausforderung, mit einem ganz anderen Typ von Ermittler zusammenzuarbeiten? Sie hatte sich über ihn informiert und nur lobende Worte von Kollegen über ihn gehört. Und Herausforderungen war sie noch nie aus dem Weg gegangen. »Die Frau in der Situation zu überfallen war nicht gerade risikofrei.«

Jan wiegte den Kopf hin und her. »Ja und nein. Zuerst hat er sie geblendet, vielleicht nicht mal mit Absicht. Als er auf sie zuging, hat er gemerkt, dass er quasi nicht zu sehen war. Vielleicht war das der Augenblick, in dem er die Entscheidung gefällt hat oder der Damm gebrochen ist. Alles, was später kam, war eine Abfolge von unumkehrbaren Handlungen.«

Hanna rollte mit den Augen. Da war es wieder, das Psychologengeschwafel. »Das Schwein konnte also nichts dafür, dass es ihn überkommen hat. War der Rock zu kurz?«

»Frau Hauptkommissarin«, sagte Jan, »wir stehen hier weder vor Gericht noch sitzen wir in der Kneipe am Stammtisch. Es geht darum, die Motivlage des Täters richtig einzuschätzen, um sich ihm langsam zu nähern. Wenn das sein subjektives Empfinden war, müssen wir auch damit arbeiten.«

»Sorry«, murmelte Hanna. »Ich habe wohl etwas überreagiert.«

Jan lächelte verständnisvoll. »Passiert jedem von uns.«

Hanna lag eine Entgegnung auf der Zunge, aber sie zwang sich, ruhig zu bleiben.

»Also gut, zurück zur ersten Tat«, fuhr der Psychologe fort. »Plötzlich steht der Mann vor einer Situation, die er vielleicht schon hundertmal in seinen Träumen durchlebt hat. Er kannte quasi jeden Handgriff, wusste intuitiv, wie er sich zu verhalten hatte, damit er so wenige Spuren wie nur möglich zurücklassen würde.«

»Intuitiv?«

Jan nickte. »Kennen Sie das nicht? Man spielt unzählige Male im Kopf eine Gefahrensituation durch, in allen möglichen

Varianten. Aber das wirkliche Leben funktioniert nun mal selten nach einem Masterplan. Man muss sekundenschnell auf die Gegebenheiten reagieren, und das, ohne zu überlegen. Man hat quasi Dutzende Varianten im Kopf und entscheidet intuitiv, welche gerade die richtige ist. Natürlich war es nicht richtig, diese Frau mit dem Tod zu bedrohen und zu vergewaltigen. Aber in dem Augenblick, als er den ersten Schritt gemacht hatte, war sozusagen eine Grundsatzentscheidung gefallen.«

»Okay, aber was sagt uns das?«

»Einen Schritt nach dem anderen.« Der Psychologe legte eine Kunstpause ein. »Wir haben also einen Täter, der vermutlich vor der ersten uns bekannten Vergewaltigung keine Straftaten dieser Art begangen hat. Das grenzt sein Alter ein – und auch die Tat an und für sich weist auf jemanden hin, der eine gute Kondition hat. Die DNA-Analyse hat das Alter des Täters auf fünfundzwanzig bis fünfundvierzig eingegrenzt. Ich würde es sogar auf zwischen Anfang und Ende dreißig begrenzen wollen.«

»Warum? Intuition?«

Jan schüttelte leicht den Kopf. »Mir fehlen eigentlich noch Daten. Dafür war die Vorbereitungszeit zu kurz und die Aktenlage noch zu dünn. Aber wir brauchen jetzt eine Einschätzung und nicht in zwei Wochen. Es kann sein, dass ich das Alter noch korrigieren muss. Fakt ist aber: Solche Taten haben mit einer extrem hohen Wahrscheinlichkeit einen Vorlauf, eine Vorgeschichte. Die Kollegen haben in Stade und der weiteren Umgebung keine vergleichbaren Vergewaltigungen gefunden, die mit der jetzigen Serie in Verbindung gebracht werden können. Der Täter hat nicht sorgfältig darauf geachtet, Spuren zu vermeiden. Die späteren Fälle, in denen weder Fingerabdrücke noch DNA gefunden wurden, lassen auf eine Entwicklung schließen. Die Aussagen der überfallenen Frauen lassen Rückschlüsse auf das Alter des Täters zu. Alle Frauen sind jung und im ungefähr gleichen Alter und von ähnlichem Typus. Hinzu kommt die eigentliche Vorgehensweise, die …«

»Okay!«, unterbrach Hanna ihn. »Was gibt es weiter?«

»Wie lange werden wir mit Ihrem Wohnmobil bis Stade brauchen?«, fragte Jan, ohne auf ihre Aufforderung einzugehen.

»Keine zwei Stunden«, sagte Hanna, deren Befürchtungen sich bisher bestätigt hatten. Sie würde viel Kraft brauchen, um mit diesem Menschen zusammenzuarbeiten. Konnte er nicht einfach auf den Punkt kommen? Bisher hatte er ihr nicht viel verraten, was sie nicht schon wusste.

Jan lehnte sich auf dem Sitz zurück. »Dann haben wir ja noch Zeit.«

»Die wir nutzen sollten, oder?«

»Natürlich.« Er schenkte sich Tee nach und griff noch einmal in den Rucksack. Er förderte ein Brot zutage, das sorgfältig in Pergamentpapier eingewickelt und, soweit Hanna es sehen konnte, mit Butter und Käse belegt war.

»Guten Appetit«, sagte sie.

»Danke.«

Hanna konzentrierte sich auf die Straße. Sie hatte die Akten erst am Abend zuvor überflogen und sich auf den letzten Fall der mutmaßlichen Reihe fokussiert. Eine junge Frau war in ihrer Stader Wohnung überfallen und, nachdem sie mehrfach vergewaltigt worden war, erstickt worden. Eine Freundin hatte sie als vermisst gemeldet und den Kollegen in Stade mitgeteilt, dass ihr Auto vor der Wohnung stehe und sie das von ihr angerufene Handy der Freundin durch die Wohnungstür gehört habe. Wenige Stunden nach der Vermisstenanzeige war die Tür aufgebrochen und Julia Sander tot aufgefunden worden. Zwei Tage später hatten die Stader Kollegen Unterstützung angefordert.

»Wo waren wir stehen geblieben?«, fragte Jan, nachdem er sein Brot aufgegessen und die Thermosflasche zurück in den Rucksack geschoben hatte.

»Beim ersten Fall.«

»Ja, das ist jetzt …«, der Psychologe schien kurz nachzurechnen, »… sieben Monate her. Also im September des letzten Jahres. Die zweite Vergewaltigung wurde im Dezember gemeldet. Eine sechsundzwanzigjährige Frau, die vor ihrer Wohnungstür abgepasst wurde. Der Täter hat ihr eine Binde über die Augen geklebt. Auch sie konnte ihn nicht identifizieren.« Jan hielt kurz inne und fuhr dann fort. »Die zeitliche und räumliche Nähe, die sich entwickelnde Vorgehensweise sowie das gleiche Alter der vier Frauen lassen darauf schließen, dass es sich um eine Vergewaltigungsserie handelt. Die erste Tat war spontan, die weiteren minutiös geplant. Wurden beim ersten Überfall noch DNA und ein Fingerabdruck sowie Haare gefunden, waren es beim zweiten Fall nur zwei Haare und die zwei weiteren Tatorte sind klinisch rein hinterlassen worden. Das lässt darauf schließen, dass der Täter nicht nur ausgesprochen schnell lernt, sondern auch in der Lage ist, komplizierte Zusammenhänge zu erfassen und sie umzusetzen. Die Haare vom zweiten Tatort sind mit hoher Wahrscheinlichkeit identisch mit denen des ersten Tatorts. Von daher können wir fast sicher von einer Serie ausgehen.«

Hanna nickte.

»Hat er es bei der ersten Vergewaltigung noch mehr oder weniger dem Zufall überlassen, ob das Opfer ihn wiedererkennen würde, so war es ihm im Dezember ausgesprochen wichtig, dass er unerkannt blieb. Auch hat er hier die Stimme verstellt, was vermutlich bei der ersten Vergewaltigung nicht in dem Maße der Fall war. Auch hier hat er wieder dazugelernt.«

Hanna zuckte mit den Schultern. »Und?«

»Für ein Täterprofil ist es durchaus von Bedeutung. Aber vielleicht kann ich erst einmal weitermachen, bevor wir …«

»Bitte sehr«, fiel Hanna ihm ins Wort.

»Danke«, sagte Jan leicht verschnupft. »Vielleicht kommen wir endlich weiter, wenn Sie mich nicht ständig unterbrechen. Sollten Sie in den nächsten Tagen einen Flüchtigen verfolgen, werde ich Ihnen auch nicht im Weg stehen oder gar ein Bein stellen.«

»Sicher nicht«, murmelte Hanna, die wusste, dass ihre Reaktionen überzogen waren. Sie hatte sich auf den Einsatz mit Jan de Bruyn eingelassen und jetzt gab es kein Zurück mehr. Es war besser, wenn sie gleich anfing, sich etwas zurückzunehmen. Der Psychologe schien sich ernsthaft mit den Fällen auseinandergesetzt zu haben und verdiente, dass sie ihm aufmerksam zuhörte. »Okay, ich habe heute Nacht wohl nicht so gut geschlafen.«

»Dann versuche ich, es kürzer zu machen. Ich weiß, die Dinge zusammenzufassen ist manchmal etwas nervtötend. Aber ich brauche das, um Verbindungen zu finden.«

Hanna nickte und schwieg.

»Wir haben zwei weitere Fälle, bei denen aber keine verwertbaren Täterspuren zu finden waren. Allerdings glaube ich, dass sie in die Reihe passen. Dazu werde ich mich noch intensiver mit den Akten beschäftigen und die Frauen noch einmal befragen müssen, aber jetzt schon mal vorab für uns: Jedes Mal verfeinert der Täter sein Vorgehen. Entweder geht er geschickter vor bei der Auswahl seiner Opfer oder er hinterlässt weniger Spuren. Waren beim ersten Opfer noch Sperma, Haare und ein Fingerabdruck gefunden worden, waren es im zweiten Fall gerade noch wenige Haare, aus denen leider kein DNA-Profil erstellt werden konnte. Ab dem dritten Fall keins von beiden. Und wir wissen beide, wie schwer, ja fast unmöglich es ist, keine DNA-Spuren zu hinterlassen. Er muss sich also informiert haben, sprich Fachliteratur gewälzt oder zumindest populärwissenschaftliche Sachbücher gelesen haben, die sich intensiv mit dem Thema beschäftigen.«

»Internet?«

Jan wiegte mit dem Kopf. »Ich glaube nicht, dass man hier weit kommt. Entweder sind es hochwissenschaftliche Abhandlungen oder aber die Autoren bleiben recht oberflächlich und allgemein. Was ich sagen wollte, vielleicht lohnt es sich, nach Männern im Alter von fünfundzwanzig bis fünfundvierzig zu suchen, die entsprechende Literatur gekauft haben. Ich kann Ihnen da gerne eine Liste zusammenstellen.«

»Okay, eine Liste mit Büchern. Schauen wir mal, ob es notwendig wird, die Buchhandlungen abzuklappern. Bei den Onlineshops wird es allerdings schwieriger bis unmöglich.«

Jan nickte. »Das Alter habe ich ja bereits weiter eingegrenzt, als es uns die DNA-Analyse schon verraten hatte. Er ist gebildet, hat vermutlich Abitur oder einen vergleichbaren Abschluss, aber ich glaube nicht, dass er ein abgeschlossenes Studium hat. Vielleicht hat er es versucht, aber dann wieder abgebrochen. Oder er hat gleich einen anderen, für ihn einfacheren Weg gewählt. Ich tippe auf die zweite Variante.«

Hanna warf ihm einen ungläubigen Blick zu. »Das wollen Sie alles daraus lesen?«

»Gerichtsverwertbar ist das natürlich nicht. Und ja, es ist nur ein erstes, vorläufiges Täterprofil. Aber wir brauchen eins und bisher habe ich nur die Anhaltspunkte nach Aktenlage. Soll ich warten, bis wir kurz vor einer Festnahme sind? Was würden Sie dann sagen?«

Hanna schmunzelte. »Eins zu null für Sie. Machen Sie weiter.«

Jan raufte sich die dichten Haare und legte den Kopf in den Nacken. »Warum hat er das Studium abgebrochen oder gar nicht erst damit angefangen? Der Verlauf der Vergewaltigungsserie deutet darauf hin, dass der Täter ein übervorsichtiger Mann ist. Anders formuliert: Er hat höllische Angst, überführt zu werden. Gleichzeitig schafft er es nicht, seine Triebe unter Kontrolle zu bringen. Und das, obwohl ihm nach der ersten Tat klar geworden sein muss, wie fahrlässig er gehandelt hat.«

»Daraus schließen Sie auf seinen beruflichen Lebensweg?«

»Das ist richtig. Er hat vor neuen und unkalkulierbaren Situationen Angst. Angst vor dem Versagen, Angst davor, bloßgestellt zu werden. Und vor allem Angst davor, die Kontrolle zu verlieren.« Jan holte tief Luft und sprach weiter. »Ein Studium bedeutet, die vertraute Umgebung zu verlassen. In den meisten Fällen ist es verbunden mit einem Umzug, einer neuen Wohnung, Menschen, die man nicht kennt, schwierigen Situationen, die gemeistert werden müssen. Das alles macht Angst. Hinzu kommt, dass er vermutlich geahnt hat, dass seine Fantasien gefährlicher sind, als ihm lieb ist. Die in einer unbekannten Umgebung zu kontrollieren ist noch komplizierter und gefährlicher.«

»Sehr weit hergeholt, würde ich mal behaupten.«

Jan nickte. »Ja, ich lehne mich weit aus dem Fenster. Wir werden sehen, ob die Theorie in den nächsten Tagen noch Bestand haben wird.«

»Sorry, ich wollte Sie nicht unterbrechen«, sagte Hanna. »Machen Sie weiter.« Sie wunderte sich über ihre eigenen Worte. Auch wenn sie seine Ausführungen für weit hergeholt hielt, schienen sie logisch aufgebaut und auf den bisherigen Fakten zu beruhen. Vielleicht sollte sie dem Psychologen eine Chance geben und ihre Vorurteile zurückstellen.

Jan kratzte sich an der Stirn und schien einen Augenblick nicht zu wissen, wie er fortfahren sollte. Schließlich nickte er. »Ich sehe also einen verunsicherten Menschen, der vermutlich auch Schwierigkeiten haben wird, mit seinen Mitmenschen aktiv zu kommunizieren. Unser Mann könnte lange bei seinen

Eltern gewohnt haben, weil hier alles vertraut und sicher war. Es könnte auch sein, dass ihn andere Gründe ans Haus fesseln und so verhindert haben, dass er sich sozusagen emanzipiert hat oder, einfach ausgedrückt, erwachsen geworden ist.«

»Die wären?«

»Ein Elternteil könnte seit Langem pflegebedürftig sein. Somit hätte er einen Grund gehabt, nicht auf eigenen Füßen stehen zu müssen, ohne es nach außen begründen zu müssen. Ohne Gefahr, als Sonderling angesehen zu werden. Im Gegenteil, er wird dadurch noch die Sympathie seiner Umgebung erhalten haben.« Jan hielt kurz inne und fuhr dann fort. »Unser Mann wird einen Beruf erlernt haben, in dem ein Abitur zwar keine Voraussetzung ist, aber gerne gesehen wird. Bankkaufmann oder einen Job in der Versicherungsbranche. Klare Strukturen, feste Arbeitszeiten, überschaubare Anforderungen. Hier kann er seine Ängste kontrollieren und sich abgrenzen, ohne gesellschaftlich vollkommen ins Abseits geschoben zu werden.«

»Frauen?«, fragte Hanna weiter.

»Gute Frage. Darüber habe ich mir gestern Nachmittag bis spät in die Nacht Gedanken gemacht. Nach außen wirkt der Mann vermutlich zurückhaltend, also definitiv kein Macho. Das macht ihn für eine bestimmte weibliche Zielgruppe durchaus attraktiv. Allerdings hat er das Problem, dass heutzutage immer noch viele Frauen erwarten, dass die Männer den ersten Schritt machen.«

»Also keine Beziehung?«

»Das glaube ich schon. Die Frage ist, wie lange sie gedauert und wie sie geendet hat. Es können auch mehrere kurze Beziehungen gewesen sein. Dass er aktuell in einer Beziehung ist, würde ich bezweifeln.«

»Warum nicht?«

»Weil er seine Gewaltfantasien nicht einfach per Knopfdruck abstellen kann. Entweder hat ihm der normale

Sex nichts gebracht oder sogar noch mehr Druck aufgebaut. Oder er hat versucht, seine Fantasien umzusetzen, ganz oder teilweise.«

»Keine gute Idee!«, warf Hanna ein.

»Nein, es ist wohl eher selten, dass Frauen darauf stehen, Vergewaltigung zu spielen. Selbst wenn er eine gefunden haben sollte, ein Sexspiel ist nicht das Gleiche wie die Realität. Unser Mann wird übrigens kaum den Schneid gehabt haben, quasi öffentlich danach zu suchen. Also in entsprechenden Internetforen oder Chatgruppen.«

»Sexarbeiterinnen?«

»Das wäre eine Möglichkeit. Ob er in Stade fündig geworden wäre, kann ich nicht beurteilen.«

»Hamburg wäre da die richtige Adresse. Eine Stunde Fahrt wird er wohl für seine Fantasien investiert haben.«

»Hamburg ist eine Großstadt. Da kennt er sich nicht aus, es erzeugt Unsicherheit, Angst. Sollte ich richtig liegen mit meinem bisherigen Profil, wird er kein Freund von einer Großstadt wie Hamburg sein. Trotzdem könnten wir in Stade die Szene befragen. Eventuell ist er aufgefallen.«

»Wir?«, fragte Hanna schmunzelnd.

»Ich kann das auch gerne Ihnen und Ihren Kollegen überlassen«, antwortete Jan.

»Schon gut. Wir werden sehen.«

Hanna verlangsamte die Geschwindigkeit, als die Abfahrt Sittensen angekündigt wurde, und fädelte sich auf die rechte Spur ein. »Ab hier fast nur noch Landstraße. Am Schluss gibt es noch ein paar Kilometer auf der A 26 auf Stade zu.«

»Ich weiß.«

»Sie kennen Stade?«

»Ja.«

»Aber gewohnt haben Sie dort oder in der Nähe doch nicht.«

»Nein.«

Hanna hasste diese Wechsel aus konkreten Fragen und kurzen bis sehr kurzen Antworten. Sehr auskunftsfreudig über sein Leben schien ihr neuer Kollege nicht zu sein. Aber um ihm das vorzuwerfen, wäre sie sicher nicht die richtige Person.

»Aber?« Hanna wagte noch einen letzten Versuch.

»Ich war einige Male in der Stadt. Privat, nicht beruflich.«

»Das trifft sich doch gut. Ich kenne das Örtchen nicht.«

Jan ging nicht auf ihre Bemerkung ein. »Dann fasse ich noch mal zusammen.« Er warf ihr einen Blick zu. »Mit Ihrem Einverständnis.«

»Nur zu!«

»Ich, und vielleicht ja auch wir, gehen von einem Serientäter aus. Vier Frauen sind überfallen worden. Pia Sandstede, eine Arzthelferin, Sandra Franken, die zu der Zeit im Fitnessstudio arbeitete, Jasmin Keller, die einen Backshop geleitet hat, und Julia Sander, die Krankenschwester in den Elbe-Kliniken in Stade war. Die Opfer haben alle einen Beruf in öffentlich zugänglichen Bereichen.« Jan hielt kurz inne und atmete einmal tief durch. »Die Taten bauen quasi aufeinander auf und der Täter verfeinerte seine Strategie mit jedem neuen Überfall. Mein vorläufiges Täterprofil sieht sein Alter zwischen dreißig und vierzig, wobei ich eher auf jünger als älter tippe. Er hat Abitur oder einen vergleichbaren Abschluss, hat eine Ausbildung in einem Beruf mit geringem Stress und klaren Strukturen. Er hatte einige kurze Beziehungen, die allesamt von den Frauen beendet wurden. Er lebte lange bei seinen Eltern, unter Umständen immer noch in ihrer Nähe. Er hasst Frauen, weil er auf die eine oder andere Weise ausgesprochen schlechte Erfahrungen gemacht hat. Seine Gewaltfantasien machen ihm seit seiner Pubertät Angst, lassen sich aber nicht abschütteln. Die erste Vergewaltigung war eine spontane Tat, die unseren Mann …«

»… auf den Geschmack gebracht hat«, vervollständigte Hanna den Satz.

Jan schien ihre Formulierung nicht zu gefallen. Er zögerte und seufzte schließlich. »So würde ich es nicht formulieren. Er wird seine Bedürfnisse auch vorher schon befriedigt haben. Im Internet findet sich ausreichend Material. Eventuell hat er auch auf Sexarbeiterinnen zurückgegriffen. Aber die erste Vergewaltigung hat einen Damm gebrochen. Er wird sich dagegen gewehrt haben, wie er es die ganzen Jahre gemacht hat, aber das Verlangen hat ihn nicht mehr losgelassen. Die Folgetaten waren aber ganz sicher akribisch geplant. Sie zeugen davon, dass er Angst hat, überführt zu werden. Der Aufwand, den er betreibt, muss enorm sein.«

»Sie haben noch nicht erwähnt, warum dieser Typ so durchgeknallt ist«, warf Hanna ein.

»Es gibt Menschen mit sexuellen Neigungen, die deutlich abweichen von der gesellschaftlich akzeptierten Norm. Sie haben doch sicher schon von Paraphilie gehört. Hierunter fällt auch das Bedürfnis, Gewalt auszuüben. Manche Männer können nur so Lust und Erregung empfinden. Im äußersten Fall handelt es sich dann um Vergewaltigung oder sogar Tötung des Opfers.«

»Also kein Kindheitstrauma?«

»Das eine schließt das andere nicht aus. Massive Gewalterfahrungen in der Kindheit und Jugend hinterlassen tiefe Narben. Das muss nicht unbedingt in der Kernfamilie passiert sein. Jugendgruppe, Schule, Kirche.« Jan hob beide Hände. »Und ja, die grundsätzliche Veranlagung des Täters hat auch Einfluss auf sein Verhalten. Aber nicht unmittelbar und ausschließlich. Das sind hochkomplexe Vorgänge, die schwer zu erfassen sind.« Er atmete tief durch. Hanna spürte, dass ihm das Thema naheging. »Wir haben es hier mit Macht zu tun, totaler Macht über Menschen. Solch ein immer stärker werdender Drang, Menschen zu missbrauchen, ihnen den eigenen Willen aufzuzwingen, findet seine Anfänge häufig in sexuellen Missbrauchserfahrungen des späteren Täters oder auch in tiefen und über lange Zeit bestehenden Kränkungen und Demütigungen. Was unseren Täter geprägt hat, werden wir erst wissen, wenn er festgenommen wurde und redet.«

Hanna nickte nachdenklich. »Bemerkenswert, was Sie aus den wenigen Daten geschlossen haben. Und das ist jetzt mein Ernst.«

»Danke, allerdings ist das Profil vorläufig, sehr vorläufig, und wir sollten vorsichtig damit umgehen. Wenn ich tiefer in den Ermittlungen stecke, kann ich hoffentlich mehr sagen.«

Hanna zeigte nach rechts aus dem Seitenfenster. »Die ersten Äpfel.« Sie fuhren an einer der für die Gegend typischen Apfelbaumplantagen vorbei. Unzählige Reihen der Plantagenbäumchen standen in voller Blüte. »Zumindest werden es irgendwann welche.«

»Genormtes Obst«, murmelte Jan. »Für genormte Menschen. Das größte zusammenhängende Anbaugebiet in Europa. Das sind keine Äpfel mehr. Wissen Sie, was eine Streuobstwiese ist?«

»Nicht genau«, gab Hanna zu.

»Eine Fläche, auf der richtige Apfelbäume wachsen und nicht diese klein gezüchteten Sträucher. Junge und alte Bäume, verschiedene Sorten verstreut auf der Wiese. Ja, sie sind nicht so leicht zu pflücken und sie brauchen mehr Platz. Manche sind empfindlich gegen Kälte, zu viel Regen oder Hitze. Sie sind klein oder riesengroß. Und sie schmecken nach Apfel, nach richtigem Apfel.«

Sieben

Die A 26 ging kurz vor Stade in eine Bundesstraße über, von der Hanna Will Richtung Innenstadt abfuhr. Das Polizeigebäude lag etwas von der Straße entfernt in einem Hinterhof. Hanna stellte das Wohnmobil auf zwei zusammenhängenden Parkplätzen ab und schaute auf die Uhr. »Keine schlechte Zeit. Wollen wir?«

Jan nickte. Die letzte Viertelstunde hatte er geschwiegen und Kraft gesammelt für die anstehende Sitzung mit der SoKo.

Als sie auf den Haupteingang zugingen, kam ihnen ein etwa fünfzigjähriger Mann entgegen, mittelgroß, sportlich, mit Kurzhaarschnitt. Er sah zwischen Hanna und Jan hin und her und entschied sich, der Hauptkommissarin zuerst die Hand zu reichen. »Sven Bauer. Herzlich willkommen in Stade.«

»Hanna Will – und das ist mein Kollege Jan de Bruyn«, sagte Hanna.

Jan ergriff die Hand des Stader Hauptkommissars. Sein Griff war wider Erwarten sanft.

»Mein Team kommt in zehn Minuten«, sagte Sven Bauer. »Wollen wir schon reingehen?«

Hanna ging voraus, Jan folgte ihr mit Abstand. Im ersten Stock lag der Besprechungsraum, der, wie Sven Bauer erklärte, auch für Pressekonferenzen genutzt wurde. Entsprechend verloren sahen die zu einem Viereck zusammengeschobenen Tische mit den Stühlen aus. Auf einem Tisch an der fensterlosen Seite standen ein Kaffeeautomat, zahlreiche Becher und Gläser sowie Flaschen mit Mineralwasser und Softdrinks.

»Bedienen Sie sich gerne«, sagte Sven Bauer. »Von Espresso bis zum Latte macchiato ist alles wählbar.«

Hanna wandte sich zu Jan um. »Auch einen Latte?«

Jan nickte, zog sich einen Stuhl vor und setzte sich. Kurz darauf kam Hanna mit den gefüllten Gläsern und nahm neben ihm Platz.

»Ich würde Ihnen gleich kurz mein Team vorstellen und anschließend noch einmal einen Überblick über die Ermittlungen geben.« Sven Bauer hatte sich zu ihnen gesetzt.

Hanna nippte an ihrem Latte macchiato und nickte anschließend. »Wie groß ist Ihr Team?«

»Mit mir inzwischen zehn Kollegen. Sieben Männer und drei Frauen. Die SoKo wurde nach der zweiten Vergewaltigung gegründet. Sie haben ja sicher gelesen, dass es sich mit hoher Wahrscheinlichkeit um den gleichen Täter handelt.«

Hanna nickte. »Die Zusammenfassung der Ermittlungsunterlagen habe ich erst gestern bekommen. Aber mein Kollege hat schon mehr Zeit damit verbracht und sich einen ersten Überblick verschafft.«

»Das ist gut. Zu Beginn der SoKo waren wir zu viert, mit jedem neuen Fall sind drei Kollegen hinzugekommen. Wie Sie wissen, wurden die Abstände zwischen den Taten kontinuierlich kürzer. Inzwischen sind wir bereits bei etwa vier Wochen.«

Jemand klopfte an die Tür und gleich darauf traten die Mitglieder der SoKo eines nach dem anderen in den Besprechungsraum. Sven Bauer stellte zunächst Hanna und Jan vor und anschließend seine Kollegen, bevor er in schneller Folge die vier Fälle durchging. An der Wand hinter ihm wurde von einem Beamer ein Kartenausschnitt angezeigt, auf dem durch rote Punkte, die mit Zahlen versehen waren, die Tatorte angezeigt wurden.

»Bisher gehen wir davon aus, dass wir einen Täter für alle vier Überfälle suchen. Warum er beim letzten Mal die Frau getötet hat, lässt sich nur schwer sagen. Eventuell hat sie ihn, anders als die Frauen zuvor, deutlich gesehen und hätte ihn identifizieren können. Also eine Verdeckungstat. Sollte das nicht der Fall sein, müssen wir in Kürze mit einem weiteren Tötungsdelikt rechnen.«

Hanna meldete sich zu Wort. »Zunächst mal ein Hallo in die Runde von meiner Seite. Mein Kollege und ich haben erst vor Kurzem eine Zusammenfassung der Ermittlungen bekommen und müssen uns noch tiefer einarbeiten. Auf der Fahrt nach Stade haben wir schon etwas an einem Täterprofil gearbeitet.« Sie warf einen fragenden Blick zu Jan. Nach kurzem Zögern nickte er. »Mein Kollege würde jetzt eine – natürlich noch vorläufige – Einschätzung dazu abgeben.«

Jan stand auf und fasste in einem kurzen Vortrag seine bisherigen Erkenntnisse zusammen.

Einer der jüngeren Kommissare hob die Hand. »Vorläufiges Täterprofil?«

»Normalerweise würde ich mir mehr Zeit nehmen«, antwortete Jan. »Aber ich gehe nach meinen bisherigen Informationen davon aus, dass wir von einer weiteren Vergewaltigung und mit hoher Wahrscheinlichkeit auch von einem weiteren Tötungsdelikt ausgehen müssen. Von daher drängt die Zeit.«

»Wann?«, fragte der junge Kommissar.

»Das lässt sich nicht genau voraussagen. Es hängt entscheidend davon ab, wie der Täter auf die Tötung seines Opfers reagiert. Wir wissen nicht, warum er getötet hat, ob sich seine Gewaltfantasien ausgeweitet haben oder es andere Umstände gab, die zur Tötung von Julia Sander geführt haben.«

Jan sah aus dem Augenwinkel, wie sich Hanna Will aufrichtete. Sie würde im nächsten Augenblick das Wort ergreifen.

Die Hauptkommissarin räusperte sich leise. »Ich würde vorschlagen, dass Sie mit Ihren bisherigen Arbeiten fortfahren und gleichzeitig ein Zweierteam die gesamten Ermittlungsakten danach durchforstet, ob das bisherige Täterprofil auf jemanden zutrifft, der befragt oder vernommen wurde.« Sie warf einen Blick zu Sven Bauer, der ihr zunickte.

Der junge Kommissar, der zuvor die Fragen gestellt hatte, meldete sich. »Ich kann das gerne machen.« Er sah sich zu einer der Kommissarinnen im Raum um. »Lara?«

»Okay«, sagte Sven Bauer. »Moritz und Lara, ihr geht die Akten durch. Alle anderen haben bereits ihre Aufgaben. Wir treffen uns morgen um neun Uhr wieder hier.«

Stühle wurden gerückt, die Beamten standen auf. Kurz darauf saß Jan mit seiner neuen Kollegin und Sven Bauer allein im Raum.

Der Stader Hauptkommissar sah Hanna fragend an. »Wollen Sie als Erstes den Tatort sehen? Die Wohnung befindet sich im Süden von Stade. Nicht einmal drei Kilometer Luftlinie von hier aus.«

»Ja, das wäre gut«, sagte Hanna, ohne Jan zu beachten.

Jan saß auf der Rückbank in Sven Bauers Dienstwagen. Hanna Will hatte wie selbstverständlich die Beifahrertür des Passats geöffnet und sich nach vorne gesetzt.

»Wie weit ist die Kriminaltechnik mit den Spuren?«, fragte sie.

Sven Bauer startete den Motor und fuhr vom Hof der Polizeiinspektion. »Wir haben jede Menge Fingerabdrücke. Aber das war nicht anders zu erwarten. Nach Auskunft der Freundin waren regelmäßig Bekannte und Freunde bei ihr zu Besuch.«

Sven Bauer fuhr Richtung Süden in die Harsefelder Straße ab.

»Aber noch keinen Treffer?«, fragte Hanna weiter.

Jan verdrehte die Augen. Natürlich gab es keinen Treffer, ansonsten hätten sie bereits in Bauers Bericht davon erfahren.

»Nein, aber da wir von vierzehn unterschiedlichen Personen Fingerabdrücke gefunden haben, kann das noch ein paar Tage dauern.«

»DNA?«

»Das gleiche Problem. Die Freundin, die uns auch alarmiert hat, hat uns gesagt, dass drei Tage vor der Tat eine Geburtstagsfeier in der Wohnung stattgefunden hat. Julia Sander war fünfundzwanzig geworden. Das heißt jede Menge frischer Spuren.«

Sie bogen von der Hauptstraße ab, fuhren in ein Wohngebiet hinein und parkten vor einem dreieinhalbstöckigen Mietshaus. Sven Bauer zeigte nach oben. »Die rechte Dachgeschosswohnung. Fünfundachtzig Quadratmeter, zwei Zimmer, Küche, Bad.«

»Was verdient man als Krankenschwester?«

»Zweitausendfünfhundert brutto. Durch Zuschläge und Nachtdienste hat Julia Sander etwas über tausendneunhundert ausbezahlt bekommen.«

»Nachtdienste?«, fragte Jan.

Sven Bauer nickte. »Sie hat zwei- bis dreimal im Monat einen zusätzlichen Nachtdienst übernommen. Das war in aller Regel am Wochenende.« Er zog einen Schlüssel aus der Tasche. »Wollen wir?«

Sie stiegen aus und gingen auf das Haus zu. »Sechs verschiedene Mietparteien. Leider hat niemand etwas mitbekommen.«

Sven Bauer schloss auf, sie stiegen hintereinander die Treppe hinauf.

»Wie hat der Täter Julia Sander nach oben bekommen?«, fragte Jan halblaut und mehr zu sich selbst.

»Wir vermuten, dass er oben gewartet hat«, antwortete Sven Bauer.

»Die Nachbarwohnung oben steht leer?«, fragte Jan.

»Woher wissen Sie das?«

»Der Täter ist extrem vorsichtig geworden.« Sie standen jetzt auf dem oberen Flur. Jan sah sich um. »Konnte er wissen, wann Julia Sander nach Hause kommen würde?«

»Nein, sie war bei Freunden zu einem Geburtstag eingeladen.«

»Dann muss er entweder hier auf sie gewartet haben oder sogar in der Wohnung«, sagte Hanna.

Sven Bauer schloss die Tür auf. »Wir haben keine Einbruchsspuren an der Tür gefunden.«

»Er hat sie professionell mit einem Dietrich geöffnet«, sagte Jan. »Er wusste, dass die Nachbarwohnung leer steht, trotzdem hat er nicht hier auf dem Hausflur gewartet. Es wäre viel zu gefährlich gewesen.« Er nickte nachdenklich. »Zumindest aus seiner Sicht.«

Sie betraten einen kleinen Flur, von dem vier Türen abgingen. Sven Bauer ging auf die letzte Tür zu, hinter der das Wohnzimmer lag. Durch die drei großen Dachfenster schien die Sonne in den über zwanzig Quadratmeter großen Raum. Jan sah sich um. Die beiden kleinen Sofas waren von einem Markenhersteller, der große Berberteppich hatte nach Jans Einschätzung mindestens zweitausend Euro gekostet, nur die Schrankwand schien von einem der großen Möbeldiscounter zu kommen. An den Wänden hingen eingerahmte Kunstdrucke in verschiedenen Größen.

»In diesem Raum haben wir keine Spuren eines Kampfes gefunden. Es scheint sich alles im Schlafzimmer abgespielt zu haben«, sagte Sven Bauer.

»Er hat hier gesessen und gewartet«, murmelte Jan, der trotz der störenden Personen im Raum versuchte, sich in den Täter hineinzuversetzen.

»Gewartet?«, fragte Hanna. »Im Dunkeln?«

»Wir hatten Vollmond. Es ist sicher genügend Licht durch die Dachfenster gekommen.« Jan setzte sich aufs Sofa und lehnte sich mit weit ausgestreckten Armen und geschlossenen Augen zurück.

Er hat die Wartezeit genossen. Eine Stunde, vielleicht zwei, hier auf diesem Platz mit Blick auf die Tür. Er hat ihr Leben eingesogen, hat auf seine Frau gewartet, sich ausgemalt, wo sie sich rumtrieb. Hatte sie eine heiße Affäre? Vielleicht mit seinem Freund? Würde sie ihm später alle Einzelheiten der Liebesnacht verraten? Er liebte es, wenn sie nackt nebeneinander …

»De Bruyn!«, riss ihn eine harte Stimme aus seinen Gedanken.

Jan sah auf und schüttelte sich leicht. Vor ihm stand Hanna Will und blickte ihn argwöhnisch an.

»Wollen Sie hier schlafen?«, fragte sie mit leicht ärgerlichem Unterton. Sie stand in der Tür und schüttelte kaum merklich den Kopf.

Jan zuckte mit den Schultern und stand auf. »Er hat hier lange gesessen und auf sie gewartet. Er kannte sie.«

»Kannte? Was reden Sie da?«

»Er hat sie länger beobachtet. Vielleicht Wochen oder auch Monate.«

»Woher wissen Sie das?«, fragte Hanna und rollte mit den Augen. »Kommen Sie jetzt? Wir sind eigentlich durch mit der Wohnung. Wollen Sie noch das Schlafzimmer sehen?«

Jan nickte und folgte ihr über den Flur in einen zweiten Raum. Auch dieser war lichtdurchflutet und mit modernen Möbeln ausgestattet. Die Breite des Bettes schätzte Jan auf einen Meter sechzig. Er drehte sich einmal im Kreis und ließ das Zimmer auf sich wirken.

»Wie lange war er mit Julia Sander hier?«

»Sie hat um kurz nach Mitternacht die Geburtstagsfeier verlassen«, sagte Sven Bauer. »Wir sind den Weg zu Fuß abgegangen. Er ist in fünfzehn Minuten zu schaffen. Tür aufschließen, nach oben gehen. Sagen wir, um halb eins war sie in der Wohnung.«

»Todeszeitpunkt?«

»Zwischen zwei und sechs Uhr. Ich habe persönlich mit dem Gerichtsmediziner gesprochen. Unter der Hand hat er die Zeitspanne auf zwei bis drei Uhr begrenzt.«

»Er spielt mit seinen Opfern.« Jan schloss die Augen und sah die Szene vor sich. Julia Sander wimmerte vor Angst, konnte aber nicht schreien, weil sie entweder einen Knebel im Mund hatte oder so eingeschüchtert war, dass sie es nicht wagte.

Jan sah auf. »Hat der Täter Julia Sander den Mund zugeklebt?«

»Wir haben keine Klebereste an ihren Lippen und Wangen gefunden. Auch keine an den Haaren.«

»Spuren eines Knebels?«

Sven Bauer schüttelte den Kopf. »Nein, zumindest keine nachweisbaren.«

»Zwei bis drei Stunden«, flüsterte Jan und fügte laut hinzu: »Konnte das dritte Opfer sagen, wie lange er sie in seiner Gewalt hatte?«

»Nicht genau, aber es war weniger als hier. Sie schätzt die Zeit auf etwas über eine Stunde. Die Frau ist auch in beziehungsweise vor ihrer Wohnung überfallen worden. Der Täter wartete im Hausflur. Allerdings war es hier umgekehrt. Sie hat die Wohnung gegen vier Uhr morgens verlassen, um sich auf den Weg zur Arbeit zu machen.«

»Wo arbeitet sie?«

»Hat gearbeitet. Jasmin Keller hat gekündigt und lebt im Moment bei ihrer Großmutter in Köln. Zu der Zeit hat sie einen Backshop hier in der Stadt geleitet. Die backen ja heutzutage einen Großteil der Brötchen direkt im Laden. Gegen halb fünf hat sie immer angefangen zu arbeiten.«

Hanna, die in der Tür zum Flur stand, räusperte sich. »Können wir jetzt?«

Jan stöhnte innerlich auf. Verstand sie denn nicht, was er hier machte? Der Täter schien nach bisherigen Erkenntnissen so vorsichtig zu agieren, dass sie ihn mit herkömmlichen Methoden nicht so einfach fassen würden.

»Und?«, drängelte Hanna.

Jan nickte Sven Bauer dankend zu und folgte Hanna in den Flur und aus der Wohnung hinaus.

»Wollen Sie die weiteren Tatorte auch sehen?«, fragte Sven Bauer, als sie wieder in seinem Dienstwagen saßen.

Hanna schüttelte den Kopf. »Das ist nicht nötig.«

»Ich würde gerne die Wohnung von Frau Keller sehen«, sagte Jan, bevor der Stader Kommissar den Motor starten konnte.

»Können Sie mich vorher beim Kommissariat absetzen?«, fragte Hanna und drehte sich anschließend zu Jan um. »Ich warte dann in unserem Büro auf Sie.« Sven Bauer hatte ihnen, als sie das Polizeigebäude verlassen hatten, ihr provisorisches Büro gezeigt und ihnen zwei Schlüssel überreicht.

»Wie Sie meinen«, sagte Jan, der nur mit Mühe einen beißenden Kommentar zurückhalten konnte.

»Sie arbeiten noch nicht lange zusammen?«, fragte Sven Bauer, nachdem sie Hanna Will abgesetzt hatten.

»Unser zweiter Fall«, sagte Jan, der auf den Beifahrersitz gewechselt hatte.

»Jasmin Keller hat die Wohnung gekündigt. Allerdings konnte sie wohl noch keinen Nachmieter finden. Der Hausmeister wohnt im Haus. Er wird uns aufschließen.«

»Die Wohnung ist schon ausgeräumt?«, fragte Jan.

»Davon gehe ich aus. Aber ich weiß es ehrlich gesagt nicht.«

»Warten wir's ab.«

Sie fuhren auf dem Ring um die Altstadt, überquerten die Brücke über den Burggraben, um wenige Meter später nach rechts abzubiegen.

Der Kommissar deutete mit dem Kopf nach links, wo die ersten siebenstöckigen Mietshäuser zu sehen waren. »Unser sozialer Brennpunkt.«

»Hat Frau Keller alleine gewohnt?«

»Ja, eine Fünfzig-Quadratmeter-Wohnung. Dreihundertfünfzig Euro kalt.«

Sie hielten auf einem der großen Parkplätze. Als sie auf eines der Mietshäuser zugingen, zeigte Bauer nach oben. »Siebter Stock.« Er grinste. »Aber dieses Mal mit Fahrstuhl. Zumindest wenn er gerade funktioniert.«

Nachdem der Stader Hauptkommissar mit dem Hausmeister telefoniert hatte, warteten sie vor der Eingangstür auf den Mann. Jan sah sich die Namensschilder neben den Klingeln an. Zwei Drittel klangen nicht nach deutschen Namen.

»Moin!«, hörte Jan eine dunkle Männerstimme in seinem Rücken, drehte sich um und stand vor einem großen Mann im blauen Overall, der einen Schlüsselbund hochhielt. »Sie sind von der Polizei?«

Sven Bauer zeigte ihm seinen Ausweis, der Mann schloss auf.

»Ist die Wohnung schon ausgeräumt?«

»Ich glaube nicht«, murmelte der Mann. »Hätte ich wohl mitgekriegt.«

Im Flur des Hauses waren die Briefkästen angebracht. Einige von ihnen waren aufgebrochen, aus anderen quollen Werbeprospekte durch den Schlitz.

»Fahrstuhl?«, fragte der Hausmeister.

Sven Bauer warf Jan einen fragenden Blick zu.

»Fahren Sie ruhig. Ich gehe über die Treppe.«

Langsam stieg Jan Stufe für Stufe nach oben. In jeder Etage blieb er stehen, sah sich um und schloss kurz die Augen. Als er eine Frau grüßte, die ihm von oben entgegenkam, reagierte sie nicht und schaute nicht einmal in seine Richtung. Zwischen dem dritten und vierten Stock kamen Jan zwei Männer entgegen. Auch sie beachteten ihn nicht. Von den einzelnen Stockwerkfluren gingen jeweils vier Wohnungstüren ab. Jan hörte auf seinem Weg nach oben Kindergeschrei, Stimmen von Frauen in Sprachen, die er nicht kannte, und hin und wieder eine Männerstimme.

Vor der letzten Treppe hinauf in den siebten und letzten Stock blieb Jan stehen und wartete, bis sich sein Atem beruhigt hatte. Oben angekommen fand er eine der Wohnungstüren angelehnt vor. Auf dem Türschild stand immer noch der Name »Keller«. Dieser Etagenflur war kaum mit Filzstift-Kritzeleien verziert. Auch standen vor keiner der Türen Schuhe, Kinderwagen oder Ähnliches.

Jan horchte ins Treppenhaus hinein. Hatte der Mann hier gewartet? Oder auf halber Höhe zur siebten Etage, um, sollte jemand von oben kommen, wieder nach unten gehen zu können? Auf der anderen Seite nahm niemand von hier oben die Treppe, wenn der Fahrstuhl funktionierte. Jan ging wieder einige Stufen nach unten und stoppte, als er gerade die letzten Stufen sehen konnte. Ja, er hatte hier gewartet. Jan schloss die Augen und spürte dem Adrenalin nach, das durch den Körper des Mannes geschossen war. Er musste gewusst haben, dass die Frau frühmorgens zur Arbeit ging. Er hatte sie genauso ausspioniert wie später Julia Sander, war ihr gefolgt, bis er sicher gewesen war, dass er jede ihrer Gewohnheiten kannte. Als er hörte, dass die Tür geöffnet wurde, muss der Täter die Stufen hochgelaufen sein, um sich hinter der Tür zu verstecken.

Jan ging die letzten Stufen zurück nach oben und betrat die Wohnung.

Acht

Hanna hatte sich alle bisherigen Ermittlungsakten in ihr provisorisches Büro bringen lassen. Als Erstes sah sie die wenigen Protokolle und Berichte durch, die bisher zum Tötungsdelikt von Julia Sander hinterlegt worden waren. Die Mutter der Frau lebte in Hamburg und hatte in den letzten sechs Jahren kaum Kontakt zu ihrer Tochter gehabt. Sie hatte bei der Befragung zu Protokoll gegeben, dass der Vater ihrer Tochter unbekannt sei, da sie vor der Geburt als Sexarbeiterin gearbeitet habe und nicht wisse, welcher ihrer Freier der Erzeuger ihres Kindes sei.

Hanna spielte die Aufnahme der eineinhalbstündigen Befragung ab und sprang immer wieder einige Minuten vor.

»Nein, ich habe schon bestimmt ein halbes Jahr nicht mehr mit ihr gesprochen«, sagte Petra Sander mit leicht genervtem Unterton.

»Um noch einmal auf Ihren letzten Kontakt zurückzukommen«, sagte eine männliche Stimme. »Ihre Tochter war also bei Ihnen in Hamburg?«

»Ja, habe ich doch schon gesagt.«

»War es ein spontaner Besuch Ihrer Tochter?«

»Sie meinen, ob wir verabredet waren? Nein, waren wir nicht. Sie stand plötzlich abends vor der Tür. Ich habe mich natürlich gefreut. Klar.«

»Ihre Tochter hatte ein besonderes Anliegen?«

»Ach Gott. Besonders. Keine Ahnung, sie wollte wissen, wer ihr Vater ist. Wenn ich das wüsste, hätte ich doch damals von dem … also von dem Mann Alimente verlangt.«

»Aber Sie wissen es nicht?«

»Sagen Sie mal«, erhob Petra Sander ihre Stimme, »hören Sie mir überhaupt zu?«

»Selbstverständlich, Frau Sander«, sagte der Kommissar ruhig. »Aber manchmal sind wir gehalten, noch einmal nachzufragen.«

Hanna hörte ein theatralisches Stöhnen. »Dann noch einmal. Ich weiß nicht, wer der verfluchte Mistkerl war. Reicht das so?«

»Natürlich, Frau Sander.« Nach einer kurzen Pause fuhr der Kommissar fort. »Wie hat Ihre Tochter reagiert?«

»Was weiß ich. Wir hatten ein schlechtes Verhältnis. Das habe ich doch schon gesagt. Sie hat mir nicht geglaubt. Aber warum sollte ich lügen? Doch so war sie, Julia, immer mit dem Kopf durch die Wand. Sie hat mich verachtet. Und warum habe ich diesen Scheißjob gemacht? Um uns über Wasser zu halten. Ich hätte sie ja auch weggeben können. Ins Heim oder zu irgendwelchen Arschgesichtern, die sie schlecht behandelt hätten. Das hört man doch immer wieder, oder?«

Hanna spulte weiter, hörte hin und wieder in die Aufnahme hinein und griff nach dem nächsten Protokoll einer Befragung, als jemand an ihre Tür klopfte.

Der junge Kommissar trat ein. »Haben Sie einen Augenblick für mich?«

»Klar, kommen Sie rein.« Hanna lächelte. »Entschuldigen Sie, aber ich konnte mir nicht alle Namen merken.«

Der Beamte kam näher. »Kein Problem. Moritz Larsen.« Er zog sich einen Stuhl vor und setzte sich zu Hanna an den Tisch. »Lara, also Frau Jacobs, und ich sollten ja die Zeugenliste mit dem Profil abgleichen. Zumindest soweit wir die entsprechenden Infos haben oder finden konnten.«

Hanna nickte.

»Wir sind bei Weitem noch nicht durch, haben aber jemanden gefunden, der vielleicht passt. Es geht dabei um den zweiten Fall. Sie wissen so weit Bescheid?«

»Sandra Franken, sechsundzwanzig. Sie hat in einem Fitnessstudio gearbeitet.«

Moritz Larsen nickte erstaunt. »Und genau um das Studio geht es auch. Ich war damals zusammen mit Lara vor Ort, um die Mitarbeiter und Kunden des Studios zu befragen. Wir sind schon davon ausgegangen, dass der Täter Sandra Franken länger beobachtet hatte, und haben in ihrem Umfeld recherchiert. Also auch im beruflichen.«

»Um wen handelt es sich jetzt?«, fragte Hanna, die nur schwer ihre Ungeduld verbergen konnte.

»Harald Hoeppe, fünfunddreißig, zu dem Zeitpunkt war er seit vier Monaten im Studio aktiv. Er kam nur einmal in der Woche, aber an unterschiedlichen Tagen. Das wissen wir aus einer Auswertung der Kundendaten. Aufgefallen war mir seinerzeit schon, dass er immer im Studio war, wenn Sandra Franken Dienst hatte.«

Hanna nickte. »Und weiter?«

»Wir haben ihn damals natürlich als Zeugen befragt und nicht als Beschuldigten. Unsere Einstiegsfrage war, ob jemand etwas Auffälliges bemerkt hat. Eine Person oder irgendwelche Ereignisse, die mit Sandra Franken zu tun haben.«

»Hatte er?«

»Nicht wirklich. Aber was vorab noch interessant ist – damals ist mir das nicht so aufgefallen –, Harald Hoeppe hat seine Mitgliedschaft einige Wochen nach dem Überfall auf Sandra Franken gekündigt. Gut, es war nur ein Schnupperabo von einem halben Jahr und da war es natürlich nicht gleich auffällig, dass er aufgehört hat.«

Hanna tippte ungeduldig mit dem Zeigefinger auf die Tischplatte. Der junge Kommissar schien das rhythmische Klopfen richtig zu deuten und richtete sich leicht auf. »Ja, um auf den Punkt zu kommen, er wusste nicht viel. Ich habe jetzt seine Adresse überprüft und siehe da, er wohnt mit seiner Mutter in einem Haushalt.«

»Jetzt wird es schon interessanter.«

Moritz Larsen schien Hannas Worte als Lob zu werten und lächelte siegesgewiss. »Dachte ich mir auch. Dann habe ich mir die Protokolle vorgenommen und meine Notizen. Im Protokoll ist es nicht vermerkt, aber in meinen persönlichen Aufzeichnungen habe ich Folgendes gefunden.« Er reichte Hanna ein Notizbuch und zeigte auf die Stelle.

»Frauenfeind«, las Hanna vor.

»Genau. Als ich das gelesen habe, habe ich mich wieder erinnert. Er hat in einem Nebensatz eine Bemerkung gemacht. Von wegen Frauen, die die Männer nur von oben herab behandeln.«

»Hat er das so gesagt?«

»Das ist jetzt fast ein halbes Jahr her. Beschwören könnte ich es nicht mehr, dass es genau der Satz war. Wahrscheinlich hätten dann bei mir alle Alarmglocken geläutet. Vermutlich waren es mehrere, nicht so heftige Bemerkungen, die diesen Eindruck bei mir hinterlassen haben.«

»Ja, das kenne ich. Nur als Tipp: Notieren Sie sich beim nächsten Mal kurz, worauf sich Ihr Eindruck bezieht. Ein paar Stichpunkte reichen.«

Moritz Larsen nickte.

»Aber gut«, fuhr Hanna fort. »Ein Ansatzpunkt ist es auf jeden Fall.«

»Wir brauchen nur seine DNA abzugleichen«, schlug Moritz Larsen vor. »Wenn er es war, dann müss…«

»Gute Idee!«, fiel Hanna ihm ins Wort. »Dann fahren Sie doch gleich mal los.«

»Schon klar«, sagte Moritz Larsen kleinlaut. »Bei der Beweislage gibt uns kein Richter einen Beschluss.«

Hanna lächelte. »Also, ich brauche alles, was Sie über Harald Hoeppe finden können. Schulische Laufbahn, Ausbildung oder Studium, Arbeitsplatz, Vorstrafen bis hin zu seinem Sportverein, falls er in einem ist. Und prüfen Sie, ob er unsere anderen Opfer gekannt haben könnte. Und jetzt fragen Sie mich bitte nicht, wie Sie das machen sollen. Machen Sie es einfach und schicken Sie mir gleich noch mal den Namen und die übrigen Daten per Mail.« Sie reichte ihm ihre Visitenkarte.

Moritz Larsen griff nach der Karte und eilte aus Hannas Büro.

Hanna öffnete die Akte der zweiten Ermittlung und begann zu lesen. Sandra Franken war am frühen Morgen überfallen worden, als sie von ihrer täglichen Joggingtour zurückkam. Der Täter kam von hinten und attackierte sie mit einem Elektroschocker. Ihr wurde schwarz vor Augen, der Mann nahm ihr den Schlüssel ab und zog sie in die Wohnung. Als sie aus der kurzen Bewusstlosigkeit aufwachte, hatte sie eine Binde vor den Augen und lag nackt auf ihrem Bett. Er drohte ihr, mit dem Messer an der Kehle, sie umzubringen, falls sie schreien oder einen Fluchtversuch unternehmen würde. Die Tortur dauerte über zwei Stunden. Der Täter vergewaltigte Sandra Franken dreimal, sie musste seinen Befehlen gehorchen oder bekam einen leichteren Elektroschock versetzt. Bevor der Mann von ihr abließ und verschwand, fesselte er sie, stellte einen Wecker und befahl ihr, eine halbe Stunde ruhig auf dem Bett zu liegen. Als die Zeit verstrichen war, schaffte Sandra Franken es trotz der auf dem Rücken fixierten Hände, die Wohnung zu verlassen und bei einem der Nachbarn zu klingeln. Der Täter hatte sie nackt zurückgelassen.

Hanna hörte in die Aufnahme der Befragung hinein und suchte nach einer bestimmten Stelle.

»Sie haben den Mann also nicht gesehen?«, fragte eine weibliche Stimme.

»Nein«, sagte Sandra Franken leise.

»Er hat sie im Flur von hinten angegriffen.«

»Er stand hinter der Tür. Ich konnte ihn nicht sehen.«

»Haben Sie eine ungefähre Ahnung, wie groß er war?«

Es dauerte eine Weile, bevor Sandra Franken antwortete. »Ich habe einen Schatten gesehen. Mehr nicht.«

»War der Mann größer als Sie?«

»Ja, größer, würde ich sagen. Und kräftig war er. Aber beschwören könnte ich es nicht.«

»Wie klang seine Stimme?«

»Irgendwie verzerrt.«

»Hat er seine Stimme verstellt oder technisch verändert?«

»Verstellt. Glaube ich zumindest.«

»Würden Sie die Stimme wiedererkennen?«

»Wenn … also, wenn …« Wieder entstand eine Pause.

»Lassen Sie sich Zeit«, sagte die Kommissarin.

»Wenn er wieder so reden würde, dann natürlich.«

»War die Stimme hoch oder eher tief?«

»Hoch, mehr so wie Micky Maus.«

»Hat der Mann immer so gesprochen? Oder hatten Sie den Eindruck, dass Sie auch mal seine normale Stimme gehört haben?«

»Das weiß ich nicht. Ich hatte Panik. Dieses Messer, das ich nicht sehen konnte. Ich habe es gespürt …« Sandra Franken stöhnte leise. »Und mein Blut gerochen. Er hat mir in den Arm geschnitten.«

»Ja, das wissen wir, Frau Franken. Der Mann hat Ihnen mehrere Schnitte zugefügt.« Die Kommissarin hielt kurz inne. »War das schnell hintereinander?«

Hanna musste eine Weile warten, bis Sandra Franken antwortete. »Immer wieder. Und er hat mir ins Ohr geflüstert. Mir gedroht. Wenn ich nicht machen würde, was er …«

Die Kommissarin ließ sich Zeit mit der nächsten Frage. »Können Sie mir etwas zur Statur des Mannes sagen?«

»Ich habe ihn doch nicht gesehen.«

Die Kommissarin schwieg und schien darauf zu warten, dass Sandra Franken selbst darauf kam, wie die Frage gemeint war.

»Ja, vielleicht … also, er hat ja …«

»Wir haben Zeit, Frau Franken. Sie müssen auch nicht antworten, wenn Sie nicht können. Wenn Sie eine Pause brauchen, sagen Sie Bescheid.«

»Schon gut«, sagte Sandra Franken flüsternd. »Ich will, dass Sie ihn einsperren.« Hanna hörte, wie Sandra Franken tief Luft holte. »Er hatte sicher kein Idealgewicht. Aber das ist natürlich nur … Ich habe ihn ja nicht gesehen. Er war …« Sie brach ab.

Die Kommissarin hielt sich weiter zurück und wartete. Hanna stellte sich vor, wie ihre Kollegin Sandra Franken aufmunternd zugelächelt oder die Hand auf ihre gelegt hatte.

»Er war nicht schlank«, fuhr Sandra Franken schließlich fort. »Da bin ich mir sicher. Und auch nicht groß für einen Mann. Etwas größer als ich. Aber genau kann ich das natürlich nicht sagen.«

»Wie groß sind Sie?«, fragte die Kommissarin. »Einen Meter fünfundsiebzig, würde ich schätzen.«

»Ja, etwas weniger.«

Hanna stoppte die Aufnahme, überflog die restlichen Befragungen und machte sich Notizen. Bei der Kontrolle ihres E-Mail-Accounts fand sie die Nachricht von Moritz Larsen, der ihr die Adresse und Handynummer von Harald Hoeppe und dem Fitnessstudio geschickt hatte. Nach kurzem Zögern griff sie nach ihrem Zweithandy und wählte die Nummer.

»Hoeppe.« Die Stimme klang zurückhaltend und leicht verwundert, als wenn Harald Hoeppe selten Anrufe bekäme.

»Guten Tag, Kim vom Fitnessstudio am Damm. Wir möchten Ihnen gerne ein besonderes Angebot machen. Drei Monate für den halben Preis.«

»Kein Interesse«, sagte Hoeppe halblaut.

»Ich spreche doch mit Harald Hoeppe?«

»Ja, warum?«

»Sie waren ja für sechs Monate Mitglied bei uns. Und im Moment haben wir für alle Ehemaligen ein besonderes Angebot. Eventuell kann ich Ihnen auch noch zwei oder drei Trainerstunden obendrauf legen. Natürlich im Preis inbegriffen.«

»Ich gehe im Moment nicht mehr ins Studio«, sagte Hoeppe, der nicht mehr so reserviert klang wie zu Beginn des Gesprächs.

»Oh, das ist aber schade«, sagte Hanna zuckersüß. »Haben Sie sich für eine andere Sportart entschieden?«

»Nein. Ich mache eine Pause. Sozusagen.«

»Sehen Sie, vielleicht kann ich Sie trotzdem überzeugen, es noch einmal bei uns zu versuchen. Das Angebot ist nicht terminiert. Sie können also auch noch in ein, zwei oder mehr Monaten bei uns anfangen.«

»Wie war Ihr Name?«

»Kim! Ich bin neu hier im Studio.«

»Trainerin?«

»Ja, genau.« Hanna lachte. »Sie haben mich erwischt. Ja, ich habe noch nicht so viele Kunden auf meinem Zettel. Und da dachte ich mir, ich versuche es mal mit Telefonmarketing.« Sie hielt kurz inne. »Sie haben doch nichts dagegen, dass ich Sie angerufen habe?«

»Nein, warum? Ist in Ordnung.«

»Ich habe eine ganz besondere Methode für den Muskelaufbau entwickelt. Sie ist sehr effektiv. Wenn Sie interessiert sind …« Hanna ließ den Satz in der Luft hängen.

»Im Moment nicht. Aber wer weiß? Sind Sie neu in Stade?«

»Ja, genau. Ich brauchte eine Luftveränderung. Mein Freund, also jetzt mein Ex-Freund, hat mich verlassen. So von heute auf morgen. Mieser Typ. So ein richtiger Macho.« Hanna räusperte sich leise. »Oh, ich wollte Sie jetzt nicht mit meinen Problemen …«

»Schon okay«, sagte Hoeppe. »Ich finde Trennungen auch zum Kotzen. Warum machen Menschen so was? Ja, manchmal gibt es wohl Gründe, aber meistens sind die doch banal und oberflächlich. Wer hat heute noch Interesse an längeren Beziehungen?«

»Das stimmt«, sagte Hanna leise. »Sind Sie denn in einer Beziehung?«

Hoeppe antwortete nicht. Hanna befürchtete schon, dass sie zu weit gegangen war. »Entschuldigung, ich wollte Ihnen nicht zu nahe treten.«

»Schon gut. Ich habe das Gleiche wie Sie erlebt. Sie hat mir sogar nur eine WhatsApp geschrieben.«

»Oh! Das ist wirklich mies.«

»Absolut. Niemand ist mehr bereit, Gefühle zu investieren. Äußerlichkeiten zählen mehr als innere Werte. Und natürlich Geld.«

»Ja, leider. Ich bin zwar nicht unattraktiv, so ist es nicht. Schließlich bin ich ja schon lange Trainerin. Aber irgendeine Tussi mit aufgepumptem Busen und künstlichen Lippen hat Tom wohl den Kopf verdreht.«

»Ist Tom dein Freund?«

»Ex-Freund. Aber egal, mit dem Thema bin ich durch. Und wie lief es bei dir?« Hanna nutzte die Gelegenheit, Harald Hoeppe zu duzen, nachdem ihm das Du herausgerutscht war. Jetzt wartete sie gespannt, ob er ihr von seiner gescheiterten Beziehung erzählen würde.

»Ach, ist bei mir auch schon eine Weile her. Klar, niemand kann erwarten, dass eine Beziehung ewig hält. Aber etwas Respekt muss doch sein, oder?«

»Auf jeden Fall!«

»Eben! Und der war nicht da. Wahrscheinlich sollte ich froh sein, dass ich sie los bin.«

»Ist bestimmt das Beste, was dir passieren konnte. Wie heißt es immer: besser ein Ende mit Schrecken als ein Schrecken ohne Ende. Wie war denn ihr Name?«

»Habe ich vergessen«, sagte Harald Hoeppe.

»Echt jetzt? Oder verarschst du mich gerade?«

»Natürlich kenne ich ihn noch. Aber ich habe mir geschworen, ihn nicht mehr auszusprechen. Es reicht schon, wenn man diesen Mist nicht aus seinem Kopf bekommt.«

»Stimmt! Sehe ich genauso. Im Moment habe ich sowieso keinen Nerv für eine Beziehung. Und du? Bist du auf der Suche?« Hanna hatte zunehmend Mühe, ihre Stimme weiter zu verstellen. Sollte sie Hoeppe vernehmen müssen, durfte er sie auf keinen Fall wiedererkennen.

»Eigentlich nicht. Im Moment geht es mir gut, so wie es ist.«

»Nun gut, ich muss hier auch weitermachen. Wenn du es dir anders überlegst und vielleicht wieder trainieren willst, melde dich einfach.«

Sie verabschiedeten sich, Hanna legte ihr Handy auf den Tisch und lehnte sich erschöpft auf dem Schreibtischstuhl zurück.

Neun

»Und?«, fragte Sven Bauer, als sie nach dem Gang durch Sandra Frankens Wohnung wieder in seinem Wagen saßen. »Haben wir etwas übersehen?«

»Darum geht es nicht«, antwortete Jan. »Ich bin nicht hier, um Sie oder Ihre Ermittlungsarbeit zu kritisieren.«

»Sondern?«

Jan warf ihm einen erstaunten Blick zu. »Werden wir so von der SoKo-Mannschaft gesehen? Ich dachte, Sie haben um Unterstützung gebeten.«

»Ich habe nach mehr Manpower gefragt. Aber unser oberster Chef war der Meinung, dass wir Leute von ganz oben brauchen.«

»Verstehe. Tut mir leid, mir war nicht klar, wer welchen Ball wohin gespielt hat. Meine Aufgabe ist es, ein Täterprofil zu erstellen und bei den Befragungen oder Vernehmungen zu unterstützen.«

»Und Ihre Kollegin?«

»Dazu kann ich nichts sagen. Fragen Sie Frau Will doch bitte selbst. Ich weiß, sie wirkt manchmal etwas schroff, aber das ist nur Fassade. Ich bin sicher, dass es ihr ausschließlich um die Sache geht. Sie und Ihr Team haben nichts zu befürchten.«

Sven Bauer startete den Motor. »Sagten Sie nicht, dass Sie erst zum zweiten Mal mit ihr zusammenarbeiten?«

»Ja, das ist richtig. Ich bin mir trotzdem sicher.«

Sven Bauer nickte, schien aber nicht von Jans Worten überzeugt zu sein. »Dann wollen wir mal zurück in unser schönes Kommissariat.«

»Was gefunden?«, fragte Hanna Will, als Jan ihr gemeinsames Büro betrat. Sie saß hinter ihrem Laptop und hatte nur kurz hochgeschaut.

»Ich bin kein Kriminaltechniker«, sagte Jan und zog den Stuhl an seinem Schreibtisch vor. »Für mich ist es wichtig, den Tatort zu sehen, um eine Verbindung zum Täter herstellen zu können.«

»Klingt etwas mystisch.«

»Wenn Sie wollen, können Sie es gerne so nennen.« Jan setzte sich und legte seine Umhängetasche auf den Tisch.

Hanna klappte den Laptop zu. »Jetzt bin ich aber gespannt.«

Jan ließ ihre Bemerkung unkommentiert. Hanna Will war nun mal nicht besonders feinfühlig. Über kurz oder lang würde sich das legen oder er würde sich an ihre Kommentare gewöhnen. »Ich bin mir sicher, dass der Täter seine Opfer schon ab der zweiten Vergewaltigung genau ausspioniert hat. Er wusste, wann sie nach Hause kommen beziehungsweise das Haus verlassen würden. Wie wir wissen, sind alle vier Opfer in Berufen tätig, die mit Öffentlichkeit zu tun haben. Und …«

»… genau hier haben wir angesetzt«, unterbrach Hanna ihn. »Der junge Kollege von heute Vormittag und ich.« Hanna berichtete Jan von Harald Hoeppe. »Das Profil passt bisher.«

»Sie haben das Telefongespräch aufgezeichnet?«

Hanna grinste. »Das wäre rechtswidrig, das wissen Sie doch.« Sie reichte ihm einen roten Stick. »Ich dachte mir schon, dass Sie es sich anhören wollen.« Sie stand auf. »Ich schaue mal nach dem Stader Kollegen. Wir sollten uns wegen Hoeppe zusammensetzen.«

Hanna lief über den langen Flur auf Sven Bauers Büro zu. Der Psychologe war ihr immer noch ein Rätsel. Mystische oder gar übersinnliche Ermittlungsmethoden sah sie mehr als skeptisch. Auf der anderen Seite schien sein Täterprofil durchaus Hand und Fuß zu haben. Ob es zum tatsächlichen Täter passte, würde sich noch zeigen müssen. Hanna war in SoKos gewesen, die mit einem angeblich eindeutigen Täterprofil gearbeitet hatten und bei denen sich am Schluss herausgestellt hatte, dass Täter und Profil wenig miteinander zu tun hatten.

Hanna klopfte an die Tür und trat gleich darauf ein. Bauer saß an seinem Schreibtisch, den Telefonhörer am Ohr. Er winkte Hanna zu sich und zeigte auf den Besucherstuhl, während er weitersprach.

»Moritz hat mich schon informiert«, sagte er, nachdem er das Telefonat beendet hatte.

»Perfekt! Ich habe den guten Mann angerufen und etwas mit ihm geplaudert.«

Sven Bauer warf ihr einen verwunderten Blick zu. »Harald Hoeppe, meinen Sie?«

Hanna grinste. »Undercover sozusagen.« Sie erzählte ihm von dem Gespräch. Sven Bauer kommentierte ihr Vorgehen nicht, aber Hanna war sich sicher, dass er insgeheim gerne eine Rüge ausgesprochen hätte.

»Ein paar Punkte des Täterprofils scheinen ja zuzutreffen«, bemerkte Bauer schließlich leicht säuerlich.

»Ich denke, wir sollten uns mit Kollege Larsen zusammensetzen, sobald er mit der ersten Rechercherunde durch ist.«

Sven Bauer räusperte sich leise. »Ihr Anruf bei Hoeppe.«

»Ja?«, fragte Hanna, die ahnte, worauf Bauer hinauswollte.

»Das ist nicht unsere Art, Ermittlungen zu führen.«

Hanna verkniff sich die Entgegnung, die ihr auf der Zunge lag, und ignorierte die Zurechtweisung. »Wann können wir uns mit Kollege Larsen zusammensetzen?«

Bauer beugte sich leicht vor und schien etwas sagen zu wollen. Schließlich räusperte er sich erneut. »Moritz meinte, dass er in einer Stunde die ersten Ergebnisse hat.«

Hanna sah auf die Uhr. »Klingt doch gut. Fünfzehn Uhr?« Sie wartete nicht auf eine Bestätigung und fuhr fort. »Mein Magen knurrt. Haben Sie hier eine Cafeteria?«

Sven Bauer zeigte mit dem Finger nach oben. »Zwei Stockwerke höher. Sie finden es schon.«

Hanna stand auf. »Dann bis gleich.«

Auf dem Weg zur Cafeteria sah Hanna in ihrem provisorischen Büro vorbei und fragte Jan, ob er mitkommen wolle. Nach kurzem Zögern stand er auf und folgte ihr.

»Und?«, fragte sie, als sie beide mit einem Tablett in der Hand zu einem Tisch am Fenster gingen.

Jan rührte mit dem Löffel in seinem Tee und trank einen Schluck. »Was haben Sie mit dem Telefonat beabsichtigt?«

Hanna zuckte mit den Schultern. »Ich wollte seine Stimme hören und mit ihm über Frauen plaudern. Hat doch geklappt.« Sie biss in ihr Fischbrötchen und kaute.

»Sie wollen jetzt von mir eine Einschätzung?«

Hanna nickte und biss ein zweites Mal ab.

»Mir fehlt die Aggressivität. Natürlich wird sich unser Mann bis zu einem bestimmten Punkt unter Kontrolle haben, trotzdem fehlt mir die unterschwellige Gewalt in der Stimme.«

»Also nein? Fallen lassen?«

»Das habe ich nicht gesagt. Ich könnte mir vor…«

»Hoeppe hat also Potenzial?«, unterbrach Hanna ihn.

Jan zog demonstrativ den Teller mit dem Apfelkuchen zu sich hin und griff nach der Kuchengabel. Er probierte, schien einen Augenblick zu überlegen und aß schließlich genüsslich weiter.

»Schmeckt es?«, fragte Hanna.

»Ausgezeichnet. Danke der Nachfrage.«

»Nun gut. Wir treffen uns gleich, um das weitere Vorgehen zu besprechen.«

Jan aß schweigend weiter und trank seinen Tee.

Hanna griff nach dem zweiten Fischbrötchen. »Hat sich Kollege Bauer schon bei Ihnen ausgeweint?«

»Hätte er Grund dazu?«

»Keine Ahnung. Manche Kollegen vor Ort haben es nicht so mit uns Zugvögeln.«

»Ich habe ihm versichert, dass wir nur zur Unterstützung hier sind.«

Hanna hob den Daumen. »Gut gemacht! Wir lösen den Fall und verschwinden wieder. Das wird schon niemandem wehtun. Den Ruhm kann Bauer gerne für sich einheimsen. Kein Thema.«

Sie aßen und tranken, ohne sich weiter über den Fall zu unterhalten. Schließlich stand Hanna auf. »Ich hole mir noch einen Kaffee. Wollen Sie noch etwas?«

Hanna fasste die bisherigen Erkenntnisse zu Harald Hoeppe kurz zusammen und bat anschließend Moritz Larsen, von seinen Recherchen zu berichten.

»Harald Hoeppe hat hier in Stade das Fachabitur auf der Fachoberschule für Verwaltung gemacht. Wie schon bekannt, ist er bei seiner Mutter in Grünendeich gemeldet. Da ich nichts anderes gefunden habe, können wir wohl davon ausgehen, dass er durchgängig dort gelebt hat. Er hat nach dem Abitur eine Ausbildung bei der Stadt Stade begonnen und auch abgeschlossen. Seitdem ist er im Einwohnermeldeamt tätig. Rechnen wir die Ausbildungszeit dazu, arbeitet er also seit vierzehn Jahren bei der Stadtverwaltung.«

»Passt doch!«, warf Hanna ein und sah Jan auffordernd an.

»Was hat Herr Hoeppe während des einen Jahres zwischen Schulabschluss und Ausbildungsbeginn gemacht?«, fragte Jan, anstatt auf Hannas nicht gestellte Frage zu antworten.

»Darüber konnte ich nichts finden«, sagte Moritz Larsen.

»Zensuren?«

Moritz Larsen nickte. »Seine Zeugnisse kann ich natürlich nicht einsehen, aber ich habe einen Zeitungsartikel im Netz gefunden. Er wurde wegen seines hervorragenden Abschlusses von der Handelskammer gelobt und ausgezeichnet.«

»Gute Arbeit, Kollege!«, sagte Hanna.

Moritz Larsen warf einen verstohlenen Blick zu seinem Chef und bedankte sich für das Lob.

»Hast du noch mehr?«, fragte Sven Bauer.

»Einwohnermeldeamt bedeutet, dass Hoeppe Zugriff hat auf alle Bürgerdaten der Stadt.«

»Das ist uns klar, Moritz«, sagte Bauer.

»Wie sind die Arbeitszeiten bei der Stadtverwaltung?«, fragte Hanna.

»Die haben Gleitzeiten. Ab sieben Uhr morgens bis achtzehn Uhr. Neununddreißig-Stunden-Woche und am Freitagnachmittag können sie theoretisch schon gegen Mittag gehen«, sagte Moritz Larsen. »Ich habe einen Freund, der arbeitet dort. Den habe ich vorhin angerufen.« Er sah in die Runde. »Also nicht im Einwohnermeldeamt. Und ich habe natürlich Hoeppe nicht erwähnt.«

Sven Bauer beugte sich leicht vor. »Schon gut, Moritz. Hast du noch weitere Infos?«

»Ich bin dabei. Allerdings bräuchte ich noch ein Okay für die Aktion. Es geht um Facebook und eine Gruppe von

Ehemaligen der Fachoberschule. Ich habe mich da mal undercover angemeldet.«

»Gute Idee«, sagte Hanna, bevor ihr Stader Kollege etwas dazu sagen konnte. »Ich hoffe ja mal, dass Sie sich als Frau angemeldet haben.«

Moritz Larsen nickte. »Natürlich.«

Sven Bauer stöhnte leise. »Und dann? Verwenden können wir die Informationen – falls du überhaupt welche bekommst – ohnehin nicht. Solche Ermittlungsmethoden kommen für mich nicht infrage.«

Hanna richtete sich im Stuhl auf und setzte zu einer Antwort an, als Jan ihr zuvorkam. »Dann sollten wir es auf anderem Weg versuchen. In Stade gibt es doch sicher auch Fotos von den Abiturientenklassen in der Zeitung. Darunter stehen normalerweise die Namen der Absolventen. Vielleicht können wir auf diesem Weg Bekannte von Hoeppe ausfindig machen, die uns etwas mehr über ihn erzählen können.«

Hanna warf Jan einen scharfen Blick zu, den er achselzuckend entgegennahm.

Nach einer Weile nickte Sven Bauer. »Gut, machen wir das so. Zuerst brauchen wir die Namen, dann sehen wir, ob wir die Personen überhaupt finden. Alles Weitere kommt später.«

Moritz Larsen stand auf. »Dann gehe ich mal wieder an die Arbeit.«

Als er gegangen war, lag eine drückende Stille im Raum. Hanna räusperte sich. »Ich würde es begrüßen, wenn wir Entscheidungen dieser Art gemeinsam beschließen würden.«

»Nach wie vor leite ich die SoKo«, entgegnete Sven Bauer mit einem erkennbaren Beben in der Stimme. »Was das bedeutet, sollte Ihnen bekannt sein.«

Hanna ließ sich Zeit für die Antwort. »Das will und kann ich auch gar nicht infrage stellen. Aber wenn wir nicht auf

Augenhöhe agieren, macht unser Einsatz hier in Stade keinen Sinn. Entscheiden Sie, Kollege.«

»Soll das eine Drohung sein?«, fauchte Sven Bauer.

»Nein, ganz und gar nicht. Wenn Sie ohne uns besser klarkommen, ist das für mich vollkommen in Ordnung.« Hanna war klar, dass weder ihr Stader Kollege noch sie über ihren und Jans Einsatz entscheiden konnte. Ebenso war ihr klar, dass Sven Bauer als Sündenbock herhalten müsste, falls ihr Einsatz an internen Konflikten scheiterte. Trotzdem sah sie keine andere Möglichkeit, als alles auf eine Karte zu setzen. Als fünftes Rad am Wagen war sie nicht zu haben.

Sven Bauer sah sie mit mürrischer Miene an. »Einer muss am Ende den Kopf hinhalten für das, was hier läuft. Wir können gerne über die Strategie diskutieren, aber die letztendliche Entscheidung muss ich verantworten.«

Hanna atmete tief durch. Sollte sie den Konflikt auf die Spitze treiben? Sie brauchten das Team der SoKo. Für ein Tötungsdelikt war die Anzahl der Beamten ohnehin gering. Und formal gesehen hatte Bauer natürlich recht. »Okay, das ist nachvollziehbar«, sagte sie schließlich. »Allerdings gibt es für mich keinen anderen Weg als eine gleichberechtigte Zusammenarbeit. Wir treffen gemeinsam die Entscheidungen. Sie haben ein Vetorecht, aber bitte nicht vor den Kollegen. Das mache ich kein zweites Mal mit.«

Der SoKo-Leiter ließ sich Zeit für seine Antwort. Schließlich nickte er und stand auf. »Sind wir hier so weit fertig?«

Zehn

»Jetzt spucken Sie es schon aus«, sagte Hanna Will und stieß mit Wucht die Tür des provisorischen Büros auf.

Jan folgte ihr in den Raum und setzte sich hinter seinen Schreibtisch. »Was möchten Sie hören? Dass Sie etwas diplomatischer hätten sein können? Tut mir leid, das ist nicht meine Aufgabe. Sie werden schon wissen, wie Sie mit den Kollegen vor Ort umgehen müssen, damit wir den notwendigen Freiraum haben.«

Hanna verdrehte die Augen. »Müssen Sie so geschwollen reden? Und Ihren netten Kompromissvorschlag hätten Sie auch für sich behalten können.«

Jan zuckte mit den Schultern. »Im Nachhinein ist man immer schlauer.«

»Wenn das eine Entschuldigung sein soll, nehme ich sie an.«

Jan schmunzelte in sich hinein. Auch wenn er den Vorschlag nicht gemacht hätte, wäre die Situation vermutlich eskaliert. Er hatte die Schlichterposition in den letzten Jahren so verinnerlicht, dass er automatisch reagiert hatte.

»Sollten wir uns wegen solch einer Lappalie entschuldigen müssen?«, fragte Jan.

Hanna fuhr mit der Hand durch die Luft. »Ach, lassen wir das. Konzentrieren wir uns lieber auf den Fall.«

Jan warf einen Blick auf seine Armbanduhr. »Ich würde gerne im Hotel einchecken.«

»Wenn es sein muss. Wo ist es? Ich bringe Sie hin.«

»In der Altstadt am alten Hansehafen.«

Hanna schien sich ein Stöhnen zu verkneifen. »Darf man da überhaupt mit dem Auto hin?«

»Eingeschränkt. Am besten, Sie lassen mich am Rande der Altstadt raus.«

Hanna stand auf und warf Jan einen auffordernden Blick zu. »Worauf warten Sie?«

Jan dirigierte seine Kollegin auf den Parkplatz am Hafen und wollte sich gerade fürs Bringen bedanken, als Hanna den Motor abstellte und die Handbremse anzog. »Ein wenig Auslauf tut mir jetzt ganz gut. Soll ja sehenswert sein, die Stadt.«

Jan verbarg sein Schmunzeln, indem er schnell ausstieg und seinen Koffer aus dem hinteren Teil des Wohnmobils holte. Hanna zog ein Parkticket, legte es in den Wagen und folgte Jan die Salzstraße hinauf.

»Schick«, sagte sie, als sie an den ersten Fachwerkhäusern vorbeigingen. »Ob ich darin aber wohnen wollen würde …«

»Man kann in diesen Häusern die Zeit fühlen. Viele Generationen von Stader Bürgern. Gute, schlechte, brutale, ehrliche.«

»Fühlen?«

Jan antwortete nicht, sondern zeigte auf das dreistöckige Fachwerkhaus, über dessen Eingangstür »Hotel am Fischmarkt« stand.

»Da werden Sie aber eine Menge zu fühlen haben«, sagte Hanna.

Jan seufzte. »Kann sein. Wollen Sie gleich zurück oder möchten Sie noch eine kleine Führung durch die Altstadt?«

»Warum nicht?«

Jan nahm seinen Koffer. »Bin in fünf Minuten wieder bei Ihnen.«

Er eilte zum Seiteneingang und traf auf eine freundliche Mitarbeiterin des Hotels, die ihm nach der Anmeldung den Schlüssel überreichte. Das Zimmer lag im zweiten Stock mit Blick auf den historischen Hansehafen. Er legte den Koffer auf einen Stuhl, machte sich kurz im Bad frisch und ging zurück zu Hanna Will.

»Auf geht's!«, sagte er lächelnd und wies die Straße entlang. Schon auf dem Weg zum Hotel hatte sich ein leises Magengrummeln bei ihm bemerkbar gemacht. Die Erinnerungen an die Besuche bei seiner Mutter waren zurück, als wäre es gestern gewesen. Ihre Spaziergänge durch die Altstadt, die Geschichten, die sie ihm über die jahrhundertealten Gebäude erzählt hatte, ihre Freude an der Geschichte der Stadt. Sie hatte sich hier wohlgefühlt.

Sie liefen am Hansehafen an den Restaurants und Cafés vorbei auf den Schwedenspeicher zu, ein großes Backsteingebäude aus dem 17. Jahrhundert, das ursprünglich als Speicher gedient hatte und in den Siebzigerjahren zu einem Museum umgebaut worden war.

»Vor gut zehn Jahren ist der Schwedenspeicher komplett renoviert worden«, erklärte Jan, als sie vor dem Gebäude standen. »Falls Sie Zeit haben, kann ich Ihnen die Dauerausstellung empfehlen.«

»Eher nicht«, murmelte Hanna.

Jan zeigte in die Richtung, aus der sie gekommen waren, und führte Hanna durch die Altstadt. Hin und wieder blieben sie stehen und er sagte ein paar Worte zu dem Gebäude, vor dem sie standen. Nach einer guten Stunde liefen sie wieder auf den Hansehafen zu.

Hanna schaute sich um. »Haben Sie immer noch keinen richtigen Hunger?«

Jan schmunzelte. »Doch, so allmählich macht sich mein Magen bemerkbar.«

»Gibt es hier ein günstiges Lokal? Bitte keinen Touristennepp.«

»Wenn ich Sie einladen darf. Ich habe einen Tisch in einem Restaurant reserviert.«

»Klar, warum nicht? Ist es weit?«

Jan wandte sich um und zeigte die Bungenstraße hoch. »Keine hundert Meter.«

Hanna lächelte. »Sie können ja ein richtiger Schatz sein!«

Die Hauptkommissarin sah sich um. Das dunkle Fachwerkholz hob sich von den weiß gekalkten Wänden ab, durch die Sprossenfenster drang das Abendlicht in den Raum. Sie saßen an einem Zweiertisch und rund um sie herum waren weitere Tische besetzt. Jan hatte eine große Flasche Mineralwasser bestellt, die der Kellner kurz zuvor serviert hatte.

»Ziegenkäse mit Ratatouille auf Pesto«, erklärte Jan, als Hanna Will fragend auf ihren Teller sah.

»Interessant.« Sie nahm Messer und Gabel in die Hand und probierte. »In Ordnung, würde ich sagen.«

Jan lächelte und hob sein Glas. »Auf was trinken wir?«

Hanna räusperte sich. »Mit Wasser anstoßen?« Sie hob ihr Glas und prostete ihm zu. »Okay, warum nicht? Trinken wir darauf, dass wir das Schwein schnellstmöglich fassen.«

Jan hob eine Augenbraue und trank einen kleinen Schluck aus seinem Glas. »Hervorragende Qualität.«

Hanna grinste. »Ja, absolut top.«

Schweigend aßen sie die Vorspeise, die Jan auf Wunsch seiner Kollegin ausgesucht hatte.

Als der Kellner die Teller abgedeckt hatte, lehnte sich Hanna auf dem Stuhl zurück und musterte Jan. »Warum gefällt Ihnen die Arbeit bei der Polizei?«

»Gerechtigkeit lag mir immer schon am Herzen.«

Hanna lachte leise. »Gerechtigkeit? Das ist doch Theorie. Julia Sander ist tot und niemand wird sie wieder lebendig machen. Okay, wir bewahren vielleicht die eine oder andere Frau davor, dass ihr hier in Stade oder Umgebung das Gleiche passiert.«

»Das würde mir als Antrieb schon reichen. Und den Angehörigen von Frau Sander wird durchaus etwas Gerechtigkeit zuteil. Der Täter kommt in Haft, vermutlich für sehr, sehr lange Zeit.«

»Und wenn wir ihn nicht finden oder er noch weitere Morde begeht, während wir nach ihm suchen?«

»Damit müssen wir rechnen«, sagte Jan, der sich auf keine Grundsatzdiskussion über Gerechtigkeit einlassen wollte. Aus dem Augenwinkel sah er den Kellner auf ihren Tisch zukommen. Er servierte ihnen den nächsten Gang: Garnelen-Ravioli in Bouillabaisse-Sud. Jan bedankte sich, schenkte seiner Kollegin Wasser nach und wünschte ihr guten Appetit.

Hanna probierte die Ravioli und nickte anerkennend. »Ich habe heute Abend noch einen kleinen Trip ins Alte Land vor. Kommen Sie mit?«

»Grünendeich?«

»Wo sonst? Mal schauen, wo und wie Hoeppe so lebt. Kann nie schaden, dem Feind direkt ins Auge zu blicken.«

Jan aß weiter, ohne ihre Frage zu beantworten. Als die Teller wieder abgeräumt waren, sah Hanna ihn erwartungsvoll an. »Und?«

Jan wiegte bedächtig den Kopf. Ihm war nicht klar, was seine Kollegin mit der Observation bezweckte. Bisher war die Beweislage viel zu dünn, um sich Harald Hoeppe zu nähern. Zudem hatte Hanna Will die Aktion ganz sicher nicht mit der SoKo-Leitung abgesprochen.

»Sie haben Bedenken?«

Jan hob die Schultern. »Sollten wir nicht Herrn Bauer mit einbeziehen?«

»Ich will Hoeppe nicht festnehmen. Nicht einmal vernehmen oder befragen. Gewöhnen Sie sich am besten an diese Konflikte. Wir werden es immer wieder mit Kollegen zu tun haben, die Angst um ihre Position haben. Ich bin hier, um unkonventionelle Wege zu finden. Wenn Bauer mitmacht, okay, wenn nicht, dann muss ich es auf meine Kappe nehmen. Und ja, formal hat er die Verantwortung für alle Ermittlungen und ist natürlich der Leiter der SoKo. Aber wie soll ich mit gefesselten Händen und verbundenen Augen kämpfen? Es gibt keinen anderen Weg, glauben Sie mir. Und wenn ich sage, er könne den Ruhm einheimsen, wenn wir erst mal den Täter haben, meine ich das auch so. Mir ist das vollkommen egal, wer da nachher auf dem Podium neben dem Polizeipräsidenten sitzt und der Presse den Erfolg mitteilt.«

»Ohne das Team werden wir schnell im Regen stehen. Wir brauchen jeden Einzelnen von ihnen.«

Hanna nickte. »Da sind wir tatsächlich mal einer Meinung. Was wir aber nicht brauchen, ist ein SoKo-Leiter, dem man nicht widersprechen darf und der sich aufführt wie …« Sie schüttelte den Kopf. »Vielleicht müssen Sie mir einfach ein wenig vertrauen. Das gehört doch zu Ihren Kernkompetenzen. Oder sehe ich das falsch?« Sie grinste breit.

Jan musste unwillkürlich lachen. »Gut gebrüllt, Löwin. Allerdings ist Kernkompetenz ein Begriff, den nur abgehobene Kriminalpsychologen benutzen.«

Hanna zeigte Jan den gehobenen Daumen. »Abgemacht! Sie kommen also mit?«

Jan sah den Kellner auf sie zukommen. »Aber erst nach dem Hauptgang.«

Elf

Als sie das Wohnmobil erreichten, riss Hanna den Strafzettel unter dem Scheibenwischer hervor. »Himmel auch! Das war nur eine halbe Stunde über die Zeit. Die scheinen hier …«

Jan nahm Hanna den Strafzettel aus der Hand. »Wir haben Wichtigeres zu tun. Waren das nicht Ihre Worte?«

Hanna schloss das Wohnmobil auf und startete den Motor, als Jan neben ihr saß.

»Wissen Sie, wo Grünendeich ist?«

»Nein, aber mein Navi«, antwortete Hanna und fuhr nach links auf die Hansestraße. Nach wenigen Minuten erreichten sie den Autobahnzubringer auf die A 26.

»Haben Sie eigentlich auch noch eine Wohnung oder ist das hier Ihr Zuhause?«, fragte Jan.

»Neugierig? Ein ganz neuer Zug an Ihnen.«

»Entschuldigung. Ich wollte Ihnen nicht zu …«

»Keine Angst, das tun Sie nicht.« Hanna zeigte auf die Ausfahrt und setzte den Blinker. Die restlichen Kilometer würden sie über Land durch kleine Ortschaften fahren. Grünendeich lag direkt hinter dem Elbdeich. »Raten Sie, wo ich wohne, wenn ich nicht unterwegs bin? Ein kleiner Tipp: Wir beide haben eine Gemeinsamkeit.«

»Niedersachsen, vermute ich mal?«

Hanna nickte.

»Gemeinsamkeit. Damit meinen Sie sicher nicht die Größe Ihrer Wohnung oder des Hauses.«

»Wohnung. Und nein, da wären Sie auf dem Holzweg.«

»Also ein See.«

»Heiß!«

»Ein großer See?«

Hanna schwieg.

»Also ja. Dann bleibt nur der Dümmer oder das Steinhuder Meer. Ich nehme das Letzte. Schön dort.«

Sie erreichten das Ortsschild von Grünendeich, Hanna verringerte die Geschwindigkeit. Das Navi führte sie durch den Ort Richtung Nordwesten. Kurz bevor sie die Zielstraße erreichten, fuhr Hanna auf einen Supermarkt-Parkplatz.

»Und nun?«, fragte Jan.

»Sie bleiben hier und ich mache einen Spaziergang.« Hanna zeigte ins Wohnmobil hinein. »Machen Sie es sich bequem. Es kann einen Augenblick dauern. Den Schlüssel vom Auto lasse ich Ihnen hier. Man weiß ja nie, was passiert.«

Ohne auf eine Antwort zu warten, sprang Hanna aus dem Wohnmobil und lief die Straße hinunter. Sie schaute auf die Uhr. Die Tagesschau hatte gerade begonnen. Harald Hoeppe sollte zu Hause sein.

Schlendernd ging Hanna an dem Haus mit der Nummer dreiundvierzig vorbei. Ein alter eineinhalbstöckiger Backsteinbau aus der Mitte des vergangenen Jahrhunderts. Die Holzfenster brauchten dringend einen neuen Anstrich, die Dachziegel waren fast vollständig mit Moos überwachsen. Sie blieb stehen und tat so, als wenn sie etwas auf ihrem Handy kontrollieren würde, fotografierte aber mehrfach das Haus. Im Weitergehen hielt sie Ausschau nach einem blauen VW Polo älteren Jahrgangs und entdeckte ihn auf der gegenüberliegenden Straßenseite.

Am Ende der Straße drehte sie um, lief wieder auf das Haus zu und bückte sich, als sie beim Polo angekommen war. Nachdem sie ihren Schnürsenkel neu gebunden hatte, kniete sie kurz neben dem Fahrzeug und befestigte den kleinen Sender unter dem Polo. Im nächsten Augenblick stand sie wieder und schlenderte weiter die Straße hinunter am Haus vorbei. In einem der beiden Fenster im Obergeschoss brannte Licht, jemand lief im Zimmer auf und ab. Hanna schaute sich um und drückte sich gleich darauf durch eine lichte Hecke, die das Nachbargrundstück umgrenzte.

Sie warf einen Blick in den Garten. Das Haus im Hintergrund lag dunkel da. Entweder waren die Bewohner nicht zu Hause oder hielten sich in Räumen auf, die zur anderen Seite Fenster hatten.

Hanna knickte einzelne kleine Zweige ab, um Hoeppes Haus besser beobachten zu können. Die Person war jetzt mit dem Rücken zum erleuchteten Fenster stehen geblieben. Nach der Silhouette zu urteilen handelte es sich um einen Mann. Jetzt drehte er sich um. Hanna konnte sein Gesicht erkennen. Der Mann legte den Kopf in den Nacken und schien tief durchzuatmen. Hanna montierte einen Teleobjektivaufsatz auf ihr Handy und schoss einige Nahaufnahmen. Der Mann fing wieder an herumzugehen, kam immer wieder am Fenster vorbei, blieb manchmal stehen und drehte dann weiter seine Runden im Zimmer. Als er wieder einmal nicht zu sehen war, huschte Hanna aus der Hecke heraus und lief eilends die Straße hinauf.

Jan de Bruyn saß im Wohnmobil an dem kleinen Tisch, seinen Laptop aufgeklappt vor sich. »Erfolgreich gewesen?«

»Klar, ich habe den Fall gelöst. War eigentlich ganz einfach.«

Jan grinste schräg. »An Ihren Humor muss ich mich noch etwas gewöhnen.«

»Sie schaffen das schon. Da bin ich mir ganz sicher.« Hanna setzte sich neben ihn auf die Bank und griff nach ihrem Laptop. Nachdem sie die GPS-App geöffnet hatte, kontrollierte sie, ob der Sender funktionierte.

»Ist es das, was ich denke?«, fragte Jan mit Blick auf ihren Laptop.

»Sollte Hoeppe heute noch einen kleinen Ausflug machen, können wir ihm so leichter folgen.«

»Ausflug?«

Hanna zeigte ihm eine kurze Videoaufnahme, die sie von dem beleuchteten Fenster gemacht hatte. »Er tigert in seinem Zimmer auf und ab.«

»Dann heißt es wohl warten«, murmelte Jan.

»Oder ich mache ihm etwas Feuer unter dem Arsch«, sagte Hanna und griff nach ihrem Zweithandy. Im nächsten Augenblick hatte sie Harald Hoeppes Nummer gewählt und deutete Jan an, ruhig zu sein.

»Hallo!«, sagte die Männerstimme, die Hanna bereits aus dem ersten Gespräch kannte.

»Spreche ich mit Janus Ritter?«, sagte Hanna mit ihrer verstellten Stimme.

»Nein.«

»Oh, entschuldigen Sie vielmals. Ich muss mich verwählt haben oder versehentlich eine falsche Nummer aus meiner Liste angerufen haben.«

»Kim? Aus dem Fitnessstudio?«, fragte Hoeppe.

»Ja, hier ist Kim. Woher wissen Sie …«

»Hatten wir uns nicht schon geduzt? Hier ist Harald Hoeppe. Wir haben heute schon einmal telefoniert.«

»Ach, ja natürlich. Harald. Echt jetzt, das passiert mir sonst nicht. Ich wollte dich wirklich nicht stören.«

»Das ist kein Problem. Im Gegenteil. Schön, dass du dich verwählt hast.«

»Das klingt ja fast, als ob du mit mir flirtest.« Hanna lachte kurz auf. »Aber warum auch nicht? Du scheinst nett zu sein.«

»Danke! Du auch.« Hoeppe hielt kurz inne, bevor er weitersprach. »Bist du denn jetzt noch im Fitnessstudio?«

Hanna seufzte. »Ja, leider. Ein langer Tag. Aber ich höre bald auf. Vielleicht noch ein Stündchen. Abends erreicht man die Leute leichter.«

»Das ist ein langer Arbeitstag. Respekt!«

»Danke. Das tut gut. Manche Menschen denken, im Sportstudio zu arbeiten ist wie Urlaub. Schön wär's. Okay, man lernt viele nette Leute kennen, aber trotzdem ist es knallharte Arbeit.«

»Auf jeden Fall«, pflichtete ihr Hoeppe bei. »Hast du es denn weit bis nach Hause?«

»Nein. Nicht wirklich. Ich habe eine klitzekleine Wohnung. Mit dem Fahrrad bin ich in zehn Minuten da. Zu Fuß brauche ich etwas länger. Blöderweise ist mein Fahrrad gerade in der Werkstatt.«

»Zehn Minuten mit dem Fahrrad? Das ist ja sicher eine halbe Stunde zu Fuß.«

»Ja, kann sein. Harald, ich würde gerne noch mit dir weiterquatschen. Aber die Arbeit ruft. Vielleicht ja ein anderes Mal.«

»Kein Problem. Dann wünsche ich dir noch einen schönen Abend. Und komm heil nach Hause.«

»Wird schon! Bis bald dann mal, Harald.«

Hanna wartete, bis Hoeppe die Verbindung abgebrochen hatte, und legte das Handy auf den Tisch.

Jan schien das Gespräch, auch wenn er nur Hannas Seite hören konnte, aufmerksam verfolgt zu haben. Er runzelte die Stirn. »Sie glauben, er fährt jetzt nach Stade, um Kim zu … treffen?«

»Treffen wohl kaum«, murmelte Hanna, während sie die GPS-App auf ihrem Laptop nicht aus den Augen ließ. »Aber so unruhig, wie er war, hält er es jetzt vielleicht nicht mehr im Haus aus.«

Jan nickte und konzentrierte sich wieder auf seinen Laptop.

»Ermittlungsakten?«, fragte Hanna.

Er nickte. »Julia Sander. Bisher ist ja noch nicht klar, ob Täter-DNA gefunden wurde. Ich bin gerade die Berichte der Kriminaltechnik und der Gerichtsmedizin noch einmal durchgegangen. Der Täter muss Julia, nachdem er sie mit einem Kissen erstickt hat, gewaschen haben. Anders ist das komplette Fehlen von Spuren nicht zu erklären.«

Hanna nickte. »Und er hat alle Bettbezüge in die Waschmaschine gestopft und bei neunzig Grad gewaschen.«

»Die Kriminaltechnik geht sogar davon aus, dass er im Schlafzimmer gründlich mit dem Staubsauger durchgegangen ist. Der Beutel fehlte und war nicht in der Wohnung zu finden.« Jan hielt kurz inne. »Ich habe übrigens heute mit Jasmin Keller telefoniert.«

»Die dritte Frau?«

»Genau. Sie wohnt jetzt bei ihrer Großmutter in Köln. Es hat eine Weile gedauert, bis ich die alte Dame überzeugt hatte, dass ich ein paar Worte mit ihrer Enkelin wechseln darf.«

»Neue Erkenntnisse?«

»Zumindest sind meine bisherigen Annahmen durch das Gespräch bestätigt worden. Frau Keller hatte mehrfach das Gefühl, dass sie verfolgt wurde.«

»Steht nicht in den Akten.«

»Sie hat eine Weile gebraucht, bevor sie überhaupt über die Wochen vor dem Überfall nachdenken konnte. Auch sonst scheinen die Überfälle sehr ähnlich zu sein und …« Jan brach ab, als Hanna sich aufrichtete und auf den Monitor ihres Laptops zeigte.

»Es geht los!« Sie reichte Jan das Gerät. »Der rote Punkt. Schaffen Sie das?«

Sie setzte sich hinters Steuer und startete den Motor. Jan blieb hinten sitzen und versuchte, sich auf der Karte zu orientieren.

»Welche Richtung?«

»Er fährt am Deich entlang Richtung Stade.«

Hanna fuhr vom Parkplatz auf die Hauptstraße und beschleunigte. Jan gab ihr in regelmäßigen Abständen durch, wo sich das Auto von Hoeppe gerade befand. Der Polo schien tatsächlich nach Stade zu fahren. Sie durchquerten kleine Siedlungen und kamen an großen Bauernhöfen und Lagerhallen vorbei, bevor sie durch das sich an der Straße entlangziehende Dorf Hollern-Twielenfleth fuhren und wenig später das Ortsschild von Stade passierten.

»Wo ist er?«, rief Hanna nach hinten ins Wohnmobil hinein.

»Das Auto biegt gerade in die Hansestraße ein.«

»Läuft«, murmelte Hanna.

Zwei Minuten später rief Jan: »Das Auto scheint jetzt zu stehen.« Er gab die Straße durch.

»Bingo!« Hanna ballte die rechte Faust. »Ich parke in der Nähe. Sie bleiben beim Auto. Können Sie mit dem Teil fahren?«

»Ich habe einen Lkw-Führerschein und darf auch Busse fahren.«

Hanna drehte ihren Rückspiegel so, dass sie ihn sehen konnte. Weder grinste er noch gab es andere Anzeichen, dass er sie veräppeln wollte. »Wow! Jetzt haben Sie mich aber wirklich überrascht. Sie haben die Dinger aber nicht gefahren, oder?«

»Doch. Da ich keinen Sponsor für mein Studium hatte, blieb mir nichts anderes übrig. Ich habe für ein Busunternehmen Touristen durch die Gegend kutschiert.«

Hanna fuhr von der Hauptstraße ab. Sie hatte zuvor im Internet recherchiert und sich eingeprägt, wo das Fitnessstudio lag. Jetzt hielt sie auf einem kleinen Parkplatz direkt an der Straße.

»Der Schlüssel steckt. Ich melde mich.« Sie sprang aus dem Wagen und lief die Straße hoch Richtung Studio. Harald Hoeppe stand auf einem Platz, von dem er die Eingangstür gut beobachten konnte, ohne zu nahe am Gebäude zu sein.

Hanna zog ihr Handy aus der Tasche und sah im Internet nach, wie lange das Studio geöffnet hatte. Anschließend wählte sie die Handynummer ihres Kollegen.

»Er steht hier und beobachtet den Eingang. In einer halben Stunde schließt das Studio.«

»Bleiben Sie da?«

»Nein. Ich schieße noch ein paar Fotos und komme dann zurück.«

Wenige Minuten später öffnete Hanna die Seitentür des Wohnmobils und schlüpfte hinein. Als sie am kleinen Tisch gegenüber von Jan saß, übertrug sie die Fotos auf den Laptop und zeigte sie ihm.

»Welchen Eindruck hat er auf Sie gemacht?«, fragte er.

»Ruhig. Er hat sich kaum bewegt in der Zeit, in der ich ihn beobachtet habe.« Hanna fuhr sich mit der Hand durch die Haare. »Wie ein Jäger, der aufs Wild wartet.«

»Kim wird nicht kommen.«

»Umso besser. Mal sehen, wie er dann reagiert.« Sie zog ihr Zweithandy aus der Tasche. »Er kann mich ja anrufen.«

Jan musterte sie. »Darauf spekulieren Sie, oder? Sie wollen Hoeppe eine Abfuhr erteilen, um ihn zu provozieren.«

Ich habe den Psychologen unterschätzt, fuhr es Hanna durch den Kopf. Er ahnt, was ich plane. Umso besser, klare Verhältnisse sind mir lieber. »Das entscheide ich spontan. Etwas Dampf im Kessel ist aber nie verkehrt.«

»Oder ein Spiel mit dem Feuer.«

Hanna zuckte gelassen mit den Schultern. Wenn sie hier nicht Monate ermitteln wollten, blieb ihnen kaum eine andere Wahl. Für sie fiel das unter kreative Ermittlungsarbeit. Wie ein Mensch reagieren würde, konnte niemand voraussehen. Auch Jan de Bruyn nicht.

»Noch mal zurück zum letzten Tatort«, wechselte Hanna bewusst das Thema. »Sollten die Vermutungen der Kriminaltechnik und der Gerichtsmedizin zutreffen, haben wir es mit einem cleveren Bürschchen zu tun. Ich tippe allerdings eher darauf, dass er verdammtes Glück hatte.«

»Es ist fast unmöglich, keine DNA-Spuren zu hinterlassen«, warf Jan ein. »Dabei dreimal Glück zu haben, oder meinetwegen auch verdammtes Glück, ist eher unwahrscheinlich.«

Hanna wiegte den Kopf hin und her. »Bei der ersten Vergewaltigung haben wir Material. Dann kommen zwei weitere Fälle, bei denen so gut wie nichts gefunden wurde. Erfahrungsgemäß wird bei einer Vergewaltigung kein so großer Aufwand betrieben wie bei einem Tötungsdelikt. Hinzu kommt: Opfer zwei und drei hatten nach eigener Auskunft zahlreiche Gäste. Es gab unzählige Mischspuren. Glauben Sie mir, die Ressourcen sind begrenzt und werden durchaus nach Schwere der Fälle eingesetzt.«

»Und das Tötungsdelikt?«

Hanna seufzte. »Ja, hier ist sicher auf ganzer Linie ermittelt worden. Die endgültige Auswertung haben wir aber ja noch nicht. Ich will Ihre These ja auch nicht von Grund auf verwerfen. Dass der Täter intelligent ist und mit jeder Tat dazugelernt hat, kann durchaus sein. Es gibt aber auch eine Alternative. Ich wollte nicht mehr und nicht weniger sagen.« Sie hielt kurz inne. Ihr war eingefallen, wie sie auf Hoeppe reagieren konnte, wenn er sie tatsächlich anrufen würde. »Ich könnte Ihre Hilfe gebrauchen, sollte Hoeppe sich gleich melden.«

»Ich soll bei Ihrem Telefonspielchen mitmachen?« Jan de Bruyn schien nicht begeistert von ihrer Bitte zu sein.

»Es gibt noch die Hardcorevariante. Im wahrsten Sinne des Wortes. Eine eindeutige Geräuschkulisse finde ich schnell im Internet.«

»Schon gut. Was soll ich machen?«

»Sollte Hoeppe anrufen, brauche ich einen Freund, der aus dem Hintergrund nach mir ruft. Am besten wäre es, wenn es relativ eindeutig ist.«

»Ich bin kein guter Schauspieler, aber ich kann es versuchen.«

»Okay, ich stelle das Handy auf laut, dann können Sie entscheiden, wann der richtige Zeitpunkt ist. Vielleicht ruft er ja auch gar nicht an. Bleiben Sie ein…« Bevor Hanna weitersprechen konnte, klingelte ihr Zweithandy.

»Alles klar so weit?«

Jan nickte.

Hanna ließ es noch dreimal klingeln, bevor sie das Gespräch annahm. »Ja?«, fragte sie mit atemloser Stimme.

»Kim?«

»Ja, wer sonst?«, sagte Hanna und gab sich Mühe, verärgert zu klingen.

»Harald hier. Ich bin zufällig gerade beim Fitnessstudio vorbeigekommen und dachte, ich könnte dich vielleicht nach Hause fahren. Dein Fahrrad ist doch in der Werkstatt.«

»Kim!«, rief Jan, der sich zuvor in die hintere Ecke des Wohnmobils zurückgezogen hatte. »Wer ist denn dran? Kommst du endlich ins Bett? Ich warte!«

Hanna hielt das Handy von sich weg und rief zurück. »Sofort, Jan.«

»Hörst du?«, sagte sie mit dem Handy am Ohr. Hoeppe antwortete nicht und im nächsten Augenblick ertönte das Freizeichen. Harald Hoeppe hatte das Gespräch beendet.

»Aufgelegt«, sagte Hanna. »Es geht gleich weiter, denke ich.« Sie ließ ihren Laptop aufgeklappt liegen und setzte sich hinters Steuer. Als sie sich umdrehte, saß Jan immer noch im hinteren Bereich des Wohnmobils. »Kommen Sie jetzt? Ich kann nicht beides machen – fahren und kontrollieren, wo Hoeppe hinfährt.«

Zwölf

»Wo will er hin?«, fragte Hanna.

Über zwei Stunden waren sie hinter Harald Hoeppe her durch Stade gefahren. Regelmäßig alle zehn bis fünfzehn Minuten hatte er angehalten und für kurze Zeit sein Auto verlassen. Hanna schlich jedes Mal hinter ihm her und beobachtete ihn. Hoeppe blieb vor beleuchteten Fenstern stehen, wartete eine Weile, schoss hin und wieder Fotos mit seinem Handy und ging zum Auto zurück. Hanna notierte sich die Straßennamen und Hausnummern, konnte aber keine Systematik erkennen. Entweder wurde Hoeppe wie magisch von hell erleuchteten Fenstern angezogen oder er wusste, wer in den Häusern wohnte.

»Richtung Autobahn, würde ich sagen.« Jan de Bruyn warf einen Blick auf seine Armbanduhr. Es war inzwischen kurz nach Mitternacht. Als Hoeppe an der Ausfahrt zu seinem Heimatort vorbeifuhr, stöhnte Jan leise. »Er fährt weiter.«

»Ein kleiner Nachtschwärmer«, murmelte Hanna und fragte laut: »Sind wir weit genug von ihm entfernt? Das Wohnmobil ist ja nicht gerade unauffällig.«

»Kein Problem. Das müssen zwei bis drei Kilometer sein.«

»Ob es nach Hamburg geht? Das würde nicht in Ihr Profil passen, oder?«

»Das hängt davon ab, was er dort will. Wenn er zum Beispiel einen Freund oder eine Freundin besucht, würde das durchaus passen.«

»Freunde? Mitten in der Nacht? Glauben Sie das?«, fragte Hanna mit leicht spöttischem Unterton.

Jan schwieg. Kurz darauf verkündete er, dass Hoeppe Richtung Jork unterwegs war.

»Jetzt wird's interessant.«

Jan dirigierte sie durch den Ort, bis sie parallel zum Elbdeich fuhren. »Er scheint langsamer zu werden.«

Hanna verringerte die Geschwindigkeit und hielt am Straßenrand. »Und?«

»Jetzt biegt er von der Straße am Deich ab. Wenn ich das richtig sehe, ist das ein Feldweg.«

»Was ist das denn für ein Mist? Wo führt der Weg hin?«

»Sieht so aus, als wenn er einfach endet. Zweihundert Meter, würde ich mal schätzen.«

»Können wir da parken?«

»Auf dem Weg?«

»Nein! In der Gegend. Schnell!«

Hanna wollte gerade aufspringen und sich den Laptop holen, als Jan weitersprach: »Fahren Sie noch ungefähr dreihundert Meter weiter, dann rechts rein. Eine Stichstraße, aber am Ende gibt es einen Wendekreis.«

Hanna nickte und legte den ersten Gang ein.

»Wollen Sie mit?«, fragte Hanna, als sie das Wohnmobil in der Stichstraße geparkt hatte. Ohne auf seine Antwort zu warten, zog sie den Fahrzeugschlüssel ab und sprang aus dem Auto.

Jan stieg auf der Beifahrerseite aus und lief um den Wagen herum. »Bis zu dem Feldweg sollten es nur ein paar Meter sein.«

Hanna sah in den Himmel. Die dichte Wolkendecke war aufgebrochen. Durch die Lücken strahlte der Mond.

»Bleiben Sie dicht hinter mir«, sagte Hanna und ging voraus. Nach ihrer Schätzung hatte Hoeppe mindestens einen Vorsprung von fünf Minuten. Sie konnten nur hoffen, dass er noch eine Weile in seinem Auto gesessen hatte, bevor er aufgebrochen war, oder immer noch dort saß.

Sie erreichten den Feldweg, zu dessen beiden Seiten sich die üppig blühenden Apfelbäumchen erstreckten. Nach wenigen Metern bemerkte Hanna den Polo. Sie blieb stehen und zeigte nach rechts, bevor sie zwischen zwei Plantagenbäumen aufs Feld huschte. Jan folgte ihr.

»Wir müssen leise sein.« Sie ging in die Hocke und zog ihr Smartphone aus der Tasche. Auf Google Maps sah sie sich im Satellitenmodus die Umgebung an und wandte sich zu Jan de Bruyn um. »Sehen Sie, parallel zur Apfelplantage läuft ein schmaler Streifen von Büschen oder Bäumen und dahinter stehen Häuser.«

»Sieht nach Einfamilienhäusern aus«, sagte er leise.

Hanna nickte. »Merkwürdig. Unser Täter war doch bisher auf Mietwohnungen spezialisiert.«

Sie arbeiteten sich langsam durch die Apfelbaumreihen, bis sie auf Höhe des Polos hockten. Um nicht aufzufallen, hatte Hanna sich alleine weiter in die Plantage zurückgezogen und pirschte sich jetzt auf allen vieren an die letzte Baumreihe heran. Das Auto war leer. Sie schickte Jan eine Nachricht aufs Handy und wartete, bis er zu ihr gestoßen war.

»Rechts oder links?«, flüsterte Hanna.

»Rechts.«

Hanna nickte und zeigte auf die zweite Apfelbaumreihe. »Aber vorsichtig!«

Meter um Meter arbeiteten sie sich in gebückter Haltung vor, stoppten immer wieder, um die Baum- und Strauchreihe abzusuchen.

»Wie weit geht die Plantage noch?«, fragte Jan flüsternd.

Hanna kontrollierte auf dem Smartphone die Position. »Drei- bis vierhundert Meter. Dann grenzt dieses Feld an ein weiteres. Aber die Bebauung ist da erheblich weiter entfernt. Er muss in diesem Abschnitt sein.«

»Ich brauche eine Pause.«

Hanna zögerte kurz. »Dann gehe ich alleine weiter. Ziehen Sie sich etwas in die Plantage zurück.«

Jan nickte. Hanna hatte den Eindruck, dass er erleichtert war, sich nicht weiter durch den schwarzen Sand wühlen zu müssen. Vorsichtig robbte sie vorwärts, hielt alle zwei Meter inne und horchte eine Weile in die Stille hinein. Sollte Hoeppe, so wie sie vermutete, auf der anderen Seite der Baumreihe auf Beobachtungsposten sitzen, wäre es ein großer Zufall, wenn Hanna ihn hören oder gar sehen würde. Ihr würde am Ende nichts anderes übrig bleiben, als zu warten und zu hoffen, dass sie an der richtigen Stelle war.

Sie zog ihr Handy aus der Tasche und schrieb dem Psychologen eine Nachricht.

Hanna: Bisher nichts! Ich versuche es weiter.

Jan: Okay. Hier ist auch alles ruhig.

Hanna: Bleiben Sie da, bis ich mich wieder melde.

Jan: Okay.

Hanna kontrollierte auf dem Handy, ob Hoeppes Polo weiter auf dem Feldweg stand, und arbeitete sich Meter um Meter vor. Während der kurzen Horchpausen setzte sie sich auf die Erde, um die Beine auszustrecken. Wo war Hoeppe? Er konnte sich doch nicht in Luft aufgelöst haben. An einen nächtlichen

Spaziergang glaubte Hanna nicht. Harald Hoeppes bisherige Ziele rochen verdammt nach Stalking, wenn nicht mehr. Was für eine miese Nummer ist das?, fluchte Hanna in Gedanken und fragte sich, was sie hier mitten in der Nacht machte. Sollte sie wirklich weiter durch die Niederungen der Apfelbäumchen kriechen oder Hoeppe einfach festnehmen? Aber was konnte sie ihm bisher vorwerfen? Er war durchs nächtliche Stade gelaufen und hatte in hell erleuchtete Fenster gestarrt. Auch, dass er sich Zutritt zu fremden Grundstücken verschafft hatte, war kein ausreichendes Verdachtsmoment dafür, dass er jemals einer der vier Frauen nähergekommen war. Hanna fluchte leise und richtete sich wieder auf, um vorsichtig weiterzugehen.

Eine halbe Stunde später erreichte sie das Ende der Plantage. Sie kontrollierte noch einmal ihren Standort und kam zu dem Schluss, dass sie Hoeppe übersehen haben musste. Sie öffnete die Nachrichten-App und schrieb Jan.

Hanna: Ich bin durch und komme jetzt zurück.

Jan: Okay. Hier ist alles ruhig.

Hanna: Sie können mir entgegenkommen. Der Polo steht noch auf dem Feldweg. Hoeppe muss hier irgendwo sein.

Jan: Okay. Ich gehe dann los.

Hanna wandte sich um und ging, dieses Mal nicht mehr gebückt, langsam in der dritten Apfelbaumreihe zurück. Alle drei bis vier Meter blieb sie stehen, horchte auf Geräusche und suchte das Gebüsch nach dem Licht eines Handydisplays ab.

»Nichts?«, fragte sie, als Jan endlich vor ihr stand.

Er schüttelte den Kopf.

»Er ist wie vom Erdboden verschluckt«, murmelte Hanna und ließ ihren Blick ein letztes Mal über das Feld schweifen. In diesem Moment nahm sie aus dem Augenwinkel eine Bewegung wahr und meinte, ein Knacken zu hören. Sie reagierte sofort, packte ihren Kollegen am Ärmel und drückte ihn mit sich nach unten auf die Erde.

»Unten bleiben«, flüsterte sie nahe an seinem Ohr. »Er kommt.«

Die Schritte wurden jetzt lauter, Hoeppe blieb stehen. Hatte er etwas mitbekommen? Hanna, die intuitiv die Kapuze ihrer schwarzen Jacke über den Kopf gezogen hatte, beugte sich so über Jan, dass sein Gesicht nicht mehr von Hoeppes Seite aus zu sehen war. Ein unterdrücktes Niesen, es raschelte und gleich darauf schien sich Hoeppe die Nase zu schnäuzen.

Hanna nahm den Duft von Jans Aftershave wahr, als er sich unter ihr bewegte. Schritte. Hoeppe räusperte sich leise und schien sich wieder in Bewegung zu setzen. Als Hanna sicher war, dass er sich ausreichend weit von ihnen entfernt hatte, richtete sie sich langsam auf.

»Er ist weg«, flüsterte sie Jan zu, der langsam in die Hocke ging und wartete, bis Hanna ihm ein Zeichen gab, aufzustehen.

»Sorry«, murmelte Hanna, als Jan vor ihr stand und sich den Sand von seiner Hose abschüttelte. »Es war keine Zeit mehr, Sie zu warnen.«

Er lächelte matt. »Schon gut. Ich habe schon unangenehmere Situationen durchgestanden.«

Hanna sah ihn stirnrunzelnd an. »Das klingt ja fast wie ein Kompliment. Wow, vielleicht werden wir doch noch Freunde.« Sie grinste. »Oder so ähnlich.«

Jan strich sich ein letztes Mal über seinen Mantel. »Kommt auf einen Versuch an.«

Hanna schluckte eine Entgegnung herunter. Nicht weit von ihnen startete ein Auto und fuhr langsam davon. »Folgen oder suchen wir hier seinen Unterschlupf?«

»Das haben Sie doch längst entschieden.« Jan bahnte sich durch die Plantagenbäumchen den Weg zur nächsten Reihe. Hanna folgte ihm. »Haben Sie gesehen, wo genau er rausgekommen ist?«

Hanna schüttelte den Kopf. »Da war ein Schatten und dann habe ich gleich reagiert. Aber weit kann es nicht gewesen sein, sonst hätte er uns bemerken müssen.«

In der nächsten Dreiviertelstunde durchkämmten sie die Büsche am Rande des Plantagenfeldes und suchten nach heruntergetretenem Gras und abgeknickten Ästen. Mehrere Stellen, die sie gefunden hatten, verwarfen sie wieder. Am vielversprechendsten erschien ihnen ein Baum, an dessen Rinde sie Spuren entdeckten.

»Hier könnte jemand hochgeklettert sein«, sagte Hanna, die den Stamm mit ihrer Taschenlampe ableuchtete. Sie sah sich um und fand einen auf der Erde liegenden starken Ast, den sie an den Baum lehnte. »Ich bin gleich wieder da.«

»Wollen Sie da rauf?«, hörte Hanna Jan in ihrem Rücken fragen, als sie bereits nach einem der unteren Äste gegriffen und den am Baum lehnenden Ast als Stütze benutzt hatte, um sich so zur nächsten Astreihe hochzuziehen.

Mit der Taschenlampe leuchtete sie die Rinde des Baumes ab und rief nach unten: »Hier sind wir richtig.« Sie schoss ein paar Fotos und kletterte anschließend noch einen Meter höher. Hier waren die Äste so gewachsen, dass sie sich bequem hinsetzen konnte, die Füße in der Luft baumelnd, den Baumstamm im Rücken als Lehne. Nach kurzer Suche fand sie ausreichend Spuren, die ihren Verdacht bestätigten.

Hanna sah sich um. Von ihrer Position aus konnte sie vier der Einfamilienhäuser gut beobachten. In keinem davon gab es ein erleuchtetes Fenster. Sie schoss Fotos und speicherte ihren genauen Standort im Handy ab, bevor sie sich auf den Weg nach unten machte.

»Und?«, fragte Jan.

»Vier, höchstens fünf Häuser kommen infrage. Entweder hat Hoeppe hier auch jemanden beobachtet oder er hat einen Knall und setzt sich gerne mitten in der Nacht in Bäume und beobachtet Spinnen oder Schnecken.«

Jan schmunzelte. »Es gibt die verrücktesten Hobbys, aber gehen wir erst mal davon aus, dass er eine Frau beobachtet hat oder beobachten wollte.«

»Wollen wir los?«, fragte Hanna und lief voraus, ohne auf Jans Antwort zu warten.

»Kurz vor vier«, sagte Hanna mit Blick auf die Uhr. »Bevor Sie im Hotel im Bett liegen, ist es fünf. Bei mir würde es noch später werden.« Sie nahm ihr Smartphone in die Hand und tippte etwas ein. »Hier ganz in der Nähe ist ein Wohnmobilstellplatz. Darf ich Sie einladen?«

Jan warf einen skeptischen Blick zurück ins Wohnmobil.

»Keine Angst, ich habe zwei Schlafplätze.«

Als er nickte, fuhr sie los. Drei Minuten später standen sie auf dem Stellplatz, Hanna klappte die Sitzbank um und reichte Jan eine Decke und ein Kopfkissen.

»Und wo schlafen Sie?«

Hanna zeigte nach oben. »Über Ihnen!« Im nächsten Augenblick zog sie Sweatshirt und Hose aus, stellte sich, nur noch mit Slip und BH bekleidet, an das kleine Waschbecken und warf sich Wasser ins Gesicht und unter die Achseln.

Sie drehte sich zu ihrem Kollegen um. »Ist doch in Ordnung, wenn ich hier so rumlaufe?«

Jan zuckte mit den Schultern und schien gerade zu einer Antwort anzusetzen, als sie ihm zuvorkam. »Ich weiß, Sie waren schon in unangenehmeren Situationen.« Sie streifte sich ein T-Shirt über den Kopf und griff nach einer kleinen Leiter, die sie seitlich an die Außenwand stellte, und kletterte nach oben.

Seufzend schlüpfte Jan aus seinem Rollkragenpullover und faltete ihn zusammen.

»Das rote Handtuch ist für Sie«, rief Hanna, die ihm von ihrem Schlafplatz aus zusah. »Übrigens: Sie sind gut in Form.«

Jan blickte zu ihr nach oben. »Sind Sie nicht müde?«

Hanna grinste. »Bei Licht kann ich nicht schlafen.«

Jan zog kopfschüttelnd die Hose aus, legte sie über den Beifahrersitz und machte es sich auf seinem Schlafplatz bequem.

»Haben Sie einen Wecker?«, fragte er, als er unter der Decke lag.

»Nein, Sie?«

»Ich stelle mein Handy. Wann wollen Sie aufstehen?«

»Wenn ich aufwache. Ich habe Bauer eine Nachricht geschrieben, dass wir später kommen. Und ja, das wird unser Verhältnis nicht gerade verbessern.«

»Na dann. Gute Nacht!«

»Eine Frage noch: das Hauptgericht in dem Restaurant. Sie haben mir immer noch nicht verraten, was wir gegessen haben.«

»Filet vom Kaninchenrücken, grüne Bohnen und Spinat-Gnocchi.«

Hanna räusperte sich. »Ich dachte mir schon so was.«

»Sie hatten als Kind ein Kaninchen?«

»Nein, eine Klapperschlange.«

»Interessant.«

Hanna löschte das Licht. »Gute Nacht.«

Dreizehn

Jan reckte sich und stieß mit den Füßen an. Sein Rücken tat weh, sein Mund war trocken. Er rieb sich die Augen. Erst jetzt fiel ihm ein, wo er war. Im Wohnmobil von Hanna Will. Er griff nach seinem Handy. Kurz vor neun. Er hatte fast fünf Stunden geschlafen.

Mühsam kletterte er aus seiner Schlafstelle und sah sich um. Schlief seine Kollegin noch? Er reckte den Kopf und warf einen Blick in ihre Schlafkoje. Sie war leer.

Jan wusch sich das Gesicht, zog sich an und versuchte, die seitliche Tür des Wohnmobils zu öffnen. Sie war verschlossen. Irritiert rüttelte er am Türgriff, bis er einen Schlüssel entdeckte, der neben der Spüle lag.

Vor der Tür atmete er tief die frische Morgenluft ein und sah sich um. Er stand direkt am Deich in der Nähe des Cafés Möwennest. Das Gebäude wirkte, als sei es aus dem Deich gewachsen. Jan war vor einer gefühlten Ewigkeit hier mit seiner Mutter spazieren gegangen und hatte im Café mit ihr Kaffee getrunken und Kuchen gegessen. Er erinnerte sich daran, dass sie einen Platz direkt an den großen Fenstern bekommen hatten und seine Mutter den Blick kaum von der breiten Elbe hatte abwenden können.

Er holte sich einen Klappstuhl aus dem Wohnmobil und wollte gerade damit den Deich hinaufgehen, als er Hanna Will bemerkte. Sie kam, in ein großes Badehandtuch gewickelt, über die Treppe neben dem Café den Deich herunter.

»Morgen, Kollege. Gut geschlafen?«

»Waren Sie in der Elbe schwimmen?«, fragte Jan mit ungläubigem Blick.

»Das Wasser ist herrlich frisch!«

Hannas Handtuch rutschte einige Zentimeter nach unten, ihre Brüste waren für einen Augenblick zu sehen, bevor sie mit einem schnellen Griff das Tuch hochzog und vorne zusammenhielt. »Ich musste so in die Fluten springen. Du hast über meinem Badeanzug geschlafen und ich wollte dich nicht wecken.« Sie stutzte. »Oh, sorry, das Du ist mir jetzt so rausgerutscht.«

Jan war zu verdutzt, um zu reagieren. Als er antworten wollte, zuckte sie schon mit den Schultern. »Ich sehe schon, wir bleiben doch beim Sie.« Hanna lächelte und sprang die zwei Stufen hoch ins Wohnmobil.

Wenige Minuten später stand sie wieder neben Jan und deutete auf das Café. »Nach unserem Nachteinsatz haben wir uns ein solides Frühstück verdient. Kommen Sie?«

»Rührei mit Speck?«, fragte Hanna Will, als sie als erste Gäste im Café saßen.

Jan schüttelte den Kopf und bestellte sich einen Latte macchiato und zwei Croissants, als die junge Kellnerin vor ihnen stand.

»Und?«, fragte Hanna, als sie wieder alleine waren. »Wie hat Ihnen unsere erste gemeinsame Nacht gefallen?«

»Der erste oder der letzte Teil?«, fragte Jan verschmitzt lächelnd.

»Beide natürlich.«

»Der erste war interessant, der zweite durchaus akzeptabel. Ich hatte Schlimmeres erwartet.«

Hanna grinste. »Ja, ich weiß. Die Matratze ist suboptimal. Ich hätte Ihnen mein Bett anbieten sollen.«

Jan fragte sich, ob sie ihn bewusst provozierte. Er musterte sie aus dem Augenwinkel. Sie war eine attraktive Frau und strahlte Selbstbewusstsein aus, ohne zu dominant zu wirken.

»Wissen Sie eigentlich, dass man Ihnen ansieht, wenn Sie nachdenken?«, fragte Hanna. »Wie lautet Ihr Fazit zu meiner Persönlichkeit? Oder wissen Sie noch nicht genug von mir, um ein endgültiges Urteil zu fällen?«

»Einmal Psychologe, immer Psychologe?«

Hanna lächelte. »Dann wären Sie wohl kaum heute Nacht mit mir durch den Dreck gerobbt.«

»War das ein Test?«

Hanna zuckte mit den Schultern. »Ist das nicht ständig so? Jeder checkt ununterbrochen seine Mitmenschen ab. Ein Test? Nein. Selbst wenn, Sie hätten ihn mit Bravour bestanden.« Sie warf einen Blick aus dem Fenster über die breite Elbe. Direkt unter ihnen lag ein kleiner Sporthafen mit Segel- und Motorbooten. »Sie segeln?«

»Selten«, sagte Jan.

»Kein eigenes Boot?«

»Nicht mehr.«

»Schade.«

Die junge Frau, die ihre Bestellung aufgenommen hatte, kam mit einem großen Tablett auf sie zu.

»Danke!«, sagte Jan, während Hanna bereits nach dem Besteck griff.

Sie aßen schweigend, hin und wieder sah Jan auf, ein kurzer Blickkontakt, bevor sich beide wieder ihrem Frühstück widmeten.

»Ich hätte gewettet, dass Sie das Croissant in den Latte eintunken«, sagte Hanna in die entstandene Stille hinein.

Jan schmunzelte. »Ich weiß.«

»Warum?«

Jan sah sie fragend an. »Warum was?«

»Warum Psychologe? Stimmt das Gerücht, dass die Berufswahl Ihrer Kollegen etwas mit der Suche nach sich selbst zu tun hat?«

»Hat Ihr Beruf nichts mit Ihnen zu tun?«

Hanna schreckte theatralisch zurück. »Meinen Sie wirklich?«

Jan seufzte innerlich. Sie weicht aus. Ich aber auch. Warum? Habe ich Angst vor dieser Frau und ihrer direkten und ungefilterten Art? Nein, sie fasziniert mich, auch wenn ich nicht weiß, wieso.

Hanna schaute auf die Uhr. »Das wird gleich ein schwieriger Gang beim Kollegen Bauer. Begleiten Sie mich?«

Jan nickte und winkte der jungen Frau, um zu bezahlen.

»Was spricht für Hoeppe?«, fragte Hanna Will auf dem Weg nach Stade.

»Alles, was wir bisher von ihm wissen, passt ins Profil. Uns fehlen aber noch Informationen. Warum wohnt er noch bei seiner Mutter? Ist sie krank und braucht Unterstützung? Was ist mit seinem Vater? Wie lange waren seine Beziehungen zu Frauen? Und wer hat sie beendet? Nur, um ein paar zu nennen.«

Hanna nickte. »Ihr Profil ist gut, wird aber weder den Staatsanwalt noch den Richter überzeugen. Und für eine längere Observation brauchen wir deren Zustimmung.«

»Ist der GPS-Tracker zu Ihnen zurückverfolgbar?«

Hanna lächelte. »Natürlich nicht. Da finden sich nicht einmal meine Fingerabdrücke drauf.«

»Gut«, sagte Jan. »Hauptkommissar Bauer wird nicht mitspielen. Alleine können wir die Observation nicht bewältigen.«

»Haben Sie eine bessere Idee?«

»Wir laden Harald Hoeppe vor und sprechen mit ihm. Immerhin ist er schon einmal befragt worden. Der Fall wird halt neu aufgerollt.«

»Das ist unprofessionell und das wissen Sie. Ohne etwas in der Hand zu haben, brauchen wir Hoeppe nicht zu befragen – von einer Vernehmung mal ganz abgesehen. Wenn er auch nur halb so intelligent ist, wie Sie vermuten, würde das alles versauen.«

»Dann müssen wir etwas finden. Wenn er der Täter ist, muss es Verbindungen zu den anderen Fällen geben. Wir befragen die Frauen, sein privates Umfeld, die Arbeitskollegen.«

»Das wird Zeit kosten, viel Zeit«, murmelte Hanna. »Und wir können Hoeppe nicht mal als Beschuldigten führen. Das macht jede Recherche noch mal schwieriger.«

»Haben Sie einen anderen Vorschlag?«

Hanna schüttelte den Kopf. »Gut, aber wir fahren zweigleisig. Eine offizielle Ermittlung und eine inoffizielle Observation.«

Jan schloss die Augen. Er hatte gewusst, dass diese Frau nicht nachgeben würde, wenn sie sich einmal etwas in den Kopf gesetzt hatte.

»Sind Sie dabei?«

»Beim nächsten Mal schlafe ich oben und Sie unten.«

Hanna grinste breit. »Klingt, als hätten wir einen Deal.«

In diesem Augenblick klingelte Hannas Handy. Jan sah, wie sie einen Blick aufs Display warf, schluckte und das Gespräch wegdrückte.

»Und Sie haben Hoeppe mit Ihrem Wohnmobil observiert?«, fragte Sven Bauer ungläubig, als Hanna ihm von der nächtlichen Aktion berichtete.

»Sagte ich das nicht schon?«, entgegnete diese. »Kollege de Bruyn und ich hatten eigentlich nur vor, den Wohnort von

Harald Hoeppe anzuschauen. Als wir in der Nähe des Hauses parkten, kam Hoeppe heraus und fuhr mit seinem Polo nach Stade. Den Rest kennen Sie ja bereits.«

Jan sah dem Leiter der SoKo an, wie schwer es ihm fiel, Hanna Wills Initiative zu akzeptieren. Er war ein weiteres Mal übergangen worden. Ihm musste klar sein, dass es bei der Fahrt nach Grünendeich nicht nur darum gegangen war, die Umgebung zu erkunden, sondern dass Hanna Will von vornherein vorgehabt hatte, Harald Hoeppe ohne Absprache mit ihm zu observieren. Auf der anderen Seite war die Aktion durchaus erfolgreich gewesen und hatte die bisherige Einschätzung zu Harald Hoeppe untermauert.

»Und es war keine Zeit, mich anzurufen?«, fragte Sven Bauer.

»Ja und nein«, sagte Hanna ausweichend. »Aber ist das jetzt wirklich von Bedeutung? Ich glaube nicht. Wichtiger ist, was als Nächstes ansteht. Sehen Sie das nicht auch so, Kollege?«

»Mir gefallen Ihre Alleingänge ganz und gar nicht. Kaum haben wir uns auf eine vertrauensvolle Zusammenarbeit geeinigt, gehen Sie los und hab…«

»Kollege Bauer!«, fiel Hanna ihm ins Wort. »Wir haben über Agieren auf Augenhöhe gesprochen und nicht darüber, dass hier jeder Schritt mit Ihnen abgesprochen werden muss.« Sie stand auf. »So wie es aussieht, wollen Sie auf uns verzichten.«

Sven Bauer hob beschwichtigend die Hand. »Jetzt setzen Sie sich bitte wieder. Niemand will hier auf Ihre Unterstützung verzichten.«

Hanna zögerte noch einen Moment, bevor sie sich wieder auf ihren Stuhl setzte.

Jan räusperte sich hörbar. »Vielleicht darf ich noch etwas hinzufügen.« Als Bauer nickte, fuhr er fort. »Harald Hoeppes Fahrt durch die Nacht mit den vielen Unterbrechungen und Stopps vor hell erleuchteten Fenstern passt hundertprozentig in mein Täterprofil. Insbesondere der Aufenthalt in Jork, wo er ungewöhnlich lange im Gebüsch beziehungsweise in dem von uns entdeckten Hochsitz gesessen hat, deutet mit hoher Wahrscheinlichkeit darauf hin, dass Herr Hoeppe Menschen ausspioniert. Wir kennen zwar nicht den Grund dafür, aber da er in einem der Vergewaltigungsfälle Kontakt zu dem Opfer hatte, besteht aus meiner Sicht unmittelbarer Handlungsbedarf.«

Sven Bauer rieb sich mit der Hand das Kinn. »Und was schlagen Sie vor?«

»Das Team sollte einen Teil der Arbeitskraft darauf verwenden, Herrn Hoeppe und sein Umfeld auszuleuchten«, sagte Jan mit Blick auf seine Kollegin.

Hanna nickte. »Wir sollten uns mit der SoKo möglichst schnell zusammensetzen, berichten und die Aufgaben verteilen.«

»Dreizehn Uhr«, sagte Sven Bauer und stand auf.

Sven Bauer sprach als Erster, als sich das SoKo-Team am Nachmittag im Besprechungsraum versammelt hatte. Er warf ein Foto von Harald Hoeppe an die Wand, das Moritz Larsen bei Facebook gefunden hatte, und erklärte, dass es beim Abgleich der Ermittlungsakten mit dem Täterprofil einen Treffer gegeben habe. Anschließend bat er Hanna Will, von der Observation zu berichten. Sie hatte eine Karte von Stade vorbereitet, auf der mit roten Punkten markiert war, wo Harald Hoeppe sich länger aufgehalten hatte, um Häuser beziehungsweise deren Bewohner zu beobachten. Eine zweite Karte zeigte einen Ausschnitt von Jork mit dem Feldweg und der anschließenden Apfelplantage. Hanna hatte den Standort des Polos eingezeichnet, den Weg, den Harald Hoeppe gegangen war, und den Hochsitz im Baum.

»Das hier sind die fünf Häuser, die als Stalker-Objekte infrage kommen«, sagte Hanna und zeigte auf jedes einzelne Haus. »Wir müssen herausfinden, wer dort wohnt und wer in

Betracht käme«, sie malte Anführungszeichen in die Luft, »als Objekt der Begierde.«

»Weiterhin werden wir«, übernahm Sven Bauer, »das gesamte Leben von Harald Hoeppe durchleuchten, soweit es ohne sein Zutun möglich ist. Einen richterlichen Beschluss werden wir beim momentanen Stand der Ermittlungen nicht bekommen. Weder für eine längerfristige Observation noch für das Abhören seines Handys und schon gar nicht für einen DNA-Abgleich.«

Einer der Kommissare hob seine Hand. »Was ist mit der Befragung?«

»Wir brauchen dafür erheblich mehr Fakten«, sagte Hanna und schaute in die Runde. »Die letzten drei Taten, vor allem das Tötungsdelikt, sind ausgesprochen planmäßig angegangen worden. Wie alle hier wissen, gab es keinerlei verwertbare Spuren. Wir dürfen Hoeppe und seine Intelligenz also nicht unterschätzen.«

Moritz Larsen meldete sich. »Lara und ich haben uns ja bereits mit Hoeppe beschäftigt.« Larsen sah zwischen seinem Chef und Hanna hin und her. »Soll ich schnell die Ergebnisse vortragen?«

»Ja, bitte«, sagte Sven Bauer, während Hanna nur kurz nickte.

Er fasste die bisherigen Erkenntnisse zusammen, die Jan und Hanna bereits kannten, und kam dann zu den neu recherchierten Fakten. »Wir haben tatsächlich ein Foto von Harald Hoeppes Fachoberschul-Abschlussklasse im ›Stader Tageblatt‹ gefunden. Hier standen auch die Vor- und Zunamen der Abiturienten. Ich habe inzwischen dreizehn ehemalige Schüler und Schülerinnen mit Adresse und zum Teil auch mit Telefonnummer gefunden. Sechs von ihnen leben noch in Stade oder unmittelbarer Umgebung, zwei in Hamburg, alle weiteren im übrigen Deutschland. Angerufen beziehungsweise direkt vor Ort befragt haben wir noch niemanden.«

»Habt ihr noch mehr?«, fragte Sven Bauer.

»Lara und ich haben uns noch einmal sämtliche Sexualstraftaten der letzten zwanzig Jahre vorgenommen: Belästigungen, Voyeurismus, versuchte und vollzogene Vergewaltigungen. Damit sind wir aber noch lange nicht durch.«

»Sehr gute Idee«, sagte Jan. »Wir können davon ausgehen, dass der Täter eine Geschichte hat.«

Hanna nickte. »Weiterhin müssen wir die anderen drei Fälle, bei denen wir noch keine Verbindung zu Hoeppe gefunden haben, akribisch durchgehen. Hat Hoeppe zum Beispiel in dem Backshop eingekauft, in dem Jasmin Keller, das dritte Opfer, gearbeitet hat? Das Gleiche bei den zwei weiteren Frauen. Pia Sandstede, das erste Opfer. Sie arbeitete in einer Kinderarztpraxis. Und Julia Sander, das bisher letzte Opfer. Sie war Krankenschwester. Kennen die Frauen ihn? Gab es berufliche oder private Kontakte zu Hoeppe? Wo können sie sich begegnet sein?« Sie schaute einmal in die Runde. »Bitte bedenken Sie dabei, dass diese Kontakte lange zurückliegen können. Jede Kleinigkeit kann wichtig sein.«

Sven Bauer nickte. »Vier Kollegen arbeiten an dem Fall Sander wie bisher weiter, die restlichen fünf konzentrieren sich für die nächsten Tage auf Harald Hoeppe.« Bauer verteilte die Aufgaben und entließ die SoKo.

»Ich habe vorhin mit dem Staatsanwalt gesprochen«, sagte Sven Bauer, als er mit Hanna und Jan alleine war. »Dabei habe ich vorsichtig eine längerfristige Observation von Harald Hoeppe angesprochen.«

»Und?«, fragte Hanna.

»Wie ich mir schon dachte, gibt es bei der momentanen Beweislage keine Chance, das durchzubekommen.«

Jan sah seiner Kollegin an, dass sie etwas erwidern wollte. Sie beugte sich leicht vor, ließ sich dann aber gleich wieder zurück auf ihren Stuhl fallen.

»Wir werden etwas finden, wenn Hoeppe mit drinsteckt«, sagte Hanna. »Ihnen ist klar, dass es jeden Tag die nächste Frau treffen kann?«

»Das ist nicht mein erstes Tötungsdelikt, Frau Kollegin«, antwortete Sven Bauer. Er wirkte ruhig, aber Jan merkte, dass er innerlich brodelte. Sein Blick war starr auf Hanna Will gerichtet und er atmete flach, während er mit dem Zeigefinger rhythmisch auf den Tisch trommelte.

»Sicher«, sagte Hanna. »Entschuldigen Sie die Bemerkung.« Sie stand auf, Jan folgte ihr.

Vierzehn

»Was für ein Arsch«, fluchte Hanna, als sie mit Jan de Bruyn auf den Parkplatz der Polizeiinspektion zuging. »Der hat sich doch mit dem Staatsanwalt abgesprochen.«

»Können wir kurz bei meinem Hotel vorbeifahren?«, fragte Jan.

»Wie der Herr wünscht«, murmelte Hanna und schloss den Wagen auf.

Sie stellten das Wohnmobil auf dem gleichen Parkplatz wie am Tag zuvor ab und gingen gemeinsam durch die Altstadt Richtung Hansehafen.

»Sie sollten sich ein paar Sachen einpacken und bei mir im Wohnmobil deponieren. Kann sein, dass wir in den nächsten Nächten wieder unterwegs sind«, sagte Hanna.

Jan nickte. »Ich glaube allerdings nicht, dass der Täter so schnell wieder aktiv wird. Es sei denn, er hat mehrere Frauen im Vorfeld gründlich ausspioniert und der Druck ist ausreichend groß.«

»Und was spricht dagegen?«

»Dass es aufwendig ist. Wenn wir davon ausgehen, dass der Täter einer regulären Arbeit nachgeht, begrenzt das seine Zeit erheblich. Auch Harald Hoeppe kann nicht jede Nacht durch die Ortschaften ziehen.«

Hanna blieb stehen. »Was wollen Sie mir damit jetzt sagen?«

»Dass wir es langsam angehen sollten.«

Hanna schüttelte den Kopf. »Sehe ich anders.« Sie lief weiter, ohne darauf zu achten, ob Jan mit ihr Schritt hielt.

»Hier ist die Straße«, sagte Jan. »Hausnummer 43.«

Sie fuhren durch eine Einfamilienhaussiedlung im Süden von Stade. Zuvor hatten sie bereits mit zwei ehemaligen Schülern der Fachoberschule gesprochen, die mit Harald Hoeppe Abitur gemacht hatten. Beide gaben an, mit Hoeppe keinen näheren Kontakt gepflegt zu haben und ihm auch nach dem Abschluss nicht wieder begegnet zu sein. Hoeppe wurde als Einzelgänger beschrieben, der sich im Hintergrund gehalten, aber immer die besten Noten bekommen habe.

Hanna parkte an der Straße, sie stiegen aus. Claudia Frey wohnte in einem kleinen eineinhalbstöckigen Haus. Jan schätzte, dass es mindestens fünfzig Jahre alt war. Der Vorgarten war gepflegt, an der Hauswand lehnte ein Kinderroller, daneben stand ein bunter Eimer mit Sandspielzeug.

Jan klingelte. Er hatte mit Claudia Frey telefoniert und mit ihr den Termin vereinbart. Die Tür wurde von einem kleinen Mädchen geöffnet, das, nachdem sie Jan kurz gemustert hatte, ins Haus zurücklief und nach ihrer Mama rief. Gleich darauf erschien eine Frau an der Tür. »Sind Sie von der Polizei?«

Jan reichte ihr die Hand und stellte sich vor. Halb zu Hanna gewandt, sagte er: »Und das ist meine Kollegin Hauptkommissarin Will.«

»Kommen Sie rein. Es sieht hier etwas chaotisch aus, meine Große spielt gerade Aufräumen.« Claudia Frey lachte. »Sozusagen in umgekehrter Richtung.«

Auf dem Flur lag Kinderspielzeug weit verteilt auf den Fliesen. Sie umrundeten die Hindernisse und folgten Claudia Frey in die Küche.

»Mein kleiner Sohn ist am Schlafen. Es kann sein, dass ich ihn zwischendurch holen muss.«

Jan lächelte. »Das ist überhaupt kein Problem.«

Claudia Frey bot ihnen etwas zu trinken an. Als sie ihre Gäste mit einem Glas Mineralwasser versorgt hatte, schaute sie noch einmal nach ihrer Tochter und setzte sich dann zu ihnen an den Tisch.

»Sie erinnern sich an Harald Hoeppe?«, fragte Jan. »Er war einer Ihrer Mitschüler auf der Fachoberschule.«

»War das der aus Grünendeich?«

Jan nickte. »Sie waren mit ihm befreundet?« Die Frage hatte er auch den beiden anderen ehemaligen Schulkameraden von Hoeppe gestellt, um zu erfahren, ob sie heute noch Kontakt zu ihm hatten.

»Nein, eher nicht. Das war ein komischer Typ. Was ist mit ihm?«

»Es handelt sich nur um eine Routineangelegenheit«, sagte Hanna. »Wir müssen da etwas überprüfen.«

Claudia Frey nickte und schien sich mit der Antwort zufriedenzugeben. »Ich kann Ihnen nicht viel über Harald sagen. Das ist ja auch schon ewig her.«

»Sie sind ihm seitdem nicht mehr begegnet?«

Claudia Frey schüttelte den Kopf. »Wenn er nicht auch ein Kind hat und auf Spielplatzbänken oder beim Kinderarzt herumsitzt, wohl eher nicht. Ich bin jetzt fast seit vier Jahren aus meinem Job raus und komme nicht so viel in die Altstadt oder so.«

»Welche Rolle hat Herr Hoeppe bei Ihnen in der Klasse gespielt?«

»Rolle?« Sie zuckte mit den Schultern. »Weiß ich gar nicht so genau. Wahrscheinlich würde man ihn heute als ›das Opfer‹ bezeichnen.«

»Er wurde in der Klasse gemobbt?«, fragte Hanna.

»Nicht so direkt. Die Jungen haben ihn wohl links liegen gelassen. Wenn ich das richtig in Erinnerung habe, hatte er keinen einzigen Freund in der Klasse. Es gab da eine Mädchenclique, die waren zu dritt oder viert, die haben sich einen Spaß daraus gemacht, Harald bloßzustellen. Ja, das hätte man schon als Mobbing bezeichnen können. Soweit ich das mitbekommen habe, war es zum Teil ziemlich heftig. Eine von ihnen war schon auf der Realschule mit Harald in einer Klasse gewesen und hat dann nahtlos weitergemacht. Aber wie gesagt, das ist lange her.«

»Wie ging es weiter?«, fragte Jan.

»Er hat sich wohl beim Lehrer beschwert. Irgendwie komisch in dem Alter, finden Sie nicht auch? Später sogar bei der Schulleitung, wie erzählt wurde. Irgendwas muss da gelaufen sein, weil die Clique später etwas vorsichtiger vorgegangen ist. Zumindest soweit ich das beurteilen kann.«

»Sie haben also nicht aufgehört?«

Claudia Frey schüttelte den Kopf. »Nein, nach allem, was ich danach so gehört habe, wurde es nur noch schlimmer. Aber die haben dann wohl so agiert, dass Harald nichts mehr dagegen machen konnte. Oder vielleicht auch wollte, weil es für ihn vielleicht zu beschämend war. Was da genau abgelaufen ist, weiß ich nicht. Ich habe mich aus diesen …« Sie stutzte, als Geschrei aus dem Babyfon zu hören war. »Oh, jetzt schon?« Claudia Frey stand auf. »Ich bin gleich wieder da.«

»Kinder«, murmelte Hanna und warf Jan einen Blick zu. »Haben Sie welche?«

Jan nickte. »Einen Sohn. Er lebt bei seiner Mutter in London.«

Hanna sah ihn irritiert an. Offensichtlich hatte sie eine andere Antwort erwartet. »Sehen Sie ihn denn?«

»Einmal im Monat fliege ich für ein paar Tage nach London.« Jan lächelte. »Und Sie? Keine Kinder?«

»Wo sollte ich die versteckt haben? So groß ist mein Wohnmobil nun auch nicht.«

»Sie könnten bei ihrem Vater leben.«

In diesem Augenblick sauste das Mädchen, das ihnen die Tür geöffnet hatte, in die Küche, sah sich um und starrte Hanna an. »Wo ist meine Mama?«

Hanna antwortete mit einem Schulterzucken.

»Sie ist bei deinem Bruder«, sagte Jan. Das Mädchen fixierte ihn einen Moment und nickte dann zufrieden, bevor sie wieder aus der Küche rannte.

Wenig später kam Claudia Frey mit dem Baby im Arm zu ihnen zurück. Sie setzte sich und knöpfte ihre Bluse auf. »Ich muss Finn stillen. Stellen Sie ruhig weiter ihre Fragen.«

Jan wartete, bis er die saugenden Geräusche des Jungen hörte, sah kurz zu Hanna, die ihm auffordernd zunickte als Zeichen weiterzumachen.

»Wir waren vorhin bei der Mädchenclique, die Harald Hoeppe zugesetzt hat.«

Claudia Frey nickte. »Stimmt! Ich wollte gerade erzählen, was da passiert ist. Ganz genau weiß ich es nicht, aber es gab Gerüchte, dass da die eine oder andere Aktion gelaufen ist. Ich habe mich aus diesem Kinderkram schon damals rausgehalten. Das ist doch erbärmlich, sich auf jemanden zu stürzen, nur um ihn fertigzumachen.«

»Wer war in dieser Clique?«, fragte Hanna.

Claudia Frey zögerte. »Muss ich das sagen?«

»Nein, wenn Sie es nicht wollen, natürlich nicht.«

Jan holte eine Kopie des Zeitungsfotos aus seiner Tasche und reichte sie Claudia Frey. »Das haben wir aus dem Zeitungsarchiv.«

Claudia Frey betrachtete die Aufnahme und lächelte. »Wie jung ich damals war.« Schließlich zeigte sie auf eine der Frauen. »Das war die Schlimmste aus der Gruppe.«

Als Jan den Ausdruck wieder in den Händen hatte, suchte er nach dem Namen der Abiturientin. »Miriam Wendling?«

Claudia Frey nickte. »Ihre Eltern hatten Geld – und genauso hat sie sich auch benommen. Aber dumm wie Brot. Ich habe nie verstanden, wie sie den Abschluss geschafft hat.«

Jan warf einen schnellen Blick auf seine Liste, die er von Moritz Larsen bekommen hatte. Eine Miriam Wendling war nicht dabei. »Wissen Sie, wo Frau Wendling heute lebt?«

»Nein, ich hatte und habe keinen Kontakt zu ihr.«

Jan und Hanna stellten noch einige Fragen, bevor sie sich von Claudia Frey verabschiedeten.

Im Wohnmobil rief Hanna Moritz Larsen an und stellte das Gespräch auf die Freisprechanlage.

»Wir sind auf den Namen Miriam Wendling aufmerksam geworden«, sagte Jan. »Haben Sie etwas zu ihr gefunden?«

»Ich bin gerade dabei. Sie hat sich drei Jahre nach dem Abitur umgemeldet auf eine Adresse in Spanien. Ob sie da noch wohnt, weiß ich noch nicht. Ich habe allerdings etwas über ihre Eltern gefunden. Der Vater hatte ein mittelständisches Unternehmen, das er seinerzeit verkauft hat. Er und seine Frau, die nicht die Mutter von Miriam Wendling ist, haben sich zur gleichen Zeit wie die Tochter umgemeldet.«

»Wohin?«, fragte Hanna.

»Mallorca.«

»Lebt die leibliche Mutter von Miriam Wendling noch?«, fragte Jan.

»Nach ihr habe ich noch nicht gesucht. Soll ich das vorziehen?«

Jan warf einen Blick zu Hanna und als sie nickte, bejahte er die Frage, bedankte sich bei dem jungen Kommissar und verabschiedete sich.

»Dieses Herumstochern in der Vergangenheit bringt nichts«, sagte Hanna. »Hoeppe ist Täter und nicht Opfer.«

»Vermutlich beides«, sagte Jan und fügte direkt hinzu: »Aber das entschuldigt in keiner Weise die mutmaßlichen Taten. Und darum geht es im Moment doch auch gar nicht.«

»Sondern?« Hanna Will schien Mühe zu haben, ruhig zu bleiben.

»Wir müssen wissen, wie Harald Hoeppe denkt und fühlt, wenn wir ihn überführen wollen. Vorausgesetzt, er ist überhaupt der Täter. Fehler, die ihn direkt überführen könnten, hat er allenfalls bei dem ersten Überfall gemacht. Wir brauchen jetzt Anhaltspunkte, wo wir bei ihm ansetzen können.«

»Okay.« Hanna atmete tief durch. »Was wissen wir bis jetzt? Und was fangen wir damit an?«

Jan war klar, dass er seine Kollegin nicht überzeugt hatte. Sie hielt die Befragungen weiterhin für mehr oder weniger nutzlos und setzte auf die Observation. Seit sie unterwegs waren, hatte sie immer wieder ihr Handy kontrolliert und Jan vermutete, dass sie nach dem GPS-Tracker gesehen hatte. »Harald Hoeppe scheint massiv verletzt worden zu sein. Wir wissen nicht, was die Mädchenclique während der zwei Schuljahre und zuvor in der Realschule mit ihm gemacht hat, können aber vermuten, dass sie auf Rache aus waren, nachdem er sich beim Lehrer und der Schulleitung beschwert hatte.«

»Das ist über fünfzehn Jahre her«, warf Hanna ein. »Und ja wohl kaum ein Kindheitstrauma.«

»Ob etwas in seiner Kindheit und frühen Jugend passiert ist, wissen wir noch nicht. Es kann durchaus sein, dass durch diese Aktionen der Mädchenclique einige schon verdrängte Erlebnisse wieder nach oben gespült wurden, salopp formuliert. Wenn die Verletzungen tief und nachhaltig waren, kann die betroffene Person es empfinden, als sei es letzte Woche passiert. Selbst nach Jahrzehnten kann ein bestimmtes Ereignis der Auslöser für eine starke Reaktion sein.«

»Hoeppe ist also ein Psychopath? Oder könnte es zumindest sein?«

»Eine Ferndiagnose ist unmöglich. Lassen Sie uns einfach weitermachen. Es gibt keine schnelle und einfache Lösung in diesem Fall.«

Hanna seufzte theatralisch. »Wer ist der Nächste auf der Liste?«

Eine halbe Stunde später saßen sie im Wohnzimmer von Daniel Momsens kleiner Wohnung. Nach den ersten Standardfragen kam Jan zu konkreteren Punkten.

»Wir haben schon mehrere ehemalige Schüler befragt. Dabei wurde eine Mädchenclique erwähnt, die sich nicht gut mit Harald Hoeppe verstanden haben soll.«

Daniel Momsen grinste. »Nicht gut verstanden ist aber nett formuliert. Ich gebe gern zu, dass ich Hoeppe nicht mochte. So ist das eben in einer wahllos zusammengewürfelten Gruppe, die jeden Tag aufeinanderhockt. Aber was die drei da mit ihm gemacht haben, ging auf keine Kuhhaut. Hoeppe kann von Glück sagen, dass es damals noch kein Facebook oder Instagram gab.«

Jan warf ihm einen fragenden Blick zu.

»Das war eine ganz üble Nummer. Die haben ihn in eine Falle gelockt und Filmchen gemacht. Und das nicht nur einmal. Ich habe nur eines von diesen Machwerken gesehen. Das reichte mir vollkommen.« Er stutzte. »Wird etwa deshalb von der Polizei ermittelt?«

»Nein«, sagte Jan. »Selbst wenn es zu einer Straftat gekommen sein sollte, wäre sie längst verjährt.«

»Gut zu wissen.« Er hob abwehrend die Hand. »Wie gesagt, ich hatte damit nichts zu tun.«

Jan legte ihm das Foto vor und zeigte auf Miriam Wendling. »Wir wissen schon, dass Frau Wendling mit in der Gruppe war. Können Sie uns sagen, wer noch?«

»Annika und …« Er fuhr sich mit der Hand durch die Haare. »Wie hieß die andere noch? Stimmt, Jasmin.«

Jan ging die Bildunterschrift durch. »Annika Ott und Jasmin Witte?«

Daniel Momsen nickte. »Die beiden waren aber nur Mitläuferinnen. Miriam Wendling war die Antreiberin. Ein Giftzwerg, sage ich Ihnen. Hat was von meiner Ex.« Er schaute sich in dem Zimmer um. »Was meinen Sie, warum ich hier in dieser Bude sitze? Meine Ex hat unser Haus besetzt und ich kann zahlen.«

»Sie haben gemeinsame Kinder?«, fragte Jan.

»Zwei, ja und? Wissen Sie, wie groß das Haus ist? Wo soll ich hier die Kinder schlafen lassen?« Daniel Momsen atmete schwer. »Ich bin am Arsch, das kann ich Ihnen sagen.«

»Es wird sich auf Dauer sicher eine Lösung finden, die für Sie und Ihre Ex-Frau tragbar ist.« Jan warf ihm einen mitfühlenden Blick zu, auch wenn ihm ein bissiger Kommentar auf der Zunge lag. »Ich habe noch eine Frage zu Harald Hoeppe. Erinnern Sie sich noch an den Film? Was war darauf zu sehen?«

Daniel Momsen schien es schwerzufallen, sich von seinen Gedanken an die Ex-Frau zu lösen. Seine Ohren waren rot angelaufen, sein ganzer Körper angespannt. »Der Film? Ach, irgendwas mit Sex. Sie haben ihn unter Vortäuschung falscher Tatsachen in ein Hotelzimmer gelockt und da hat er sich dann ausgezogen und auf dem Bett gesessen.« Er grinste schief. »Danach ist eine Prostituierte als Domina verkleidet reingekommen. Mit Peitsche und so. Vielleicht war sie ja auch in echt eine.« Er hob abwehrend die Hände. »Ich habe keine Ahnung, wie sie das geschafft haben, dass Hoeppe, also Harald, sich auch noch ausgezogen hat. Aber es war so.«

Jan schluckte. Vor seinem geistigen Auge lief der Film ab. Gleichzeitig hörte er die Zuschauer grölen und sah Harald Hoeppe als jungen Mann vor sich.

»Ja, ich weiß. Das war eine wirklich üble Geschichte von der Clique«, fuhr Daniel Momsen fort. »Ich glaube sogar, Hoeppe hat sich danach eine Weile krankgemeldet.«

»Gab es mehrere Filme?«, fragte Hanna.

»Hab ich zumindest gehört. Was da abgegangen ist, weiß ich nicht genau. Ich hatte zu der Zeit reichlich Probleme mit den Noten und da wollte ich nicht auch noch in Schwierigkeiten von den anderen reingezogen werden.«

Fünfzehn

Hanna holte den Klappstuhl aus dem Wohnmobil und griff nach der Pizzaschachtel. Sie stand auf einem Stellplatz ganz in der Nähe von Grünendeich. Auf der Durchfahrt durch den Ort hatte sie bei einer Pizzeria haltgemacht, um sich ihr Abendessen zu besorgen.

Mit Blick auf die Elbe öffnete sie die Schachtel und griff nach dem ersten Stück. Es war noch ausreichend heiß und schmeckte akzeptabel.

Harald Hoeppes Polo stand vor dem Haus seiner Mutter. Von hier aus konnte sie innerhalb weniger Minuten vor Ort sein, falls er sich zu einem weiteren nächtlichen Ausflug auf den Weg machen würde.

Hanna trank einen Schluck Bier aus der Flasche und griff nach dem dritten Pizzastück. Unwillkürlich fiel ihr das Abendessen mit dem Psychologen ein. Der Mann blieb ihr nach wie vor ein Rätsel. Er trug keine Waffe, obwohl er laut seiner Personalakte ein Waffentraining absolviert hatte. Er besaß einen Polizeiausweis, hatte ihn aber bisher noch nicht ein Mal vorgezeigt, wenn sie unterwegs waren. Auch schien er einen besonderen Arbeitsvertrag zu haben, der es ihm erlaubte, Aufträge abzulehnen und über Tage oder Wochen freizunehmen. Hanna vermutete, dass er lediglich einen zeitlich reduzierten Vertrag unterschrieben hatte und seine Arbeitszeit in Blöcken ableistete.

Sie hätte schwören können, dass er ihr Angebot, bei ihr im Wohnmobil zu schlafen, ablehnen würde. Aber selbst ihr dummes Missgeschick, als ihr am Morgen fast das Handtuch heruntergefallen war, schien Jan nicht aus der Ruhe gebracht zu haben.

Dass er Vater war und sein Sohn bei seiner Mutter in London lebte, hatte Hanna vollends irritiert. Mit seinen schwarzen Anzügen und dem Rollkragenpullover hätte sie ihn eher als Galerist in der Kunstszene verortet statt als Kriminalpsychologe mit Kind.

Aber er war gut in seinem Job und hatte die Ermittlungen weitergebracht. Und sie hätte niemals gedacht, dass Jan ein durchaus angenehmer Partner war. Sie stutzte. Hatte sie ihn gerade in Gedanken bei seinem Vornamen genannt? Sollte sie ihm vielleicht nach dem etwas unglücklichen ersten Versuch am Deich noch einmal das Du anbieten oder würde er das falsch verstehen? Normalerweise siezte sie sich nicht mit Kollegen, mit denen sie so eng zusammenarbeitete.

Ihr Handy klingelte. Sie sah aufs Display und nahm nach kurzem Zögern das Gespräch an.

»Tante Hanna?«, hörte sie eine Kinderstimme fragen.

»Jana? Bist du das?« Ihre Nichte rief über das Handy von Hannas Schwester an.

»Kennst du meine Stimme nicht mehr?«, fragte Jana. »Wann kommst du denn mal wieder zu uns? Greta fragt mich das ständig.«

»Ich muss viel arbeiten, das weißt du doch. Aber es könnte sein …« Hanna ließ den Satz unvollendet. Wie konnte sie ihrer Nichte einen Zeitpunkt nennen, den sie selbst noch gar nicht kannte?

»Was denn?«, fragte Jana. »Kommst du bald?«

»Das hängt davon ab. Du weißt doch, dass ich die Verbrecher ins Gefängnis bringen muss. Und im Moment ist hier etwas Schlimmes passiert, wo ich gebraucht werde.«

»Wo bist du denn?«

»In Stade. Das ist in der Nähe von Hamburg. Das kennst du doch.«

»Ja, da waren wir mit Mama und Papa. Im Miniatur Wunderland. Das war ganz toll da. Warst du da auch schon mal?«

Jana sprach von der größten Modelleisenbahnanlage der Welt, die in der alten Hamburger Speicherstadt über mehrere Etagen errichtet worden war.

»Nein, noch nicht.«

»Dann kannst du das ja jetzt machen, wenn du da ganz in der Nähe bist. Die haben tolle Landschaften aufgebaut. Wir waren da fast den ganzen Tag, Tante Hanna.«

»Ja, mal sehen. Vielleicht habe ich wirklich Zeit dazu.«

»Und dann kommst du uns besuchen?«

»Vielleicht. Ich muss mal …«

»Mama hat gesagt, dass du keine Lust mehr hast, uns zu sehen.«

Hanna stockte der Atem. Ihr schoss das Sprichwort »Kindermund tut Wahrheit kund« durch den Kopf. Sie spürte einen Stich in der Herzgegend.

»Nein, das stimmt nicht, Jana. Ich habe es einfach nicht geschafft.« Sie schluckte schwer. »Okay, dann verspreche ich dir, dass ich ganz fest versuche, in den nächsten Wochen bei euch vorbeizuschauen. Ist das okay?«

»Cool!«, rief Jana juchzend ins Telefon. »Greta freut sich bestimmt auch riesig. Und Mama und Papa. Darf ich …« Sie brach ab.

»Ja?«, fragte Hanna.

»Darf ich das denn Mama erzählen?«

Die Frage erschütterte Hanna. Sie schluckte den Kloß im Hals herunter und räusperte sich. »Ja, natürlich darfst du das, Jana.« Im Hintergrund hörte Hanna die Stimme ihrer Schwester, die nach ihren Kindern rief.

»Abendessen«, sagte Jana. »Mama hat gerufen.«

»Dann geh mal schnell. Und grüß alle von mir.«

Sie verabschiedeten sich. Hanna starrte auf das Handy und dachte darüber nach, warum sie die Familie ihrer Schwester so lange nicht mehr besucht hatte.

»Moin!«

Hanna wurde aus ihren trüben Gedanken gerissen. Vor ihr stand ein Mann Anfang vierzig. Als sie auf den Platz gefahren war, hatte sie ihn vor einem Wohnmobil sitzen sehen. »Moin!«

»Auch alleine unterwegs?«

»Nein, meine fünf Kinder kommen nach. Ich brauchte nur etwas Ruhe.«

»Fünf. Respekt!«

Hanna musterte ihn. Schlank, muskulös, halblange schwarze Haare, die er hinten zusammengebunden hatte, Dreitagebart. »Kannst dir einen Stuhl und ein Bier holen. Im Wagen.«

Der Mann nickte, verschwand im Wohnmobil und saß kurz darauf neben ihr. Sie bot ihm ein Pizzastück an, er griff zu.

Hanna nahm sich das letzte Stück. »Du musst noch etwas üben.«

Der Mann grinste breit. »Marc, und wie heißt du?«

»Hanna.«

Er trank einen kräftigen Schluck Bier. »Urlaub?«

»Sehe ich so aus, als wenn ich hier an der Elbe Urlaub machen würde?«

Marc legte den Kopf schief. »Nein, eigentlich nicht.«

»Warum fragst du dann?«

Marc lachte. »Schon klar, ich muss noch etwas üben.«

»Du bist ja lernfähig. Respekt!«

Er schwieg. Sie tranken schweigend ihr Bier und sahen den Schiffen auf der Elbe nach.

»Und?«, fragte Hanna schließlich. »Urlaub?«

»Nicht wirklich. Das war mehr die Decke.« Marc zeigte nach oben. »Die Decke meiner Bude kam mir immer näher. Da musste ich raus.«

»Passiert schon mal. Zu viel Stress auf der Arbeit? Oder schon in der Midlife-Crisis?«

»Weiß man das immer so genau? Und du?«

»Ich arbeite ein paar Tage hier in der Gegend.«

Er grinste wieder. »Apfelernte? Ist das nicht erst später?«

»Blütenbestäuberin. Hast du noch nichts davon gehört, dass die Bienen aussterben?«

Er seufzte. »Du bist ’ne harte Nuss. Okay, dann fang ich mal an. Ich bin Informatiker, die Hälfte des Jahres fahre ich durch die Gegend. Europa, Asien, Afrika. Je nachdem.«

»Klingt gut. Wann geht es wieder los?«

»Das ist wohl das Problem. Ich bin erst seit vier Wochen wieder da. Irgendwie habe ich diesmal den Übergang nicht geschafft.« Er hob seine leere Flasche. »Darf ich noch eins?«

Hanna nickte.

»Und du?«

Sie schüttelte den Kopf. »Muss noch arbeiten.«

Hanna wachte mit einem Ruck auf. Wie spät war es? Sie drehte langsam den Kopf zur Seite und stöhnte leise. Sie hatten lange vor ihrem Wohnmobil gesessen, Hanna hatte zugehört, wie Marc von seinen Reisen erzählt hatte. Als es zu kalt wurde, war er wie selbstverständlich mit zu ihr in den Wagen gekommen. Und jetzt lag er neben ihr im Bett und schlief.

Hanna griff nach ihrem Handy. Kurz nach zwei Uhr. Sie hatte über eine Stunde geschlafen. Zum gefühlt hundertsten

Mal an diesem Abend öffnete sie die GPS-Tracker-App. Der rote Punkt blinkte. Blitzartig richtete sie sich auf und verkleinerte den Ausschnitt. Wo war Hoeppe? Wann war er gefahren? Jetzt erkannte sie die Umrisse von Hamburg. Sie sprang aus dem Bett, zog sich an und rüttelte den Mann wach.

»Ich muss los! Aufstehen!«

Marc blinzelte ihr zu. »Was? Wie spät …«

»Komm schon. Ich muss nach Hamburg.«

Er quälte sich aus dem Bett, zog sich kopfschüttelnd an und sah sich suchend im Wohnmobil um.

»Dein Handy liegt da drüben neben der Spüle.«

»Warum Hamburg, warum jetzt?«

Hanna saß bereits hinter dem Steuer und hatte den Motor gestartet. »Mach die Tür hinter dir zu.«

»Sehen wir uns wieder?«

Hanna rollte mit den Augen. »Da habe ich jetzt keinen Kopf für.«

Marc zog eine Visitenkarte aus seiner Tasche und legte sie auf den kleinen Tisch. »Ciao!«

Kaum hatte er die Wagentür hinter sich geschlossen, fuhr Hanna vom Stellplatz hinunter auf die Straße. Auf dem Navi hatte sie bereits Hamburg-Harburg als Ziel angegeben und wurde jetzt parallel zum Deich Richtung Jork geleitet. Nachdem sie den Ort passiert hatte, ging es weiter über kleine Landstraßen, bis sie endlich kurz vor ihrem Ziel die B 73 erreichte, die direkt nach Harburg führte.

Kurz nachdem sie in Grünendeich losgefahren war, war der blinkende Punkt zum Stillstand gekommen. Hoeppe, oder zumindest sein Polo, war in einem Harburger Wohnviertel stehen geblieben. Was machte er dort, mitten in der Nacht?

Wenige Minuten später fuhr sie auf den roten Punkt zu, hielt in knapp hundert Metern Entfernung an und stieg aus. Mit dem Smartphone in der Hand ging sie langsam die Straße hoch. An beiden Seiten standen fünfstöckige Mietshäuser, die Hanna auf die Siebzigerjahre datierte.

Der Polo stand zwischen zwei Fahrzeugen mit Hamburger Kennzeichen am Straßenrand. Hanna schlenderte an ihm vorbei. Er war leer. Sie schaute sich um. Keines der Fenster war erleuchtet. Auch schien die Gegend ungeeignet für Hoeppes Spähaktionen. Wo war er? Hanna suchte sich einen geschützten Platz in einem Hauseingang auf der anderen Straßenseite und wartete.

Nach einer halben Stunde lief sie einmal die Straße hoch und wieder zurück, um sich beim Gehen etwas aufzuwärmen. Bis auf zwei Fahrzeuge, die die Straße passiert hatten, war es vollkommen ruhig. Hanna suchte sich einen neuen Platz und wartete eine weitere halbe Stunde. Gerade als sie zum Wohnmobil zurückgehen wollte, öffnete sich die Eingangstür eines der Wohnhäuser. Hanna drückte sich enger an die Wand. Als sie sicher war, dass sich die Schritte von ihr entfernten, beugte sie sich vor. Ein Mann ging auf den Polo zu, blieb stehen und schloss schließlich das Fahrzeug auf. Trotz der schlechten Lichtverhältnisse konnte Hanna erkennen, dass es Harald Hoeppe war. Als das Auto an ihr vorbeifuhr, drehte sich Hanna um und tat so, als ob sie die Haustür aufschließen würde.

An der Tür des Hauses, das Harald Hoeppe kurz zuvor verlassen hatte, fand Hanna zwanzig Klingeln mit Namensschildern. Sie fotografierte sie und schrieb sich Hausnummer und Straße auf, bevor sie zurück zu ihrem Wohnmobil ging und kontrollierte, wo Hoeppes Polo sich befand. Er fuhr auf der B 73 Richtung Altes Land. Hanna startete den Motor und fuhr ihm hinterher. Er steuerte seine Heimatadresse an.

Zurück auf dem Stellplatz in Grünendeich legte sich Hanna wieder schlafen, nachdem sie Jan eine Nachricht geschrieben hatte.

Hanna hörte ein weit entferntes Klopfen. Sie drehte sich einmal um sich selbst. Sie stand auf einer Lichtung mitten in einem undurchdringlichen Wald. War das ihr Name, den da jemand rief? War das Lisa oder ihre Mutter? Beide würden doch niemals durch so einen Urwald laufen. Hanna griff nach ihrem Handy und suchte nach Lisas Nummer, fand sie aber nicht. Dafür war das Adressbuch voll mit einem Namen und einer Telefonnummer, die sich ewig wiederholten. Sie sah sich um. Gab es hier überhaupt Empfang? Was sollte sie ihrer Mutter erzählen? Sie hatten zwei Jahre nicht mehr miteinander gesprochen und auch damals war es nur ein kurzes Gespräch gewesen.

Hanna schreckte aus dem Schlaf und rieb sich die Augen. Ihr Handy klingelte. Schlaftrunken griff sie danach. »Ja?«

»Jan de Bruyn. Ich stehe vor Ihrem Wohnmobil. Der Kaffee wird gleich kalt.«

Hanna krabbelte aus dem Bett, zog sich an und suchte anschließend nach dem Schlüssel, mit dem sie die Tür öffnete.

»Guten Morgen.« Er reichte ihr einen Thermobecher und eine Brötchentüte. »Ein Latte macchiato für Sie.« Er schmunzelte. »Und zwei Croissants.«

»Wo kommen Sie denn her?« Erst jetzt fiel Hanna ein, dass sie ihm in der Nacht eine Nachricht geschrieben und sich mit ihm in Stade zum Frühstück verabredet hatte. Sie trank einen Schluck aus dem Becher und reichte ihrem Kollegen zwei Klappstühle nach draußen.

»Sorry, ich hab mich wohl etwas überschätzt«, sagte Hanna, als sie nebeneinandersaßen. »Ist wieder spät geworden heute Nacht.«

»Alles bestens. So lerne ich doch wenigstens alle Wohnmobilstellplätze im Alten Land kennen.« Er wies mit dem Kopf zu dem zweiten Fahrzeug, vor dem Marc saß und sich die Sonne ins Gesicht scheinen ließ. »Bekommt man unter Campern so schnell Kontakt?«

Hanna trank einen Schluck Latte macchiato. »Wie kommen Sie dadrauf?«

»Ach, ich hab nur den Eindruck, dass Sie sich näher kennen.«

»Ja, wir haben gestern ein Bier miteinander getrunken.« Hanna ärgerte sich über Jans Bemerkung. Was gingen ihn ihre privaten Kontakte an? »Wollen Sie jetzt hören, wo Hoeppe war?«

Als Jan nickte, erzählte Hanna ihm von dem Ausflug nach Hamburg. »Leider gibt es in dem Haus zwanzig Mietparteien. Aber bei einer muss er gewesen sein.«

»Wie lange?«

»Wenn ich alles zusammenzähle und er gleich ins Haus ist, nachdem er seinen Wagen abgestellt hat, waren es wohl etwa zwei Stunden.«

»Recht ungewöhnlich um diese Uhrzeit.«

»Waren Sie schon bei den Kollegen?«, fragte Hanna.

»Ja. Bevor ich das Taxi bestellt habe, habe ich mit Moritz Larsen gesprochen. Auf eine konkrete Spur sind sie noch nicht gestoßen. Ein Fall schien mir interessant. Eine Frau hat einen Überfall angezeigt: eine versuchte Vergewaltigung. Leider ist sie erst drei Tage nach der Tat zur Polizei gegangen. DNA-Spuren gibt es deshalb nicht, auch weil sie inzwischen ihre Kleidung gewaschen hatte. Das Verfahren ist eingestellt worden.«

»Und?«, fragte Hanna. »Das wird sicher nicht die einzige Anzeige dieser Art sein.«

»Nein, aber sie passt gut in unser Raster. Der Täter war vorsichtig und scheint die Frau beobachtet zu haben. Auch zeitlich passt es. Ein erster Versuch, der aber erfolglos war. Ich würde gerne mit der Frau sprechen.«

»Und sonst?«

»Von den drei Frauen, die überfallen und vergewaltigt wurden, konnte noch keine zu Harald Hoeppe befragt werden.

Pia Sandstede ist umgezogen und telefonisch haben wir sie noch nicht erreicht. Jasmin Keller hält sich ja in Köln bei ihrer Großmutter auf. Die Kollegen vor Ort werden sie heute oder morgen befragen. Die weiteren Recherchen haben bisher nicht ergeben, dass er sich im Umfeld der Frauen bewegt hat. Die Kollegen sind aber weiter dran. Ich habe übrigens darum gebeten, dass wir mit Sandra Franken reden, sie war das zweite Opfer.«

Hanna trank ihren letzten Schluck Kaffee und zerknüllte die Brötchentüte. »Danke fürs Frühstück.« Sie stand auf und klappte den Stuhl zusammen. »Wollen wir dann?«

Sechzehn

»Nach rechts«, sagte Jan, als Hanna Will das Wohnmobil vom Stellplatz auf die Straße fuhr. »Durch Grünendeich Richtung Autobahn.«

Hinter dem Ortsschild lagen zu beiden Seiten der Straße Apfelplantagen. Hannas Blick streifte über die blühende Pracht. »Wie viele Äpfel hier wohl angebaut werden?«

Jan zuckte mit den Schultern. »Ich meine mich zu erinnern, dass es pro Jahr über eine viertel Million Tonnen sind.«

»Ernsthaft? Das hieße …« Hanna Will schien im Kopf die Aufgabe zu rechnen. »Wenn ein Apfel hundert Gramm wiegt, wären das …«

»Zweieinhalb Milliarden.«

»Ups! Und die werden alle mit der Hand gepflückt?«

»Notgedrungen.«

»Himmel! Wo bekommen die die ganzen Pflücker her?« Hanna zuckte mit den Schultern. »Sei's drum. Ist es noch weit?«

Sie fuhren auf Steinkirchen zu, durchquerten den Ort und bogen wenig später in einen breiten Feldweg ab.

»Das Bauernhaus da hinten muss es sein«, sagte Jan und wies auf eine alte Prunkpforte. Auf dem Tor aus weiß angestrichenem Holz thronte ein rotes Pfannendach. Neben der breiten Toreinfahrt befand sich eine Tür für Fußgänger.

Hanna fuhr langsam durch das Tor auf den Hof. Das Bauernhaus mit dem tief nach unten gezogenen Reetdach und dem weißen Fachwerk wirkte auf Jan wie ein Überbleibsel aus einer längst vergangenen Zeit.

»Schick«, sagte Hanna, als sie auf das Gebäude zugingen. »Hier wohnt Sandra Franken?«

»Ja, sie ist nach dem Überfall wieder zurück zu ihren Eltern gezogen.«

»Wir sind doch höchstens fünf oder sechs Kilometer gefahren, also nicht weit entfernt von Hoeppes Wohnhaus.«

»Hoeppe ist zehn Jahre älter. Die beiden werden kaum Berührungspunkte gehabt haben.«

Sie standen jetzt vor dem Seiteneingang, Jan klopfte an die alte Holztür. Kurz darauf öffnete ihnen eine Frau Mitte fünfzig die Tür und sah zwischen Hanna und Jan hin und her. »Sind Sie von der Polizei?«

Hanna nickte, zeigte ihren Ausweis und stellte sich vor. Die Frau trat zur Seite und schloss die Tür, als Jan und Hanna im Flur standen.

»Geradeaus und dann die Zweite rechts.«

In der Küche bot Frau Franken ihnen einen Platz an und setzte sich zu ihnen an den Tisch. »Wir haben uns gefragt, warum Sie noch einmal mit meiner Tochter sprechen wollen. Für Sandra ist es immer noch nicht leicht, über …« Sie schluckte. »… diese Sache zu reden.«

Jan beugte sich leicht vor. »Das ist verständlich, Frau Franken. Ich bin Psychologe und versichere Ihnen, dass wir vorsichtig fragen werden. Sollte Ihre Tochter abbrechen wollen, ist das natürlich kein Problem.«

»Sie haben meine Frage nicht beantwortet«, entgegnete Frau Franken. »Warum soll meine Tochter das noch einmal alles durchmachen?«

Hanna räusperte sich leise. »Wir gehen von einem Serienstraftäter aus, der in der letzten Woche zum ersten Mal getötet hat.«

»Die Seele meiner Tochter ist auch tot. Sie ist gerade dabei, dieses schreckliche Erlebnis zu verar…«

Die Küchentür wurde geöffnet und eine Frau Mitte zwanzig kam auf sie zu, schlank mit langen blonden Haaren, die sie hinten zusammengebunden hatte. »Ist schon gut, Mama. Ich will helfen. Hier geht es nicht nur um mich.«

Frau Franken war aufgestanden und legte jetzt den Arm um die Schulter ihrer Tochter. »Bist du ganz sicher, Sandra?«

Sandra Franken nickte.

»Soll ich hierbleiben?«

»Nein. Bitte nicht.«

Frau Franken nickte und verließ, nachdem sie Jan einen flehenden Blick zugeworfen hatte, die Küche.

Sandra Franken zog einen Stuhl vor und setzte sich. »Was wollen Sie von mir wissen?«

»Mein Name ist Jan de Bruyn. Ich bin Psychologe und bei der Polizei tätig. Das ist meine Kollegin Hauptkommissarin Hanna Will vom Landeskriminalamt.« Als Sandra Franken Hanna zugenickt hatte, fuhr Jan fort. »Wir haben ein paar Fragen an Sie. Aber selbstverständlich steht Ihre Gesundheit im Vordergrund. Wenn Sie nicht antworten oder das Gespräch beenden möchten, ist das für uns vollkommen in Ordnung.«

Wieder nickte Sandra Franken.

»Die Tat ist ja inzwischen über ein halbes Jahr her. Sie sind damals ausführlich befragt worden, aber ich weiß aus Erfahrung, dass es in den ersten Tagen ausgesprochen schwer ist, sich an

Details zu erinnern und sie auch in einen Zusammenhang zu stellen.«

»Ja, das stimmt.«

»Wie sehen Sie heute zurück auf den Mann, der Sie überfallen hat? Hat sich da etwas geändert in Ihrer Wahrnehmung?«

»Ich glaube schon. Zuerst war er für mich ein … ja, ein schwarzes, großes und unbesiegbares Monster. Wenn ich an ihn dachte, musste ich mich regelmäßig übergeben. Ich hatte panische Angst, ihm wieder zu begegnen.« Sie schloss die Augen und senkte den Kopf. »Wenn ich ehrlich bin, habe ich immer noch diese Angst und weiß auch nicht, ob das jemals wieder besser wird.« Sie sah Jan direkt an. »Direkt danach hätte ich nicht mit einem Mann darüber sprechen können.«

Dieses Mal nickte Jan.

»Ich habe meinen Beruf aufgegeben und bin zu meinen Eltern zurückgezogen. Jetzt sitze ich hier und weiß nicht, wie es weitergehen soll.« Ihre Mimik verfinsterte sich. »Und dieser Mistkerl läuft immer noch frei herum.« Sie warf einen Blick zu Hanna Will. »Werden Sie ihn fassen?«

»Die Chancen stehen gut«, sagte Hanna ausweichend. »Die Ermittlungen in den Fällen werden gerade intensiviert.«

Sandra Franken schien etwas entgegnen zu wollen, wandte sich dann aber wieder Jan zu. »Ich soll Ihnen etwas über diesen … Mann erzählen.«

Jan nickte.

»Ich weiß ja inzwischen, was für arme Typen das sind, die Frauen so etwas antun. Kaputte Menschen, armselig und innerlich tot. Vielleicht verfärbt das jetzt mein Bild von diesem Schwein. Ich weiß es nicht.«

»Erzählen Sie einfach das, was Sie denken«, sagte Jan einfühlsam.

»Seine Stimme klang irgendwie piepsig. Nicht wie die eines Kindes, aber für einen Mann war die Stimme viel zu hoch. Fast hysterisch. Heute kommt es mir so vor, als habe er mehr Angst gehabt als ich. Seine Bewegungen waren hektisch, wie ferngesteuert, nur dass zwischendurch immer wieder die Verbindung abbrach. Mehrmals habe ich gedacht, dass er aufhört und einfach verschwindet. Das waren aber so kurze Momente, dass ich mich erst nicht mehr daran erinnert habe.«

»Hat er Sie geschlagen?«, fragte Jan, als Sandra Franken eine Weile geschwiegen hatte.

»Geschlagen? Nein, er hat mich nach unten gedrückt. Aber auch nicht ruckartig, fast sanft.« Sie schüttelte sich leicht. »Ich weiß, das klingt jetzt vollkommen verrückt. Dieses Miststück ist ein brutaler Vergewaltiger. Da ist das Wort ›sanft‹ vollkommen fehl am Platz.«

»Es gibt im Moment kein Falsch und Richtig, Frau Franken«, sagte Jan. »Es ist für uns wichtig, dass Sie alles frei heraus so erzählen, wie Sie es heute sehen und empfinden.«

»Ja, vielleicht noch eine Sache. Ich habe eine Logopädie-Ausbildung gemacht, bevor ich ins Fitnessstudio gegangen bin.«

Jan horchte auf. Als Logopädin musste Sandra Franken ein besonderes Gehör für Stimmen haben.

»Es lag Angst in seiner Stimme. Ich habe das erst später realisiert, weil es so absurd ist. Angst und Unsicherheit, ja fast Panik. Er war doch der, der mir mit dem Tod gedroht hat. Ich weiß, das klingt alles verrückt.«

»Würden Sie die Stimme wiedererkennen?«, fragte Jan, bevor es Hanna Will tun konnte, die sich schon leicht vorgebeugt hatte.

»Stimmen klingen in jeder Situation anders. Sie sind quasi ein Spiegel der jeweiligen Gemütslage. Das war eine Extremsituation und ob ich …« Sandra Franken brach ab und zögerte. Jan ahnte, dass sie sich gerade vorstellte, wie sie reagieren würde, sollte sie die Stimme des Täters wieder hören.

»Ich habe Angst davor. Ich weiß nicht, ob ich das aushalten kann.«

»Das ist kein Problem, Frau Franken«, sagte Jan und ließ ihr Zeit, sich wieder auf das vorherige Thema zu konzentrieren.

»Ich versuche es.« Sie schloss die Augen. »Seine Stimme klang eher wie ein pubertierender Jugendlicher, dem das Computerspielen verboten worden war.« Jetzt sah sie Jan an. »Verstehen Sie, was ich meine?«

»Ja, durchaus«, sagte Jan. »Sie haben keine Wut gehört?«

»Wut? In den Worten schon. Er hat mir gedroht, mich zu töten. Grausam würde mein Tod sein, hat er gesagt. Ich sollte stillhalten, weder schreien noch mich wehren.«

Jan nickte.

»In der Stimme lag keine wirkliche Wut. Aber das ist mir erst später aufgefallen, Wochen später«, fuhr Sandra Franken fort. »Da fehlte etwas. Die Stimme passte nicht zu dem, was er gesagt hat. So, als hätte er es eingeübt. Wie ein schlechter Schauspieler, ja, genau so.«

»Danke, das wird uns sicher helfen.« Jan hielt kurz inne. »Können Sie mir etwas zu seiner Körpergröße sagen? Bei Ihrer ersten Befragung waren Sie sich da nicht so sicher.«

»Ich habe ihn als groß und kräftig empfunden. Aber ich bin mir inzwischen auch damit nicht mehr so sicher. Wenn jemand ganz in Schwarz gekleidet ist und auch noch eine Gesichtsmaske trägt, kann er da nicht bedrohlicher und größer wirken, als er tatsächlich ist?«

»Ja, das ist durchaus möglich«, sagte Jan.

Es dauerte eine Weile, bevor Sandra Franken weitersprach. »Ich habe getan, was er gesagt hat«, sagte sie leise und mit feuchten Augen. »Ich hatte panische Angst. Ich habe in den letzten Monaten tausendfach darüber nachgedacht, ob es falsch war. Hätte ich mich wehren sollen? Oder würde ich dann nicht mehr leben? Niemand konnte mir die Frage beantworten.« Sie sah Jan direkt an. »Was hätte ich machen sollen?«

»Es war richtig, was Sie gemacht haben«, sagte Jan. »Die Täter sind in aller Regel auf ihre unmittelbare Bedürfnisbefriedigung fixiert. Sie üben nur so viel Gewalt aus, wie es nötig ist, um das zu erreichen.« Jan machte eine Pause, um Sandra Franken nicht zu überfordern. Als sie nachdenklich nickte, fuhr er fort. »Ich weiß um die Vorwürfe, die Frauen sich nach solch einem hochtraumatischen Ereignis machen. Aber ich bin mir sicher, dass Sie absolut richtig gehandelt haben.«

Sandra Franken lächelte matt. »Und das sagen Sie jetzt nicht nur, um mich zu beruhigen?«

Jan schüttelte den Kopf. »Nein, nicht nach allem, was ich inzwischen von Ihrem Fall weiß.«

»Danke«, sagte Sandra Franken leise. Über ihre Wangen liefen Tränen. Sie senkte den Kopf, atmete tief durch und schaute wieder auf.

»Ich würde Ihnen noch gerne Fotos von einigen Männern zeigen. Ist das in Ordnung?«

Sandra Franken nickte.

Jan legte vier Fotos auf den Tisch, eines davon war Harald Hoeppes Passfoto. Die anderen Männer waren vom Typ her ähnlich.

»Kommt Ihnen einer dieser Männer bekannt vor?«

Sandra Franken beugte sich vorsichtig über die Fotos und musterte eins nach dem anderen. Dann sah sie auf. »In meinem Job hatte ich mit so vielen Männern zu tun. Es kann sein, dass einer von denen im Studio trainiert hat.« Sie zeigte auf den Mann ganz rechts. »Der zum Beispiel.« Dann zog sie das Foto von Harald Hoeppe aus der Reihe. »Der hier könnte auch einmal im Studio gewesen sein. Aber ich habe keinen von diesen Männern trainiert, da bin ich mir sehr sicher.«

Hanna räusperte sich. »Und außerhalb des Fitnessstudios? Haben Sie da einen der Männer zufällig bemerkt?«

»Nein, das glaube ich nicht.« Sie schob Hoeppes Foto wieder in die Reihe hinein. »Und ob er es war, der …« Sie schluckte. »Das kann ich überhaupt nicht sagen. Die Maske hat alles verdeckt.«

Jan sammelte die Fotos wieder ein.

Sandra Franken beobachtete ihn dabei. Als er aufsah, sagte sie mit fester Stimme: »Fassen Sie diesen Mann. Bitte! Ich muss ihm ins Gesicht sehen können. Ich will seine Angst sehen, wenn er vor Gericht steht. Ich will ihm sagen, was er mir damit angetan hat.«

Sie sprachen noch weitere zehn Minuten mit Sandra Franken, bevor sie sich verabschiedeten.

Jan öffnete die Tür zur Fahrerkabine des Wohnmobils und setzte sich. Er fühlte sich erschöpft und müde.

»Hat uns das jetzt weitergebracht?«, fragte Hanna.

Jan nickte und schloss die Augen. Als Hanna Will keine Anstalten machte, den Motor zu starten, fügte er leise hinzu: »Können wir fahren?«

»Wohin?«

»Fahren Sie einfach auf einen Parkplatz. Ich brauche einen Moment für mich.«

Der Motor wurde angelassen, das Wohnmobil setzte sich in Bewegung. Jan ließ die Landschaft an sich vorbeirauschen, ohne sie richtig wahrzunehmen. Hatte er einen Fehler gemacht? Er war sich sicher gewesen, dass der Täter vor allem aus tiefer Wut und Verachtung gegenüber Frauen handelte. Und dass er exzellent vorbereitet gewesen war und deshalb nicht befürchtet hatte, erkannt oder gefasst zu werden. Dass er sich seiner geistigen Überlegenheit bewusst war und seine Angst allein deshalb im Griff hatte. Was er von Sandra Franken erfahren hatte, passte nicht ins Bild. Zumindest nicht vollständig. Ja, er hatte ihn als ängstlich eingestuft, aber genau deshalb hatte der Mann nach der ersten spontanen Tat alles bis ins Detail geplant, kannte seine Opfer aus vielen Beobachtungen, war sich sicher, dass sie alleine in der Wohnung waren und niemand sie überraschen würde. War die Motivlage vielschichtiger, als er angenommen hatte?

»Wollen Sie auch einen Kaffee?«

Jan schaute auf. Sie standen in der Nähe eines Backshops, der an seiner Fensterfront mit »Kaffee to go« warb. Er nickte mechanisch, Hanna stieg aus und lief auf den Backshop zu.

Jan öffnete die Tür und sog tief die frische Luft ein. Hätte er sich länger Zeit lassen sollen mit seinem Täterprofil? Nach Sandra Frankens Befragung war seine Vorstellung von dem Täter ins Wanken gekommen. Bisher war er davon ausgegangen, dass die Gewaltfantasien eng mit dem Hass des Täters auf Frauen zusammenhingen. Mit seinen ausgesprochen negativen Erfahrungen, die er in der Kindheit, Jugend oder als junger Erwachsener gemacht hatte. Nach Sandra Frankens Schilderung fehlten die tief sitzende Wut und der Hass des Täters oder hatten zumindest aufgesetzt gewirkt. Würde der Vergewaltiger ein zweites Mal töten oder war der Tod von Julia Sander eine Art Unfall gewesen, eine nicht geplante Überreaktion? In Betracht kam natürlich auch, dass Julia Sander ihn ohne seine Maske gesehen oder sogar erkannt hatte und der Täter keinen anderen Ausweg mehr gesehen hatte, als sie zu töten. Der Täter schien nicht der intelligente, planende Typ zu sein, der in seiner Vorstellungswelt ein Recht auf seine Handlungen hatte. Musste Jan sein Täterprofil korrigieren oder waren Sandra Frankens Erinnerungen getrübt von der Zeit, die inzwischen vergangen war?

»Ein Latte macchiato für Sie!«

Jan schaute auf. Hanna stand vor der geöffneten Beifahrertür und reichte ihm einen Becher.

»Danke.«

»Geht es Ihnen besser?«

Jan nickte.

»Haben Sie die zweite Adresse? Ging es da nicht um eine versuchte Vergewaltigung?«

»Ja«, sagte Jan, der immer noch leicht benommen war.

Siebzehn

Marie Weber wohnte in einer geräumigen Dachgeschosswohnung in einem dreistöckigen Mietshaus im Süden von Stade. Sie trug ihre blonden Haare kurz, hatte eine sportliche Figur und einen energischen Blick. Jan wusste von Moritz Larsen, dass Marie Weber Sport und Englisch an einer Oberschule unterrichtete, sie zweiunddreißig Jahre alt und unverheiratet war.

»Danke, dass Sie Zeit für uns haben«, sagte Jan, nachdem Marie Weber sie ins Wohnzimmer geführt hatte.

»Setzen Sie sich doch bitte«, sagte Marie Weber. »Möchten Sie etwas trinken?«

»Ein Wasser wäre gut«, antwortete Jan und warf einen Blick zu Hanna Will. Sie nickte zustimmend.

Marie Weber eilte aus dem Zimmer und kam kurz darauf mit einem Tablett zurück, auf dem drei Gläser und eine Flasche Mineralwasser standen.

»Danke«, sagte Jan, nachdem sie eingeschenkt hatte. »Darf ich Ihnen ein paar Fragen stellen? Es geht um Ihre Anzeige vor fünf Jahren.«

Marie Weber nickte.

»Wir untersuchen neue Fälle, in denen Frauen überfallen und vergewaltigt wurden. Könnten Sie uns noch einmal schildern, was Ihnen damals passiert ist?«

»Ja, ich kann es zumindest versuchen. Sie können sich wahrscheinlich vorstellen, dass ich über diese schreckliche Sache nicht so gerne spreche, aber wenn es Ihnen hilft …« Sie trank einen Schluck Wasser. »Ich war an einem Freitag auf einer Party. Irgendwann weit nach Mitternacht, wahrscheinlich war es schon zwei oder drei Uhr, bin ich dann aufgebrochen. Es waren nur zwanzig Minuten zu Fuß, draußen war es nicht kalt, da bin ich halt gegangen. Eigentlich wollte mich ein Freund begleiten, aber der war plötzlich nicht mehr da.«

»Ein guter Freund?«, fragte Jan, als Marie Weber nicht mehr weitersprach.

Sie nickte. »Ja, damals schon. Ich habe es ihm übel genommen, dass er sich einfach so verdrückt hat. Oder auch nicht einfach so. Da war natürlich eine Frau im Spiel. Ein Kuss und bei den Männern scheint sich das Gehirn in Sekunden zu verflüssigen.« Sie stöhnte leise. »Ich war damals wohl etwas ungerecht zu ihm. Manche Dinge, die man in der Wut sagt, lassen sich nicht so einfach ungeschehen machen. Aber deshalb sind Sie sicherlich nicht gekommen.«

»Es kann sein, dass wir mit Ihrem Freund auch noch sprechen möchten«, sagte Jan. »Würden Sie uns den Namen nennen?«

Marie Weber warf ihm einen erschrockenen Blick zu. »Sie glauben doch nicht, dass Max etwas damit zu tun hat?«

»Nein, darum geht es nicht. Es könnte aber sein, dass der Mann, der Sie überfallen hat, auch auf der Party war und wusste, dass Ihr Freund Sie nicht mehr begleiten würde.«

Marie Weber nickte nachdenklich. Schließlich griff sie nach einem Notizblock, schrieb den Namen auf und reichte Jan den Zettel. »Ich glaube, dass Max noch in Stade wohnt.«

»Danke. Können wir noch einmal zu dem eigentlichen Überfall kommen? Sie haben also die Party spät in der Nacht verlassen. Was ist dann passiert?«

»Na ja, ich habe mich verleiten lassen, den kürzesten Weg nach Hause zu nehmen. Ich bin ja umgezogen. Damals habe ich im Norden von Stade gewohnt.« Sie brach ab und schloss die Augen. Jan fragte sich, ob sie in Gedanken den Weg entlangging. »Da ist ein kleiner Park, durch den ich gehen musste. Der Weg war sogar beleuchtet, sonst wäre ich da nie durchgegangen. Zumindest nicht um diese Uhrzeit. Das passiert mir nicht wieder. Weder dass ich bei Nacht durch so einen einsamen Park gehe noch dass mich einer dieser ekelhaften Idioten überwältigt. Ich kann mich inzwischen sehr gut verteidigen.«

Jan nickte, schwieg aber bewusst, um Marie Weber nicht zu sehr in eine Richtung zu drängen.

»Er war hinter mir. Kam auf einem Fahrrad. Ich habe mich kurz umgedreht, als ich es hörte. Da konnte ich noch nicht sehen, dass er vermummt war. Vielleicht war er es auch nicht, es war wie gesagt nur ein kurzer Blick, dann bin ich weitergegangen. Der Mann ist an mir vorbeigefahren und war dann auch schnell nicht mehr zu sehen. Mir ist erst später klar geworden, dass er es war, der mir dann aufgelauert hat.« Sie hielt kurz inne und atmete tief durch. »Ich bin also weiter und kurz vor Ende des Parks hat er mich dann von hinten angegriffen.« Sie seufzte. »Wenn ich da jetzt drüber nachdenke, war das wirklich lächerlich. Ich meine, wie er sich angestellt hat. Heute würde ich ihn ziemlich schnell überwältigt haben.« Sie stand auf, ging zu einem Schrank und holte einen Kabelbinder heraus, den sie auf den Tisch legte. »Die habe ich inzwischen immer dabei.« Sie setzte sich wieder zu Jan und Hanna. »Damals konnte ich nur gut laufen. Das hat mich ja letztlich auch gerettet. Aber eins nach dem anderen. Dieser eklige Typ hat mich von hinten angegriffen und versucht, mich unter Kontrolle zu bringen. Wie gesagt, eher dilettantisch, aber er war groß und kräftig. Und ich war vollkommen überrascht.« Wieder legte Marie Weber eine Pause ein, Jan wartete und gab Hanna, die sichtlich Mühe hatte, ruhig zu bleiben, einen Wink. »Er hat sich von hinten auf mich geworfen, ich bin nach vorne gefallen und konnte mich zum Glück abrollen. Er lag auch auf dem Boden, war aber schneller wieder auf den Beinen als ich und hatte mich da, wo er mich haben wollte. Auf dem Boden. Er schleifte mich dann vom Weg zwischen die Bäume und versuchte, mir die Hose auszuziehen. Vorher hat er mir die Jacke aufgerissen und meinen Pullover hochgeschoben. Am BH ist er dann gescheitert.« Sie schlang ihre Arme um den Oberkörper. »Heute kann ich das so locker erzählen, aber in der Situation hatte ich Todesangst. Wenn man das noch nie erlebt hat und auch nicht weiß, wie man sich in solchen Situationen wehren kann, gerät man wohl schnell in eine Art Schockstarre.«

»Hat der Mann etwas gesagt?«, fragte Jan in zurückhaltendem Ton.

»Gekeucht hat er. Vor Anstrengung, würde ich heute sagen. Damals dachte ich natürlich was anderes. Ob er was gesagt hat? Zuerst nicht, doch als ich dann auf der Erde zwischen den Bäumen lag, schon. ›Schlampe‹ und ›Hure‹ hat er mich genannt und hat mir dabei ins Gesicht geschlagen. Immer wieder. Ich weiß nicht mehr, wie er mich genau beschimpft hat. Ich habe nur ›Hure‹ und ›Schlampe‹ behalten. Da war Hass in seinen Augen – mehr konnte ich von seinem Gesicht ja nicht sehen – und eine Wut in der Stimme, als hätten wir uns vorher gestritten. Aber ich kannte den Typen nicht, da bin ich mir sicher.«

»Er hat Sie mehrfach geschlagen?«

Marie Weber nickte. »Ja, nicht mit der Faust, das waren eher so Ohrfeigen. Erst zaghaft, dann wurde es immer kräftiger. Dabei gingen die Beschimpfungen weiter. Eigentlich muss ich ihm dankbar sein, dass er nicht gleich über mich hergefallen ist.

Ich bin dann irgendwann aus meiner Schockstarre aufgewacht und habe gemerkt, dass ich was machen konnte. Bei der Jacke und dem Pullover habe ich stillgehalten, aber als er mir die Hose ausziehen wollte, habe ich mit aller Kraft zugetreten. Mit dem Fuß dahin, wo es Männern richtig wehtut. Ich muss wohl so gut getroffen haben, dass er in sich zusammengesackt ist. Er hat nach Luft gerungen und von mir abgelassen. Das war meine Chance. Ich bin zur Seite gekrabbelt, aufgesprungen und losgelaufen. Wie gesagt, laufen konnte ich damals ziemlich gut. Ich war Landesmeisterin im Fünftausend-Meter-Lauf.« Sie lächelte zum ersten Mal, seit Jan und Hanna bei ihr waren. »Der Typ hat sich wohl nicht so schnell erholt, gefolgt ist er mir auf jeden Fall nicht. Aber als ich über den Weg lief, habe ich sein Fahrrad gesehen. Da war mir klar, dass es der Typ war, der mich vorher überholt hatte.«

»Sie sind ganz sicher, dass Sie niemanden in Ihrem Freundeskreis hatten, der seine Statur besaß?«, stellte Hanna ihre erste Frage.

»Daran habe ich doch in den Tagen nach dem Überfall auch als Erstes gedacht. Ich bin damals alle Typen in meinem Bekannten- und Freundeskreis durchgegangen. Es gab natürlich zwei oder drei, die etwas kräftiger gebaut waren, aber die hätte ich auch unter der Maske erkannt. Und ich glaube auch nicht, dass er die Stimme verstellt hat.«

»Können Sie mir die Stimme beschreiben?«, fragte Jan.

Marie Weber schaute ihn fragend an. »Was genau meinen Sie? Es war eine ganz normale Männerstimme. Klar, als er mich angeschrien hat, war ganz viel Hass und Wut mit dabei.«

»War sie ganz normal? Also nicht merklich höher oder tiefer, als Sie es von anderen Männern kennen?«

»Aufgeregt vielleicht, ja, so könnte man sie beschreiben. Er redete schnell und alles klang hektisch. Sogar die üblen Beschimpfungen. Hilft Ihnen das?«

»Ja, ich denke schon«, sagte Jan. »Erinnern Sie sich noch an irgendetwas, das Sie bei der Befragung unserer Kollegen vielleicht vergessen hatten?«

Marie Weber überlegte eine Weile. »Vielleicht das komische Fahrrad. Es war kein Sportfahrrad, wie man es heute so hat, sondern so ein altertümliches Rad. Irgendwie klobig. So ohne mehrere Gänge und noch mit einem … wie heißen die Dinger noch?«

»Einem Dynamo?«, fragte Jan.

»Genau, die so am Reifen mitlaufen. Und eine Fahrradpumpe hing unter der Längsstange.« Sie schüttelte den Kopf. »An was für Nebensächlichkeiten man sich doch erinnert. Verrückt!«

»Haben Sie die Haare des Mannes gesehen?«

»Nein, die waren vollkommen verdeckt.«

»Sonst noch etwas?«, fragte Jan.

»Ja, er hatte Mundgeruch. Und ich glaube, er wollte das mit ganz viel Aftershave überdecken. Diese beiden Gerüche haben sich regelrecht in mein Hirn eingebrannt. Ich glaube, ich würde sie sogar wiedererkennen.« Sie lächelte matt. »Aber wer trägt schon fünf Jahre das gleiche Aftershave auf?«

»Darf ich Ihnen Fotos einiger Männer zeigen? Meine Frage wäre, ob Sie einen von ihnen wiedererkennen. Entweder als Täter oder aus einem anderen Zusammenhang.«

»Ja, zeigen Sie mir ruhig die Fotos.«

Jan legte wieder die vier Männerfotos auf den Tisch und wartete, bis Marie Weber sich die Aufnahmen angeschaut hatte.

»Erkennen Sie jemanden?«

»Nein. Persönlich kenne ich keinen von denen. Und ob mich damals, vor fünf Jahren, vielleicht einer von denen beobachtet hat oder so, weiß ich nicht mehr. Ich habe diese Nacht lange Zeit ausgeblendet. Nein, ich könnte auf keines der Fotos zeigen.«

Jan sammelte die Aufnahmen wieder ein und reichte Marie Weber eine Visitenkarte. »Sie können mich über die Handynummer erreichen. Vielleicht fällt Ihnen ja noch etwas ein.«

Marie Weber nickte.

»Das wäre es auch schon von unserer Seite«, sagte Jan. »Vielen Dank für Ihre Mithilfe. Die Informationen könnten sehr wichtig für uns gewesen sein.«

Marie Weber begleitete Jan und Hanna zur Wohnungstür. »Ich hoffe, Sie fassen diesen Mann.« Sie verabschiedete sich von ihnen und schloss die Tür, bevor Jan die Treppe erreicht hatte.

Hanna Will warf Jan einen Blick zu, als sie ins Wohnmobil eingestiegen waren. »Und jetzt? Noch weiter zurück in die Vergangenheit?«

Ihre Stimme hatte leicht spöttisch geklungen und während sie sprach, hatte sie aufs Handy geschaut. Jan vermutete, dass sie den Standort von Harald Hoeppes Wagen kontrolliert hatte.

»Wenn es sein muss«, sagte Jan trocken.

»Es tut mir leid, aber ich kann nicht sehen, was uns die Aussage gebracht hat.«

»Sandra Frankens Aussagen zum Täter passten nicht ausreichend in mein Täterprofil, die von Marie Weber allerdings schon.«

»Und warum? Wegen der piepsigen Stimme?«

»Frau Franken hat eine Ausbildung als Logopädin und ich gehe davon aus, dass sie nicht nur ein geschultes Gehör hat, sondern auch Stimmlagen gut einordnen kann.«

»Und wenn nicht?«

»Wir oder besser gesagt ich habe mich geirrt. Es sind zwei Täter, beziehungsweise die beiden Übergriffe im Park haben mit den folgenden drei Vergewaltigungen nichts zu tun.«

»Ach, und das schließen Sie jetzt aus den wenigen Angaben von Zeuginnen, die in einer Extremsituation waren und sich im Grunde genommen nur unter Schmerzen an den Täter erinnern. Oder es ist so lange her, dass die Aussagen mit sehr viel Vorsicht zu genießen sind.«

Jan schloss die Augen und atmete tief durch, um ruhig zu bleiben. Immerhin hatte sie begriffen, was die Frauen auf sich nahmen, wenn sie mit ihnen sprachen. »Können wir einfach sachlich bleiben? Ich weiß selbst, auf was für tönernen Füßen mein Täterprofil steht. Aber mehr haben wir im Moment nicht.«

Hanna tippte mit dem Finger aufs Display ihres Handys. »Sehe ich anders. Wir haben Hoeppe und es ist nur eine Frage der Zeit, bis er einen Fehler macht. Einen größeren, als er bisher schon gemacht hat.«

»Das kann Wochen oder Monate dauern. Und ist keinesfalls sicher. Wie viele Nächte halten Sie quasi ohne Schlaf durch?«

Hanna antwortete nicht und startete den Motor.

Zurück im Kommissariat ging Jan als Erstes zu Moritz Larsen und bat ihn darum, nach Max Rinkens Adresse zu suchen. Der junge Kommissar unterbrach seine Arbeit und öffnete die Datenbanken. Nach wenigen Minuten hatte er eine Adresse in Hamburg gefunden, wo Max Rinken seit zwei Jahren gemeldet war. Er schrieb die Daten auf einen Notizzettel und reichte ihn Jan. »Seine Telefonnummer ist nicht zu finden. Viele Leute haben heutzutage nur ein Handy und kein Festnetztelefon. Soll ich weitersuchen?«

»Hohe Priorität hat das nicht. Machen Sie es doch bitte, wenn Sie Zeit haben. Wissen Sie inzwischen, wo die Mutter von Miriam Wendling wohnt?«

Moritz Larsen nickte. »Sie ist in Münster gemeldet.« Er reichte ihm einen weiteren Notizzettel. »Sie hat zum Glück einen Festnetzanschluss, der auch noch schnell zu finden war.«

»Danke. Ich versuche es gleich mal bei ihr. Gibt es eigentlich schon Ergebnisse zu den Stader Häusern und Wohnungen, die Hoeppe in der Nacht beobachtet hat?«

»Da muss ich mich erkundigen, Herr de Bruyn.«

»Nein, nicht nötig. Das werden wir ja in der nächsten Besprechung erfahren.« Er stand auf. »Wer hat eigentlich die fünf Häuser in Jork überprüft?«

»Das hat Lara gemacht.« Er zeigte auf den leeren Schreibtisch im Raum. »Sie holt sich nur gerade einen Kaffee. Sie wissen, wo die Teeküche ist?«

Jan nickte, verließ den Büroraum und wählte im Gehen die Nummer von Miriam Wendlings Mutter. Nach dem dritten Klingelton sprang der Anrufbeantworter an. Jan sprach eine Nachricht aufs Band und bat um Rückruf. In der kleinen Küche fand er Lara Jacobs. Die junge Kommissarin lächelte, als sie Jan bemerkte. »Wollen Sie auch einen Kaffee? Er ist gleich durchgelaufen.«

»Gerne.« Jan lehnte sich an die Wand. »Moritz Larsen hat mir gesagt, dass Sie wegen den fünf Häusern am Feld recherchiert haben.«

»Ja, bin gerade mit dem ersten Durchgang fertig.« Sie holte zwei Tassen aus dem Schrank und schenkte sich und Jan ein. »Möchten Sie Milch?«

Gemeinsam gingen sie zurück zu Lara Jacobs' Büro.

»Drei der Häuser können wir wohl außer Acht lassen. Da wohnt jeweils ein Ehepaar. Zwei sind Ende sechzig, das dritte Anfang achtzig. Alle haben zwar Kinder, die aber nicht hier in der Nähe gemeldet sind.«

Sie erreichten das Büro, Lara Jacobs setzte sich hinter ihren Schreibtisch und Jan griff nach einem Stuhl, der in der Ecke stand.

»Bleiben also noch zwei Häuser«, nahm er das Gespräch wieder auf.

»Genau! Da wohnen Familien mit zwei beziehungsweise drei Kindern. Die Lohmanns haben eine achtzehnjährige Tochter. Emily Lohmann geht in Buxtehude aufs Gymnasium und macht gerade Abitur.«

»Und die zweite Familie?«

»Familie Hinrichs hat eine Tochter, die in Stade eine Ausbildung als Krankenschwester macht. Nina Hinrichs ist dreiundzwanzig.«

Lara Jacobs reichte Jan eine Skizze, auf der die fünf Häuser und der Standort von Hoeppes Versteck eingezeichnet waren. Die beiden betroffenen Häuser lagen direkt gegenüber von dem Baum, in dem Hoeppe gesessen hatte.

»Wissen Sie, auf welcher Station Nina Hinrichs arbeitet?«

»Das kann ich Ihnen nicht sagen, aber ich vermute, dass das im Laufe der Ausbildung wechselt. Soll ich im Krankenhaus anrufen? Ich fürchte nur, dass ich dort ohne Beschluss keine Auskunft über personenbezogene Daten bekomme.«

»Ja, Sie haben recht. Ich kümmere mich darum.«

»Darf ich etwas fragen?«

»Natürlich«, sagte Jan.

»Welche der beiden jungen Frauen wird es Ihrer Ansicht nach sein?«

»Was würden Sie sagen?«

Lara Jacobs zögerte einen Moment, bevor sie antwortete. »Nach Ihrer Theorie – zumindest wenn ich Ihr Täterprofil richtig verstanden habe – trifft der Täter die Frauen mehr oder weniger zufällig. Zum Beispiel im Fitnessstudio oder beim Brötchenkaufen.«

Jan nickte.

»Da Emily Lohmann in Buxtehude aufs Gymnasium geht und auch privat wahrscheinlich eher Richtung Hamburg orientiert ist, sehe ich erst mal keine Überschneidungen mit den Pfaden von Harald Hoeppe. Klar, Emily könnte hin und wieder in Stade sein, weil sie hier einen bestimmten Sport ausübt oder eine enge Freundin hat. Aber das wissen wir im Moment noch nicht.«

»Respekt, alles richtig«, sagte Jan.

Lara Jacobs schien sich über das Lob von Jan zu freuen. Sie lächelte verlegen.

»Also?«, fragte Jan.

Sie sah ihn an. »Nina Hinrichs arbeitet an einem quasi öffentlichen Ort. Harald Hoeppe könnte entweder einen Patienten im Krankenhaus besucht haben oder war vielleicht selbst dort Patient. Ebenso könnte sie ihm in Stade über den Weg gelaufen sein. Und sie ist eher sein Typ.«

Jan warf ihr einen erstaunten Blick zu. »Woher wissen Sie das?«

»Ihr Facebook-Profil. Da habe ich, genau wie bei Emily Lohmann auf Instagram, Fotos gefunden. Die habe ich dann mit unseren bisherigen Opfern verglichen. Nina würde vom Typ her gut in die Reihe passen. Emily mit ihren roten kurzen Haaren und den vielen Sommersprossen eher nicht.« Sie legte Jan die Fotos der beiden Frauen vor und drehte den Bildschirm ihres Computers zu ihm um, auf dem die vier Frauen nebeneinander zu sehen waren.

Jan starrte auf die Aufnahmen. »Sind die Fotos richtig sortiert?«

»Sie meinen chronologisch nach den Fällen?«

Jan nickte gedankenverloren.

»Ja, das sind sie. Julia Sander ist an letzter Stelle und …«

»Schon gut«, unterbrach Jan sie. Er drehte den Bildschirm wieder zu ihr um. »Was fällt Ihnen auf?«

Lara Jacobs studierte aufmerksam die Fotos. »Das gleiche Alter. Ungefähr zumindest. Oder was meinen Sie?«

Jan schwieg, um sie nicht zu beeinflussen.

»Gut, die letzten drei Frauen sind sich vom Typ her extrem ähnlich. Sehr attraktiv, alle blond bis hellblond, lange Haare. Ich kann es auf den Fotos nicht genau erkennen, aber ich vermute, dass alle blaue Augen ha…« Lara Jacobs schlug sich mit der flachen Hand auf die Stirn. »Die erste Frau passt vom äußeren Erscheinungsbild nicht ganz in die Reihe. Sie hat hellbraune, kurze Haare.« Sie sah Jan erstaunt an. »Aber was heißt das? Zufall oder steckt mehr dahinter?«

»Das würde ich auch gern wissen«, sagte Jan mehr zu sich selbst.

Achtzehn

Hanna ging noch einmal die Liste der zwanzig Namen durch. In dem Harburger Haus, aus dem Harald Hoeppe spät in der Nacht gekommen war, waren fünfundfünfzig Personen gemeldet. Nach einer Stunde Arbeit hatte sie die Kinder den Eltern und anhand der Klingeln die Wohnungen den einzelnen Stockwerken zugeordnet. In vier der fünf kleineren Wohnungen des Hauses lebte nur jeweils eine Person, in einer ein älteres Ehepaar. Drei Klingelnamen passten nicht zu den offiziellen Meldungen. Vermutlich waren die Mieter gerade erst ein- oder ausgezogen, hatten die Ummeldung vergessen oder ignoriert.

»Das macht die Sache nicht einfacher«, murmelte Hanna.

Jan de Bruyn, der seit einer halben Stunde ihr gegenüber an seinem Schreibtisch saß, sah auf. »Probleme?«

»Die verdammten Meldungen stimmen nicht alle mit den Namen auf den Klingeln überein. Wenn das so weitergeht, bekomme ich die Person, die Hoeppe da mitten in der Nacht besucht hat, nie heraus.«

»Großstadt halt«, sagte Jan und konzentrierte sich wieder auf seinen Laptop.

Bastle du nur weiter an deinem Profil, dachte Hanna und schluckte eine bissige Bemerkung herunter.

»Sie werden es Sven Bauer sagen müssen«, sagte Jan, ohne aufzublicken.

»Das werden wir ja sehen«, murmelte Hanna so leise, dass er es nicht verstehen konnte. Sie überlegte, ob sie sich bei der Hausverwaltung nach dem Hausmeister erkundigen sollte, entschied sich dann aber dagegen und ging noch einmal die Liste durch. Bei dem älteren Ehepaar blieb sie hängen und suchte nach dessen Festnetznummer im Internet.

»Ja?«, fragte eine hörbar ältere Frau, als sie die Nummer gewählt hatte.

»Spreche ich mit Frau Blohm?«

»Ja, was wollen Sie denn?«

»Hanna Will von der Polizei in Stade. Guten Tag, Frau Blohm. Kann ich Ihnen …«

»Polizei. Das wird auch mal Zeit. Diese Randale im Haus ist nicht mehr auszuhalten.«

»Ja, Frau Blohm, das kann ich mir gut vorstellen. Könnten Sie mir ein paar Fragen zu den Hausbewohnern beantworten?«

»Sind Sie denn wirklich von der Polizei?«

»Ich bin Hauptkommissarin Hanna Will und ja, ich bin natürlich von der Polizei. Im Moment bin ich in Stade. Sie kennen die Stadt?«

»Natürlich, Frau Kommissarin. Mein Mann und ich sind häufiger bei Verwandten im Alten Land. Mein Schwager wohnt dort doch bei seinen Kindern. Er ist der jüngere Bruder meines Mannes und seine Frau ist vor fünf Jahren gestorben.«

»Das ist sicher nicht leicht für ihn«, sagte Hanna. »Kennen Sie denn alle Bewohner des Hauses, Frau Blohm?«

»Na ja, die meisten schon. Mit Namen auf jeden Fall. Ich bin keine von denen, die Ausländer ablehnen. Das sind auch Menschen, müssen Sie wissen. Und die arbeiten meistens viel härter als die Deutschen. Und Kopftuch trägt hier keine Frau im Haus. Und auch nicht dieses andere Ding, das das ganze Gesicht verdeckt.«

Hanna ging mit ihr ein paar Namen durch und hörte sich Geschichten von den Familien an. In allen großen Wohnungen lebten Familien oder alleinerziehende Frauen mit mindestens einem Kind. Frau Blohm schien sich sehr gut im Haus auszukennen. »Es gibt ja noch vier weitere kleinere Wohnungen im Haus. Da wohnt immer nur eine Person?«

Frau Blohm antwortete nicht gleich und schien die Wohnungen in Gedanken durchzugehen. »Ja, das stimmt. Was wollen Sie denn wissen?«

Wie sich herausstellte, war einer der Namen nicht mehr aktuell. Drei Wochen zuvor war in die Wohnung eine junge Frau eingezogen, die, wie Frau Blohm wusste, an der Hochschule studierte.

»Die Lena ist sehr nett. Stellen Sie sich vor, sie ist im Haus rumgelaufen und hat sich überall vorgestellt. Bei mir hat sie sogar einen Kaffee getrunken.«

Hanna kam auf die drei Wohnungen zu sprechen, in denen Männer angemeldet waren. Hanna hatte zu Reiner Barth einige Daten zusammengetragen: Er war vierundvierzig Jahre alt und seit einiger Zeit Frührentner. Weshalb er nicht arbeitete, wusste Frau Blohm nicht, meinte aber, dass er nie Ärger machen und sie jedes Mal freundlich grüßen würde. Hanna machte ein Fragezeichen hinter seinen Namen.

»Kennen Sie auch Lothar Reimers?«, wechselte Hanna zum nächsten Hausbewohner. Reimers war siebenunddreißig und wohnte seit über sechs Jahren in der Wohnung.

»Ja, natürlich. Das ist ein ganz Stiller. Ein sehr feiner Mann. Geschieden ist er, habe ich gehört, und er muss für die beiden Kinder zahlen. Ist ja auch richtig so, aber viel bleibt ihm selbst dann wohl nicht. Dabei hat er eine sichere Arbeit bei den Wasserwerken. Aber so ist es wohl. Wenn alles schiefgeht in der Ehe, ist es für die Kinder auch besser, wenn die Eltern auseinandergehen. Seine Kinder sind auch manchmal hier im Haus. Schlafen tun sie hier aber nicht. Die Wohnung ist wohl zu klein.«

»Wie alt sind denn die Kinder?«

»Genau weiß ich das nicht. Aber ich denke mal, der Junge ist so zehn oder elf und das Mädchen etwas älter. In dem Alter sind sie ja noch ganz umgänglich.«

»Und Felix Adler?« Auf Hannas Liste stand, dass der Mann zweiunddreißig Jahre alt war.

»Lärm macht er nicht, aber ich mag ihn nicht. So vom Typ her, wissen Sie?«

»Haben Sie sich schon mal mit ihm unterhalten?«

»Nee, der wohnt bestimmt schon sieben Jahre hier und mehr als ein ›Guten Morgen‹ oder so sagt der nie. Ich habe ihn mal angesprochen, weil das Treppenhaus so dreckig war. Er hat nur genickt und ist dann weitergegangen.«

»Bekommt Herr Adler häufig Besuch?«

»Kann ich natürlich nicht so genau sehen, er wohnt ja zwei Stockwerke über mir. Zusammen mit jemand anderem habe ich ihn hier im Haus noch nicht gesehen. Nicht mit einer Frau oder einem Mann …« Frau Blohm legte eine kurze Pause ein. »Das ist ja heute alles erlaubt. Früher ja nicht, aber heute geht es ja kreuz und quer. Ich habe da nichts gegen, aber küssen, wo es alle sehen können, müssen sich die Männer ja auch nicht.«

»Wissen Sie, ob Herr Adler arbeitet und wo?«

»Nein, das weiß ich nicht. Und ich glaube auch, dass er nicht das ganze Jahr über Arbeit hat. Manchmal ist er über viele Wochen zu Hause. Sein Auto steht dann immer hier in der Straße. Vielleicht ist er ja entlassen worden oder arbeitet bei so einer Firma, die die Leute immer irgendwo anders hinschickt.«

»Eine Leiharbeitsfirma?«, fragte Hanna.

»Ja, genau. Manchmal ist er ganz früh raus, dann wieder erst am Vormittag. Aber er hat dann immer so einen Blaumann an. Also ist er wohl zur Arbeit.«

»Das hilft mir alles sehr, Frau Blohm. Ist Ihnen Herr Adler sonst noch aufgefallen?«

»Sie meinen, ob er laute Musik macht oder Dreck im Treppenhaus?«

»Zum Beispiel. Oder hat er manchmal Streit mit jemandem?«

»Den Lärm machen andere. Zwar ist das Treppenhaus hin und wieder nicht so sauber, aber Streit, davon habe ich nichts gehört.«

Hanna bedankte sich bei Frau Blohm und verabschiedete sich von ihr. Nachdem sie sich ein paar Notizen zum Gespräch gemacht hatte, sah sie sich nach Jan de Bruyn um, der inzwischen aber das Büro verlassen hatte. Sie schrieb ihm eine Nachricht und er antwortete, dass er auf dem Weg ins Krankenhaus sei, um eine Zeugin zu befragen.

Es klopfte an der Tür, Moritz Larsen trat ein. »Ich soll Ihnen vom Chef ausrichten, dass sich die SoKo um sechzehn Uhr zusammensetzt.« Er sah sich im Raum um. »Ist Herr de Bruyn nicht im Haus?«

»Im Krankenhaus«, sagte Hanna, ohne aufzuschauen.

»Was ist passiert?«, fragte Moritz Larsen erschrocken.

Hanna sah auf und grinste. »Zeugenbefragung. Ich denke, er wird's überleben.«

Jan hatte sich von einem Streifenpolizisten zum Stader Krankenhaus fahren lassen und stand jetzt in der Schlange vor dem Informationsschalter. Schon die ersten Schritte ins Gebäude hatten seine Beine mit jedem Schritt schwerer werden lassen. Die Erinnerung an den Tag, als er sich nach seiner Landung in Hamburg mit dem Taxi nach Stade ins Klinikum hatte fahren lassen, lag ihm schwer im Magen. Die Ärzte hatten bei seiner Mutter Knoten in der Brust gefunden und rieten zur sofortigen Operation. Das war der Anfang gewesen, nur drei Monate später war seine Mutter gestorben.

Als Jan an der Reihe war, fragte er, ob Nina Hinrichs Dienst habe und auf welcher Station sie arbeite. Wenige Minuten später stand er auf der Inneren im Schwesternzimmer und sprach mit der Oberschwester. Sie bat ihn, im Wartebereich Platz zu nehmen, wo Nina Hinrichs sich bei ihm melden würde.

»Polizei?«, fragte die angehende Krankenschwester, als Jan ihr seinen Ausweis gezeigt hatte. »Ist etwas passiert? Mit meinen Eltern?«

»Nein, deshalb bin ich nicht hier«, sagte Jan. »Können wir uns irgendwo ungestört unterhalten?«

Sie schaute auf die Uhr. »Ich habe gleich zwanzig Minuten Pause. Wir könnten uns in die Cafeteria setzen. Da findet man immer einen ruhigen Platz.« Sie erklärte ihm den Weg und ging zurück auf die Station.

Jan holte sich am Tresen der Cafeteria eine Kanne Tee und suchte sich einen Platz. Nach einer Viertelstunde kam Nina Hinrichs mit einer Tasse Kaffee in der Hand zu ihm an den Tisch.

»Jetzt bin ich aber gespannt, was ich mit der Polizei zu tun habe.«

»Es geht um eine Routinebefragung.« Jan zeigte ihr das Foto von Harald Hoeppe, das er auf seinem Handy gespeichert hatte. »Kennen Sie diesen Mann? Er könnte entweder als Besucher auf Ihrer Station gewesen sein oder war vielleicht Patient.«

Nina Hinrichs musterte das Foto. »Wann soll das gewesen sein?«

»In den letzten Monaten, würde ich vermuten.«

»Patient war er nicht, daran würde ich mich erinnern. Besucher beachtet man nicht so wirklich. Dafür ist keine Zeit. Wir sind ja schon froh, wenn wir uns mal außer der Reihe mit den Patienten unterhalten können.«

»Wenn er ein Besucher war, muss er sich häufiger im Krankenhaus aufgehalten haben. Überlegen Sie doch noch einmal, Frau Hinrichs.«

Erneut nahm sie Jans Handy und sah lange auf das Foto. »Kann es auch sein, dass es länger her ist?«

»Durchaus.«

»Vor einem Dreivierteljahr war ich für zwei Monate auf der Chirurgie. Da war eine Patientin Mitte sechzig, ich erinnere mich nicht mehr an ihren Namen, sie war von der Leiter gestürzt und hatte mehrere Brüche. Ihr Sohn war jeden Tag bei ihr.« Sie zog noch einmal Jans Handy zu sich und nickte schließlich. »Ich könnte es nicht beschwören, aber er hat Ähnlichkeit mit ihm. Ist der Mann groß und etwas kräftiger?«

»Ja, das trifft zu«, sagte Jan.

»Menschen auf Fotos wiederzuerkennen fällt mir immer richtig schwer. Aber er könnte es sein.« Nina Hinrichs schob Jan das Handy zu. »Jetzt müssen Sie mir aber verraten, was eigentlich los ist.«

»Tut mir leid, Frau Hinrichs, das darf ich im Moment noch nicht.« Jan war sich nicht sicher, ob er weiterfragen sollte. Nina Hinrichs würde schnell kombinieren können, um was es ging. Er hatte sich schon mit dem Zeigen von Hoeppes Foto weit aus dem Fenster gelehnt. »Nach meinen Informationen leben Sie bei Ihren Eltern in Jork. Fahren Sie mit dem Bus oder haben Sie ein Auto zur Verfügung?«

»Mit dem Bus ist es sehr umständlich, deshalb haben mir meine Eltern einen gebrauchten Kleinwagen gekauft. Das ging nicht anders, denn hin und wieder arbeite ich auch am Wochenende und auch Nachtdienste kommen manchmal vor.«

»Das dachte ich mir schon. Sie haben mir sehr geholfen, Frau Hinrichs.«

Jan bedankte sich bei Nina Hinrichs und reichte ihr eine Visitenkarte, bevor er sich von ihr verabschiedete. »Rufen Sie mich doch bitte an, falls Ihnen noch etwas einfällt.«

Neunzehn

Die Teambesprechung der SoKo fing pünktlich an. Jan de Bruyn platzte in die einleitenden Worte von Sven Bauer und eilte zu dem von Hanna frei gehaltenen Platz.

Als Erstes berichtete einer der Beamten von den Recherchen zu den vier Frauen, die seit Wochen liefen. Hier waren nur einzelne Details hinzugekommen, Zeugen hatten sich gemeldet, deren Aussagen überprüft, jedoch alle als nicht relevant eingestuft worden waren. Die Fingerabdrücke aus Julia Sanders Wohnung konnten bis auf zwei alle zugeordnet werden, die DNA-Analyse hatte keinen Treffer in der Datenbank ergeben.

»Inzwischen kennen wir zehn Personen, die sich in den Tagen vor Julia Sanders Tod in ihrer Wohnung aufgehalten haben«, schloss der Beamte seinen Bericht. »Es ist noch von sechs weiteren die Rede gewesen, die wir entweder noch nicht identifizieren konnten oder bisher nicht erreicht haben. Im Moment sieht es nicht danach aus, als würden uns die Fingerabdrücke weiterbringen.«

Sven Bauer dankte für die Zusammenfassung und gab das Wort an die nächste Gruppe, die sich mit Hoeppe befasst hatte.

Eine Oberkommissarin trug die Ermittlungsergebnisse vor. »Wie bekannt, mussten wir vorsichtig vorgehen, da

Harald Hoeppe bisher noch nicht als Beschuldigter gilt und wir zudem vermeiden wollen, dass er von den Ermittlungen Wind bekommt. Zwei von uns haben sich mit seiner Kindheit und Jugend beschäftigt.« Sie sah auf ihre Notizen. »Hoeppes Vater ist bei einem Autounfall ums Leben gekommen, als sein Sohn sechs Jahre alt war. Die Blutprobe ergab damals, dass er fast zwei Promille Alkohol im Blut hatte, als er von der Straße abgekommen ist. Frau Hoeppe hat zwei Jahre später einen Mann geheiratet, der dann auch bis zu seinem Tod mit in dem uns bekannten Haus in Grünendeich wohnte. Verstorben ist Hoeppes Stiefvater an Lungenkrebs. Interessant ist, dass das Jugendamt eine Akte über die Familie führte. Mehrfach ist jemand vor Ort gewesen, weil es Hinweise darauf gab, dass der Stiefvater Harald Hoeppe misshandelt hat. Es ging, soweit wir bis jetzt wissen, um körperliche Übergriffe, jedoch nicht um sexuellen Missbrauch.«

»Ist mehr passiert als nur Kontrollbesuche?«, fragte einer der Beamten.

»Nein, es ist bei Ermahnungen geblieben. Allerdings haben wir bisher nur mit einer der damaligen Sachbearbeiterinnen gesprochen. Quasi unter dem Radar. In die offiziellen Akten konnten wir noch nicht schauen.« Die Beamtin warf einen Blick zu Sven Bauer. »Sollen wir einen Beschluss erwirken?«

Bauer zögerte kurz, bevor er die Frage verneinte. »Bei der momentanen Beweislage wecken wir da nur schlafende Hunde. Außerdem sehe ich auch keine Chance, den Richter zu überzeugen. Was habt ihr noch?«

Die Kommissarin blätterte die Seite in ihrem Notizbuch um. »Hoeppe ging in Grünendeich zur Grundschule und besuchte später die Realschule, heute Oberschule. Wir haben mit seinem damaligen Klassenlehrer gesprochen, der inzwischen pensioniert ist und in Lüneburg lebt. Hoeppe war ein guter Schüler. Der Klassenlehrer hat mehrfach darauf hingewirkt, dass er aufs

Gymnasium wechselt. Das ist aber laut dem Klassenlehrer am Veto des Stiefvaters gescheitert. Harald Hoeppe war unauffällig und ein Einzelgänger, sprich, er hatte nur einen Freund, an den sich der Klassenlehrer erinnern konnte. Gegenüber den Mädchen in der Klasse, daran konnte sich der Lehrer gut erinnern, war Hoeppe ausgesprochen gehemmt. Das war jetzt O-Ton vom Lehrer, der natürlich keine wirklichen Einblicke in die privaten Bereiche der Schüler hatte.«

»Konnte sich der Lehrer an Miriam Wendling erinnern?«, fragte Jan.

»Danach haben wir natürlich gefragt. Miriam hat die ganze Klasse aufgemischt. Das ist jetzt meine Formulierung, aber so in etwa hat es der Lehrer beschrieben. Da sich das alles in den Pausen und vor allem außerhalb der Schule abgespielt hat, konnte der Klassenlehrer da nicht wirklich eingreifen. Mir kam es auch so vor, als habe er Angst vor Miriam Wendlings Vater gehabt. Übrigens kam Miriam erst zu Beginn der achten Klasse vom Gymnasium in Stade. Da die Eltern in der Nähe von Grünendeich wohnten, wechselte Miriam dann auf die Realschule vor Ort.«

»Was genau heißt ›aufmischen‹?«, fragte Lara Jacobs.

»Genau wie später auf der Fachoberschule hatte Miriam dort Mädchen um sich geschart, die nach ihrer Pfeife tanzten. Der Klassenlehrer meinte, sie habe alle Jungs verrückt gemacht und mit ihnen gespielt. Wer ausscherte, wurde gemobbt. Harald Hoeppe war da ein willkommenes Opfer. Am Schluss der zehnten Klasse sei er so isoliert gewesen, dass der Klassenlehrer Angst um ihn hatte. Er hat sich dann um Hoeppe gekümmert und ihn unterstützt – was vermutlich Hoeppes Stellung in der Klasse noch schwieriger gemacht hat.« Die Beamtin schaute noch einmal auf ihre Notizen. »Mehr haben wir nicht aus seiner Schulzeit in Grünendeich beziehungsweise Steinkirchen, wo die Schulen angesiedelt sind.«

Nachdem sie einige Informationen zu Harald Hoeppes Fachoberschulzeit zusammengefasst hatte, übergab sie schließlich an Jan, der von den Befragungen der Mitschüler Claudia Frey und Daniel Momsen berichtete.

Das nächste Team um Moritz Larsen und Lara Jacobs trug seine Recherche-Ergebnisse zu den letzten zehn Jahren Hoeppes und seiner Beschäftigung im Einwohnermeldeamt vor. Im Anschluss erzählte Jan von seinem Besuch im Krankenhaus bei Nina Hinrichs.

Der SoKo-Leiter verteilte am Schluss die Aufgaben und beendete um kurz nach achtzehn Uhr die Teamsitzung.

»Ins Hotel?«, fragte Hanna, als sie mit Jan in der Fahrerkabine des Wohnmobils saß.

»Wo ist Hoeppe?«

Hanna schmunzelte. »Habe ich Sie mit meinem Jagdfieber angesteckt?«

»Eigentlich habe ich mehr an ein Taxi nach Jork gedacht.«

Hanna stöhnte theatralisch. Jetzt konterte dieser Mann auch noch ihre Scherze. Wenn das so weiterging, würde sie sich in Acht nehmen müssen. »Klar, kein Problem. Ich chauffiere Sie und Sie leisten mir heute Nacht Gesellschaft.« Sie startete den Motor und fuhr vom Hof der Polizeiinspektion.

»Was wird der nette Herr mit dem Wohnmobil dazu sagen?«, fragte Jan mit einem Ernst in der Stimme, der Hanna irritierte.

Wollte er sie provozieren oder war das eine moralische Spitze gegen One-Night-Stands? »Das war nur für eine Nacht. Ich glaube, er hat das verstanden.«

»Die meisten Männer würden damit vermutlich Probleme haben.«

»Sie auch?«, fragte Hanna.

»Ich war noch nie in der Situation, aber ich denke, ich würde die Entscheidung der Frau akzeptieren.«

Hanna bog auf den Autobahnzubringer ein. »Die Männer, die ich bevorzuge, sind eher schnell in ihrer Ehre gekränkt, wenn die Frau sie nach einem One-Night-Stand nicht wiedersehen will. Ehre! Was immer das auch ist.« Sie grinste breit. »Vielleicht sollte ich mal etwas anderes ausprobieren.«

Aus dem Augenwinkel beobachtete sie den Mann auf dem Beifahrersitz. Jan de Bruyn hatte entweder ihren letzten Satz nicht mitbekommen oder hatte keine Lust, auf ihre kleine Provokation zu reagieren. Jetzt nannte er ihr eine Straße und Hausnummer in Jork.

»Emily Lohmann?«, fragte Hanna.

»Sie haben sich den Namen gemerkt?«

Hanna fuhr auf die Autobahn auf und beschleunigte. »Das sollte ich wohl, wenn ich meinen Job ernst nehme.«

»Trotzdem bemerkenswert.« Jan strich sich mit der Hand durchs Haar. »Sie wollen also Hoeppe auf eigene Faust weiter observieren?«

»Wir beide. Indem wir uns in der Nacht abwechseln. Einer schläft, der andere hat Hoeppe oder besser Hoeppes Auto im Blick.«

»Wie lange halten wir das durch?«, fragte Jan.

»Haben Sie eine bessere Idee? Ich bin sicher, dass bald etwas passiert.«

Jan schwieg. Hanna warf ihm hin und wieder einen Blick zu, aber für ihren Kollegen schien das Gespräch beendet zu sein. Er hatte seine Augen geschlossen und atmete so ruhig, als wenn er schliefe. Erst als sie von der Autobahn abfuhr, richtete er sich auf und sah aus dem Seitenfenster.

»Warten Sie hier auf mich?«, fragte er, als Hanna das Wohnmobil an den Straßenrand fuhr. »Ich bin spätestens in einer halben Stunde wieder zurück.«

»Kein Problem.« Sie hob ihr Handy. »Sollte sich unsere Zielperson bewegen, rufe ich Sie an.«

Hanna griff nach ihrem Laptop und öffnete den GPS-Tracker. Hoeppes Auto stand weiter vor dem Haus seiner Mutter. Er war gegen sechzehn Uhr nach Hause gefahren und seitdem nicht mehr mit dem Auto unterwegs gewesen. Hanna vermutete, dass er den Schlaf der letzten Nächte nachholte. Sie konnte es nicht begründen, war sich aber sicher, dass in den nächsten Nächten etwas passieren würde. Es gab keinen anderen Weg, als an Hoeppe dranzubleiben.

Hanna öffnete die Datei, in der sie die Recherche-Ergebnisse zum Harburger Mietshaus hinterlegt hatte. Was hatte Hoeppe dort mitten in der Nacht gemacht? Mit wem hatte er sich getroffen? Was hatte das alles mit ihrem Fall zu tun? Die einzige logische Erklärung war, dass Hoeppe Drogen bei seinem Dealer gekauft hatte. Aber warum war er so lange im Haus geblieben? Wäre sein Dealer nach Hoeppe ins Haus gegangen, hätte sie ihn sehen müssen. Oder hatte Hoeppe einen Komplizen, mit dem er die Taten ausführte? Bisher hatten sie keinerlei Beweise gefunden, dass eine der Frauen von mehreren Männern vergewaltigt worden war. Keine kriminaltechnischen Funde, keine Zeugenaussagen, nichts deutete darauf hin, dass bei den Übergriffen mehr als ein Täter am Werk gewesen war.

Die Beifahrertür wurde geöffnet, Jan stieg ein. »Wir können fahren.«

»Haben Sie Hunger?«

Jan warf einen Blick ins Innere des Wohnmobils. »Wollen Sie etwas für uns kochen?«

»So in etwa. Wir müssen nur einen kleinen Umweg machen.«

Hanna fuhr aus Jork Richtung Buxtehude hinaus. »Und?«

»Emily Lohmann hat keine Kontakte nach Stade, hält sich dort ausgesprochen selten auf und hat Harald Hoeppe auch nicht auf dem Foto wiedererkannt. Ihr Zimmer liegt zwar, wie das von Nina Hinrichs, zur …«, Jan malte Anführungsstriche in die Luft, »… richtigen Seite, aber letztlich gehe ich davon aus, dass nicht sie von Harald Hoeppe beobachtet wurde. Ich denke, Nina Hinrichs braucht jetzt Schutz durch Ihre Kollegen.«

»Erzählen Sie das Bauer. Ich glaube kaum, dass er Ihnen zuhören wird. Im Übrigen haben wir beide ja Hoeppe unter Kontrolle.«

»Wir kommen nicht ohne Bauer und den Staatsanwalt weiter«, wiederholte Jan.

Verdammter Hasenfuß, fluchte Hanna in Gedanken. »Wir können Hoeppe nicht einmal als Beschuldigten vernehmen. Wenn er auch nur annähernd so clever ist, wie Ihr Täterprofil vermuten lässt, wird es dazu in nächster Zeit auch nicht kommen. Wir können nicht nachweisen, dass er Nina Hinrichs beobachtet hat. Er saß da in einem Baum mitten in der Nacht. Okay, komisches Hobby oder vielleicht hat er einen Knall. Strafbar ist das nicht die Bohne. Also? Was schlagen Sie für eine Strategie vor, wenn wir beim Staatsanwalt anklopfen? Mit Ihren klugen Sprüchen kommen wir nicht weiter. Geht das endlich mal in Ihren Kopf?« Hanna hatte sich in Rage geredet und hielt dabei das Steuer mit beiden Händen fest umklammert. Als das Ortsschild von Buxtehude in Sicht kam, verringerte sie die Geschwindigkeit und sah aufs Navi. Jan schwieg, während sie die Straße suchte.

Im Sushi-Restaurant stand ihre Bestellung zur Abholung bereit. Sie bezahlte und lief mit den zwei Plastiktüten in den Händen zurück zum Wohnmobil.

»Auf geht's!«

Zwanzig Minuten später fuhr Hanna auf den Wohnmobilstellplatz, parkte das Fahrzeug und stieg aus. Jan, der während der Fahrt weiter geschwiegen hatte, folgte ihr.

»Haben Sie einen dicken Pullover mit?«, fragte Hanna. »Dann können wir noch draußen sitzen.«

Jan nickte, holte sich aus dem hinteren Bereich des Wohnmobils etwas zum Anziehen und setzte sich zu Hanna an den Klapptisch. Die Plastikschalen mit den Sushi-Leckereien und die Teller standen inzwischen auf dem Tisch. Hanna reichte Jan ein Paar Stäbchen und ließ ihm den Vortritt bei der Auswahl.

»Danke für die Einladung«, sagte Jan.

Hanna grinste. »Sie sprechen ja doch noch mit mir. Ich dachte schon, meine kleine Wutrede hat Sie …«

»Verletzt?«, half Jan aus und aß ein Stück Sushi mit Lachs.

»Möchten Sie eine Entschuldigung?«

»Nein, aus Ihrer Sicht war alles okay.«

Hanna stöhnte innerlich auf. Warum hatte sie das Thema überhaupt angesprochen? Sie würden ohnehin auf keinen gemeinsamen Nenner kommen.

»Dann ist ja alles in bester Ordnung«, sagte sie und füllte ihren Teller mit verschiedenen Sushi-Rollen. Genüsslich aß sie und trank dazu kleine Schlucke Weißwein. »Schmeckt es Ihnen?«

Jan nickte. »Danke, ausgezeichnet.«

»Wann geht es wieder nach London?«

»In zwei Wochen.«

»Telefonieren Sie regelmäßig mit Ihrem Sohn?«

Jan zog die linke Augenbraue hoch. »Warum haben Sie keine Kinder?«

Hanna schmunzelte. »Muss ich erst mit eigenen Infos bezahlen, bevor Sie mir antworten?« Sie wartete nicht, bis Jan reagierte, und sprach weiter. »Es hat nicht geklappt. Große Liebe, große Träume, mit achtzehn war das vielleicht nicht der richtige Weg.«

Jan warf ihr einen erstaunten Blick zu. »Sie waren schwanger?«

»Huch! Jetzt wird's aber intim.«

Hanna griff nach einer der Sushi-Schalen und füllte ihren Teller ein zweites Mal auf, während Jan sich drei neue Sushi-Rollen auf seinen Teller legte. Sie aßen schweigend.

»Er heißt George«, durchbrach Jan die entstandene Stille.

»Schöner Name.« Hanna trank einen kleinen Schluck Wein. »Fehlgeburt, Trennung, Studium ade.«

»Er oder Sie?«

»Ich. Konnte ihn plötzlich nicht mehr ertragen. Gute Entscheidung, wie ich heute weiß.«

»George wird im Sommer zehn. Wir telefonieren alle paar Tage.«

»Warum sind Sie weg aus London?«

»Mein leiblicher Vater ist gestorben.«

»Echt jetzt? Ist das der Grund?«

»Nein.«

»Warum erzählen Sie mir dann diesen Blödsinn?«

Jan ließ sich Zeit für seine Antwort. »Weil es wehtut. So einfach ist das manchmal.«

»Sie hat sich getrennt?«

»Ja.«

»Und wer von Ihnen hat es verbockt?«

»Ich.«

»Stelle ich mir verdammt hart für einen Psychologen vor.«

Jan zuckte mit den Schultern. »Vielleicht hätte ich weniger Psychologe sein sollen und mehr Mensch.«

»Kann man das wirklich so trennen?«

»Nein, das ist ja das Problem.«

»Sie brauchten Abstand?«

»Ich kann jederzeit zurück. Ich habe auch einen britischen Pass.«

Hanna nickte. Der Psychologe war ihr in den letzten Minuten nähergekommen, als die meisten Menschen es je geschafft hatten. Mochte sie ihn? Ja, auf eine merkwürdig verquere Art. Er schien anders zu sein als die Männer, die ihr sonst über den Weg liefen.

»Aber Sie werden nicht zurückgehen«, sagte sie. »Und das wissen Sie auch.«

Jan lächelte. »Das ist mein Fach.«

»Stimmt.« Hanna klopfte sich aufs Holster. »Ich bin ja die mit der Knarre.«

»Sind Sie das wirklich?«

Hanna legte ihre Waffe auf den Tisch. »Fühlt sich verdammt gut an, dieses Stück Eisen. Manchmal zu gut.«

»Deshalb lasse ich das Teil lieber gleich zu Hause.«

»Einer muss uns ja den Arsch retten, wenn die Bösen nicht mehr auf unsere Worte hören.« Sie schob die Waffe zurück ins Holster.

In diesem Augenblick vibrierte ihr Handy. Sie griff danach und öffnete den GPS-Tracker. »Wir müssen im Auto weiterplauschen.«

Zwanzig

»Wo fährt er hin?«, fragte Hanna, als sie startbereit am Steuer des Wohnmobils saß.

»Stade oder in die andere Richtung«, sagte Jan.

»Für seine nächtliche Tour ist es aber noch viel zu früh«, murmelte Hanna. Sie bog auf die Straße und beschleunigte.

»Er ist jetzt gleich auf der Autobahn.« Jan hatte den Laptop auf seinem Schoß und verfolgte den roten Punkt. »Ja, Richtung Stade.«

Zehn Minuten später fragte Hanna, ob Hoeppe bereits sein Auto geparkt hatte.

»Ja, er steht wieder auf dem Parkplatz des Fitnessstudios.«

Hanna deutete auf ihre Tasche, die zwischen ihnen auf der Ablage lag. »Schalten Sie mein zweites Handy ein. Sieben, sieben, eins, drei.«

Jan nickte, griff in die Tasche und entsperrte das Handy. »Angerufen hat er noch nicht.«

»Merkwürdig. Er weiß doch gar nicht, wie Kim aussieht. Wie will er sie finden?«

»Ins Studio gehen und nach ihr fragen?«

»Verdammt. Hoffentlich hat er ein schlechtes Namensgedächtnis.«

Hanna fuhr von der Autobahn ab und stand wenige Minuten später auf dem Parkplatz des Fitnessstudios. »Ich mache mal einen Spaziergang.«

Der Polo stand anders als beim letzten Mal direkt vor dem Studio. Hoeppe saß nicht im Wagen. Hanna eilte zurück ins Wohnmobil, griff nach ihrer Sporttasche und stopfte ein paar Sachen hinein. »Entweder parkt er hier nur oder er ist meinem Rat gefolgt und tut etwas für seine Figur.«

Ohne auf Jans Reaktion zu warten, sprintete sie zum Haupteingang des Studios, blieb kurz stehen, um ihren Atem zu beruhigen, und öffnete schließlich die Tür. Nach einem kurzen Gespräch mit der jungen Dame am Empfangstresen hatte sie eine Gästekarte, die ihr freien Eintritt für den Abend gewährte, ohne dass sie ihren Personalausweis vorlegen musste.

Nachdem Hanna sich umgezogen hatte, holte sie aus ihrer Tasche eine Basecap, die sie tief ins Gesicht zog, bevor sie einen schnellen Rundgang durchs Studio machte. Hoeppe trainierte auf einem Laufband. Sie suchte sich ein Sportgerät, das nicht in seiner unmittelbaren Nähe stand, von wo aus sie aber einen freien Blick aufs Laufband hatte. Die nächsten sechzig Minuten hüpfte Hoeppe munter von einem Gerät zum anderen. Hanna, die in früheren Zeiten selbst als Trainerin gearbeitet hatte, wunderte sich über den schnellen Wechsel. Hoeppe schien planlos von einem freien Sportgerät zum nächsten zu springen. Schließlich setzte er sich an die Theke und bestellte einen Eiweißshake. Er trank hin und wieder einen Schluck und unterhielt sich lange mit dem Mann hinter der Theke, bevor er sich wortreich verabschiedete und in die Umkleide ging. Hanna verzichtete auf die Dusche, um rechtzeitig vor Hoeppe wieder am Steuer zu sitzen.

»Was ist passiert?«, fragte Jan, der es sich im hinteren Teil des Wohnmobils bequem gemacht hatte.

»Es geht gleich los. Ich brauche Sie hier.«

Jan setzte sich neben Hanna und klappte den Laptop auf, als Harald Hoeppe aus dem Fitnessstudio kam. Neben ihm ging ein Mann Anfang fünfzig und sprach mit ihm. Sie blieben noch eine Weile stehen, der Mann reichte ihm etwas, vermutlich eine Visitenkarte, und Hoeppe schien sich dafür zu bedanken. Schließlich machte er sich auf den Weg zu seinem Polo und fuhr vom Parkplatz. Hanna ließ ihm zwei Minuten Vorsprung, bevor sie ihm folgte.

»Welche Straße?«

»Sieht ganz danach aus, als wenn er nach Grünendeich zurückfährt.«

»Das kann nicht sein.« Hanna schaute auf ihr Handy. Es war zweiundzwanzig Uhr dreißig. »Ist es noch zu früh für seine Tour?«

»Er fährt jetzt gleich auf die Autobahn«, sagte Jan mit Blick auf den Laptop-Monitor.

»Jork?«

»Nina Hinrichs hat morgen Frühschicht. Sie wird bestimmt schon schlafen.«

»Aber das weiß er nicht. Sind ihre Eltern da? Oder sind sie vielleicht im Urlaub?«

»Darüber habe ich mit ihr nicht gesprochen. Der Täter ist bisher noch nie in ein Haus eingebrochen. Außerdem müsste Hoeppe sich erst umziehen und …«

»Das kann er doch alles auf dem Feldweg im Auto machen.«

»Augenblick!« Jan starrte auf den Monitor. »Er ist nach Grünendeich abgebogen.«

»Okay. Warten wir einfach ab.«

Nachdem klar war, dass Hoeppe seinen Polo direkt vor dem Haus seiner Mutter abgestellt hatte, suchte Hanna einen Parkplatz in der Nähe. Sie standen keine zehn Minuten, als sich der rote Punkt wieder vom Haus entfernte und erneut Richtung Autobahn bewegte.

»Jetzt aber«, sagte Hanna.

Sie folgten ihm mit Abstand nach Buxtehude, wo er den Polo parkte. Hanna fuhr im gleichen Moment die Straße hoch, als Hoeppe eine Kneipe betrat.

»Was wird das denn? Ist das Hoeppe oder ein Double?«

Jan klappte den Laptop zu. »Soll ich reingehen?«

»Ja. Er könnte mich wiedererkennen.«

Jan nickte und stieg im nächsten Augenblick aus.

Hanna schnallte sich ab, griff nach ihrem Handy und legte sich auf ihr Bett. Irgendetwas stimmte nicht. Hoeppe wurde bisher von allen Zeugen als kontaktarm beschrieben. Sie wusste nicht, was Hoeppe jetzt in der Kneipe machte, aber im Fitnessstudio hatte er sich mit dem Mann hinter dem Tresen unterhalten, mit mindestens einem Mann, der vor ihm ein Sportgerät benutzt hatte, gesprochen und beim Verlassen des Studios war er in Begleitung gewesen.

Eine gute Stunde später öffnete Jan die Tür und setzte sich auf seinen Platz. »Harald Hoeppe bezahlt gerade.«

Hanna zwängte sich nach vorne auf den Fahrersitz und schnallte sich an, während Jan nach dem Laptop griff.

»Und?«

»Er hat an der Theke ein Bier getrunken und sich etwas mit dem Barmann unterhalten.«

»Kommt Ihnen Hoeppe nicht auch leicht spanisch vor? Und erzählen Sie mir jetzt nicht, dass sein Verhalten noch in Ihr Täterprofil passt.«

»Sie haben mir noch nicht erzählt, was im Fitnessstudio passiert ist.«

»Hoeppe ist wie ein Neuling von einem Gerät zum anderen gesprungen und saß anschließend an der Bar, hat einen Drink geschlürft und mit dem Mitarbeiter geplaudert. Auch vorher schon hat er Leute angesprochen. Die Szene beim Herauskommen haben Sie selbst gesehen.«

Jan nickte. »Das klingt nach einem klassischen Alibi. Aber warum braucht er das? Oder weiß er von der Observation und will uns vorführen?«

Hoeppe war inzwischen aus der Kneipe gekommen, in sein Fahrzeug gestiegen und losgefahren.

Jan hatte die App gestartet. »Er fährt nach Grünendeich.«

Hanna ließ Hoeppe wieder zwei Minuten Vorsprung und folgte ihm dann.

Kurz nach Mitternacht parkte Hanna auf dem Stellplatz. »Wer übernimmt die erste Schicht?«

»Ich wecke Sie um vier Uhr. Einverstanden?«

Hanna nickte und zog sich nach hinten ins Wohnmobil zurück. Kaum hatte sie sich hingelegt, war sie auch schon eingeschlafen.

Hanna lief hinter einem Mann her, der über Gartenzäune sprang, behände an Mauern hochkletterte und trotz der mindestens zwei Stunden, die sie schon durch die Stadt liefen, nicht langsamer wurde. Sie blieb stehen, stützte sich an einer Wand ab und atmete schwer. Er war zu schnell für sie. Sie würde ihn verlieren. Zum ersten Mal würde sie während einer Verfolgungsjagd aufgeben müssen. Sie sank auf den Boden und schreckte auf, als ihr jemand von hinten an die Schulter packte und sie rüttelte.

»Vier Uhr«, hörte sie eine Stimme von weit her. »Können Sie jetzt übernehmen?«

Hanna richtete sich auf. »Was?«

»Ich bin's. Jan de Bruyn.«

»Schon gut«, murmelte Hanna und rappelte sich auf. »Ist etwas passiert?« Sie winkte ab. »Blödsinn, Sie hätten mich ja geweckt.«

Sie griff nach ihrer Jeans, streifte sie über und nahm das Sweatshirt, das Jan ihr reichte. Anschließend richtete sie ihm sein Nachtlager und merkte erst jetzt, dass es nach Kaffee roch. »Haben Sie …?«

»Frischer Kaffee. Ich lege mich dann hin.«

»Danke«, murmelte Hanna. Wann hatte ihr ein Mann zum letzten Mal Kaffee gemacht? Sie konnte sich nicht erinnern.

Hanna stand vor Jans Schlafplatz. Warum verharrte sie hier seit Minuten und weckte ihn nicht einfach aus seinem tiefen Schlaf auf? Es war Zeit fürs Frühstück. Wie ruhig er schlief. Er wirkte auf sie wie ein kleiner Junge, der sich in wunderbaren Träumen verlor. Sie hob die Hand und wollte ihn wachrütteln, strich aber eine Haarlocke aus seinem Gesicht. Was machte sie da? Sie schüttelte sich leicht und atmete tief durch.

»Jan!«, sagte sie halblaut. »Es wird Zeit.«

Er rührte sich nicht.

»Jan!«, sagte sie lauter. »Das Frühstück wartet.«

Sie berührte ihn vorsichtig an der Schulter. Obwohl er mit nacktem Oberkörper schlief, war die Haut warm. Und weich.

»Jan!«

Dieses Mal öffnete er ein wenig die Augen, schloss sie aber gleich wieder.

»Hören Sie mich? Aufwachen. Frühstück.«

»Hallo«, sagte er leise und stützte sich auf den Ellenbogen. »Wie spät ist es?«

»Zehn nach acht.«

Er richtete sich auf, Hanna griff nach seinem T-Shirt, das er sorgfältig zusammengefaltet auf den Tisch gelegt hatte, und warf es ihm zu.

»Danke.« Er stand auf und zog seine Hose an.

»Wie hat Ihnen die zweite Nacht mit mir gefallen?«, fragte Hanna mit einem breiten Grinsen.

»So langsam finde ich Gefallen daran«, antwortete Jan trocken.

Hanna wandte sich schmunzelnd ab und zwängte sich auf den Fahrersitz. »Es gibt da eine Bäckerei mit Stehtischen. Nur wenige Minuten von hier.« Sie startete den Motor und wartete, bis Jan neben ihr saß. »Halbwegs gut geschlafen?«

»Alles gut.«

Sie fuhr vom Stellplatz auf die Straße. »Hoeppe ist übrigens schon bei der Arbeit. Fleißig, fleißig.«

Jan nickte. »Das habe ich nicht anders erwartet.«

Als sie um kurz vor halb zehn die Straße zur Polizeiinspektion hochfuhren, klingelten Hannas und Jans Handys fast gleichzeitig. Hanna nahm das Gespräch über die Freisprechanlage an, während Jan sein Handy auf lautlos stellte.

»Will, LKA!«

»Guten Morgen«, hörten sie die Stimme von Moritz Larsen. Er klang aufgeregt. »Wir haben eine Leiche.«

»Wer?«

»Miriam Wendling. Sie ist …«

»Ich weiß«, unterbrach Hanna ihn. »Hier in Stade?«

»Ja. Sie ist schon seit einigen Wochen hier. In der Wohnung einer Freundin. Wir wussten nichts davon.«

»Und die Freundin?«

»Sie hatte Nachtschicht und ist erst heute Morgen nach Hause gekommen. Der Chef und ein paar Kollegen sind vor Ort. Soll ich Ihnen die Adresse durchgeben?«

»Ja, natürlich.« Sie warf einen Blick zu Jan, der bereits einen Kugelschreiber in der Hand hielt und sich den Straßennamen auf die Hand schrieb.

»Alles klar.«

»Wir können Herrn de Bruyn nicht erreichen.«

»Das mache ich.«

Hanna beendete das Gespräch. »Wo lang?«

Jan hatte die Straße bereits in das Navi eingegeben. »Die Erste rechts, dann die Zweite links.«

Sie fuhren schweigend durch die Straßen von Stade, bis sie das zweieinhalbstöckige Mietshaus im Norden der Stadt erreichten. Drei uniformierte Beamte hatten den Bürgersteig und den Eingang zum Haus mit Absperrband abgesichert, zahlreiche Fahrzeuge standen in zweiter Reihe neben den parkenden Autos. Hanna stellte sich dahinter und sprang aus dem Wohnmobil.

Einer der Beamten kam auf sie zu. »Sie können hier im Moment nicht parken.«

Hanna riss ihren Ausweis aus der Tasche, hielt ihn dem Beamten kurz vor die Nase, raunte »LKA! Ist Bauer in der Wohnung?«, und wollte weitergehen, als der junge Beamte sie zurückhielt. »Darf ich bitte noch einmal Ihren Ausweis sehen?«

»Ist gut, Marius!«, rief jemand aus dem Hauseingang. »Lass sie durch.«

Der Beamte hob das Absperrband und ließ Hanna und Jan passieren. In der Tür stand einer der Oberkommissare, dessen Namen Hanna vergessen hatte.

»Haben Sie Schutzkleidung für uns?«

Der Beamte nickte und ließ sie in den Flur eintreten. Dort lag in der Ecke ein Stapel Schutzanzüge, Schuhüberzieher, Latexhandschuhe und Masken. Sie zogen sich an.

»Erster Stock, die rechte Tür«, sagte der Beamte und zeigte die Treppe hinauf.

Sven Bauer empfing sie an der Wohnungstür. »Ein verdammter Mist ist das.« Er wandte sich an Jan. »Sie hatten recht. Hoeppe ist unser Mann.«

»Ist schon klar, wann sie getötet wurde?«, fragte Hanna, bevor Jan etwas sagen konnte.

»Nein, Dr. Logner ist gerade erst gekommen. So wie es aussieht, ist sie erwürgt worden.«

»Anzeichen für eine Vergewaltigung?«

»Ich gehe im Moment davon aus. Sie ist nackt. Ich habe Reste von Klebeband an ihren Wangen gesehen. Die Hände waren vermutlich auch gefesselt.«

»Gewaschen?«, fragte Jan.

Der SoKo-Leiter nickte. »Sicher kann ich das nicht sagen, aber ich vermute es. Es roch stark nach Reiniger.«

»Warten wir auf den Arzt?«, fragte Hanna.

»Ja.«

Hanna sah aus dem Augenwinkel, dass Jan sie auffordernd anblickte. Sie wandte sich zu ihm um. »Passt Erwürgen ins Täterprofil?«

Er zögerte, nickte aber schließlich. »Dass Julia Sander mit dem Kissen erstickt wurde, ist für den ersten Mord durchaus typisch. Jemanden so unmittelbar zu töten, ist ausgesprochen schwer. Nicht körperlich, sondern psychisch. Ist Frau Wendling von vorne erwürgt worden?«

»Die Würgemale sprechen dafür«, sagte Sven Bauer.

»Das heißt, der Täter hat Frau Wendling direkt ins Gesicht geschaut und ihren Todeskampf unmittelbar mitbekommen. Ja, es würde ins Täterprofil passen. Aber …«

»Sehe ich auch so, Kollege«, fiel Hanna ihm ins Wort.

Jan warf ihr einen verständnislosen Blick zu, schwieg aber, bis der Mediziner zu ihnen trat.

»Die Frau wurde erwürgt. Die Totenstarre ist voll ausgebildet, ich habe die Körpertemperatur gemessen, die Totenflecken untersucht und weitere Merkmale. Nach meinen bisherigen Daten ist sie zwischen einundzwanzig und ein Uhr nachts getötet worden. Das alles vorbehaltlich der Obduktion meiner Kollegen.«

»Können Sie den Todeszeitpunkt genauer bestimmen?«, fragte Hanna. »Nur inoffiziell, vorbehaltlich der Obduktion.«

»Nein, das kann ich nicht. Mit Glück kann es die Gerichtsmedizin weiter eingrenzen. Vielleicht verschiebt sich dann die Zeitspanne noch etwas. Mehr kann ich Ihnen dazu nicht sagen.«

Sven Bauer nickte dem Arzt aufmunternd zu. »Vielleicht eine Tendenz, natürlich absolut inoffiziell, Dr. Logner?«

Der Mediziner stöhnte leise. »Wenn es unbedingt sein muss, würde ich im Moment eher auf elf Uhr tippen als auf zwölf oder eins. Wie Sie wissen, sind die Temperatur im Zimmer und die Beschaffenheit der Totenflecken ein wichtiger Faktor.«

»Ein Uhr wäre also auch möglich?«, fragte Hanna.

»Natürlich, ansonsten hätte ich den Zeitraum anders gefasst.«

»Danke, Dr. Logner.«

Der Mediziner nickte dem SoKo-Leiter zu und verschwand im Treppenhaus.

»Gehen wir rein«, sagte Sven Bauer. »Die Kriminaltechnik wartet bereits.«

Hanna und Jan streiften sich die Kapuzen und die Masken über und folgten Sven Bauer in die Wohnung. Miriam Wendling lag im Schlafzimmer auf einem Doppelbett. Sie war vollkommen nackt und Hanna bemerkte sofort, dass das Bett rund um den Körper nass war.

»Ist sie genau so gefunden worden?«, fragte Hanna.

»Nach Aussage der Freundin lag sie so auf dem Rücken da. Sie hat ihren Puls gefühlt und dann gleich den Rettungsdienst angerufen. Die haben uns verständigt. Es gab keinen Wiederbelebungsversuch und die Rettungssanitäter haben ausgesagt, dass sie nichts verändert haben.«

Hanna ging um das Bett herum und ließ die Szene auf sich wirken, während Jan sich im Hintergrund hielt.

»Die Heizung war an?«, fragte er.

»Ja, genau auf dem jetzigen Stand. Als wir hier ankamen, haben wir zuerst die Zimmertemperatur gemessen. Luise Wassermann, die Freundin von Frau Wendling, hat auch ausgesagt, dass es warm im Schlafzimmer gewesen sei.«

»Ist der Staubsaugerbeutel mitgenommen worden?«, fragte Jan.

»Wissen wir noch nicht. Die Kriminaltechnik wird hier im Schlafzimmer anfangen, sobald wir es verlassen haben.«

Jan schrieb etwas in sein Notizbuch und ließ seinen Blick noch einmal durch den Raum schweifen.

Hanna wandte sich wieder der Toten zu. Wie Bauer richtig bemerkt hatte, waren deutliche Spuren einer Fesselung an den Handgelenken zu sehen, und auch die Klebereste an beiden Wangen deuteten klar darauf hin, dass sie ruhiggestellt worden war. Ihre Beine waren weit gewinkelt und im Bereich der Vagina meinte Hanna Verletzungen auszumachen. Die Arme lagen am Körper, der Kopf war gerade nach oben ausgerichtet.

»Sind Sie so weit durch?«, fragte Sven Bauer. »Die Kollegen warten.«

»Wollen Sie etwa unsere Observation verschweigen?«, fragte Jan, als sie wieder im Wohnmobil saßen.

»Was soll das ändern?«

»Wie wahrscheinlich ist es, dass Harald Hoeppe der Täter war? Ja, ich weiß, da ist noch circa eine Stunde Spielraum nach Mitternacht, in der er in ein anderes Auto gestiegen, nach Stade gefahren und in die Wohnung eingebrochen sein könnte. Dann wären da noch etwa zehn Minuten Zeit über, um Frau Wendling zu überwältigen, sie zu vergewaltigen und sie anschließend zu töten. Ich halte das für ausgeschlossen. Hoeppe hat quasi ein wasserdichtes Alibi.«

»Ja und nein. Theoretisch wäre es möglich gewesen.«

»Und jetzt sollen sich die Kollegen auf Hoeppes Alibi stürzen und es in aufwendiger Kleinarbeit überprüfen?«

»Das wäre in jedem Fall notwendig. Okay, mit unseren Informationen würde es schneller gehen, das gebe ich zu. Vielleicht sollten wir lieber überlegen, was das Ganze zu bedeuten hat.«

Jan stöhnte. »Ist das jetzt Ihr Ernst?«

»Sehen Sie mich lachen?«

Er seufzte. »Aber nicht hier zwischen Tür und Angel. Wann trifft sich die SoKo?«

»In einer Stunde.«

»Fahren Sie zur Polizeiinspektion. Wir setzen uns dann hinten ins Wohnmobil und besprechen die neue Situation.«

Hanna startete den Motor. »Guter Vorschlag.«

Einundzwanzig

Hanna Will stellte den Motor ab, zog die Handbremse an und ging als Erste nach hinten ins Wohnmobil. Jan folgte ihr.

»Okay, da sind wir«, sagte sie und ließ sich auf die Bank fallen.

Jan klappte den Sitz nach unten und setzte sich zu ihr.

»Es ist kein Zufall, dass Miriam Wendling gerade jetzt und auf diese Art ermordet wurde«, begann die Hauptkommissarin. »Sind wir uns darüber einig?«

Jan nickte.

»Harald Hoeppe kommt für uns beide nicht als Täter infrage beziehungsweise wir schließen ihn zu neunundneunzig Prozent aus.«

Wieder nickte Jan.

»Es gibt also mit hoher Wahrscheinlichkeit einen zweiten Täter, der mit Hoeppe – wie soll ich das jetzt formulieren? –, der mit Hoeppe kooperiert. Sind wir uns auch da einig?«

Jan wiegte den Kopf hin und her. »Das lässt sich aus den Fakten so nicht schließen. Aber gut, gehen wir einmal davon aus.«

Hanna nickte. »Bauer wird uns zum Teufel jagen, wenn wir ihm die ganze Story erzählen.«

»Nicht unbedingt. Es kommt darauf an, wie wir es machen.«

Hanna Will schien seinen Vorschlag zu ignorieren. »Mehr noch, er wird es nach oben melden und auf ein Disziplinarverfahren drängen. Glauben Sie mir, er ist zutiefst in seiner Ehre gekränkt und wird jede Chance ergreifen, um uns loszuwerden. Ich kenne solche Typen zur Genüge. Platzhirsche, die keinen Widerspruch dulden. Ich hätte ihn von Anfang an mit Samthandschuhen angefasst, wenn er auch nur einen Funken Kooperationsbereitschaft gezeigt hätte.«

Jans Einschätzung des SoKo-Leiters stimmte in großen Teilen mit ihrer überein, er glaubte aber nicht, dass er seine Karriere aufs Spiel setzen würde, um recht zu behalten. Sven Bauer müsste zumindest ahnen, dass er alleine mit dem Fall nicht fertigwerden würde. Ein Bruch mit ihnen würde den Druck auf ihn vervielfachen. »Bisher hat Bauer sich den Realitäten gebeugt.«

Hanna sah auf die Uhr. »Und darauf wollen Sie vertrauen? Der gute Mann wird in ein paar Stunden im Kreuzfeuer stehen. Ungeschützt. Und da wird er nach Schuldigen suchen. Das Dumme ist, dass wir uns dazu prima eignen. Ich sage ja nicht, dass er am Schluss mit dieser bescheuerten Strategie durchkommt. Er wird scheitern. An seinem Ehrgeiz, an seiner fehlenden Erfahrung und was weiß ich noch alles.«

Jan schwieg. Was hatten sie zu verlieren? Sie waren diejenigen, die Harald Hoeppe von Anfang an observieren wollten und Sven Bauer hatte sie ausgebremst. Jan war klar gewesen, dass der Job, schon gar zusammen mit dieser Frau, gewisse Risiken mit sich bringen würde. Er wollte den Job, nun musste er sich auch mit Hanna Will einigen. Einen anderen Weg gab es nicht.

»Wie ist Ihre Strategie?«, fragte er schließlich.

Hanna lächelte. »Endlich! Es gibt eine Chance, dass Hoeppe es war. Zumindest haben wir beide es nicht ausgeschlossen.

Vielleicht ist sie sogar größer als ein Prozent. Wichtiger ist, dass wir beide die Fäden in der Hand behalten und die Ermittlungen in die richtige Richtung treiben.«

»Wir?« Jan sah ihr direkt in die Augen.

»Ja, wir! Ich brauche Sie. Wir sind ein gutes Team.«

Jan brauchte einen Augenblick zu lange, um sich von ihren strahlend blauen Augen zu lösen. Er war sich sicher, dass sie ihm nicht bewusst geschmeichelt hatte, um ihr Ziel zu erreichen. Allerdings wusste er auch, dass die Hauptkommissarin keine Skrupel haben würde, ihn links liegen zu lassen, wenn es der Aufklärung des Falles dienen würde.

»Im Moment weist alles auf Hoeppe hin«, sagte Jan. »Das wird auch das SoKo-Team gleich in der Besprechung so sehen. Sie werden ihn von der Arbeit holen und befragen wollen. Ich halte das nicht für die richtige Strategie. Wir haben nichts. Und ich bin überzeugt davon, dass auch die Kriminaltechnik nichts finden wird. Keine Fingerabdrücke, keine DNA, keine sonstigen Spuren.«

»Ja, Hoeppe scheint noch gewiefter zu sein, als wir bisher dachten. Und abgebrühter. Aber er hat seinen ersten Fehler gemacht. Ihm ist nicht klar gewesen, dass der Tod eines Menschen selbst nach so kurzer Auffindzeit nicht auf die Minute bestimmt werden kann. Er hätte mindestens bis eins oder besser noch bis zwei oder drei Uhr in der Nacht ein Alibi gebraucht.«

»Wir haben nichts«, wiederholte Jan. »Er braucht nur zu schweigen.«

»Dafür ist er zu eitel. Er wird reden, allein, um die Situation auskosten zu können. Und das ist unsere Chance.« Sie tippte mit dem Finger auf ihre Armbanduhr. »Wir müssen los!«

Als Jan de Bruyn und Hanna Will den Besprechungsraum betraten, verstummte für einen Augenblick das allgemeine Murmeln. Neben Sven Bauer waren zwei Plätze frei gehalten worden. Jan zögerte, ging aber schließlich hinter Hanna her, die auf die leeren Stühle an der Frontseite zusteuerte.

Sven Bauer klopfte mit dem Löffel an sein Glas, es wurde schlagartig still im Raum.

»Heute Morgen wurde Miriam Wendling tot in der Wohnung ihrer Freundin aufgefunden.«

Hinter Bauer erschien auf der Leinwand ein Tatortfoto mit der nackten jungen Frau auf dem Bett. Ein Raunen ging durch den Raum.

»Wendling ist vor gut vier Wochen nach Stade zurückgekehrt und hat seitdem bei ihrer Freundin Luise Wassermann übernachtet. Frau Wassermann hatte Nachtdienst in einem Pflegeheim und ist heute Morgen kurz nach acht Uhr nach Hause gekommen. Wendling wurde nach bisherigen Erkenntnissen erwürgt, zuvor vergewaltigt. Die Spurenlage ähnelt den letzten Tatorten. Der Staubsaugerbeutel wurde entfernt, was darauf schließen lässt, dass der Täter auch hier das Zimmer gereinigt hat. Der Körper der Frau wurde nach erstem Anschein ebenfalls gründlich gewaschen. Wir müssen also nach jetzigem Stand davon ausgehen, dass wir es mit einem Serientäter zu tun haben, der zumindest die beiden Morde begangen hat, vermutlich aber auch die Vergewaltigungen, die uns ja schon seit einiger Zeit beschäftigen.«

»Was ist mit Harald Hoeppe?«, rief einer der älteren Kommissare in den Raum. »Wir haben hier doch zum ersten Mal ein eindeutiges Motiv.«

Sven Bauer hob beschwichtigend die Hand. »Wir gehen, trotz der für uns alle außerordentlich belastenden Situation, absolut systematisch vor. Keine Schnellschüsse bitte.«

Der Kommissar nickte und lehnte sich auf seinem Stuhl zurück.

Sven Bauer ging noch einmal im Schnelldurchgang die bisherigen Ermittlungsergebnisse in Bezug auf Harald Hoeppe durch und bat schließlich um Wortmeldungen. Im Verlauf der nächsten halben Stunde diskutierten sie das Für und Wider einer sofortigen Befragung von Hoeppe. Wie sich schnell herausstellte, gab es eine große Mehrheit unter den SoKo-Mitgliedern für eine Befragung, um sein Alibi für die letzte Nacht und das für den Mord an Julia Sander abzuklären. Bauer entschied, dass zunächst Luise Wassermann befragt werden sollte, bevor Harald Hoeppe in die Polizeiinspektion geholt werden würde.

»Ich halte es für richtig«, schloss der SoKo-Leiter mit Blick auf Jan, »dass Sie mit ihr sprechen.«

Jan nickte. »Wo hält sie sich im Moment auf?«

»Bei einer Freundin. Eine unserer Beamtinnen ist bei ihr. Ich habe vorhin mit der Kollegin gesprochen. Frau Wassermann scheint so weit stabil zu sein und wartet auf uns.«

»Ich bleibe hier im Wagen«, sagte Hanna Will, die Jan im Wohnmobil zur Wohnung von Luise Wassermanns Freundin gefahren hatte.

»Wer wird nachher Harald Hoeppe befragen?«

»Sind Sie sicher, dass Hoeppe Sie in der Kneipe nicht bemerkt hat?«

»Ich glaube nicht. Es war eine Garderobe zwischen uns. Selbst ich habe ihn nur schemenhaft gesehen. Als ich bezahlt habe, war er auf Toilette. Und bei Ihnen?«

»Blickkontakt hatten wir sicher nicht. Und ich hatte meine Basecap auf. Er war viel zu sehr damit beschäftigt, Pseudokontakte zu knüpfen. Nein, er wird mich nicht bemerkt haben.«

»Wird Sven Bauer uns den Vortritt lassen?«

»Dafür sorge ich.«

Jan nickte ihr zu und ging auf die Eingangstür zu, als sein Handy sich bemerkbar machte.

»Moritz Larsen hier. Ich habe Pia Sandstede leider immer noch nicht erreicht. Zumindest weiß ich inzwischen, wo sie wohnt, und habe ihre Telefonnummer.«

»Wo lebt sie jetzt?«, fragte Jan.

»Bremervörde. Das ist eine halbe Stunde Fahrt. Soll ich es weiter versuchen?«

»Ja, im Moment werde ich nicht dazu kommen, mit ihr zu sprechen, brauche aber trotzdem den Kontakt.«

»Sie ist schon dreimal befragt worden«, warf Moritz Larsen ein.

»Ja, ich habe die Protokolle gelesen. Aber ich konnte die Aufzeichnungen nicht finden. Dabei steht im Protokoll, dass alles per Video aufgenommen wurde.«

»Komisch. Da muss jemand was falsch abgespeichert haben. Ich kümmere mich darum.«

»Danke. Und wie gesagt, oberste Priorität hat es nicht.«

»Kann ich Ihnen ein paar Fragen stellen?« Jan saß Luise Wassermann in der kleinen Küche der Wohnung gegenüber.

»Ja, ich denke schon. Wenn es mir zu viel wird …« Sie schluckte schwer und fuhr sich mit der Hand über die feuchten Augen. »Entschuldigen Sie, ich kenne … kannte Miriam schon seit der Grundschule.«

»Das ist überhaupt kein Problem, Frau Wassermann. Sagen Sie einfach, wenn Sie eine Pause machen oder aufhören möchten.«

Sie nickte.

»Warum ist Frau Wendling zurückgekommen?«

»Sie hat sich mit ihrem Vater gestritten. Ich weiß nicht genau, um was es ging. Es muss aber heftig gewesen sein.«

»Es war also ein spontaner Besuch hier in Deutschland?«

»Ja, Miriam rief mich an und fragte, ob sie für ein paar Wochen bei mir wohnen könne. Sie hat das in den letzten

Jahren schon häufiger gemacht. Aber da war es immer nur ein kurzer Besuch.«

»Mit wem hatte Ihre Freundin hier Kontakt?«

»Genau weiß ich das nicht, aber Miriam hat mir erzählt, dass sie ein paar Freundinnen aus der Fachoberschulzeit besuchen wollte. Ich kenne sie alle nicht, weil wir zu der Zeit nicht mehr auf der gleichen Schule waren. Ich bin bis zur zehnten Klasse auf dem Gymnasium gewesen. Miriam ist ja schon früher abgegangen.«

»Frau Wendling hat Ihnen von den Besuchen erzählt?«

Luise Wassermann nickte. »Ja, aber fragen Sie mich bitte nicht nach den Namen. Die weiß ich nicht.«

»Das ist in Ordnung, Frau Wassermann.« Jan hielt kurz inne. »Hat Frau Wendling von einem ehemaligen Mitschüler der Fachoberschule erzählt, dem sie hier in Stade zufällig über den Weg gelaufen ist?«

Luise Wassermann sah ihn erstaunt an. »Woher wissen Sie das?«

»Das war jetzt nur eine Vermutung. Sie hat also jemanden getroffen?«

»Ja, irgendeinen komischen Typ, mit dem sie zur Fachoberschule gegangen ist. Miriam hat mir gesagt, dass er sie schon damals genervt hat. Stade ist nun mal nicht so groß, habe ich ihr gesagt. Und auch, dass es ja schon viele Jahre her ist.«

»Hat Miriam den Namen des ehemaligen Mitschülers genannt?«

Sie zuckte mit den Schultern. »Vielleicht. Ist das denn jetzt so wichtig?«

Jan schüttelte den Kopf. »Nein, ich habe nur noch eine Frage, dann lasse ich Sie in Ruhe.« Jan wartete, bis Luise Wassermann nickte. »Hat Miriam Ihnen erzählt, wo sie diesen Mann wiedergetroffen hat?«

»Ja, natürlich. Sie war bei der Stadtverwaltung – im Einwohnermeldeamt. Sie wollte sich doch informieren, wie lange sie ohne Anmeldung in Deutschland sein kann.«

»Hat sie mit ihm gesprochen?«

»Ja, und er war wohl wie vom Donner gerührt. Die beiden hatten anscheinend kein gutes Verhältnis zueinander. Sie sei nicht ganz fair zu ihm gewesen, hat Miriam gesagt.«

»Die beiden haben also miteinander gesprochen?«

»So habe ich es verstanden.« Luise Wassermann schloss für einen Moment die Augen und schien nachzudenken. »Doch, Miriam meinte noch, dass er ziemlich wortkarg war, genau wie zur Schulzeit. Schüchtern hat sie es genannt.«

»Erfolgreich?«, fragte Hanna Will, als Jan sich auf den Beifahrersitz setzte.

»Miriam Wendling war bei der Stadtverwaltung und ist da Harald Hoeppe begegnet. Sie hat es ihrer Freundin erzählt.«

Hanna hob die geballte Faust. »Passt doch! Jetzt wird Bauer nichts anderes übrig bleiben, als ihn zu holen.«

Zweiundzwanzig

»Sie sind aufgeregt, aber das ist vollkommen normal«, sagte Jan zu Lara Jacobs. »Wir gehen da gleich rein und Sie halten sich an das, was wir abgesprochen haben.«

Die junge Kommissarin nickte, atmete tief durch und sah Jan direkt an. »Und wenn Hoeppe ganz anders reagiert, als Sie vermuten?«

»Der Mann in dem Raum dort heißt Harald Hoeppe oder Herr Hoeppe. Nennen Sie ihn so, auch in Gedanken. Das ist wichtig. Er muss das Gefühl haben, dass wir nicht auf ihn herunterschauen.«

Wieder nickte Lara Jacobs. Jan wusste, dass ihr eine Frage auf der Seele lag. Warum ich, die mit der geringsten Erfahrung? Er hatte sie spontan ausgesucht, ganz gegen seine sonstige Herangehensweise. Sie war klug, würde sich an die Absprachen halten und vor allem war sie der Typ Frau, auf den Harald Hoeppe mutmaßlich stand.

»Ich bin derjenige, der das Gespräch – es ist eine Befragung und keine Vernehmung –, der das Gespräch führt. Sie schaffen das! Gehen wir?«

Sie standen auf und verließen das kleine Büro, in dem sie sich in der letzten Viertelstunde abgesprochen hatten.

Nachdem Jan und Hanna dem SoKo-Leiter über die Befragung von Luise Wassermann berichtet hatten, hatte er zwei Oberkommissare in die Stadtverwaltung geschickt, die Harald Hoeppe zur Befragung in die Polizeiinspektion bitten sollten. Hoeppe war wider Erwarten freiwillig mitgegangen und hatte sich für den Rest des Tages überstundenfrei genommen.

Jan öffnete die Tür zu dem Raum, der kurz zuvor für sie hergerichtet worden war. Das leer stehende Büro war mit einem Tisch und vier Stühlen ausgestattet worden. Der Schreibtisch am Fenster war mit einigen Papieren und Schreibwerkzeug ausgestattet, um den Eindruck zu vermitteln, dass es sich um ein normales Büro handelte. Nur die Kamera in der Ecke erinnerte daran, dass sie gleich eine Befragung durchführen würden.

Hoeppe stand auf, als Jan de Bruyn und Lara Jacobs den Raum betraten. Er machte einen Schritt auf Jan zu, reichte ihm die Hand und stellte sich vor. Jan nannte seinen Namen und wandte sich zu Lara Jacobs um.

»Meine Kollegin, Lara Jacobs.«

Hoeppe nickte ihr kurz zu, schien aber vollkommen auf Jan fixiert zu sein.

»Wollen wir uns setzen?«

»Gerne«, sagte Hoeppe und ging zu seinem Stuhl zurück. »Darf ich jetzt erfahren, wie ich Ihnen helfen kann? Ich gehe doch einmal davon aus, dass ich nicht als Beschuldigter hier bin.«

Jan wunderte sich nicht, dass Harald Hoeppe den Unterschied zwischen Zeuge und Beschuldigtem kannte. »Das ist richtig. Wir haben einige Fragen an Sie als Zeuge. Selbstverständlich können Sie auch einen Anwalt Ihrer Wahl hinzuziehen.«

»Das wird nicht notwendig sein.« Harald Hoeppe lächelte und Jan schien es, als sei er leicht amüsiert.

»Wir zeichnen die Befragung auf. Dann ist das Protokollschreiben am Schluss einfacher.«

Hoeppe nickte, als habe er nichts anderes erwartet.

Jan beugte sich leicht vor und sah Harald Hoeppe an. »Heute Morgen wurde Miriam Wendling tot in einer Stader Wohnung aufgefunden. Sie ist einem Verbrechen zum Opfer gefallen.«

Hoeppe riss erstaunt die Augen auf. »Doch nicht etwa die Miriam …« Er rang nach Luft. »Ich hatte … also in der Schule gab es eine Miriam und wenn ich mich recht erinnere …« Er sprach nicht weiter.

»Miriam Wendling war Ihre Mitschülerin in der Fachoberschule und in der Realschule«, sagte Jan, als lese er aus einem Bericht vor.

»Verrückt! Sie ist tot? Ermordet? Habe ich das richtig verstanden?«

»Ob es sich um Mord oder Totschlag handelt, werden die Ermittlungen zeigen.«

Hoeppe nickte, als wenn er Jan zustimmen wolle.

»Wann haben Sie Frau Wendling das letzte Mal gesehen?«

Hoeppe hob beide Hände. »Das muss ewig her sein.« Er schien in Gedanken zu zählen. »Vierzehn oder fünfzehn Jahre. Die Feier der Abschlussklasse. Ich denke, da habe ich sie zum letzten Mal gesehen.«

Lara Jacobs räusperte sich leise. »Können Sie uns etwas über Miriam sagen? Sie sind immerhin mehrere Jahre mit ihr zur Schule gegangen.«

Hoeppe warf einen irritierten Blick auf die junge Kommissarin, als habe er erwartet, dass sie allenfalls Protokoll führen würde. Erst jetzt schien er sie richtig wahrzunehmen.

»Wie meinen Sie das? Das ist ewig her.«

»Na ja«, sagte Lara Jacobs. »Man erinnert sich doch an seine Mitschüler. Ich kenne sogar noch die Vornamen aus der Grundschule.«

Ein kurzes Blitzen tauchte in Hoeppes Augen auf, dann lächelte er. »Wir hatten nicht so viel miteinander zu tun. Auch in der Realschule nicht. Hat sie nicht erst später angefangen? Ich glaube, sie kam vom Gymnasium.«

»Sie können sich also nicht an sie erinnern?«, fragte Lara Jacobs unbeirrt weiter.

»Habe ich das nicht gerade gesagt?«, fuhr er sie an. Im nächsten Augenblick lächelte er wieder. »Entschuldigung. Ich sitze nicht jeden Tag vor zwei Polizisten, die mich zu einem Mord befragen. Ich bin wohl doch nervöser, als ich gedacht habe.«

»Das ist ganz normal«, sagte Jan. »Machen Sie sich darüber keine Gedanken, Herr Hoeppe. Sie sind sich also sicher, dass Sie Miriam Wendling in den ganzen Jahren nach dem Fachabitur nicht wiedergesehen haben?«

Hoeppe schien über die erneute Frage kurz irritiert zu sein, fing sich aber sofort wieder. »Beschwören kann ich es natürlich nicht. Stade ist ja nicht so groß, da läuft man sich schon mal über den Weg.« Er kratzte sich am Kopf. »Ist die Familie nicht vor ewigen Zeiten nach Spanien ausgewandert? Mallorca, wenn ich mich recht entsinne.«

»Das ist richtig, Herr Hoeppe.« Jan ließ den nicht ausgesprochenen Satz mitschwingen: Sie erinnern sich also doch.

»Na, dann konnte ich ihr ja auch nicht zufällig über den Weg laufen.«

»Sie hatten also ein gutes Verhältnis zu Ihrer Mitschülerin Miriam?«, fragte Lara Jacobs.

»Habe ich das gesagt?« Dieses Mal hatte Hoeppe ruhig geantwortet. »Ich fand ihre Art nicht so angenehm. Sie musste immer im Mittelpunkt stehen. Ich mag solche Menschen nicht sonderlich.« Er legte den Kopf in den Nacken, als wolle er sich an die lang vergangene Zeit erinnern, und fügte schließlich hinzu: »Auch damals schon nicht.«

»Mittelpunkt? Wie muss ich mir das vorstellen?«, fragte Lara Jacobs und es klang so, als habe sie eine private Frage an einen alten Freund gestellt.

Harald Hoeppe zuckte mit den Schultern. »Ihre Eltern waren reich oder sind es immer noch, ich weiß es nicht. Auf jeden Fall hat sie das reichlich heraushängen lassen. Schon in der Realschule. Wer nicht nach ihrer Pfeife tanzte, war ein Loser. Kennen Sie nicht solche Menschen?« Er musterte Lara Jacobs. »Oder kommen Sie auch aus so einer Familie?«

Lara Jacobs antwortete nicht auf seine Frage. »Sie hat also die Klasse terrorisiert?«

»Wenn Sie es so ausdrücken wollen. Unter Terror verstehen wir ja aber heutzutage eigentlich was anderes. Bombenattentate oder Messermänner, die wahllos Andersgläubige abschlachten.«

Jan spürte, dass seine junge Kollegin aus dem Konzept gebracht worden war, und er sah, dass Hoeppe es auch bemerkt hatte. »Sie haben eine Zeit lang im Fitnessstudio hier in Stade trainiert?«, fragte er.

Harald Hoeppe zog die Augenbrauen zusammen. »Woher wissen Sie das?«

Jan zeigte auf einen Stapel Papiere vor sich. »Aus den Akten.«

Hoeppe schlug sich mit der flachen Hand auf die Stirn. »Ach, ich verstehe. Ja, da hat mich mal jemand befragt. Ging es da nicht um die Vergewaltigung einer Frau, die im Studio gearbeitet hat?«

»Die Frau hat einen Namen: Sandra Franken.«

»Entschuldigung, den hatte ich vergessen. Ich hatte auch keinen Kontakt zu ihr …« Er ließ den Satz in der Luft hängen, als müsse jedem im Raum klar sein, dass man sich Namen von irgendwelchen Mitarbeiterinnen nicht zu merken brauchte. »Ja, ich war da mal ein halbes Jahr. Ich konnte meinen inneren Schweinehund dann aber doch nicht überwinden.« Er grinste breit und schien zu erwarten, dass Jan es ihm gleichtat.

»Sie hatten also auch zu Frau Franken keinen näheren Kontakt?«

»Das habe ich doch …« Er stutzte und sah Jan erschrocken an. »Geht es hier um die Vergewaltigungsserie, von der ich in der Zeitung gelesen habe? Verdächtigen Sie mich etwa?«

Weder Jan de Bruyn noch Lara Jacobs antworteten.

»Ich meine, brauche ich jetzt doch einen Anwalt?«, fügte Hoeppe hinzu.

»Das ist selbstverständlich Ihre Entscheidung, Herr Hoeppe.« Er hielt kurz inne. »Möchten Sie telefonieren?«

»Brauche ich ein Alibi? Wann ist Miriam denn ermordet worden? Gestern Abend, sagten Sie?«

»Der genaue Todeszeitpunkt von Frau Wendling muss noch ermittelt werden. Aber ja, es geht um gestern Abend.«

»Da habe ich ja Glück. Ich war gestern zum ersten Mal wieder im Fitnessstudio. Ziemlich lange sogar.« Hoeppe zog sein Portemonnaie aus der Tasche und nahm eine Visitenkarte heraus. »Mit dem Herrn Hoffmann habe ich gestern länger gesprochen. Er vermittelt Versicherungen und wir haben uns für die nächsten Tage verabredet.«

Jan zog die Visitenkarte zu sich her, warf einen Blick darauf und reichte sie an Lara Jacobs weiter. Sie schrieb die Daten ab und schob die Karte wieder über den Tisch.

»Und anschließend?«, fragte Jan wie beiläufig.

»Dann war ich kurz zu Hause. Ich wohne in Grünendeich. Aber da ist mir die Decke auf den Kopf gefallen und ich bin noch mal los. Nach Jork in die Kneipe, in der ich häufiger mal ein Bier trinke. Ich saß da an der Theke. Jonas müsste sich eigentlich an mich erinnern.«

»Jonas?«, fragte Jan, der die Antwort schon kannte.

»Er hat gestern ausgeschenkt. Ehrlich gesagt weiß ich gar nicht seinen Nachnamen. Aber er arbeitet ja da.« Hoeppe nannte den Namen der Kneipe und die Straße in Jork.

»Das ist ausgesprochen freundlich von Ihnen, dass Sie uns die Daten zur Verfügung stellen.« Jan sah in seine Notizen. »Vielleicht können Sie uns auch noch etwas mehr helfen. Wir haben noch kein klares Bild von Miriam Wendling. Was war sie für ein Mensch?«

»Tut mir leid, ich kann Ihnen da nicht weiterhelfen. Fragen Sie ihre Freunde oder die Eltern. Sie war eine von vielen und unsere Zeit ist sehr lange her.«

»Eine Zeugin hat ausgesagt, dass Sie Miriam vor genau drei Wochen getroffen haben«, sagte Lara Jacobs unvermittelt. Jan hatte ihr den zuvor vereinbarten Wink gegeben.

»Zeugin? Was reden Sie da?« Harald Hoeppes Stimme hatte wieder einen leicht bedrohlichen Ton angenommen. »Wer soll das gewesen sein?«

»Das darf ich Ihnen nicht sagen«, antwortete die junge Kommissarin. »Sie erinnern sich also nicht?«

»Und wo soll das gewesen sein?«

Lara warf Jan einen fragenden Blick zu. Auch diese Geste hatten sie verabredet. Er nickte. »Auf Ihrer Arbeitsstelle im Einwohnermeldeamt.«

»Dann habe ich sie wohl nicht wiedererkannt. Menschen verändern sich im Laufe der Zeit. Das sollten Sie wissen, junge Dame.«

Unbeirrt fuhr Lara Jacobs fort: »Frau Wendling hat sich laut unserer Zeugin zu erkennen gegeben und Sie haben miteinander gesprochen.«

Jan, der Hoeppe nicht aus den Augen gelassen hatte, bemerkte ein nervöses Zucken der Augenlider. Hoeppe schien nicht auf diese Situation vorbereitet gewesen zu sein.

Jetzt schüttelte er verärgert den Kopf und wandte sich an Jan. »Mir ist unklar, was das hier soll. Es kommen jeden Tag zahlreiche Menschen zu uns ins Büro. Ich kann mich nicht an jeden und jede erinnern. Mag sein, dass da jemand gesagt hat, dass wir mal zusammen zur Schule gegangen sind. Das passiert schon. Ich habe diese Person, sollte es sie gegeben haben, aber nicht mit Miriam in Verbindung gebracht. Und erinnern kann ich mich an diese Situation auch nicht.«

»Das verstehe ich durchaus, Herr Hoeppe. Wir machen jetzt eine kurze Pause. Möchten Sie etwas zu trinken? Einen Kaffee, Tee oder Mineralwasser? Wir haben alles da.«

Hoeppe schien wieder zu überlegen, wie er reagieren sollte. Einen Augenblick dachte Jan, dass der Mann aufstehen und die Befragung abbrechen würde, dann aber nickte er und bat darum, Kaffee zu bekommen.

Jan eilte ins Büro von Sven Bauer, wo bereits Hanna Will, der SoKo-Leiter und einer der Oberkommissare auf ihn warteten.

»Wie ist Ihre Einschätzung?«, fragte Bauer, als Jan sich zu ihnen an den Tisch gesetzt hatte.

»Harald Hoeppe ist sehr von sich selbst überzeugt. Er scheint die Situation zum Teil zu genießen, auch wenn er zweimal ins Schwimmen gekommen ist, als er nicht auf die Fragen vorbereitet war. Er hat mir sein Alibi quasi aufgedrängt. Ich gehe davon aus, dass die benannten Zeugen alles bestätigen werden. Zusammenfassend kann ich nur sagen: Es wird schwieriger, als ich dachte, Hoeppe etwas nachzuweisen.«

»Hat er Miriam Wendling getötet?«, fragte der Oberkommissar.

»Seine Aussage, dass er Frau Wendling nicht wiedererkannt hat, ist eine reine Schutzbehauptung, die er vermutlich spontan erfunden hat. Er war nicht auf die Frage und unser Wissen vorbereitet. Alle anderen Antworten wirkten wie eingeübt.

Sie kamen prompt und gut formuliert. Das ist natürlich kein Beweis, aber vielleicht trägt meine Einschätzung dazu bei, den Staatsanwalt zu überzeugen, dass wir gegen Hoeppe ermitteln müssen.«

»Sie haben meine Frage noch nicht beantwortet«, sagte der Stader Oberkommissar. »Ist Hoeppe unser Mann?«

»Er passt ins Profil, er hat ein Motiv und er wusste, dass Miriam Wendling wieder in der Stadt ist. Das alles legt nahe, dass Harald Hoeppe etwas mit dem Mord zu tun hat.«

»Wir müssen eine Entscheidung treffen«, sagte Sven Bauer. »Entweder lassen wir ihn laufen und ermitteln mit Hochdruck weiter gegen ihn oder wir vernehmen ihn hier und heute zu allen fünf Fällen. Wenn sich der Verdacht erhärtet, wird er die Nacht in der Zelle verbringen und morgen dem Haftrichter vorgeführt.«

»Ich glaube nicht, dass Harald Hoeppe bei einer Vernehmung einknickt«, sagte Hanna. Sie wandte sich an Jan. »Oder sehe ich das falsch?«

»Ohne unwiderlegbare Beweise wird er keine der Taten zugeben«, bestätigte Jan.

»Bekommen wir einen Beschluss für eine Hausdurchsuchung? Und zum Abhören seines Telefons? Oder für seine Fingerabdrücke und DNA? Und was ist mit einer längerfristigen Observation?«, fragte Hanna.

Sven Bauer hob beide Hände als Zeichen, dass er die Fragen nicht sicher beantworten konnte. »Bei der momentanen Beweislage wird es schwierig werden. Am ehesten bekommen wir noch den Durchsuchungsbeschluss oder eine zeitlich begrenzte Observation.«

»Wir brauchen mehr«, sagte Hanna. »Wenn wir jetzt in einer Vernehmung alles Pulver verschießen – und wir wissen alle, dass wir nicht viel haben –, werden die nächsten Schritte umso schwieriger. Wir sollten ihn laufen lassen. Ich denke, der

Staatsanwalt wird nichts gegen eine Observierung einzuwenden haben. Mit einem GPS-Tracker unter seinem Fahrzeug wird sich der zeitliche Aufwand auch begrenzen lassen. Bekommen Sie das durch?«

»Ich kann es versuchen«, sagte Sven Bauer.

»Und dann sollten wir mit Hochdruck gegen Hoeppe ermitteln«, fügte Hanna hinzu. »Zeitlich setzen wir uns ein Limit – sieben Tage, bis dahin brauchen wir eine Grundlage, um Hoeppe vernehmen zu können und, wenn alles gut verläuft, ihn anschließend dem Haftrichter vorzuführen.«

Alle Augen waren auf den SoKo-Leiter gerichtet. Er atmete schwer und schien sich die Entscheidung nicht leicht zu machen. »Wir lassen ihn laufen.« Er wandte sich an Jan. »Bekommen Sie das hin, dass er den Braten nicht riecht?«

Jan nickte.

»Ich spreche mit dem Staatsanwalt«, fuhr Sven Bauer fort. »Anschließend setzen wir uns zusammen, besprechen die anstehenden Aufgaben und teilen die Leute ein.«

Dreiundzwanzig

Gegen sechzehn Uhr verließen Hanna und Jan die Polizeiinspektion.

»Hat doch alles wunderbar geklappt«, sagte Hanna auf dem Weg zum Wohnmobil. »Sie waren sehr überzeugend.«

Jan schwieg.

»Vertrauen Sie mir«, sagte Hanna. »Ich habe Ihnen die Befragung von Hoeppe auch zugetraut. Sie war übrigens exzellent angesichts der Ausgangslage.« Sie schloss das Wohnmobil auf und stieg ein. Jan folgte ihr.

»Die Kleine war auch gut«, fuhr Hanna fort. »Auch wenn Ihr Lob vorhin etwas übertrieben war.«

»Ich muss unter die Dusche und mir neue Sachen anziehen«, sagte Jan.

»Gute Idee. Meinen Sie, es fällt auf, wenn ich auch Ihre Dusche benutze? Immerhin profitiert das Hotel ja davon, dass Sie kaum dort schlafen.«

Jan zuckte mit den Schultern. »Sie sind herzlich eingeladen.«

Hanna ließ sich nicht zweimal bitten, als Erste unter die Dusche zu schlüpfen. Das heiße Wasser tat gut, der Geruch ihres Shampoos und das Gefühl, an nichts denken zu müssen. Vor dem Spiegel trocknete sie sich ab und wickelte sich ein großes Handtuch um, bevor sie zu Jan ins Hotelzimmer zurückging.

»Sie können jetzt«, sagte sie zu Jan, der am Fenster stand und dem Treiben am alten Hansehafen zuschaute. Er drehte sich zu ihr um, nickte und griff nach seinen Sachen, die er bereits ordentlich auf das Bett gelegt hatte. Als er auf sie zukam, meinte Hanna, ein kurzes Zögern zu bemerken, aber bevor sie reagieren konnte, war er bereits an ihr vorbei ins Bad gegangen.

Sie schlüpfte in einen frischen Slip, zog ein T-Shirt über und ihre Jeans an. Anschließend rubbelte sie mit dem Handtuch die Haare trocken und packte ihre Sachen in die Reisetasche.

Als Jan angezogen aus dem Bad kam, schulterte Hanna ihr Gepäck. »Essen? Oder haben Sie genug von mir für heute?«

Jan lächelte. »Ach, so allmählich entwickeln Sie sich zu einer angenehmen Partnerin.«

Hanna grinste breit. »Wow, das war ja fast eine Liebeserklärung.«

Jan schmunzelte. »Für unsere Verhältnisse sicher.«

Hanna hielt vor einer Pizzeria, sprang aus dem Auto und war zehn Minuten später mit zwei großen Pizzatellern zurück.

»Ist doch viel gemütlicher als in dem Lokal, wo so viele mithören können«, sagte Hanna, als sie Jan Messer und Gabel reichte. Sie saßen an dem kleinen Tisch im Wohnmobil und aßen schweigend.

»Das hat gutgetan. Erst die Dusche, jetzt die Pizza. Fehlt nur noch eine Mütze Schlaf und ich bin rundum glücklich.«

Jan legte sein Besteck auf den Teller und trank einen Schluck Mineralwasser. »Sie haben schon einen Plan?«

Hanna grinste. »Immer doch!« Sie wurde ernst. »Ich halte es nach wie vor für möglich, dass Hoeppe Miriam Wendling getötet hat. Darum werden sich aber Bauer und seine Leute kümmern. Gehen wir mal davon aus, dass Hoeppe wirklich so clever und vorsichtig ist, wie Sie meinen. Was würde das bedeuten?«

Jan lehnte sich zurück. »Einiges. Fangen wir damit an, dass er den GPS-Tracker gefunden haben könnte.« Er sah Hanna direkt an. »Hängt das Ding eigentlich noch unter seinem Auto?«

»Nein, habe ich entfernt.« Sie fuhr sich mit der Hand durch die Haare. »Okay, nehmen wir an, er hat das Ding entdeckt. Wann?«

»Sicherlich erst nach der Nacht im Baum. Aber eventuell vor der Fahrt nach Hamburg. Ich gehe mal davon aus, dass Sie in Harburg einen Mitwisser oder vielleicht auch einen Mittäter von Harald Hoeppe vermuten?«

Hanna nickte.

»Wenn er vorher von dem Tracker wusste, ist Harburg eine Finte gewesen. Harald Hoeppe konnte nicht wissen, wie lange Miriam in Stade oder gar in Deutschland bleibt. Er musste jetzt aktiv werden.«

»Was spricht dagegen?«, fragte Hanna.

»Er hat mir sein Alibi quasi aufgedrängt. Ich brauchte gar nicht danach zu fragen. Hätte er das gemacht, wenn er von dem Tracker gewusst hätte?«

»Eher nicht, es sei denn, dass er ein noch durchtriebenerer Zocker ist, als wir vermuten.«

»Richtig. Und schon sind wir wieder am Ausgangspunkt.«

Hanna stöhnte leise. »So kommen wir nicht weiter. Der Tracker war gut platziert. Ich habe das nicht zum ersten Mal gemacht. Um ihn zu finden, hätte er ziemlich weit unters Auto kriechen müssen. Ich bin mir sehr sicher, dass er nichts davon wusste.«

»Gut, dann hat sein Harburg-Trip etwas zu bedeuten. Darauf wollen Sie doch hinaus, oder?«

»Gehen wir doch mal von zwei Tätern aus. Für die ganze Serie. Zwei, die sich kennen.«

Jan hob seinen Zeigefinger. »Oder kennengelernt haben. Ein Treffen in der Realität schließe ich aus. Also Internet.«

»Und dann haben sie sich mal eben so verabredet? Zwei Vergewaltiger und Mörder?« Hanna rollte mit den Augen. »Das ist hier kein Film, sondern die echte Welt.«

»Wollen wir jetzt den Fall diskutieren oder ausschließlich auf Ihre Intuition setzen?«

»Okay, Asche auf mein Haupt. Spielen wir es durch.« Sie forderte Jan mit einer Handbewegung auf, fortzufahren.

»Die erste Vergewaltigung unterscheidet sich deutlich von den darauffolgenden. Warum sollten hier nicht zwei Männer am Werk gewesen sein? Ich weiß, ich habe zu Beginn auf eine Art Lernprozess des Täters getippt. Aber nach meinem heutigen Gespräch mit Harald Hoeppe halte ich es für ausgeschlossen, dass er so unvorsichtig gewesen ist, seine DNA am Tatort zu hinterlassen. Es gab beim zweiten Fall einen radikalen Wandel. Und hier kommt auch Hoeppe ins Spiel. Er kannte das zweite Opfer aus dem Fitnessstudio. Wahrscheinlich hat er sie auch beobachtet, da er immer zu den Zeiten im Studio war, wenn Sandra Franken dort gearbeitet hat.«

»Und er trifft dann in irgendeinem verborgenen Internetchat ausgerechnet auf den Mann, der dann Sandra Franken überfällt? Und Hoeppe hat ihm dazu den Auftrag gegeben? Das halte ich jetzt aber für zu weit hergeholt.«

»Ja, es klingt unwahrscheinlich. Trotzdem, ich bin mehr und mehr davon überzeugt, dass wir es mit zwei Tätern zu tun haben.«

»Vielleicht hat Hoeppe im Studio bemerkt, dass der zweite Mann Sandra Franken beobachtet. Wenn es jemandem aufgefallen wäre, dann ja wohl ihm, der sich ähnlich verhält, der weiß, wie man das unbemerkt macht.«

Jan nickte. »Er ist ihm gefolgt, hat sein Kennzeichen notiert und darüber herausbekommen, wo er gemeldet ist. Hätte er in der Stadtverwaltung die Möglichkeit, an die Daten ranzukommen?«

»Das sollte kein Problem für ihn sein«, sagte Hanna. »Oder er ist mit dem zweiten Mann ins Gespräch gekommen.«

Jan wiegte den Kopf hin und her. »Würde jemand, der so was vorhat, sich mit einem Wildfremden im Studio anfreunden und auch noch seine Daten weitergeben?«

»Ein Kriminalpsychologe hat mir geflüstert, wie clever dieser Jemand ist. Und haben wir nicht selbst gesehen, wie schnell Hoeppe Kontakt bekommen hat, als er sich mutmaßlich ein Alibi verschaffen wollte?«

»Ja, das haben wir tatsächlich«, sagte Jan nachdenklich.

Hanna war sich so sicher, dass in Harburg der Schlüssel zur Aufklärung der Fälle lag, dass sie bereits einen Kollegen vom LKA Hamburg angerufen hatte, um ihre Recherchen vor Ort anzukündigen.

»Also Harburg?«

Jan nickte. »Im Moment haben wir ohnehin keinen anderen Ansatzpunkt.«

»Sehe ich auch so.« Hanna stand auf, griff nach den leeren Tellern und dem Besteck. »Ich bin gleich wieder da. Bringe nur kurz die Sachen zurück, dann fahren wir los.«

»Wer hat Ihnen die Daten zusammengestellt?«, fragte Jan, als er einmal durch den Ordner geblättert hatte, den Hanna ihm vor der Fahrt nach Hamburg in die Hände gedrückt hatte.

»Trauen Sie mir das etwa nicht zu?«

»Selbstverständlich, aber wann sollten Sie das gemacht haben?«

»Moritz ist ein sehr hilfsbereiter Kollege«, sagte Hanna. »Und tüchtig.«

»Dann wollen wir hoffen, dass sein Chef davon nichts mitbekommt.« Jan vertiefte sich in die Ausführungen zu den Bewohnern des Harburger Mietshauses. Als Hanna auf einem Supermarktparkplatz in der Nähe des Hauses parkte, klappte er den Ordner zu. »Sie sind der Meinung, dass Harald Hoeppe bei einem der allein lebenden Männer gewesen sein muss?«

»Das wäre zumindest naheliegend. Moritz hat sich dann im zweiten Schritt auf die drei konzentriert, insbesondere auf Felix Adler. Haben Sie alles gelesen?«

Jan nickte. »Zweiunddreißig, Hauptschulabschluss, Lehre als Heizungsinstallateur, arbeitet bei einer Zeitarbeitsfirma in unregelmäßigen Abständen, Körperverletzung und Diebstahl mit jeweils einer Bewährungsstrafe.«

»Und er wurde in einem Vergewaltigungsfall als Verdächtiger vernommen.«

»Ihm konnte nichts nachgewiesen werden«, sagte Jan. »Es ist nicht einmal zur Anklage gekommen.«

»Haben Sie nicht gesehen, wo das gewesen sein soll?«

Jan schaute noch einmal in die Akte. »Wilhelmsburg, sprich ganz in der Nähe von seinem Wohnort.«

»Vielleicht ist ihm da klar geworden, dass er sich nicht gerade vor seiner Haustür umschauen sollte.«

Jan reagierte nicht auf Hannas Einwurf. »Lothar Reimers, siebenunddreißig, geschieden, zwei Kinder. Bürokaufmann, arbeitet seit vielen Jahren bei den Hamburger Wasserwerken. Keine Vorstrafen oder andere Einträge.«

»Und last, but not least …«

»Reiner Barth, vierundvierzig, Frührentner. Er hat eine Ausbildung zum Maurer gemacht, war nie verheiratet, hat keine Kinder und ist weder vorbestraft noch sonst wie auffällig. Zumindest findet sich nichts in der Datenbank.« Jan sah auf. »Und anhand der Daten soll ich jetzt einen der Männer wählen?«

»Keine Angst, wir fühlen allen auf den Zahn. Allerdings würde ich gerne mit Adler anfangen.«

»Haben alle drei Autos?«, fragte Jan.

»Adler und Reimers ja, Barth hat einen Motorroller. Das hat Moritz mir noch per Mail geschickt.«

»Ist einer von den dreien im Stader Fitnessstudio Mitglied gewesen?«

»Nein, Moritz ist noch mal alle Akten durchgegangen. In den Listen steht keiner der Namen. Was natürlich nicht heißt, dass einer von ihnen nicht unter einem falschen Namen dort Probestunden gemacht hat. Moritz wollte sich die Fotos der männlichen Mitglieder besorgen. Sie werden für den Ausweis gemacht.«

»Hat er einen Beschluss?«, fragte Jan.

»Nein, aber Moritz meinte, die wären dort sehr kooperativ. Er macht das morgen nach Dienstschluss.«

Jan schüttelte den Kopf und schien mit Hannas Vorgehensweise nicht einverstanden zu sein. »Sie wissen schon, dass er in Teufels Küche kommt, wenn Sven Bauer das erfährt?«

»Können wir vielleicht an die Arbeit gehen?«, sagte Hanna, ohne auf seinen Einwand zu reagieren. Sie legte zwei GPS-Tracker auf die Mittelkonsole. »Die müssen wir anbringen. Ich habe die Kennzeichen der Fahrzeuge. Adler fährt einen blauen Honda Civic älteren Datums und Reimers einen schwarzen Škoda Octavia, auch älter.«

»Und der Motorroller?«

Hanna holte einen kleineren Tracker aus ihrem Rucksack. Er war nicht größer als ein Datenstick und nur wenige Millimeter hoch. »Gehen wir?«

Jan nickte und stieg aus.

VIERUNDZWANZIG

Hanna fand den Škoda ganz in der Nähe des Mietshauses. Sie gab Jan einen Wink und wartete in einem Hofeingang auf ihn.

»Ich brauche etwa fünf Sekunden.« Sie steckte sich die AirPods in die Ohren und wählte Jans Nummer. Er nahm das Gespräch an. »Ich bleibe hier, Sie gehen bis ans Ende der Straße. Von da haben Sie einen guten Überblick. Sobald die Straße frei ist, sagen Sie mir Bescheid.«

Wortlos drehte sich Jan um und ging. Hanna trat zurück in den Hofeingang und hockte sich hinter eine große Mülltonne für Papierabfälle.

Einen Motorroller hatte sie bei ihrem ersten Durchgang nicht gefunden, auch der Honda Civic schien nicht in der Straße abgestellt worden zu sein – oder Adler war mit ihm unterwegs.

Nach mehreren Minuten Wartezeit hörte sie Jans Stimme. »Es scheint alles frei zu sein.«

»Scheint oder ist?«

Nach einer kurzen Pause kam die Antwort. »Frei. Sie können. Aber schnell. Hier ist ordentlich was los.«

Noch während Jan sprach, war Hanna aufgestanden, hinter der Mülltonne hervorgekommen und direkt auf den

Octavia zugegangen. Auf den üblichen Rundumblick verzichtete sie, legte sich flach auf den Boden und schob sich so weit wie möglich unters Auto. Während sie nach einer geeigneten Stelle Ausschau hielt, zählte sie in Gedanken die Sekunden. Zwei. Drei. Sie befestigte den Tracker. Vier. Fünf. Kontrollierte noch einmal den Sitz und schob sich zurück auf die Straße. In diesem Augenblick hörte sie Jan sagen: »Ein Mann, er ist aus einem Hauseingang gekommen. Zehn, höchstens fünfzehn Meter noch.« Als Hanna sich gerade aufrichten wollte, sah sie den Mann auf sich zukommen. Sie stand auf und lächelte in sein fragendes Gesicht, bevor sie ihre Faust öffnete, in der einer der AirPods lag. »Zu teuer, um sie da unten liegen zu lassen.« Sie drückte das Gerät ins Ohr, nickte dem Mann zu und ging in die entgegengesetzte Richtung.

»Hat er was bemerkt?«, fragte Jan.

»Nein.« Hanna unterbrach die Verbindung. Nach hundert Metern blieb sie stehen und wartete eine Weile, bevor sie die Straße auf der anderen Seite zurückging und wieder mit Jan zusammentraf.

»Haben Sie den Honda gesehen?«

Jan schüttelte den Kopf.

»Und den Motorroller?«

In diesem Augenblick kam ihnen ein Roller entgegen. Hanna reagierte intuitiv, zog Jan zu sich und umarmte ihn. Dabei zog sie seinen Kopf an ihre Wange und streichelte mit einer Hand durch seine Haare. Aus dem Augenwinkel sah sie, wie der Mann den Roller parkte und kurz darauf auf den Hauseingang zuging, die Tür öffnete und verschwand.

Hanna löste sich von Jan. »Sorry. Das war Reiner Ba…« Den Rest des Satzes verschluckte sie. Er riecht gut, fuhr es ihr durch den Kopf.

»Wie geht es weiter?«, fragte Jan scheinbar unberührt.

»Der Roller sollte schneller gehen.« Sie griff nach ihrem Handy und wählte wieder seine Nummer. Die Straße war menschenleer. »Ich gehe jetzt.«

»Alles frei?«, versicherte sich Hanna, die am Roller in die Knie gegangen war und so tat, als binde sie ihren Schuh zu.

»Ja.«

Hanna zog den kleinen Tracker aus der Tasche und befestigte ihn im nächsten Moment an einer schlecht einsehbaren Stelle. Sie stand auf und ging weiter. »Wir treffen uns beim Wohnmobil«, sagte sie halblaut. »Ich mache einen kleinen Umweg und suche nach dem Honda.«

Eine Viertelstunde später öffnete Hanna die Tür des Wohnmobils und setzte sich zu Jan an den kleinen Tisch. Sie klappte ihren Laptop auf und überprüfte die GPS-Tracker. »Vom Honda fehlt jede Spur.« Hanna stand auf und holte etwas aus einem der Schränke. »Ich brauche noch einmal Ihre Hilfe.«

»Eine Kamera?«

Hanna nickte, öffnete die Tür und wartete, bis Jan ihr folgte. »Räuberleiter kennen Sie?«, fragte Hanna, als sie auf eine der Straßenlaternen zugingen.

»Sehr passend«, murmelte Jan.

Hanna sah an dem Laternenmast hoch, suchte kurz die Umgebung ab und gab Jan ein Zeichen. Er ging mit gespreizten Beinen leicht in die Hocke und faltete die Hände ineinander. Hanna trat mit dem rechten Fuß hinein und zog sich dann an dem Mast nach oben. Mit wenigen Handgriffen hatte sie die Kamera mit einem Spanngurt befestigt und ließ sich an Jan hinuntergleiten. Wieder auf dem Boden griff sie nach seiner Hand und zog ihn mit die Straße hinunter.

Im Wohnmobil kontrollierte sie die Kamera, deren Bilder direkt auf Hannas Laptop und Handy übertragen wurden.

»Wie lange hält der Akku?«, fragte Jan.

»Bestenfalls sechzig Stunden.«

»Glauben Sie wirklich, dass eine Observation etwas bringt? Angenommen, einer der drei Männer ist der Täter oder auch nur Mittäter, würde er sich dann jetzt nicht ganz ruhig verhalten?«

»Dann müssen wir halt etwas nachhelfen und Bewegung in die ganze Sache bringen. Mal sehen, wie stark die Nerven der drei sind.«

Hanna steckte sich ein unauffälliges Mikrofon an die Jacke und reichte Jan das Empfangsgerät. »Die Entfernung sollte kein Problem sein. Der Sender ist stark genug.«

Vor dem Mietshaus angekommen drückte Hanna auf mehrere Klingeln und stieß die Tür auf, als sie das Summen hörten. Sie warteten unten im Flur, bis die Wohnungstüren auf den verschiedenen Etagen wieder zugingen, und liefen anschließend die Treppe hoch bis zu dem Stockwerk, in dem Lothar Reimers wohnte. Jan positionierte sich eine Etage weiter oben am Fenster.

Auf Hannas Klingeln öffnete ein Mann, den sie als Reimers erkannte. Moritz Larsen hatte ihr ein Foto mit den Unterlagen geschickt.

»Guten Tag, Herr …« Hanna sah auf das Namensschild über der Klingel. »… Reimers. Mein Name ist Hanna Will. Ich bin Hauptkommissarin beim LKA. Darf ich vielleicht einen Moment reinkommen?«

Lothar Reimers sah sie mit zusammengekniffenen Augen an. »Polizei? Worum geht es?«

»Wollen wir das hier auf dem Flur besprechen? Haben Sie ein paar Minuten für mich? Es geht lediglich um eine Befragung, die wir hier in der ganzen Straße durchführen.«

»Ist etwas passiert?«

Hanna lächelte. »Ansonsten wäre ich sicher nicht hier.«

»Ich habe eigentlich keine Zeit, weil ich …« Er ließ offen, was ihn davon abhielt, mit Hanna zu sprechen. »Zwei Minuten, länger habe ich nicht.« Er trat zur Seite und ließ Hanna herein. Da Lothar Reimers keine Anstalten machte, sie in eines der Zimmer zu bitten, zog Hanna ihr Handy aus der Tasche und rief das Foto von Harald Hoeppe auf.

»Kennen Sie diesen Mann beziehungsweise haben Sie ihn schon einmal gesehen?« Sie hielt Lothar Reimers das Handy hin. Er trat einen Schritt vor und warf einen Blick aufs Display. »Wer soll das sein?«

»Dazu darf ich Ihnen nichts sagen. Wir haben Hinweise, dass dieser Mann Kontakt zu jemandem hier in der Gegend gehabt hat. Um es genau zu sagen, hier in Ihrer Straße.«

»Und wie heißt er?«

»Das ist im Moment nicht relevant, Herr Reimers. Kennen Sie den Mann? Haben Sie ihn hier im Haus gesehen?« Hanna hielt ihm ein weiteres Mal das Handy hin. »Lassen Sie sich Zeit, Herr Reimers.«

»Brauche ich nicht. Ich kenne den Mann nicht und ich habe ihn auch nie gesehen.«

»Schade. Aber vielleicht haben Sie hier im Haus von jemandem gehört, der Beziehungen nach Stade hat oder häufiger dort zu tun hat?«

»Ich habe nur wenig Anschluss hier im Haus. Ansonsten kenne ich auch niemanden, der hier in der Straße wohnt.«

»Und wie ist es mit Autos mit Stader Kennzeichen?«

»Darauf achte ich nicht.« Lothar Reimers warf einen Blick auf seine Armbanduhr. »Ich muss jetzt leider telefonieren, Frau …«

»Hanna Will, LKA.« Sie reichte ihm eine Visitenkarte. »Vielleicht fällt Ihnen ja noch etwas ein. Sie können mich jederzeit erreichen.«

Lothar Reimers begleitete Hanna bis zur Wohnungstür, nickte ihr zu, als sie sich verabschiedete, und wollte gerade die Tür schließen, als Hanna sich noch einmal umdrehte. »Sagen Sie, irgendwie kommen Sie mir bekannt vor. Kennen wir uns aus dem Fitnessstudio in Stade?«

»Warum sollte ich so weit für ein Studio fahren? Die gibt es hier an jeder Ecke.«

»Ich hätte schwören können, dass ich Sie dort schon mal gesehen habe.« Sie zuckte mit den Schultern. »Der Stress. Entschuldigen Sie nochmals die Störung und vielen Dank für Ihre Zeit.«

Hanna ging auf den Flur und wartete, bis Reimers die Tür geschlossen hatte, bevor sie die Treppe hinaufging. »Haben Sie alles mitbekommen?«

»Ja«, sagte Jan. »Es war gut zu verstehen.«

»Ist der Honda inzwischen aufgetaucht? Oder jemand, der Adler ähnlich sieht?«

»Nein. Es hat niemand das Haus betreten oder verlassen.«

»Ich gehe jetzt weiter zu Barth.«

Ein mürrisch aussehender Mann mit schütterem Haar öffnete Hanna die Tür. »Ja?«

»Herr Reiner Barth?«, fragte Hanna, obwohl sie wusste, wen sie vor sich hatte.

»Ich kaufe nichts.« Er trat zurück und schien die Tür schließen zu wollen.

»Hanna Will, LKA.« Hanna hielt ihren Ausweis hoch. »Ich habe ein paar Fragen an Sie.«

Reiner Barth zögerte und einen Moment befürchtete Hanna, dass er ihr die Tür vor der Nase zuschlagen würde. »Und?«, fragte er schließlich.

»Können wir nicht kurz in Ihre Wohnung gehen? Hier draußen, wo uns jeder hört, das wollen Sie doch sicher auch nicht.«

Sein Gesichtsausdruck verfinsterte sich noch mehr. »Kommen Sie rein und stellen Sie schon Ihre Fragen.«

Reiner Barth schloss die Tür und blieb vor Hanna stehen. Sie zog wieder ihr Handy aus der Tasche, zeigte dem Mann das Foto, erklärte, warum sie ihn befragte, und stellte die gleiche Frage wie zuvor eine Etage weiter unten.

»Woher soll ich den wohl kennen?«

»Nicht unbedingt kennen«, sagte Hanna. »Vielleicht haben Sie ihn ja nur hier im Hausflur gesehen oder auf der Straße.«

»Kann mich nicht erinnern. War's das jetzt?«

»Sind Sie ganz sicher?« Hanna hielt ihm noch einmal das Handy vors Gesicht. »Es ist wirklich wichtig.«

Reiner Barth schüttelte den Kopf, ohne ein weiteres Mal das Foto angesehen zu haben.

»Eine Frage noch. Kennen Sie hier im Haus jemanden, der öfters in Stade zu tun hat?«

»Stade? Woher soll ich das wissen? Fragen Sie doch die Tratschtanten hier im Haus. Die wissen alles über jeden.«

»Sind Sie denn ab und zu mal in Stade?«

»Ich? Nein. Können Sie mir mal sagen, was das Ganze hier eigentlich soll?«

»Dazu kann ich Ihnen leider nichts sagen.« Hanna verabschiedete sich und verließ die Wohnung.

»Ist etwas passiert?«, fragte Hanna, zurück im Wohnmobil.

»Keiner von beiden hat sich bewegt. Weder zu Fuß noch mit ihren Fahrzeugen. Felix Adler auch nicht.«

»Wäre ja auch zu einfach«, murmelte Hanna und setzte Wasser für Kaffee auf. »Was sagen Sie?«

»Für die Geschichte, die Sie ihnen aufgetischt haben, waren beide relativ kooperativ.«

»Sie haben die Gespräche aufgenommen?«

»Wie gewünscht.«

Hanna holte einen kleinen Lautsprecher aus einer der Schubladen und stellte ihn auf den Tisch. »Dann sollten wir uns das noch einmal anhören.«

Jan schloss sein Handy an und spielte die erste Aufnahme ab. Als sie endete, lehnte er sich auf seinem Sitz zurück. »Es ist ganz normal, dass Menschen, die plötzlich mit der Polizei konfrontiert werden, nervös sind.«

»Ist Reimers das?«

»Er hat sich unter Kontrolle. Stellt die richtigen Fragen und antwortet erwartungsgemäß, aber distanziert.«

»Als ich ihn aufgefordert habe, das Foto ein zweites Mal anzusehen, hat er abgelehnt.«

»Ja, er war sich ausgesprochen sicher, dass er Harald Hoeppe nicht kennt. Vielleicht hat er tatsächlich so wenig Kontakte, dass er das nach einem Blick ausschließen kann.«

»Aber? Sie haben doch noch was?«

Jan lächelte. »Sie haben ihn nach dem Fitnessstudio in Stade gefragt. Er hat ausweichend geantwortet und gleich die Begründung mitgegeben, weshalb es unwahrscheinlich wäre, dass er so weit fahren würde. Und er hat nach dem Namen des ihm angeblich unbekannten Mannes gefragt. Warum?«

»Nicht viel, oder?«

Jan schüttelte den Kopf. »Wirkte er empathisch auf Sie?«

»Gute Frage. Er war nicht im eigentlichen Sinne unfreundlich, aber das meinen Sie sicher nicht. Seine Mimik war relativ ausdruckslos. Schade, dass ich kein Video habe.«

»Konnten Sie Anzeichen dafür entdecken, dass er verärgert oder ängstlich war?«

Hanna überlegte und ließ das Gespräch vor ihrem geistigen Auge abspielen. Sie war zu sehr auf ihre eigenen Worte konzentriert gewesen, als dass sie seine Mimik intensiv hätte beobachten können. »Verärgert? Nein, eher etwas steif und abweisend, als fühle er sich belästigt.«

»Ich müsste selbst mit ihm sprechen«, sagte Jan und startete die zweite Aufnahme.

»Reiner Barth war nicht erfreut über Ihren Besuch«, stellte Jan fest. »Ich höre Aggressivität in seiner Stimme.«

Hanna nickte. Sie hatte auf ihrem geöffneten Laptop die Kamerabilder im Auge und warf gleichzeitig immer mal wieder einen Blick auf ihr Handy, um die GPS-Tracker zu kontrollieren. »Ja, Barth machte den Eindruck, als wenn er mich jeden Augenblick rauswerfen wollte. Aber gewagt hat er es nicht. Hunde, die bellen, beißen nicht. Die Frage ist, ob er wirklich mit dem Roller regelmäßig nach Stade gefahren sein könnte.«

»Das dürfte ein paar Minuten länger dauern, ist aber sicher kein Hindernis. Das Gespräch mit Reiner Barth war zu kurz, um da etwas herauszuhören.«

Hanna ahnte, dass Jan die ganze Harburg-Aktion für ein sinnloses Unterfangen hielt. Inzwischen war sie sich selbst nicht mehr so sicher. Hoeppes Besuch mitten in der Nacht war ausgesprochen merkwürdig und ließ bei ihr alle Alarmglocken schellen, aber er konnte auch einen relativ harmlosen Grund gehabt haben. Zudem hatte das Mietshaus zwanzig Parteien. In über der Hälfte der Wohnungen lebte ein Mann, der vom Alter her infrage kam. Konnte sie Familienväter ausschließen? Nein, es gab durchaus Beispiele in der Kriminalgeschichte, in der gut integrierte Männer mit Frau und Kindern als Serienvergewaltiger entlarvt worden waren. Auch Mörder waren unter ihnen. Aber erheblich seltener als alleinstehende Männer oder Männer, die in einer lockeren Beziehung mit einer Frau lebten.

»Ich weiß, wir suchen die Nadel im Heuhaufen«, sagte Hanna. »Und die Chancen sind gering.« Sie sah Jan in die Augen. »Bleiben Sie trotzdem dabei?«

Fünfundzwanzig

Jan hatte wieder die erste Schicht übernommen. Die Videoübertragung zu kontrollieren und alle Fahrzeuge und Fußgänger auf der Straße im Auge zu behalten war erheblich anstrengender, als auf den GPS-Tracker zu achten. Zusätzlich setzten ihm der Schlafmangel zu, das unbequeme Schlaflager im Wohnmobil und die wenigen Minuten, die er in den letzten Tagen für sich allein gehabt hatte.

Seine Gedanken wanderten nach London zu seinem Sohn. Hätte er doch in London bleiben sollen? Die Stadt war groß genug, um sich ein Leben lang nicht über den Weg zu laufen. Aber die Wohnung, die er nach seinem Auszug gemietet hatte, lag nur einen Kilometer entfernt von dem Reihenhaus, in dem sein Sohn und Violet wohnten. Er schüttelte die Gedanken ab und konzentrierte sich wieder auf den Monitor. Als ein Pärchen Hände haltend über den Bürgersteig ging, stöhnte er leise auf. Er hatte alles versucht, aber ihre Beziehung war nicht mehr zu kitten gewesen. Violet hatte ihm die Pistole auf die Brust gesetzt und verlangt, dass er in ein anderes Viertel ziehen sollte. Er war immer häufiger unangemeldet bei den beiden im Haus vorbeigekommen, George hatte ihm jedes Mal die Tür geöffnet und ihn hereingebeten. Sie hatten sich verabredet, hatten etwas zusammen unternommen oder er hatte ihm bei den Hausaufgaben geholfen, obwohl George keine Hilfe brauchte. Violet hatte eine Zeit lang geschwiegen und ihm schließlich ein Ultimatum gesetzt. Er war umgezogen und hatte sich an Violets neue Regeln gehalten. Als ihm klar wurde, dass er George benutzt hatte, um den Kontakt zu Violet nicht abreißen zu lassen und um weiter hoffen zu können, dass sich seine Ehe wieder einrenken ließ, hatte er die Notbremse gezogen und war nach Deutschland geflüchtet. Seine Wohnung hatte er behalten. Wenn er in London war, manchmal für eine ganze Woche oder mehr, wohnte George bei ihm. Sein Verhältnis zu Violet hatte sich normalisiert und Jan hatte neue Hoffnung geschöpft.

Ein Auto kam die Straße entlanggefahren, wurde langsamer. Jan warf einen Blick auf die Uhr. Kurz nach zwei. Suchte hier jemand einen Parkplatz? Das Kennzeichen des Fahrzeugs war im Gegenlicht nicht zu erkennen, von der Silhouette her handelte es sich um einen Kleinwagen. Jetzt stand das Auto kurz und Jan meinte, das Honda-Logo erkennen zu können. Er stand auf und rüttelte Hanna Wills Schulter. »Ich glaube, da sucht ein Honda einen Parkplatz.«

Die Hauptkommissarin schlug die Augen auf. »Wie spät ist es?« Im nächsten Augenblick hatte sie sich aus dem Bett geschwungen und hastete, ohne auf seine Antwort zu warten, zum Laptop.

Das Fahrzeug hatte sich jetzt wieder in Bewegung gesetzt und kam auf die Kamera zugefahren, wurde noch einmal langsamer und setzte dann rückwärts in eine enge Lücke zwischen zwei Fahrzeugen.

Während Jan gebannt auf den Bildschirm starrte, zog sich Hanna an, griff nach ihrer Jacke und öffnete die Tür. »Kommen Sie mit?«

Als Jan sich noch nach seiner Jacke umsah, war Hanna bereits aus dem Fahrzeug gesprungen. Er stieg aus, schloss die Tür ab und lief ihr hinterher. Was hatte sie vor? Es war mitten in der Nacht. Sie wussten nicht, ob es sich tatsächlich um Felix Adler handelte, und Jan konnte sich auch keine Erklärung vorstellen, die eine Befragung zu so später Stunde rechtfertigte.

»Der ist doch schon längst in seiner Wohnung«, sagte Jan, als er Hanna Will erreicht hatte.

»Ist mir schon klar.«

»Und was …«

»Abwarten.«

Als sie in die Straße einbogen, wurde Hanna langsamer und griff nach Jans Hand, als wären sie ein Paar, das auf dem Weg nach Hause war. Wie zu erwarten war, hatte Felix Adler seine Wohnung bereits betreten. Jan schaute nach oben und sah im vierten Stock Licht in einem der Zimmer.

»Er ist es«, sagte Hanna, als sie vor dem Honda standen. »Sagen Sie Bescheid, wenn jemand kommt.«

Bevor Jan etwas fragen konnte, lag Hanna Will neben dem Auto und zwängte sich weit unter den Fahrzeugboden. Wenige Sekunden später stand sie wieder neben Jan. »So, das wäre erledigt.« Sie zog ihn mit in einen Hofeingang und reichte ihm ihr Zweithandy. »Können Sie Hoeppe halbwegs imitieren?«

Jan sah sie fragend an.

»Hoeppe sollte ihn warnen. Sie nennen weder seinen Namen noch nehmen Sie direkt Bezug auf den Mord. Sagen Sie ihm einfach, dass die Bullen alles durchwühlen und irgendwoher einen Tipp bekommen haben und in seiner Straße herumschnüffeln. Er soll sich für ein paar Tage verkrümeln.«

Jan sah auf das Handy und schüttelte den Kopf.

»Bitte!«

»Ihr Ehrgeiz in allen Ehren, aber das geht zu weit. Wir würden nicht nur eine nicht genehmigte Undercoveraktion durchführen, sondern uns auch noch als jemand anderes ausgeben, dessen Beteiligung an der Tat nicht einmal ansatzweise erwiesen ist.«

»Meinen Sie, das weiß ich nicht? Und wenn hier jemand seinen Kopf für die Aktion hinhalten muss, dann bin ich das ja wohl.«

»Darum geht es doch gar nicht«, sagte Jan, der sich über ihre Bemerkung ärgerte. War er zu ängstlich? In London waren die Kollegen im Außendienst häufig sehr »kreativ«, wie sie es zu nennen pflegten, vorgegangen. Jan hatte sich aus diesen Einsätzen rausgehalten und sich auf seine eigentliche Arbeit konzentriert. Jetzt steckte er mittendrin in den Ermittlungen, kroch durch Apfelplantagen im Alten Land, observierte Menschen ohne Beschluss und saß nächtelang vor einem Bildschirm. War es nicht das, was er sich von der Arbeit mit dieser Frau erhofft hatte? Und jetzt kniff er?

»Bitte!«, sagte Hanna ein weiteres Mal.

Jan griff nach dem Handy, schloss für einen Moment die Augen und konzentrierte sich voll auf das Telefonat, das er gleich führen würde. Schließlich nickte er Hanna Will zu und sie nannte ihm Adlers Nummer, die er ins Handy eintippte.

»Ja«, meldete sich Felix Adler.

»Ich bin's. Hör zu, die Polizei stellt hier alles auf den Kopf. Ich habe jetzt keine Zeit, dir das zu erklären. Sie sind irgendwie auf Harburg und deine Straße gekommen. Sieh zu, dass du für ein paar Tage verschwindest. Und ruf mich nicht an. Hast du verstanden?«

»Äh, ja, aber …«

»Ich werfe dieses Handy gleich weg. Ruf mich nicht an.«

Jan legte auf und atmete tief durch.

»Wow! Sie sind ja ein Naturtalent«, sagte Hanna.

Jan reichte ihr das Handy. Ihr Lob hatte ehrlich geklungen, was sein ungutes Gefühl im Magen aber nicht milderte.

»Wir gehen jetzt zurück. Entweder bricht er gleich auf oder die Aktion war für die Tonne.« Hanna hakte sich bei ihm unter und zog ihn mit, Richtung Wohnmobil.

»Das Licht in seiner Wohnung ist auf jeden Fall noch an«, sagte Hanna Will, als sie den Laptop aufgeklappt hatte. »Und das Auto steht auch noch da. Jetzt können wir nur noch abwarten.« Sie warf Jan einen mitfühlenden Blick zu. »Sie können sich auch schlafen legen.«

»Warten wir noch ein wenig, was passiert«, sagte Jan und setzte sich zu Hanna.

»Einen Kaffee?« Als er nickte, stand sie auf, setzte Wasser auf und füllte Instantpulver in zwei Becher. Zurück am Tisch reichte sie ihm seine Tasse und setzte sich zu ihm. Sie richtete ihren Blick auf den Monitor. »Ich wollte Sie mit der ganzen Aktion nicht überfallen. Vielleicht arbeite ich schon zu lange alleine, um mich auf so ein Zweierding richtig einlassen zu können.«

»War das eine Entschuldigung? Dann nehme ich sie an.«

»Schwamm drüber?«

Jan lächelte. »Ich habe sicher einige schlechte Eigenschaften, aber nachtragend bin ich nicht.«

»Zum Glück, wo ich mich doch gerade an Sie gewöhnt habe und …«

»Und?«, fragte Jan.

»Ach, nichts. Es wäre doch schade um unser kleines Team. Funktioniert doch prächtig, oder?«

Jan zuckte mit den Schultern. »So ganz sicher bin ich mir noch nicht. Unsere Ansätze sind doch ziemlich unterschiedlich.«

»Zu viel Sand im Getriebe?«

Jan schmunzelte. »Ja, es knirscht an allen Ecken und Kanten.«

»Wie in einer guten Ehe. Nicht, dass ich wüsste, wie so etwas geht, aber man hört ja dies und das. Streit reinigt doch die Luft, sagt man. Und danach …« Sie brach mitten im Satz ab und wirkte verunsichert, ob sie das Richtige gesagt hatte.

»Wie viele Tage im Jahr verbringen Sie in«, Jan schaute sich um, »in diesem Wohnmobil?«

»Ich führe keine Statistik.« Ihre Stimme klang jetzt kühler.

»Entschuldigung, ich wollte Ihnen nicht zu nahe treten.«

»Was ist falsch an diesem Zuhause? Selbst wenn ich einen Großteil des Jahres hier hause, was macht das schon? Ich habe Vagabundenblut in meinen Adern. Mir geht es gut und wenn mir die Decke auf den Kopf fällt …« Hanna führte nicht aus, was sie dann tat.

Woher nehme ich das Recht, diese Frau zu kritisieren?, fragte sich Jan. Ich lebe in einer Villa mit sechzehn Zimmern, vier Bädern und Platz für zwei Großfamilien. »Sorry … Berufskrankheit«, sagte Jan.

»Kenne ich«, sagte Hanna.

Sie schwiegen eine Weile, bis Hanna sich vorbeugte. »Gibt es keine Chance mehr auf ein Zurück nach London?«

Jan zuckte leicht zusammen. Würde sein Leben leichter werden, wenn er irgendwann die Frage mit einem klaren Nein beantworten könnte? »Wenn ich das nur wüsste«, sagte er leise.

»Tut mir leid.« Ihre Stimme klang mitfühlend und ehrlich.

Jan sah auf und lächelte matt. »Danke. Und bei Ihnen?«

»Alles gut so, wie es ist. Ich vermisse nichts.«

»Geschwister?«

»Eine Schwester. Zwei Nichten. Einen Schwager.«

»Und?«

»Was meinen Sie? Ich verstehe mich gut mit meiner Schwester. Sie ist ein paar Jahre älter und meint manchmal, auf mich aufpassen zu müssen. Die beiden Mädchen sind tough.«

»Und der Schwager?«

Hanna grinste. »Stockkonservativ. Ich habe nicht die geringste Ahnung, was meine Schwester da geritten hat. Ich würde es keine zehn Minuten mit ihm aushalten.«

»Leider bleibt ihm das nicht verborgen?«

Hanna rollte mit den Augen. »Ich übe noch. Vielleicht klappt es beim nächsten Mal.«

Sie richtete sich ruckartig auf und deutete auf den Monitor. »Es geht los«, flüsterte sie. »Das muss er sein. Ja, er steigt in den Honda ein.«

Sie stand auf und setzte sich hinters Steuer. Jan griff nach dem Laptop und hangelte sich auf den Beifahrersitz.

»Wohin?«, fragte Hanna Will.

»Er fährt weiter auf der B 75. Jetzt überquert er die Süderelbe.«

»Wilhelmsburg?«

»Weiß ich nicht. Er ist nicht schnell. Vielleicht sucht er was.«

»Oder er will nur nicht auffallen. Wie weit sind wir von ihm entfernt?«

»Zwei Kilometer, höchstens drei.«

»Gut, das reicht.«

Jan starrte auf den roten Punkt, der sich langsam über die B 75 bewegte. »Ich glaube, er will zur Autobahn.« Der Punkt war jetzt kurz vor der A 255, einem Zubringer zur A 1 oder in der anderen Richtung wieder zur B 75, die hier über die Norderelbe führte auf die Hamburger City zu. »Es geht zur A 1«, sagte Jan, als sich der rote Punkt nach Süden bewegte.

»Verdammt, will er abhauen?«

»Sollte ich ihm das nicht empfehlen?«, murmelte Jan.

»Und jetzt?«

»Warten Sie doch«, zischte Jan. »Er scheint abzufahren.«

»Was ist da?«

»Moorfleet. Überwiegend Industrie, soweit ich weiß.«

»Und eine alte Kleingartensiedlung. Oder?«

Jan studierte die Karte. »Ja, sieht so aus. Und ein IKEA.«

»Da wird er wohl kaum hinwollen.«

Jan ignorierte ihre Bemerkung und ließ den Monitor nicht aus dem Blick. »Er fährt ab. Hamburg-Südost.«

Hanna beschleunigte das Wohnmobil und fuhr kurze Zeit später ebenfalls von der Autobahn ab.

»Feldhofe. Das ist die Straße, in die er eingebogen ist. Er biegt jetzt wieder ab. In den Kleingarten.« Jan studierte die Karte. »Wir können uns auf den IKEA-Parkplatz stellen, der ist direkt neben der Anlage.« Aus dem Augenwinkel sah Jan, dass Hanna nickte. »Jetzt steht der Punkt. Felix Adler muss da ein Häuschen haben.«

»Gut.« Hanna verlangsamte die Geschwindigkeit. Keine zwei Minuten später hielten sie auf dem Parkplatz des Möbelhauses. »Zumindest scheint es nicht nach Polen zu gehen.«

Jan streckte sich. Die Sonne schien durch die Fenster des Wohnmobils, es roch nach frischem Kaffee und Brötchen. Er öffnete die Augen, Hanna Will stand neben dem Bett und lächelte ihn an. »Gut geschlafen?«

Jan richtete sich auf. »Haben Sie mich beobachtet?«

Sie legte den Kopf schief und grinste. »Ein wenig.«

Jan sah sie irritiert an, stand auf und zog sich an. »Brötchen?«

»Im IKEA ist ein Bäcker.«

Jan sah auf die Uhr. Es war fast neun. »Sie hätten mich eher wecken können.«

Hanna schenkte ihm eine Tasse Kaffee ein und reichte ihm ein Brötchen, als er sich zu ihr setzte. »Ich habe Bauer informiert, dass wir einer Spur folgen. Er hat zurückgeschrieben, dass es noch nichts Neues gibt.«

Jan schmierte Butter aufs Brötchen und belegte es mit einer Käsescheibe. Sie aßen schweigend, jeder von ihnen warf ab und zu einen Blick auf den Monitor. Der rote Punkt blieb stehen.

»Ich war heute ganz früh schon unterwegs. Der Honda steht neben einer Gartenlaube. Da wird Adler sich verkrochen haben.«

Jan räumte den Tisch ab und spülte das Geschirr und Besteck, während Hanna abtrocknete.

»Ich denke, wir statten ihm nachher mal einen Besuch ab«, fuhr sie fort. »Ein intimes Gespräch unter sechs Augen. Was meinen Sie?«

»Ihre Show. Sie werden wissen, was Sie tun.«

Hanna stöhnte theatralisch. »Wollen wir nicht endlich mit diesem blöden Sie aufhören? Ich hasse diese künstliche Distanz, die das aufbaut.« Sie warf ihm einen fragenden Blick zu. »Jetzt springen Sie schon über Ihren Schatten, Jan de Bruyn.« Sie reichte ihm die Hand. »Hanna.«

Jan schloss kurz die Augen. Er war wieder einmal nicht auf ihre spontane Art vorbereitet. Aber sie hatte recht. In der kurzen Zeit, seit sie so eng zusammenarbeiteten, war die Distanz zwischen ihnen kontinuierlich geschrumpft. Jan sah auf, lächelte und griff nach ihrer Hand. »Jan.«

Hanna atmete erleichtert auf. »Dann wäre das ja zumindest geklärt. Statten wir Adler jetzt einen kleinen Besuch ab?«

»Ich sehe wenig bis gar keinen Spielraum, wenn wir Felix Adler befragen. Wir haben quasi nichts.«

»Aber das weiß er nicht. Ganz offensichtlich hat er geglaubt, dass Hoeppe ihn gestern gewarnt hat. Er wird nicht gerade in bester Verfassung sein. Wenn er sich verplappert, dann jetzt.«

Jan griff nach dem letzten Teller und reichte ihn Hanna. »Okay. Versuchen wir's.«

Sechsundzwanzig

Wider Erwarten weigerte sich Jan de Bruyn nicht, eine Schutzweste anzulegen. Hanna zog über ihre eigene ein weites Sweatshirt, während ihr Partner seine Jacke über die Weste zog.

Hanna kontrollierte ihre SFP9 von Heckler & Koch und schob sie zurück ins Holster. »Reine Vorsichtsmaßnahme.«

»Es geht doch um eine Befragung?«

»Natürlich!«, antwortete Hanna. »Dachtest du, ich will ein Geständnis aus ihm herauspressen?«

»Nein, das sicher nicht.«

Hanna kommentierte seine Äußerung nicht. Jedes Mal, wenn sie begann, sich an ihn zu gewöhnen und in Gedanken als Partner von ihm sprach, setzte er eine neue Duftmarke und ließ sie ratlos zurück. Dass er sich offenbar weigerte, seine Dienstwaffe zu tragen, war nicht nur für ihn, sondern auch für sie ein unkalkulierbares Risiko. Beim nächsten Einsatz, sollte es einen weiteren geben, würde sie darauf bestehen, dass er seine Waffe trug.

»Wir wissen nicht, wie Adler reagiert. Halte dich bitte im Hintergrund, solange Gefahr bestehen könnte.«

Jan nickte. »Gehen wir?«

Sie verließen das Wohnmobil, überquerten den Parkplatz und gingen etwa fünfhundert Meter die angrenzende Straße entlang, bis sie zu einem Fußgängerübergang zur Kleingartenanlage kamen. Hanna hatte Jan auf dem Weg ihre Strategie erklärt, er stellte Fragen und schlug kleinere Änderungen vor.

Auf dem Gelände des Kleingartenvereins gingen sie nebeneinander und verhielten sich wie Gäste, die nach einer bestimmten Laube Ausschau hielten.

»Da hinten ist es. Der Honda steht an der Seite von dem Holzhaus. Soweit ich das von dem gegenüberliegenden Weg sehen konnte, gibt es einen Hinterausgang. Allerdings ist der ganze hintere Garten mit einem hohen Maschendrahtzaun umgeben. Da springt er nicht mal eben drüber.«

»Er wird sich weigern, mit uns zu reden.«

»Ich kann in solchen Situationen sehr überzeugend sein«, sagte Hanna. »Vertrau mir. Das Psychologische verschieben wir auf später, wenn wir nett zusammensitzen und er uns dann ein paar Fragen beantwortet.«

Hanna öffnete das Gartentor und ging voran, dicht gefolgt von Jan. An der Tür suchte sie vergeblich nach einer Klingel und klopfte schließlich mit der Faust an die Tür.

Sie horchte. Entweder schlief Adler noch oder er verhielt sich ruhig in der Annahme, dass die Besucher wieder von dannen ziehen würden. Sie hob die Faust und schlug erneut mehrere Male gegen die Holztür.

»Herr Adler! Öffnen Sie bitte die Tür.«

Erneut wartete Hanna gespannt. Waren da Schritte zu hören? Wurde eine Tür geöffnet?

»Herr Adler! Wir müssen mit Ihnen sprechen.«

»Was wollen Sie?« Es klang, als stände die Person direkt hinter der Laubentür.

»Wir haben ein paar Fragen«, sagte Hanna in energischem Ton.

»Fragen? Wer sind Sie?«

»Polizei! Öffnen Sie die Tür.«

»Ich habe keine Zeit. Haut ab!«

»Herr Adler, so geht das nicht. Sie öffnen jetzt die Tür und wir unterhalten uns ganz in Ruhe.«

Hanna wartete, bevor sie Felix Adler ein weiteres Mal auffordern wollte. Intuitiv schob sie das Sweatshirt zur Seite, um freien Zugriff auf ihre Waffe zu haben. Sie öffnete das Holster und hielt ihre Hand griffbereit. Ein Schlüssel wurde langsam im Schloss umgedreht, sie sah aus dem Augenwinkel, dass Jan an ihre Seite trat. Die Tür öffnete sich einen Spaltbreit und wurde im nächsten Augenblick aufgerissen – vor ihnen stand Adler. Hanna registrierte die Schusswaffe, die auf sie gerichtet war, und stieß Jan schnellstmöglich mit einem kräftigen Stoß zur Seite, ließ sich auf ihn fallen und spürte, wie die Luft über ihr von einem Schuss zerrissen wurde. Im Fallen zog sie ihre Waffe, entsicherte sie mit einer Handbewegung und richtete sie nach oben.

»Waffe weg!«, schrie Adler mit einer unnatürlich hohen Stimme.

Hanna lag halb auf Jan, die Waffe im Anschlag, das Ziel im Visier. Im Bruchteil einer Sekunde musste sie entscheiden, ob sie Adlers Befehl folgen und ihre Waffe sinken lassen oder als Erste schießen sollte, in der Hoffnung, aus ihrer ungünstigen Position Adler nur kampfunfähig zu machen und nicht zu töten.

Sie entschied sich für einen anderen – den gefährlichsten – Weg und hielt die Waffe auf Adler gerichtet. Der zögerte, schrie sie an, dieses Mal mit noch schrillerer Stimme, während Hanna sich aufrappelte, ohne den Augenkontakt zu verlieren. Jetzt standen sie, die Waffen aufeinander gerichtet, voreinander; Adler mit weit aufgerissenen Augen, Hanna, die sich zwang, ruhig zu atmen. Adler öffnete ein weiteres Mal den Mund, um seine Befehle zu schreien, brach aber ab, bevor der erste Laut seine Kehle verlassen hatte. Als Hanna schon glaubte, dass er jeden Moment seine Waffe senken würde, fuhr ein Ruck durch seinen Körper, er warf sich nach vorne, traf Hanna an der Schulter und stürmte den Laubenweg zum Gartentor entlang. Hanna taumelte kurz, fing sich wieder und schoss im nächsten Augenblick in die Luft. Adler erstarrte abrupt mitten in der Bewegung, schien kurz zu zögern und drehte sich langsam um.

»Waffe fallen lassen!«, schrie Hanna, die aus dem Augenwinkel sah, dass Jan sich aufgerafft und hinter einer Regentonne Schutz gesucht hatte.

»Nein!«, schrie Adler, es klang wie das verzweifelte Aufbegehren eines Kindes, das sich seiner Machtlosigkeit bewusst geworden war.

Hanna ging zwei Schritte auf Adler zu, die Waffe im Anschlag. »Wollen Sie sterben?«

Adler reagierte nicht, seine Waffe weiter auf Hanna gerichtet. Sein Blick war wirr, die Augen grotesk weit aufgerissen, seine Haut kalkweiß, der immer noch verzerrte Mund öffnete sich leicht und schloss sich wieder.

Hanna war jetzt noch zwei Meter von ihm entfernt. Zitterte Adler? Stand er unter Drogen?

»Ich gehe nicht in den Knast. Niemals!«, schrie er wie von Sinnen.

»Legen Sie die Waffe weg, Herr Adler«, sagte jemand hinter Hanna.

Jan de Bruyns Stimme hatte beruhigend geklungen, als sei alles ganz einfach und das Problem schnell lösbar. Jetzt trat er neben sie. Er hatte seine Arme halb erhoben, schien zu lächeln. »Wir wollen nur mit Ihnen reden. Bisher ist nichts passiert. Wir sprechen miteinander und gehen wieder.«

Jan trat vor, stand jetzt direkt vor Adler, senkte langsam die rechte Hand und schob Adlers Arm mit der Waffe zur

Seite. Zentimeter um Zentimeter, während er weitersprach mit seiner warmherzigen Stimme. In Hanna brodelte es. War dieser Mann vollkommen irre geworden? Unbewaffnet einem durchgeknallten Verrückten entgegenzutreten? Jetzt zog er ihm sanft die Waffe aus der Hand und hielt sie nach hinten. Sie griff danach, verstaute ihre Waffe im Holster und klemmte die von Adler in ihren Hosenbund. Sie schnellte nach vorne und drehte Adlers rechten Arm auf den Rücken, nachdem sie seinen Rucksack abgestreift hatte. Mit dem zweiten Griff zog sie seine linke Hand zu sich und legte ihm Handschellen an.

»Tu das nie wieder«, zischte sie Jan an. »Nie wieder.«

Die nächsten zwei Stunden liefen zahlreiche Beamte durch den Kleingartenverein. Hanna hatte zunächst Sven Bauer informiert, der sich gleich darauf auf den Weg nach Harburg gemacht hatte. Anschließend rief sie ihren Kollegen beim Hamburger LKA an, der alle weiteren Maßnahmen in die Wege leitete. Felix Adler wurde von zwei uniformierten Beamten ins Hamburger Präsidium gefahren, um dort als Erstes einen Schmauchspurentest zu machen. Anschließend sollten seine Fingerabdrücke genommen sowie ein DNA-Abstrich gemacht werden. Die Kriminaltechniker fanden die Patronenhülse, durchsuchten die Laube und würden, nachdem der Beschluss vorlag, in Adlers Wohnung weitermachen.

Kurz nachdem Sven Bauer eingetroffen war, öffnete Hanna Adlers Rucksack und fand vier Pakete, die in durchsichtiger Folie eingewickelt und sorgfältig verklebt waren.

Sven Bauer, der neben Hanna stand, sah sie verwundert an. »Kokain?«

In Hannas Kopf wirbelten die Gedanken durcheinander. Wenn es das war, wonach es aussah, war Adlers Flucht nicht so eindeutig auf den Mord in Stade zurückzuführen, wie sie es sich erhofft hatte. Ein Zufallstreffer. Es musste zwei Fälle geben, den Mord an Miriam Wendling und ein mutmaßliches Drogengeschäft, das Adler abgewickelt hatte.

»Sieht ganz danach aus«, sagte Hanna und rief einen der Kriminaltechniker zu sich, der den Fund übernahm und versprach, sie sofort zu informieren, sobald der erste Test gemacht worden war.

»Und was heißt das jetzt?«, fragte Sven Bauer.

»Zumindest haben wir es leichter mit der U-Haft.«

Der SoKo-Leiter stöhnte leise. »Wann können wir den Mann vernehmen?«

»Ich sage hier nur kurz Bescheid, dann können wir ins Präsidium fahren. Adler wartet da auf uns.«

»So still?«, fragte Hanna Jan, als sie mit dem Wohnmobil hinter Sven Bauer ins Hamburger Präsidium fuhren.

»Wer vernimmt Felix Adler?«, fragte Jan.

»Bauer wird sich das sicher nicht nehmen lassen.« Und ich mir auch nicht, fügte sie im Stillen hinzu.

»Also du und Bauer«, stellte Jan fest.

»Jetzt spuck es schon aus«, fuhr Hanna ihn an. »Welche Bedenken hast du schon wieder?«

»Er war's nicht.«

»Na toll! Was passt dieses Mal nicht?«

»So, wie er agiert hat …«

»… hat er Dreck am Stecken. Und zwar gewaltigen«, fiel Hanna ihm ins Wort.

»Davon können wir ausgehen, wenn jemand … wie viel Kilo waren es?«

»Ich schätze zehn.«

»… zehn Kilo Kokain, vermutlich ungeschnitten, durch die Gegend fährt. Ob Felix Adler aber auch Miriam Wendling getötet hat, steht auf einem ganz anderen Blatt. Ich will doch nur sagen, dass du dir nicht so sicher sein solltest. Im Moment finde ich keine Anzeichen, die ihn mit meinem Täterprofil in Verbindung bringen.«

»Auftragsmord im Alten Land.« Hanna rollte mit den Augen. »Passt das besser?«

»So kommen wir nicht weiter. Warten wir die Vernehmung ab.«

Hanna nickte und konzentrierte sich auf den dichter werdenden Verkehr.

Hanna begrüßte Felix Adler, der in einem kleinen Vernehmungszimmer auf sie und Sven Bauer gewartet hatte. Der uniformierte Beamte, der mit ihm im Raum war, nickte Hanna zu und ging hinaus.

Hanna belehrte Adler über seine Rechte und fragte ihn, ob er einen Anwalt zur Vernehmung hinzuziehen wolle.

»Haben Sie mich verstanden, Herr Adler?«, fragte sie, als er nicht reagierte.

»Ich rede nicht mit Ihnen«, platzte Adler heraus. »Wo ist er?«

Sven Bauer beugte sich leicht vor. »Wen meinen Sie?«

»Dieser Mann. Der … der meine Waffe genommen hat.«

»Warum wollen Sie das wissen?«, fragte Hanna, die ahnte, auf was Adlers Frage hinauslief.

»Ich spreche nur mit ihm.«

»Mein Kollege steht im Moment leider nicht zur Verfügung. Sie werden mit uns vorliebnehmen müssen.«

Felix Adler schüttelte schweigend den Kopf.

»Herr Adler, Sie reiten sich gerade immer tiefer in die … den Schlamassel«, sagte Hanna. »Ich kann Ihnen nur empfehlen, kooperativ zu sein.«

»Ich will mit ihm sprechen. Allein.« Er zeigte auf die Kamera an der Decke und das Mikrofon, das im Tisch eingelassen war. »Ohne diesen ganzen Scheiß hier.«

Sven Bauer räusperte sich deutlich hörbar. »Herr Adler, wir haben ein paar Fragen an Sie. Ich kann Ihnen versichern, dass es Ih…«

»Ich rede nicht mit Ihnen«, unterbrach Felix Adler den SoKo-Leiter.

Hanna stand auf und wartete, bis Sven Bauer ihr folgte. Sie verließen ohne ein weiteres Wort den Vernehmungsraum.

»Was machen wir?«, fragte Sven Bauer, als sie im Nebenraum mit Jan de Bruyn und dem Hamburger Kollegen zusammensaßen.

Hanna wandte sich an Jan. »Geh du rein und sprich mit Adler.«

Der Hamburger LKA-Beamte sah auf sein Handy. »Ich habe hier gerade die Bestätigung, dass es sich um Kokain handelt. Acht Kilo reinster Ware. Ich werde Adler morgen dem Haftrichter vorführen müssen.«

»Sprich, er bleibt erst mal hier«, sagte Hanna. »Wir brauchen also Klarheit über den Stader Fall.«

»Okay«, sagte Jan. »Aber nicht in dem Raum.« Er deutete auf die Spiegelwand, hinter der Felix Adler saß. Er wandte sich an den LKA-Beamten. »Haben Sie einen Raum für mich, am besten ein normales Büro?«

»Sie können meins nehmen. Da ist aber weder eine Kamera noch die andere technische Ausstattung.«

»Wir verkabeln meinen Kollegen«, schlug Hanna vor.

Der LKA-Beamte nickte. »Okay. Ich kann das organisieren.« Er sah Sven Bauer an. »Sind Sie auch dafür?«

Der SoKo-Leiter ließ sich Zeit für seine Antwort. Schließlich nickte er. »Ja, einen Versuch ist es wert.«

Siebenundzwanzig

Als ein uniformierter Beamter Felix Adler in das Büro begleitete, bat Jan darum, ihm die Handschellen abzunehmen. Der Beamte schloss sie auf und verließ den Raum.

Jan reichte Adler die Hand. »Mein Name ist Jan de Bruyn. Wollen Sie sich setzen?« Er deutete auf die kleine Sitzgruppe. »Möchten Sie etwas trinken? Kaffee, Tee, Wasser?«

Felix Adler setzte sich an den Tisch und griff nach einer Flasche Mineralwasser. Jan reichte ihm ein Glas und setzte sich zu ihm.

Adler trank das Glas leer und sah auf. »Ich bin ganz schön am Arsch, oder?«

Jan nickte. »Ja, so könnte man das ausdrücken. Aber es gibt immer einen Weg, um aus einem solchen Schlamassel wieder rauszukommen.«

Adler fuhr sich mit der Hand durch die Haare. »Die bringen mich um. Egal, wo Sie mich hinstecken.«

»Sie sprechen von dem Besitzer des Kokains?«

»Ja, wovon sonst? Ich bin doch nur der verdammte Kurier. Verfluchte Scheiße! Ich bin ein kompletter Idiot. War doch klar, dass ich mir daran die Finger verbrenne. Ich bin tot, mausetot.«

»Die Kollegen hier in Hamburg werden Sie schützen. Niemand hat daran Interesse, dass Sie in Gefahr geraten.«

»Zeugenschutz? Meinen Sie das?«

»Zum Beispiel. Haben Sie Informationen, die für die Staatsanwaltschaft wichtig sein können? Hintermänner, Namen, Fakten?«

»Ich bin eine kleine Leuchte. Klitzeklein. Ja, ich kenne ein paar Leute. Die haben mich ja auch angesprochen. Aber mehr auch nicht.«

»Es gibt noch andere Wege. Aber ich bin nicht der Richtige, um das mit Ihnen zu besprechen.«

Felix Adler sah ihn erstaunt an. »Warum nicht?«

»Das entscheiden die Staatsanwaltschaft und meine Vorgesetzten.«

»Okay. Und wann kann ich mit denen sprechen?«

»Ich habe vorab einige Fragen an Sie. Die haben nichts mit dem Kokain zu tun. Es geht da um einen anderen Fall.«

Felix Adler sah ihn misstrauisch an. »Wollen Sie mir was anhängen?«

»Nein, das hätte vor Gericht auch keinen Bestand. Und das, was wir hier machen, ist nur ein Vorgespräch. Sie können alles wieder abstreiten. Es steht mein Wort gegen Ihres.«

Adler schien nicht überzeugt zu sein. »Und was wollen Sie wissen?«

»Wann waren Sie das letzte Mal in Stade?«

»Stade? Keine Ahnung. Was ist das denn für eine Frage? Verarschen Sie mich?« Jan sah ehrliches Erstaunen in Adlers Gesicht. Er wirkte nach der Frage weder angespannter noch hatte er gezögert und überlegt.

»Nein, Herr Adler. Die Frage war schon ernst gemeint.«

»Ja, ist schon gut. Ich weiß tatsächlich nicht, wie lange das her ist. Klar war ich da schon mal. Ein paar Kunden habe ich …« Er sah erschrocken auf. »Geht es darum?«

»Nein, Herr Adler. Ich habe mit der Kokain-Sache nichts zu tun.«

»Es ist schon eine Weile her. Genau weiß ich das nicht mehr.«

Jan legte ihm das Foto von Harald Hoeppe vor, das Hanna direkt nach ihrer Ankunft im Präsidium ausgedruckt hatte. »Kennen Sie diesen Mann?«

Adler griff nach dem Foto und musterte es. »Nee, wer ist das? Kommt der aus Stade? Was soll ich mit dem zu tun haben?«

»Schauen Sie sich das Foto bitte genau an. Haben Sie diesen Mann schon einmal bei Ihnen im Haus gesehen?«

Adler stöhnte theatralisch. »Bei uns im Haus? Soll der da wohnen?«

»Nein. Aber vielleicht haben Sie ihn ja trotzdem gesehen?«

Zum dritten Mal zog Adler das Foto zu sich. »Wann soll das gewesen sein? Nein, ich kenne den Typ nicht.«

Jan legte ihm das Foto von Julia Sander vor. »Und was ist mit dieser Frau?«

»Sieht nett aus, aber ich kenn die nicht.«

Jan zog das letzte Foto aus seiner Tasche. Es handelte sich um das aktuelle Passfoto von Miriam Wendling.

»Noch eine?« Auch dieses Foto schien Adler mit ehrlichem Interesse anzuschauen. Entweder war er ein begnadeter Schauspieler oder er hatte tatsächlich nichts mit den Fällen in Stade zu tun.

»Nein, die kenne ich auch nicht. Was ist denn mit der?« Er stutzte. »Stade? Geht es um diese Frauen, die ermordet wurden?« Er sah Jan mit aufgerissenem Mund an. »Das ist jetzt nicht dein Ernst, oder? Was habe ich mit diesem kranken Scheiß zu tun? Vergewaltigen und umbringen? Das sind doch kaputte Arschlöcher, die so was machen.«

»Hast du eine Freundin?«, fragte Jan.

»Im Moment läuft nichts. Aber deshalb renne ich doch nicht durch die Gegend und bring Frauen um.«

»Wann habt ihr euch getrennt?«

»Getrennt? Ach, sie hat mit einem anderen gevögelt, da habe ich sie hochkant aus meiner Bude geworfen. Verdammte Weiber! Ich hasse es, wenn ich hintergangen werde.«

»Wie heißt sie?«

»Denise. Warum? Willst du mit ihr reden und fragen, ob ich ein Schläger bin oder so? Vergiss es, Mann. Das bin ich nicht.«

»Dann kannst du mir ja auch ihren Namen sagen und wo ich sie erreiche.«

»Du nervst!«, murmelte Felix Adler. »Denise Holte.« Er nannte ihm die Adresse ihrer Eltern, die in Wilhelmsburg wohnten. »Ich weiß nicht, wo sie jetzt untergekrochen ist.«

»Ich finde sie schon.«

»Sie wird das alles bestätigen.«

»Wo warst du vorgestern Abend, sagen wir so bis zwei Uhr in der Nacht?«

»Brauche ich ein Alibi? Für diese krasse Frauensache?«

»Hast du eins?«

Felix Adler nickte. »Hast du was zu schreiben?«

Jan reichte ihm einen Notizblock und einen Kugelschreiber. Felix Adler schrieb einen Namen auf. »Ich war mit ihm bis etwa Mitternacht zusammen. Wir waren in einer Shishabar. Da gibt es bestimmt noch mehr Typen, die sich an mich erinnern.«

Jan nickte. »Warum bist du aus der Wohnung weg in die Kleingartenlaube?«

»Scheiße, die haben mich doch gewarnt vor euch.«

Jan stellte Felix Adler noch weitere Fragen zu seinem Alibi für die Zeiten, als die zwei Frauen ermordet worden waren, und reichte ihm schließlich die Hand. »Danke, dass du mit mir gesprochen hast.«

»Was für ein verdammter Mist!«, durchbrach Hanna Will nach fast einer halben Stunde das Schweigen zwischen ihnen. Sie befanden sich auf der Rückfahrt nach Stade. Sven Bauer hatte ihnen im Hamburger Polizeipräsidium mitgeteilt, dass sie auf die Auswertung von Adlers DNA und die Überprüfung seiner Alibis warten würden. Erst dann könne er eine Entscheidung treffen, ob sie Adler ein weiteres Mal vernehmen oder ihn als Täter ausschließen würden.

»Niemand konnte wissen, dass Felix Ad…«

»Schon gut«, fiel Hanna Jan ins Wort. »Ich war einfach zu fixiert auf ihn. Klassischer Anfängerfehler. Okay, dass er gleich auf uns schießt, war nicht vorherzusehen. Aber der Anruf ist auf meinem Mist gewachsen. Ohne den wären wir niemals in diese Situation gekommen.«

»In der du immerhin mein Leben gerettet hast.«

»Unsinn! Du hattest eine Weste an und ob der Schuss dich getroffen hätte, wage ich zu bezweifeln. Er hat auf mich gezielt. Wenn überhaupt. Die Zitterbacke war doch so in Panik, wahrscheinlich ist der Schuss aus Versehen losgegangen.«

»Lassen wir das und warten den DNA-Abgleich ab. Und die Überprüfung der Alibis. Felix Adler kommt definitiv in U-Haft. Der läuft uns nicht weg.«

»Das wird nichts bringen, das weißt du auch. Er war es nicht. Ich lag daneben.« Sie schlug mit der rechten Hand auf das Steuer. »Man kann nicht immer gewinnen.« Sie warf ihm einen Blick zu. »Bauer fühlt sich jetzt bestätigt. Sein Auftritt eben war unter aller Sau. Und er wird in den nächsten Tagen noch eine Schippe drauflegen.« Sie stöhnte. »Aber so geht das Spiel nun mal. Das war mir von Anfang an klar. Entweder ich lande einen Treffer oder ich ziehe die Arschkarte.«

Jan ließ seine Kollegin eine Weile in ihrem Selbstmitleid schwelgen. Als sie auf die Autobahn kurz vor Stade auffuhren, räusperte er sich leise. »Wie geht's weiter?«

»Keine Ahnung«, murmelte Hanna.

»Wenn ich was von dir in den letzten Tagen gelernt habe, dann ist es, dass es immer einen Plan B und C gibt.« Er sah aus dem Augenwinkel, dass Hanna Will sich ein Schmunzeln nicht verkneifen konnte. »Also?«

»Wir haben noch zwei Kandidaten in Harburg. Beide nicht sehr vielversprechend, aber man hat schon Pferde kotzen sehen.« Sie warf Jan einen fragenden Blick zu.

»Dieses Mal gehen wir etwas traditioneller vor?«

»War mir klar, dass du das forderst. Ja, Methode Will sollten wir etwas in den Hintergrund stellen.«

Jan lag eine Erwiderung auf der Zunge, die er aber hinunterschluckte. »Lothar Reimers hat eine Ex-Frau. Wir sollten mit ihr sprechen.«

Hanna nickte. »Ja, wir werden Lothar Reimers und Reiner Barth unter die Lupe nehmen müssen. Und ja, ganz auf die altbewährte Art.«

»Wir sollten uns noch auf eine Story einigen«, schlug Jan vor. »Kollege Bauer wird uns sicher zu sich ins Büro zitieren. Das vorhin war nur das Vorspiel.«

»Sag ich doch«, murmelte Hanna.

»Wie sind wir auf Adler gekommen oder das Mietshaus in Harburg?«

»Ein anonymer Tipp. Wir sind hin, sind ihm gefolgt und …«

»Mitten in der Nacht?«, unterbrach Jan sie.

Hanna fuhr sich mit der rechten Hand durch die Haare. »Verdammt, ich kann im Moment keinen klaren Gedanken fassen.«

»Wir kommen wohl nicht darum herum, die Hoeppe-Observation ins Spiel zu bringen.«

»Funktioniert nicht«, sagte Hanna. »Dann können wir gleich unsere Sachen packen und nach Hause fahren. Das wäre der erste und letzte Einsatz unseres kleinen Teams.«

»Dann bleibt tatsächlich nur der Informant.« Jan fuhr sich mit dem Finger mehrfach über den Nasenrücken. »Ein Anruf, eine verstellte Stimme, unterdrückte Nummer. Harald Hoeppe ist in Harburg gesehen worden, wie er in der Nacht das Mietshaus betreten hat. Du warst vor Ort, hast recherchiert und bist davon ausgegangen, dass es vielleicht ein Komplize war, den Harald Hoeppe dort zu fortgeschrittener Stunde besucht hat. Drei alleinstehende Männer kamen in die engere Auswahl. Zwei hast du vor Ort befragt, einer war nicht da, wir haben gewartet und sind ihm dann in der Nacht nachgefahren. Rest ist bekannt.«

»Ich habe keinen Anruf mit unterdrückter Nummer bekommen«, sagte Hanna.

»Kollege Bauer wird es nicht wagen, die Liste der Anrufer auf deinem Handy abzufragen. Du beharrst auf dem Schutz des Informanten. Wenn sich rumspricht, dass Nummern zurückverfolgt werden, würdest du in Zukunft solche Informationen nicht mehr bekommen.«

Sie fuhren inzwischen auf der A 26 auf Stade zu. »Die Räuberpistole wird er mir nicht glauben.«

»Du hast einen Zeugen.« Jan zeigte mit dem Finger auf seine Brust. »Ich habe das Telefongespräch mit angehört, du hast es auf laut gestellt. Gemeinsam haben wir die Entscheidung getroffen, dem Tipp auf den Grund zu gehen.«

Hanna schmunzelte. »Einen Zeugen. Sieh an. Ich fürchte, ich muss mich in Zukunft etwas vor dir in Acht nehmen.«

Sven Bauer starrte Hanna fassungslos an. »Halten Sie mich eigentlich für einen Vollpfosten?«

»Ich kann mich nicht erinnern, dass ich dergleichen geäußert habe, Kollege Bauer.«

»Nennen Sie das Augenhöhe? Sie erzählen mir hier eine Geschichte, die Ihnen nicht einmal ein Fünfjähriger glauben würde. Aber dem Bauer kann man das ja mal auftischen.«

»Kollegin Will hat die Angelegenheit so geschildert, wie sie sich abgespielt hat«, sagte Jan. »Wir sollten uns jetzt lieber auf die nächsten Schritte konzentrieren.«

Sven Bauer beugte sich leicht nach vorne. »Nein, wir sollten uns darauf einigen, dass Sie beide sich ins Team eingliedern und dass Sie uns nicht ständig Stöcke zwischen die Beine werfen. Vielleicht hätten wir den Täter dann schon längst überführt.«

»Stöcke? War das Täterprofil etwa ein Stock?«, sagte Hanna in ruhigem Ton, während sie dabei ihren Stader Kollegen fixierte.

»Vielleicht nicht, aber wann wollten Sie uns informieren, dass Sie inzwischen von zwei Tätern ausgehen? So ganz unwesentlich ist der Punkt ja wohl nicht, oder sehe ich das falsch?«

»Das hat sich kurzfristig ergeben. Ein Team heißt doch nicht, dass alle permanent auf dem gleichen Stand sind. Ich denke, so wird das nichts mit unserer Zusammenarbeit, Kollege Bauer.«

»Das sehe ich auch so, Frau Will.«

»Vielleicht darf ich einen Vorschlag zur Güte machen«, fuhr Jan zwischen die beiden Streithähne. »Wir marschieren getrennt, schlagen aber gemeinsam zu. Sprich, wir treffen uns einmal am Tag, wenn nichts Wesentliches dazwischenkommt, hier im Kommissariat für ein kurzes Meeting, tauschen Informationen aus und gleichen die Vorgehensweise ab.«

»Klingt verdammt danach, was bisher der Plan war«, sagte Sven Bauer.

»Richtig, aber ich war ja auch noch nicht fertig. Sie ordnen meiner Kollegin und mir Moritz Larsen und Lara Jacobs zu. Wir bilden ein Team im Team und konzentrieren uns auf die These, dass es einen zweiten Täter gibt, der entweder unabhängig vom Haupttäter agiert oder aber mit ihm in Absprache.«

»Gute Idee!«, warf Hanna ein. Sie schien ebenfalls bemerkt zu haben, dass Bauer erwog, sich auf den Vorschlag einzulassen. »Sagen wir, das Arrangement wird auf vier Tage begrenzt.«

»Und was kommt danach?«, fragte Bauer.

»Das entscheiden Sie als SoKo-Leiter.« Hanna Will sah Sven Bauer auffordernd an. »Vier Arbeitstage. Was sagen Sie?«

Der Stader Hauptkommissar zögerte die Antwort eine Weile hinaus. »Einer von Ihnen beiden nimmt jeden Tag am Meeting teil. Kann ich mich darauf verlassen?«

»Das hat Priorität. Sollten wir wirklich verhindert sein, werden Moritz oder Lara uns vertreten.«

»Nur im absoluten Ausnahmefall.«

Hanna nickte. »So machen wir's. Können Sie uns jetzt auf den neuesten Stand der Ermittlungen bezüglich Hoeppe bringen?«

Achtundzwanzig

»Wir konzentrieren uns ausschließlich auf die These, dass es einen zweiten Täter gibt«, sagte Hanna, als Jan und sie zwanzig Minuten später mit Moritz Larsen und Lara Jacobs in ihrem provisorischen Büro zusammensaßen.

Moritz Larsen nickte. »Und wir beide haben mit der Rest-SoKo erst mal nichts mehr direkt zu tun? Keine zusätzlichen Aufträge oder Rapporte beim Chef?«

»So ist es. Bis nächste Woche Mittwoch seid ihr sozusagen von allen anderen Aufgaben entbunden«, sagte Jan.

»Wir haben vier Arbeitstage, plus Samstag und Sonntag«, fügte Hanna hinzu. »Ich hoffe, ihr habt am Wochenende nichts vor.« Ohne auf die Antwort zu warten, fuhr sie fort und skizzierte noch einmal die Fakten, die zu der neuen Einschätzung beigetragen hatten. »Hoeppe ist nach wie vor unser Hauptverdächtiger. Aber wir gehen davon aus, dass sein Alibi für die Vergewaltigung und Tötung von Miriam Wendling Bestand haben wird und er nicht als Täter infrage kommt.«

Lara Jacobs zog scharf die Luft ein. »Das ist eine recht ungewöhnliche Herangehensweise.«

Weder Hanna noch Jan hatte den beiden Neuen von Hoeppes Observation in der fraglichen Nacht erzählt.

»So verlieren wir jetzt keine wertvolle Zeit«, sagte Hanna. »Einverstanden?« Sie stand auf, als kein Widerspruch von Jacobs und Larsen kam, und stellte sich vor die Flipchart. Auf die Mitte der Seite notierte sie den Namen »Hoeppe« und umkreiste ihn. »Wenn wir tatsächlich von zwei Tätern ausgehen, werden die Suche nach dem Motiv und die Prüfung möglicher Alibis um einiges schwieriger. Hoeppe wäre damit nicht aus dem Spiel, nur weil sein Alibi für die Tatnacht bei Miriam Wendling wasserdicht ist. Im Gegenteil, er ist umso verdächtiger, da er sich an diesem Abend ganz anders verhalten hat, als wie er von zahlreichen Zeugen beschrieben wird.«

Hanna gab Jan einen Wink. Er räusperte sich und richtete sich leicht auf. »Ich bin bei meinem Täterprofil von einer rasanten Entwicklung von einem recht unbedarften Vergewaltiger, der leicht auffindbare DNA am Tatort hinterlässt, zu einem Planer und extrem vorsichtigen Täter ausgegangen. Es sind aber in den letzten Tagen immer mehr Fakten aufgetaucht, die nicht ins Bild passen. Hanna hat schon einige von ihnen aufgeführt. Es geht jetzt darum, genau diese Hypothese zu untermauern oder eben zu widerlegen. Harald Hoeppe ist deshalb für uns im Moment nur eine Randfigur.«

»Was sollen wir genau machen?«, fragte Moritz Larsen.

»Wir haben in dem Harburger Mietshaus drei Männer im Fokus«, übernahm wieder Hanna. »Felix Adler, Lothar Reimers und Reiner Barth. Bei Felix Adler warten wir auf den Abgleich von DNA und Fingerabdrücken. Er sitzt, wie bekannt, in U-Haft und kann jederzeit vernommen werden. Wir konzentrieren uns auf die beiden anderen Männer. Haben sie Verbindungen nach Stade und ins Alte Land? Können wir sie mit den überfallenen Frauen in Verbindung bringen? Gibt es Personen, die etwas über die beiden Männer aussagen können? Verwandte, Bekannte, Arbeitskollegen oder Ähnliches.«

»In aller Regel werden Männer nicht spontan zu Vergewaltigern«, übernahm wieder Jan. »Es gibt fast immer eine Vorgeschichte. Sprich, wir müssen vielleicht sehr tief graben, um Anhaltspunkte zu finden.«

Lara Jacobs hob die Hand. »Wenn ich das richtig sehe, sind die drei Verdächtigen nicht die einzigen Männer im Haus. Lassen wir alle anderen links liegen?«

»Nein«, antwortete Hanna. »Aber unsere Zeit ist kostbar. Deshalb machen wir einen Schritt nach dem anderen.«

Lara Jacobs nickte. »Moritz hat ja schon alle Bewohner des Hauses erfasst. Wäre nicht zumindest ein kleiner Check sinnvoll?«

»Wenn du die Energie hast und ein paar Überstunden dranhängst«, sagte Hanna und stand auf. »Zuerst aber kommen Reimers und Barth.« Sie schrieb die beiden Namen rechts und links neben den von Harald Hoeppe und umrundete sie mehrmals mit dem Filzstift.

»Wo wohnt die Ex von Reimers?«, fragte Hanna, als sie neben Jan im Fahrerhaus des Wohnmobils saß.

Jan beugte sich zum Navi und tippte etwas ein. »Freiburg.«

»Das ist jetzt ein Scherz, oder? Ich dachte, sie lebt hier irgendwo in der Nähe.«

»Freiburg an der Elbe. Wir müssen hoch zur Küste. Vierzig Minuten Fahrt etwa.«

Hanna startete kopfschüttelnd den Motor und rollte vom Hof der Polizeiinspektion. Sie fuhren um die Altstadt herum Richtung Norden. Nach knapp zwei Kilometern ließen sie die letzten Häuser hinter sich und bewegten sich parallel zur Elbe auf die Nordseeküste zu.

»Wie gehen wir vor?«, fragte Jan.

»Sie wird schon etwas über ihren Ex ausplaudern.«

»Nicht unbedingt. Er ist der Vater ihrer Kinder.«

»Eben«, murmelte Hanna, die keine Lust hatte, mit Jan über eine ausgeklügelte Befragungsstrategie zu sprechen. Sven Bauers Auftritte, in Hamburg wie in seinem Büro, machten ihr zu schaffen. Auch wenn Jan mit seinem Vorschlag den richtigen Schalter beim SoKo-Leiter umgelegt hatte, missfiel ihr die Rolle als Schmuddelkind.

»Wenn sie mitbekommt, an welchem Fall wir arbeiten, könnte sie sich auch dazu entscheiden zu schweigen.«

»Warum?«, fragte Hanna. »Würdest du dein Kind zu einem Serienvergewaltiger schicken? Wohl kaum.«

»So weit sind wir noch nicht. Bis jetzt wird Herr Reimers allenfalls als Zeuge geführt. Manchmal ist es leichter, den Realitäten nicht ins Auge zu blicken, sondern sie zu verdrängen.«

»Dann sind wir halt vorsichtig«, murmelte Hanna, die ihre immer noch schwelende Wut über ihren Stader Kollegen nur schwer verbergen konnte.

Jan sah sie von der Seite an. »Sven Bauers Reaktion war zu erwarten. Bereitet dir das gerade Kopfzerbrechen?«

Hanna stöhnte theatralisch. »Hatten wir uns nicht darauf geeinigt, dass ich nicht das Objekt deiner Analyse werde?«

Jan schwieg und schaute aus dem Seitenfenster.

Hanna stöhnte innerlich auf. War sie verpflichtet, diesen Mann immerzu mit Samthandschuhen anzufassen? Warum hielt er nicht einfach mal seine Klappe?

»Musst du immer gleich eingeschnappt sein?«, fragte Hanna nach einer Weile.

»Bin ich das? Du wolltest in Ruhe gelassen werden und ich bin deiner Bitte nachgekommen.«

»Ich hasse Demütigungen.«

Jan warf ihr einen erstaunten Blick zu.

Hanna schüttelte den Kopf. »Du doch nicht. Bauer. Er soll sich warm anziehen, wenn er das noch einmal versucht.«

Jan schwieg.

»Was ist? Du hast doch sonst immer zu allem eine so ausgewogene Meinung.«

»In diesem Fall nicht«, sagte Jan.

»Ach, hat dein Psychologengehirn ausgesetzt?« Fast im gleichen Moment ärgerte sich Hanna über ihre bissige Bemerkung.

»Nein, es funktioniert noch.« Jan zögerte kurz. »Aber die professionelle Distanz ist am Bröckeln.«

Hanna rollte mit den Augen. »Was heißt das schon wieder?«

»Du bist mir wichtig. Als Mensch und als Kollegin.«

Was war das? Einer seiner Standardsprüche oder meinte er es ernst? »Ist das wieder eine deiner verqueren Liebeserklärungen?«

Jan lächelte. »Wenn du es so ausdrücken willst.«

Hannas Anspannung löste sich langsam. Dieser Mann blieb ihr zwar weiter ein Rätsel, aber wenn sie ehrlich zu sich war, musste sie zugeben, dass seine Art, mit ihrer ruppigen Seite umzugehen, ihr guttat. Unwillkürlich kam ihr die Situation in Hamburg in den Sinn, als er auf Adler zugegangen war. Warum hatte sie ihn nach der Entwaffnung von Adler so angefahren? Hatte sie Angst um ihn gehabt? Ja, zumindest einen kurzen Moment. War er ihr wichtiger, als sie es sich eingestehen wollte? Unsinn, hör auf zu grübeln, sagte sie sich, atmete tief durch und musste grinsen, als sie an seine »verquere Liebeserklärung« dachte.

»Was ist?«, fragte Jan.

Sie zuckte mit den Schultern. »Ich musste gerade daran denken, dass wir in einem dieser schlechten Filme jetzt an den Straßenrand fahren würden. Sex sells. Erhöht die Einschaltquote.«

»Dafür haben wir heute keine Zeit«, antwortete Jan trocken. »Vielleicht ein anderes Mal.«

Hanna lachte. »Ich mag dich. Hatte ich das eigentlich schon gesagt?«

»Nein, zumindest nicht zu mir.«

Sie stieß Jan spielerisch in die Seite. »Du bist schon eine Nummer. Gut, dann fahren wir halt weiter.«

»In fünf Minuten sollten wir da sein«, sagte Jan mit Blick aufs Navi.

Neunundzwanzig

Jan warf Hanna Will einen Blick zu. Sie lief neben ihm auf das Einfamilienhaus zu, in dem Sabine Steffens mit ihren beiden Kindern und ihrem neuen Lebenspartner wohnte.

Er wurde aus dieser Frau nicht schlau. Ihre Stimmung konnte von der einen Minute zur andern wechseln. Erst kanzelte sie ihn ab, um ihm kurz darauf ein Kompliment zu machen. Sie war zweifellos eine gute Ermittlerin, ergriff Initiative und pfiff auf geregelte Arbeitszeiten. Sie war mit Herzblut bei der Arbeit, es schien ihr nicht um vordergründige Erfolge zu gehen, um Belobigungen von oben, sondern einzig und allein darum, die Täter zu fassen. In den wenigen Tagen, seit sie in Stade waren, hatte Jan sich nicht nur an sie gewöhnt, sondern fand ihre Zusammenarbeit, trotz mancher Widrigkeiten, durchaus angenehm. Er tat sich ein wenig schwer mit der Formulierung, aber er mochte sie auch. Normalerweise war es für ihn kein Problem, Gefühle zu zeigen. Warum er auf der Fahrt nach Freiburg lieber auf die leicht gestelzt klingende Formulierung zurückgegriffen hatte, war ihm selbst nicht klar.

»Worüber grübelst du schon wieder nach?«, fragte Hanna Will.

»Nicht von Bedeutung«, murmelte Jan und drückte auf den Klingelknopf.

Eine attraktive Frau mit schulterlangen hellbraunen Haaren öffnete ihnen die Tür. Jan stellte sich und Hanna Will vor. »Wir haben heute telefoniert, Frau Steffens.«

Sabine Steffens ließ sich Hannas Ausweis zeigen und trat zur Seite. Als Jan und Hanna im Flur standen, schloss sie die Tür und zeigte den Flur entlang. »Gehen wir doch in die Küche.«

Nachdem ihnen Sabine Steffens Kaffee eingeschenkt hatte, setzte sie sich mit an den Tisch und sah Jan fragend an. »Es geht um meinen Ex-Mann, haben Sie gesagt? In welchem Schlamassel steckt er denn?«

»Dazu darf ich Ihnen leider nichts sagen, Frau Steffens. Wir sind in einer frühen Phase der Ermittlungen und dabei ist der Name Ihres Ex-Mannes gefallen – zunächst einmal als Zeuge. Wir haben auch schon kurz mit ihm gesprochen, sind aber gehalten, auch mit Bekannten, Freunden oder auch Angehörigen zu sprechen.«

»Ich gehöre zu keiner der Kategorien«, sagte Sabine Steffens. »Vielleicht sollten Sie lieber …« Sie ließ den Satz unvollendet.

»Sie haben Jahre mit Ihrem Ex-Mann zusammengelebt«, sagte Hanna. Jan wunderte sich, wie zurückhaltend ihre Stimme klang. »Sicher können Sie uns das eine oder andere über ihn sagen. Man lernt sich in der Ehe ja ziemlich gut kennen.«

»Leider«, murmelte Sabine Steffens. Sie griff nach der Tasse und trank einen Schluck, setzte sie wieder ab und schob sie zur Seite. »Unsere Scheidung war nicht sehr friedlich, um es nett auszudrücken. Im Moment ist Ruhe und ich möchte gerne, dass es so bleibt. Mir wäre es egal, aber die Kinder leiden sehr darunter.« Sie hielt inne und schien zu überlegen. »Vielleicht ist es doch besser, wenn ich mich nicht zu Lothar äußere.«

Jan gab Hanna ein Zeichen, dass sie sich zurückhalten sollte.

»Das kann ich verstehen«, sagte Jan. »Auf der anderen Seite möchte ich auch nicht, dass Sie es irgendwann bereuen, nicht mit uns gesprochen zu haben.«

»Bereuen? Was werfen Sie denn jetzt meinem Ex-Mann vor?«

»Wie gesagt, bisher ist es eine standardmäßige Abfrage, die in solchen Fällen üblich ist. Wir sind sozusagen dazu verpflichtet.«

Sabine Steffens schaute auf die Uhr. »Ich weiß nicht recht.«

»Wer von Ihnen beiden hat die Scheidung eingereicht?« Jan wusste, wenn er jetzt keinen Einstieg finden würde, wäre die Fahrt nach Freiburg verschwendete Zeit gewesen. Sabine Steffens war unmittelbar davor, das Gespräch abzubrechen.

»Das war ich. Es ging nicht mehr«, sagte Sabine Steffens leise. »Ich habe lange gezögert, wegen den Kindern und alles.«

»Ja, das kenne ich«, sagte Jan. »Ich lebe auch getrennt von meiner Frau und unserem Sohn. So ein Schritt ist für alle Beteiligten nie einfach. Aber auf lange Sicht ist es meistens das Richtige.«

Sabine Steffens nickte. »Ja, das hoffe ich auch.«

»Wie haben Sie Ihren Mann kennengelernt?«

Sie lächelte. »Ach, das war ganz zufällig. Ich bin ihm an einer Ampel aufgefahren. Es war nicht schlimm, nur ein paar Kratzer. Wir haben dann schnell beschlossen, dass wir das unter uns regeln.«

»Sie haben sich wiedergesehen?«

»Ja, auch wieder ein Zufall. Ich wollte mir im Kino einen Film anschauen. Eigentlich mit meiner Freundin zusammen, aber sie musste zu ihrer kranken Mutter. Also bin ich alleine los. Lothar stand dann hinter mir in der Schlange. Wir sind zusammen in den Film und haben danach noch ein Glas Wein getrunken.«

»Ein schöner Anfang.«

Sabine Steffens nickte lächelnd. »Ja, Lothar war damals ziemlich zurückhaltend, ach, was sag ich, schüchtern war er. Es war ihm sogar etwas peinlich, dass wir uns vor der Kinokasse wiedergetroffen haben. Richtig süß war das.«

»Wer von Ihnen beiden hat vorgeschlagen, sich wiederzutreffen?«, fragte Jan vorsichtig weiter.

»Das weiß ich gar nicht. Ich glaube, wir haben das offengelassen. Wir hatten ja die Telefonnummern voneinander.«

»Hat es lange gedauert, bis Sie sich wiedergesehen haben?«

»Auch das weiß ich nicht mehr genau. Oder ... doch, es muss im Baumarkt gewesen sein. Wir sind fast mit unseren Einkaufswagen zusammengestoßen. Wie konnte ich das vergessen? Damals habe ich das für einen Wink des Schicksals gehalten. Wir haben uns dann verabredet. Ich glaube sogar, ich habe ihn zum Essen eingeladen. Dann hat es aber noch eine Weile gedauert, bis Lothar sich getraut hat. Sozusagen.«

»Und wann sind Sie in eine gemeinsame Wohnung gezogen?«

»Das war später. Ich habe den Vorschlag gemacht, weil ich aus meiner Wohnung raus musste. Eigenbedarf des Vermieters.«

»Manchmal ist es gut, wenn man ins kalte Wasser geworfen wird«, sagte Jan. »Dann haben Sie irgendwann geheiratet?«

»Ich wurde schwanger. Das war eigentlich nicht geplant, zumindest nicht zu dem Zeitpunkt. Lothar war auch nicht begeistert. Aber eine Abtreibung kam für mich nicht infrage. Der Rest hat sich dann von alleine ergeben. Wie das so ist. Der Bauch wächst, man macht sich viele Gedanken und dann kommt automatisch auch der nächste Schritt. Und in dem ganzen Trubel mit dem ersten Kind und der Euphorie der nächsten Schwangerschaft haben wir wohl all unsere Probleme vergessen.« Sabine Steffens seufzte. »Es war ja nicht so, dass immer alles nur rosarot war. Aber ohne Kinder und wenn beide arbeiten, lässt sich das leichter überspielen. Aber halt nicht ewig. Irgendwann konnte ich nicht mehr und habe es dann geschafft. Die Notbremse zu ziehen, sozusagen. Der Zug stand still, aber danach ging der Terror erst richtig los.«

»Ihr Mann ist also nicht so gut mit der Trennung zurechtgekommen?«

Sie zuckte mit den Schultern. »Männer haben es da schwerer. Nicht immer, ich weiß. Manchen geht es ohne Familie besser und sie vergessen schnell. Zu schnell, wie man so hört.«

»Ihr Ex-Mann nicht?«

»Die ersten zwei Jahre waren der reinste Horror, die nächsten waren Kampf bis aufs Messer und erst im letzten Jahr wurde es ruhiger. Nicht gut, aber ich kann damit leben.«

Jan nickte. »Wie lange waren Sie mit Ihrem Ex-Mann zusammen?«

»Zwei Jahre ohne Trauschein, fünf Jahre mit. Dann war Schluss.«

»Sieben Jahre. Für manche eine kurze, für andere sicher eine sehr lange Zeit.«

Sabine Steffens lächelte matt. »Ich gehöre zur zweiten Gruppe. Aber wie heißt es so schön: lieber ein Ende mit Schrecken als ein Schrecken ohne Ende. Es ist vorbei, zumindest mehr oder weniger.« Sie seufzte schwer. »Wie viele Ehen werden in Deutschland geschieden?«

»Die Scheidungsquote ist je nach Jahr recht unterschiedlich«, antwortete Jan. »Aber es sind durchaus bis zu fünfzig Prozent der Ehen geschieden worden.«

»Dann bin ich ja wenigstens kein Einzelfall.«

Jan sah aus dem Augenwinkel, dass Hanna Will unruhig wurde. Er konnte nur hoffen, dass sie sich noch eine Weile zurückhalten würde.

»Ja, ein Einzelfall sind Sie sicher nicht. Ihr Mann hat ja ziemlich lange gebraucht, um die Scheidung zu akzeptieren.«

»Ist das nicht immer so bei Männern? Entweder hauen sie selbst ab, natürlich mit einer Jüngeren, oder sie drehen regelrecht durch, weil sie glauben, ihnen wurde etwas unrechtmäßig gestohlen.«

»Er hat Ihre Beweggründe nicht verstanden?«

»Nein, wie auch? Es drehte sich immer alles nur um ihn. Und wenn einmal nicht, fand er einen Weg, dass wieder er im Mittelpunkt stand. Ich habe einmal gelesen, dass man Gefühle nicht erlernen kann, also wenn man schon erwachsen ist und als Kind … wie soll ich das jetzt sagen? Also wenn man als Kind dazu keine Gelegenheit hatte.«

»Es ist zumindest schwieriger«, sagte Jan. »Aber nicht unmöglich.«

»Sie sind Psychologe? Habe ich das am Telefon richtig verstanden?«

»Ja, das haben Sie.«

»Und Sie leben getrennt von Ihrer Frau und dem gemeinsamen Sohn?«

»Ja, seit über einem Jahr.« Jan war sich bewusst, dass er gerade einen schmalen Grat betrat. Normalerweise war sein Privatleben tabu, die Konzentration galt dem Gegenüber, und er musste eine professionelle Distanz aufbauen und halten.

»Fällt es Ihnen schwer?«

Jan nickte. »Es tut weh, wenn ich an meine Lieben denke und an das Leben, das wir nicht gemeinsam haben werden.«

Sabine Steffens schwieg eine Weile. Jan befürchtete, dass er zu weit gegangen und der Gesprächsfaden zerrissen war. Schließlich sah Sabine Steffens auf. Ihre Augen waren feucht geworden. »Das habe ich bei Lothar vermisst. Es ging immer nur um ihn. Er hat von Gefühlen gesprochen, ohne zu wissen, was das überhaupt ist.«

»Haben Sie sich deshalb von ihm getrennt?« Jan hatte sich bemüht, ruhig und einfühlsam zu sprechen. Jetzt lächelte er und hielt mit Sabine Steffens Augenkontakt.

»Lothar hatte sich nicht immer unter Kontrolle. Ich hatte Angst, dass es die Kinder treffen könnte, wenn ich sie nicht von ihm fernhalte.«

»Er hat Sie geschlagen?«, fragte Hanna Will.

Sabine Steffens schreckte auf, als sei sie gerade aufgewacht. »Nein, das habe ich doch gar nicht gesagt.« Sie warf Hanna einen misstrauischen Blick zu. »Lothar ist kein schlechter Mensch. Was wollen Sie ihm eigentlich anhängen?«

»Wir hängen niemandem etwas an«, sagte Hanna mit einem Kopfschütteln.

Sabine Steffens wandte sich von ihr ab und warf Jan einen entschuldigenden Blick zu. »Ich kann Ihnen nicht mehr zu Lothar sagen. Das verstehen Sie sicher.«

Sie standen auf. Auf dem Weg aus der Küche streifte Jans Blick eine Fotowand. Sabine Steffens mit ihren Kindern. Lothar Reimers fehlte.

»Ja, ich hätte meinen Schnabel halten sollen«, sagte Hanna, als sie wieder in ihrem Wohnmobil saßen. »Himmel, jetzt spuck es schon aus.«

»Das hätte auch bei meinen Fragen passieren können«, sagte Jan. »Wir haben doch eine Menge erfahren.«

»Dann lass mal hören.«

Jan lächelte. »Lothar Reimers hat Schwierigkeiten mit seiner Gefühlswelt. Er weiß sich selbst nicht richtig einzuordnen in seiner Welt, zweifelt an sich, hat depressive Schübe, wenn nicht sogar längere depressive Phasen. Er schwankt zwischen liebevoll und abweisend. Empathie fühlt er nicht, sondern setzt sie bewusst ein, um nicht aufzufallen. Das funktioniert nur bis zu einem bestimmten Punkt, anschließend verkehrt es sich schnell ins Gegenteil. Lothar Reimers hat Angst, dass er erkannt wird, seine Gefühlskälte, seine Schwierigkeiten, sich auf Menschen einzulassen. Zwar kämpft er dagegen an, hat aber, gerade in Stresssituationen, seinem inneren Zorn nur wenig entgegenzusetzen. Dann hat er sich nicht mehr unter Kontrolle.«

»Klingt doch ganz danach, als wenn wir einen weiteren Kandidaten hätten.« Hanna hob den Zeigefinger. »Und was hältst du davon, wie sich die beiden kennengelernt haben?«

»Ja, das ist mir auch aufgefallen. Das könnten keine Zufälle gewesen sein. Zumindest das Aufeinandertreffen nach dem Auffahrunfall. Aber ob Lothar Reimers deshalb ein Stalker ist, kann man schwerlich daraus ableiten.«

»Ach, wenn es um die Psyche geht, bist du aber nicht so zurückhaltend.«

»Das ist mein Job«, sagte Jan. »Du hast die Befragung aufgezeichnet?« Er hatte bemerkt, dass Hanna die ganze Zeit ihr Handy auf dem Tisch liegen hatte.

»Ja, ich dachte, du willst es dir vielleicht später noch einmal anhören.«

Gerade als Jan antworten wollte, machte sich Hannas Handy bemerkbar. Sie nahm das Gespräch über die Freisprechanlage an.

»Hallo Moritz, gibt es etwas Neues?«

»Ich habe mich in den letzten Stunden mit Reiner Barth beschäftigt. Er ist in Cuxhaven aufgewachsen. Ich habe mir gedacht, dass es sich vielleicht lohnen würde, nach Jugendsünden Ausschau zu halten. Die Kollegen vor Ort kannten seinen Namen nicht, aber sie haben mich an einen pensionierten Hauptkommissar verwiesen. Ich habe kurz mit ihm telefoniert. Er kennt Barth, wollte aber am Telefon nicht darüber reden.«

»Cuxhaven? Wir könnten da vorbeifahren.«

»Deshalb rufe ich an. Ich habe den Kollegen schon gefragt, ob er mit euch sprechen würde. Schafft ihr es in einer Stunde?«

»Kein Thema. Schick uns die Adresse. Wir fahren gleich los.«

Dreissig

Das kleine Haus am Rande von Cuxhaven stand in Sichtweite des Deiches. Es dämmerte bereits, als Hanna parkte, sie stiegen aus und gingen die letzten fünfzig Meter zu Fuß.

»Mühsame Suche in der Vergangenheit«, murmelte Hanna.

»Ich sehe im Moment keinen anderen Weg«, sagte Jan.

»Und ich sehe uns auch noch in drei Wochen durch diese unwirkliche Landschaft fahren.« Sie blieb stehen und sah Richtung Deich. »Werden die irgendwann so hoch sein, dass man den Himmel nicht mehr sehen kann?«

»Nein, das ist technisch nicht möglich. Ein, allenfalls zwei Meter, dann ist das Ende erreicht.«

»Und dann war's das hier?«

»Wenn die Menschheit nicht zur Vernunft kommt, könnte sich Niedersachsen fast halbieren.«

»Dann bleibt nicht mehr viel von deiner schicken Villa?«

»Nein. Sie wäre dann nur noch für Taucher interessant.«

Hanna sah ihn mit hochgezogenen Augenbrauen an. »Das scheint dich aber nicht sonderlich zu berühren.«

Jan warf Hanna einen Blick zu, den sie nicht entschlüsseln konnte. Hatte sie wieder etwas Falsches gesagt?

Sie blieben vor dem halbhohen Zaun stehen. Das kleine Einfamilienhaus mit gepflegtem Vorgarten, das kurz nach dem zweiten Weltkrieg gebaut worden sein musste, war in einem guten Zustand.

Hanna klingelte, niemand öffnete. Sie drückte ein weiteres Mal auf die Klingel. Nichts passierte. Als sie gerade nach dem Handy greifen wollte, kam ein Mann um die Ecke. Er trug blaue Arbeitskleidung, feste Schuhe und hatte Gartenhandschuhe an.

»Sind Sie die Kollegen vom LKA?«, fragte er.

Hanna nickte und zeigte ihm ihren Ausweis. »Und das ist mein Kollege Jan de Bruyn.«

»Hannes Hartmann. Moin!« Er zog den rechten Gartenhandschuh aus und reichte Hanna und Jan die Hand. »Wir gehen am besten durch den Garten ins Haus.«

Sie liefen hinter Hartmann her, der sie zum Hintereingang führte. »Die Zweite rechts. Ich komme sofort nach.«

Hanna öffnete die Tür, hinter der eine große Wohnküche lag. Sie blieben stehen, bis Hannes Hartmann kurz darauf zu ihnen kam und ihnen etwas zu trinken anbot.

»Was kann ich denn Gutes für Sie tun?«, fragte Hartmann, als sie zu dritt an seinem Küchentisch saßen. »Ich bin schon eine Weile nicht mehr im Dienst. Aber das wissen Sie ja.«

»Es geht um Reiner Barth. Unser Kollege, mit dem Sie telefoniert haben, sagte uns, dass Sie mit Barth zu tun gehabt haben.«

Der alte Mann lächelte. »Zu tun gehabt. So könnte man es auch nennen. Was hat er denn angestellt? Er müsste doch jetzt mindestens …« Er schien im Kopf nachzurechnen, wie alt Barth inzwischen sein musste. »… über vierzig sein, oder?«

»Vierundvierzig«, sagte Hanna. »Ist er aufgefallen, als er noch hier in Cuxhaven wohnte?«

»Durchaus. Schon als Dreizehnjähriger ist er wegen Ladendiebstahl und Körperverletzung aufgegriffen worden. Die

Mutter hat Reiners Vater verlassen, als er vier Jahre alt war. Sie ist von einem Tag auf den anderen verschwunden und nie wieder aufgetaucht.«

»Was heißt verschwunden?«, fragte Jan.

»Ihr Ehemann hat nach einer Woche eine Vermisstenmeldung aufgegeben. Allerdings war das vor meiner Zeit, ich habe das nur von älteren Kollegen gehört.« Er grinste schelmisch. »Heute bin ich der Alte. Wie die Zeit vergeht.«

»Gab es Ermittlungen?«, fragte Hanna.

»Die Akten habe ich nie eingesehen, aber ich weiß, dass gegen den Ehemann ermittelt wurde. Die Ehe soll wohl nicht so glücklich gewesen sein. Letztlich wurde alles eingestellt, nachdem Haus und Grundstück durchsucht worden waren. Ein Leichenspürhund soll auch dabei gewesen sein. Zum Glück war der Junge noch so klein, dass er da nicht viel von mitbekommen hat.« Hannes Hartmann sah auf. »Dürfen Sie mir denn verraten, was gegen Reiner vorliegt?«

»Bisher ist er noch nicht als Verdächtiger eingestuft«, sagte Hanna. »Sie haben von der Vergewaltigungsserie in Stade gehört?«

Der pensionierte Kommissar stieß einen Pfiff aus. »Wurden nicht auch zwei der Frauen getötet?«

Hanna nickte.

»Und Reiner wird jetzt …« Hannes Hartmann schluckte schwer. »Verdammt. Jetzt verstehe ich, warum Sie hier sind.«

Jan räusperte sich leise. »Der Sohn ist also bei seinem Vater geblieben?«

»Ja, die Mutter war ja verschwunden und für einen Heimaufenthalt gab es wohl keine ausreichenden Gründe. Wie gesagt, zu der Zeit war ich noch nicht in Cuxhaven. Ich habe die Infos aus dritter Hand.«

»Gab es Beschwerden oder ist das Jugendamt mit Vater und Sohn beschäftigt gewesen?«, fragte Jan weiter.

»Ich könnte es mir gut vorstellen. Aber ich muss ehrlicherweise zugeben, dass ich dazu nichts sagen kann. Später war das Jugendamt mit von der Partie. Logisch, wenn ein Dreizehnjähriger wie ein Rabe klaut und sich alle paar Tage mit jemandem prügelt.«

»Wie hat der Vater reagiert?«

»Er hat Reiner verdroschen. Nicht nur 'ne Kopfnuss oder ein Tritt in den Hintern, nein, er hat ihn regelrecht zusammengeschlagen. Und wieder wurde das Jugendamt eingeschaltet. Der Junge kam für zwei Monate in eine Pflegefamilie in Stade.«

»Zwei Monate?«, fragte Hanna. »Nicht länger?«

»Die Pflegeeltern haben ihn sozusagen rausgeworfen. Reiner wollte unbedingt zurück zu seinem Vater und hat wohl alle Register gezogen, damit er das erreicht. Kurz und schlecht, er hat es geschafft.«

»Wie ging es weiter?«, fragte Jan.

»Für ein paar Monate herrschte Ruhe, aber mit vierzehneinhalb ist Reiner beim Dealen erwischt worden. Er hatte so viel Zeug dabei, dass es nicht mehr als Eigenbedarf durchgehen konnte. Es kam zur Verhandlung, wo er auf eine milde Richterin traf. Mit ein paar Auflagen und Sozialstunden ist er davongekommen.« Hannes Hartmann hob beide Hände. »Was soll ich sagen? So ging es weiter. Als er sechzehn war, hat er eine Jugendstrafe abgesessen und anschließend habe ich ihn unter meine Fittiche genommen. Seinem Vater habe ich klargemacht, dass er die Finger von seinem Sohn lassen soll, deutlich klargemacht, wenn Sie wissen, was ich meine. Ich glaube nicht, dass er Reiner danach noch einmal angerührt hat. Davon abgesehen war der Junge zu dem Zeitpunkt schon so groß und kräftig, dass er seinem Vater körperlich durchaus gewachsen war. Kann sein, dass nicht nur meine Ansage den Ausschlag gegeben hat, sondern der Alte auch Angst hatte, einmal den Kürzeren zu ziehen.«

»Sie haben den jungen Mann also quasi begleitet?«, fragte Jan.

»Mehr oder weniger. Ich hatte ja auch meine Arbeit und eine Familie.« Er sah zu einem Foto, das an der Wand hing und eine etwa sechzigjährige Frau zeigte. »Meine Frau ist viel zu früh gestorben. Dabei hatten wir noch so große Pläne.« Er seufzte schwer und schwieg eine Weile.

»Das tut mir leid«, sagte Jan.

»Es ist schon ein paar Jahre her, aber es schmerzt immer noch wie am ersten Tag.« Er senkte seinen Blick und verharrte einen Moment in der Position, bevor er sich aufrichtete. »Aber deshalb sind Sie nicht gekommen. Zurück zu Reiner. Er ist mit siebzehn bei seinem Vater ausgezogen und hat hier in der Nähe einen Ausbildungsplatz bekommen. Gewohnt hat er dann in einer betreuten Jugendwohnung. Mit Mühe und Not hat er die Prüfung bestanden und ist dann nach Hamburg gezogen. Das ist das Letzte, was ich von ihm gehört habe.«

»Wissen Sie, ob er eine Freundin hatte?«, fragte Hanna.

»Nein. So nah war ich nicht an ihm dran. Erzählt hat er mir nie etwas davon. Ich möchte da auch keine Gerüchte in die Welt setzen, wenn Sie verstehen, was ich meine.«

»Wir können auch mit Gerüchten umgehen«, sagte Hanna. »Sie haben da etwas gehört?«

»Wie gesagt, ich habe nie etwas auf das Gerede gegeben, da will ich jetzt auch nicht mit anfangen.«

»Das akzeptieren wir natürlich, Herr Hartmann«, sagte Jan. Hanna kannte inzwischen diese verständnisvolle Stimme, die Jan anscheinend auf Knopfdruck einsetzen konnte. »Vielleicht ist es aber besser, das Gerücht, sollte es denn eins geben, von Ihnen zu hören als von jemand anders, der Herrn Barth nicht so wohlgesonnen ist.«

»Ja, das mag sein.« Hannes Hartmann zögerte und schien mit sich zu kämpfen. »Nun gut, Sie werden es ohnehin erfahren.

Reiner ist kurz vor seiner Prüfung aus dem Jugendhaus geflogen. Eine Mitbewohnerin hatte sich beschwert, dass er sie belästigt hätte. Die ganze Angelegenheit ist im Sande verlaufen und ich war mir damals ziemlich sicher, dass die junge Frau die Geschichte erfunden hat.«

»Belästigt?«, fragte Hanna. »Sexuell?«

»Heute würde man das wohl so einschätzen. Damals hat man ja vieles nicht so eng gesehen. Reiner hat ihr angeblich nachspioniert und sie unter der Dusche beobachtet. Wie das genau abgelaufen sein soll, habe ich nie erfahren. Wie gesagt, als Reiner ausgezogen war, wurde es ganz schnell still um die Angelegenheit.«

»Ich habe Hunger«, sagte Hanna, deren Magen sich schon seit geraumer Zeit lautstark bemerkbar gemacht hatte.

Jan sah auf die Uhr. »Wann ist morgen das Meeting in Stade?«

»Ich konnte Bauer auf zehn Uhr hochhandeln.« Hanna schloss das Wohnmobil auf und setzte sich ans Steuer. Als Jan neben ihr saß, sah sie ihn fragend an. »Keinen Hunger?«

»Aber bitte keine Pizza.«

»Feinschmecker«, murmelte Hanna und startete den Motor.

»Und? Entspricht das hier deinem Niveau?«, fragte Hanna, als sie eine halbe Stunde später in einem Fischrestaurant mit Blick auf den Hafen saßen. Auf dem Parkplatz am Seedeich hatte Hanna problemlos einen Platz für das Wohnmobil gefunden und dort das Handy nach einem Restaurant befragt.

»Der Snob aus London ist zufrieden«, sagte Jan, ohne seinen Blick von der Speisekarte zu wenden.

»Perfekt. Was kann der besagte Snob mir empfehlen?«

»Eine Fischplatte nach Art des Hauses. Du magst Jakobsmuscheln?«

»Das werde ich wohl gleich herausfinden.« Hanna legte die Speisekarte zur Seite. »Wo ich schon für die Unterkunft sorge, könntest du dich für den Proviant verantwortlich fühlen.«

Jan schmunzelte. »Ein Glas Wein dazu?«

»Wollen wir etwa in Cuxhaven übernachten? Ich hatte eher an das schöne Harburg gedacht. Dieser luxuriöse Supermarktparkplatz hat es mir angetan.«

Jan schmunzelte und winkte dem Kellner zu, der kurz darauf vor ihrem Tisch stand und die Bestellung aufnahm.

»Sehe ich das richtig, dass wir zwei neue nette Kandidaten gefunden haben und wir uns jetzt nur noch auf einen der beiden festlegen müssen?«, fragte Hanna, als Jan ihr Mineralwasser einschenkte.

Jan prostete ihr zu. »Etwas komplizierter wird es schon werden.« Er musterte sie. »Ich dachte, dein Jagdfieber würde jetzt so richtig entfacht sein. Du wirkst aber eher leicht entmutigt.«

Hanna zuckte mit den Schultern. »Geht dir das nicht auch mal auf den Wecker, diese ewigen Geschichten über die schwere Kindheit oder Jugend, die alles und jedes zu erklären scheint?« Natürlich hatte dieser Mann, mit dem sie seit Tagen so eng zusammenhing, wieder einmal recht. Hanna fühlte eine bleierne Müdigkeit in sich aufsteigen und sah sich schon eine weitere Nacht vor dem Laptop sitzen. Zumindest schnarchte Jan de Bruyn nicht.

»Wenn du nichts dagegen hast, würde ich die Fahrt nach Harburg übernehmen«, sagte Jan.

»Der edle Retter der schwachen Frauen«, murmelte Hanna.

Jan trank einen Schluck Wasser, setzte das Glas wieder ab und wiegte den Kopf hin und her. »So ganz passen wir beide wohl nicht in ein solches Rollenklischee.« Er beugte sich leicht vor und schmunzelte. »Bisher hast du mich vor den Bösen beschützt.«

Hanna musste unwillkürlich lächeln. Sie atmete tief durch und richtete sich auf dem Stuhl auf. »Du bist ein Schatz.« Sie schob ihm den Autoschlüssel über den Tisch. »Ich glaube, mir könnte doch ein kleines Glas Wein ganz guttun.«

Hanna reckte sich und öffnete die Augen. Sie musste eingeschlafen sein. »Sind wir schon hinter Stade?«

»Ja, gerade auf die Autobahn aufgefahren«, sagte Jan. »Geht es dir besser?«

Hanna verschränkte die Hände im Nacken und beugte sich vor und zurück. »Alles in bester Ordnung.«

Jan musterte sie kurz. »Ich übernehme die erste Schicht.«

»Rede keinen Unsinn. Das mache ich.« Sie hob warnend den Zeigefinger. »Keine Widerrede!«

»Wie du meinst.«

»Reimers oder Barth?«, fragte Hanna, um das Thema zu wechseln.

»Oder keiner von beiden.«

»Mir ist schon klar, dass wir komplett danebenliegen könnten. Aber was hat Hoeppe über mindestens eineinhalb Stunden in diesem Haus gemacht? Ja, er hätte zu einer Hure gehen können, aber Moritz hat nichts gefunden, das darauf hindeutet, dass eine dieser Damen in dem Haus ihre Dienste anbietet. Auch sonst gibt es bisher nicht den kleinsten Hinweis darauf, wen er dort sonst noch besucht haben könnte. Immerhin mitten in der Nacht.«

»Gut. Lothar Reimers. Was haben wir?«

Hanna klappte ihren Laptop auf. »Moritz war fleißig.« Sie überflog die Daten, die der junge Stader Kollege zusammengetragen hatte. »Alter siebenunddreißig. Er hat nach dem Abschluss auf der Realschule eine Ausbildung als Bürokaufmann gemacht und wurde dann von der Firma übernommen. Als die Firma insolvent war, stand Reimers auf der Straße. Ein Jahr hat er Arbeitslosengeld bezogen und anschließend den Job bei der Hamburger Wasserwerke GmbH bekommen. Da arbeitet er jetzt seit zwölf Jahren. Sachbearbeiter, was immer das bedeutet.«

»Familie?«

»Scheint alles ganz normal zu sein. Eltern sind verheiratet, nur ein Kind, Vater ist Lkw-Fahrer bei einer großen Spedition. Sprich, wohl häufig nicht zu Hause gewesen. Mutter hat keine Ausbildung und hat erst wieder gearbeitet, als ihr Sohn schon erwachsen war.«

»Hat Moritz Larsen sonst noch etwas gefunden?«, fragte Jan.

»Reimers hat nicht einmal einen Punkt in Flensburg. Keine Vorstrafen, kein gar nichts. Unauffälliger geht es fast nicht. Okay, eventuelle Jugendstrafen wären inzwischen gelöscht. Aber bisher hat Moritz niemanden gefunden, der etwas dazu sagen konnte.«

»Wie ist der Bezug zu Stade?«

»Seine Ex-Frau hat in den ersten zwei Jahren nach der Trennung dort gelebt. Also wird er wohl ab und an dort aufgelaufen sein. Finden die Verhandlungen vor dem Familiengericht nicht auch in dem Ort statt, wo die Kinder leben?«

»Ja.«

»Wenn er die Kinder nur kurz sehen durfte, wird er mit ihnen in Stade unterwegs gewesen sein. Also einen Bezug zur Stadt gibt es auf jeden Fall.«

»Wie bei Reiner Barth«, warf Jan ein.

»Bleiben wir erst mal bei Reimers. Wo sollen Moritz und Lara ansetzen?«

»Erstens sollen sie überprüfen, ob es Übergriffe auf Frauen gab in der Zeit, bevor Lothar Reimers seine spätere Frau kennengelernt hat. Sagen wir, seit seinem achtzehnten Lebensjahr und in einem Umkreis von zwanzig Kilometern.«

»Das sollte machbar sein. Reimers ist in Lüneburg aufgewachsen und hat dort auch die Ausbildung gemacht. Und zweitens?«

»Gibt es eine Verbindung zwischen den überfallenen Frauen und Lothar Reimers? Anfangen sollen sie mit Julia Sander. Sie war Krankenschwester. Ist Lothar Reimers ihr da begegnet? Julia Sander ist zwölf Jahre jünger als Lothar Reimers. Als Reimers seine Ex-Frau kennengelernt hat, war Julia noch ein Teenager. Zu der Zeit gab es wohl kaum Berührungspunkte.«

»Vielleicht mit der Mutter von Julia?«

Jan nickte. »Also drittens: Wo hat Julias Mutter als Sexarbeiterin gearbeitet? Kann Lothar Reimers Kontakt zu ihr gehabt haben?«

»Sollten wir nicht nach einer Verbindung zwischen Reimers und Miriam Wendling suchen?«

»Das wäre der Punkt vier. Allerdings ist die Verbindung zwischen Harald Hoeppe und Miriam Wendling so stark, dass ich bezweifele, dass Lothar Reimers auch eine gemeinsame Geschichte mit ihr hat.«

Hanna warf ihm einen erstaunten Blick zu. »Denkst du an ›Eine Hand wäscht die andere‹? Das ist doch Stoff für einen schlechten Krimi.«

»Deshalb habe ich auch so lange gezögert, bevor ich den Gedanken zugelassen habe«, sagte Jan.

»Okay, spielen wir es durch. Nach deiner Theorie gibt es zwei Täter. Sie treffen sich mehr oder weniger zufällig, nähern sich an und tauschen sich aus. Der eine, mutmaßlich Hoeppe, ist der vorsichtige, intelligente Typ, der sich rundum informiert hat, wie er uns und den Kriminaltechnikern ein Schnippchen schlagen kann. So weit richtig?«

Jan nickte.

»Der zweite Täter ist unvorsichtig, hinterlässt seine Fingerabdrücke und sogar die DNA. Er hat Glück, weil beides nirgendwo registriert ist beziehungsweise im Bundeszentralregister wieder gelöscht wurde. Nummer zwei schlägt einmal zu, pausiert dann, bis er auf das Superhirn trifft. Sie verbünden sich, zunächst geht es um Fantasien, bis das nicht mehr reicht. Superhirn will mehr wissen, recherchiert und bekommt heraus, dass Nummer zwei gravierende Fehler gemacht hat. Er selbst beobachtet schon eine ganze Weile Frauen, ohne den letzten Schritt zu machen, oder er hat einen gemacht, der missglückt ist und ihn noch vorsichtiger und vorausplanender gemacht hat. Und er ist fasziniert von Nummer zwei und …« Hanna zuckte mit den Schultern. »Wie geht es weiter?«

»Nummer eins will selbst erfahren, was er bisher nur theoretisch durchgespielt hat oder bisher nicht in die Tat umsetzen konnte, vermutlich seit vielen Jahren. Je mehr er sich damit beschäftigt, desto sicherer wird er, dass es das perfekte Verbrechen gibt. Geübt hat Nummer zwei für ihn, der hat die Fehler gemacht, die er nie machen wird. Er sucht sich unter den vielen Frauen, die er bereits in den letzten Jahren ausspioniert hat, zwei oder drei heraus, frischt seine Kenntnisse über sie auf und schlägt zu.«

Jan hatte die Stadtgrenze von Harburg erreicht. Er konzentrierte sich aufs Navi und fuhr zehn Minuten später auf den Parkplatz des Supermarkts.

Während der Fahrt hatte Hanna die Theorie der zwei Täter noch einmal in Gedanken durchgespielt. Viele Puzzlestücke passten plötzlich besser ins Bild. War das ein Zufall oder waren sie tatsächlich auf der richtigen Spur? Sie griff nach dem Handy und gab Moritz Larsen die Aufträge durch.

»Bist du noch im Büro?«, fragte Hanna.

»Ja, Lara auch noch. Aber die Konzentration lässt nach.«

»Macht Schluss für heute. Bis morgen in alter Frische.«

Jan hatte das Gespräch verfolgt und schien, seiner Mimik zufolge, wieder einmal etwas auszusetzen zu haben. »Spuck's schon aus«, forderte sie ihn auf.

»Alles gut. Soll ich uns noch eine Kleinigkeit im Markt einkaufen?«

Einunddreissig

»Wieso lebst du in Deutschland und nicht in London?«, fragte Hanna Will.

Jan schenkte ihr Tee ein. »Ich brauchte Abstand. In London hat mich alles an mein altes Leben erinnert.«

»Und, war es die richtige Entscheidung? Du vermisst die beiden doch immer noch wie verrückt.«

Jan zuckte mit den Schultern. Wie kam diese Frau zu ihrer Einschätzung? War es ein Schuss ins Blaue, um ihn zum Reden zu bringen? Oder war sie doch einfühlsamer, als er bisher angenommen hatte?

»Verweigerst du die Aussage?«, fragte Hanna mit gespielt ernster Miene.

»Und du?«

»Ich habe keine Frage gehört.«

»Würdest du mir denn antworten?«

»Kommt auf die Frage an. Was möchtest du wissen? Warum ich so verkorkst bin und lieber in einem Wohnmobil lebe als in einer schicken Wohnung? Oder wieso ich keinen Bock auf eine längere Beziehung habe?«

»Keine der Fragen steht mir zu.« Wollte sie ihn wieder provozieren?

»War mir klar, dass du das sagst. Okay, ich bin da nicht so zurückhaltend. Warum auch? Es interessiert mich halt. Und jetzt erzähl mir nicht, dass man solche Gespräche nur unter guten Freunden führt.« Hanna angelte sich einen Keks aus der Tüte, die Jan gekauft hatte. »Also?«

Jan hielt die Teetasse in beiden Händen, als wollte er sich daran wärmen. »Ich weiß es nicht. Je nach Stimmung denke ich, dass es die richtige Entscheidung war oder dass ich einen Fehler gemacht habe.«

»Ich wette, du hast seither keine Frau mehr an dich rangelassen.« Hanna stockte. »Na gut, meine Wortwahl war nicht so gelungen. Ich versuch's noch mal.« Sie legte den Kopf in den Nacken und atmete tief durch. »Du kannst dir nicht vorstellen, jemals wieder mit einer Frau zusammen zu sein oder, wie du es ausdrücken würdest, jemals wieder eine Frau in dein Leben zu lassen.« Sie sah ihn fragend an. »Treffer?«

Jan schwieg. Sie hatte ins Schwarze getroffen und es tat weh.

»Was denn? Lag ich etwa daneben?«

»Du würdest wahrscheinlich sagen, Schiff versenkt.«

»Nein, würde ich nicht.« Sie hielt kurz inne. »Darf ich dir einen Rat geben?«

Jan war zu erstaunt, um auf ihre Frage zu reagieren. In den ersten schweren Wochen nach der Trennung hatte er Unterstützung bei einer Londoner Kollegin gesucht. Sie hatte alle Register gezogen, war aber nicht zu ihm vorgedrungen. Es war seine Entscheidung gewesen, keine bewusste, aber eine unumstößliche. Niemand konnte ihm helfen, er selbst musste einen Weg finden, um sein Leben wieder in die Spur zu bringen.

»Okay, war einen Versuch wert.« Sie musterte ihn. »Denkst du jetzt, die Alte ist verrückt geworden? Schuster, bleib bei deinen Leisten?«

»Nein, das denke ich nicht. Ich habe einfach nur keine Antworten auf deine Frage.«

»Hat deine Ex einen Neuen?«, fragte sie unvermittelt und langte noch einmal in die Kekstüte.

»Mag sein, ich weiß es nicht.«

Hanna beugte sich leicht vor. »Ich verstehe das nicht. Du bist doch einer der Guten. Wieso wirft deine Ex dich raus?« Sie hob abwehrend die Hände. »Nein, schon gut, du brauchst nicht darauf zu antworten. Ich halte einfach mein Schandmaul und wir vergessen das Thema. Einverstanden?«

Jan lächelte. »Für heute wäre das vielleicht die beste Lösung.«

Hanna seufzte theatralisch. »Ein einfaches Ja hätte auch gereicht. Willst du dich nicht schlafen legen? Ich mache die erste Schicht.«

»Ich bin noch nicht müde.« Oder schon zu müde, dachte Jan.

Hanna richtete ihren Zeigefinger auf ihn. »Du spielst jetzt aber nicht wieder den Gentleman, oder?«

Jan lächelte. »Nein.«

»Mir geht schon die ganzen Tage etwas durch den Kopf.«

Jan sah sie fragend an.

»Deine Mutter hat in Stade gelebt. Du auch?«

»Nein.«

Hanna schwieg, aber ihre Mimik verriet ihm, dass sie sich mehr als ein kurzes Nein erhofft hatte. Schließlich beugte sie sich vor. »Ich bin in Hannover geboren und aufgewachsen. Und du?«

»Du kennst doch meine Personalakte. Zumindest das sollte dort vermerkt sein.«

»Habe ich vergessen.«

Jan rollte mit den Augen. »Das soll ich dir jetzt glauben?«

»Vielleicht erinnere ich mich doch. Warte …« Sie spitzte die Lippen und gab vor nachzudenken. »Richtig, du bist in Oldenburg geboren. Vater seinerzeit unbekannt, deine Mutter war Zahnarzthelferin. Mehr weiß ich nicht.«

»Das steht in meiner Personalakte?«

»Nicht alles … ich war wohl neugierig und habe etwas recherchiert.«

Zumindest sagt sie die Wahrheit, dachte Jan.

»Ja, das war etwas übergriffig«, gab Hanna zu.

»Kindergarten, Grundschule, Gymnasium, Studium«, zählte Jan auf.

»Und dann bist du nach London?«

»Ich habe dort studiert.«

Hanna rollte mit den Augen. »Jetzt lass dir doch nicht alles aus der Nase ziehen.«

»Es gibt nicht viel zu erzählen. Studium, Praktikum, Studium, Arbeit.«

»Und deine Mutter?«

Jan senkte den Blick. In rascher Folge zogen die Bilder vor seinem geistigen Auge vorbei: die Flure der Hamburger Privatklinik, in der er seine Mutter untergebracht hatte, die Nächte an ihrem Bett, das Gespräch mit dem Chefarzt, die Augen seiner Mutter, ihr mattes Lächeln.

»Krebs, zu spät entdeckt.«

Hanna schluckte. »Das tut mir leid.«

»In vier Tagen …« Jan versagte die Sprache. Er atmete tief durch. »In drei Tagen jährt sich ihr Todestag.«

Ihre Urne lag in einem Friedwald in der Nähe von Oldenburg. Ein Baum, ein kleines schwarzes Schild mit weißer Schrift.

»Entschuldige, ich wollte nicht …«

Jan sah auf und lächelte müde. »Du musst dich nicht entschuldigen.« Er stand auf. »Ich lege mich wohl doch besser etwas hin. Wann weckst du mich?«

Jan drehte sich auf die andere Seite, als eine Hand an seiner Schulter rüttelte. Aus weiter Ferne schien jemand zu rufen.

»Aufwachen! Jan!«

Wer rief da seinen Namen? Nein, das konnte nicht sein. Violet war in London. Aber die Stimme, war es …

»Jetzt mach schon!«

Jan öffnete die Augen. Hanna Will saß an dem kleinen Tisch, der Laptop blendete ihn. Sie winkte ihn zu sich. »Es passiert was.«

Jan kletterte aus dem schmalen Schlafplatz und zog sich seine Hose an. Auf dem Weg zu Hanna angelte er nach seinem Hemd und warf es sich über. »Was ist denn?«

»Lothar Reimers. Er war gerade vor der Tür und hat sich nach allen Seiten umgeschaut.«

»Und jetzt?«, fragte Jan mit verschlafener Stimme.

»Keine Ahnung. Er ist wieder verschwunden.« Hanna zeigte auf den Laptop-Monitor. »Da ist er wieder.«

»Bist du sicher?«

»Ja, ich habe vorhin sein Gesicht gesehen. Und die Statur stimmt auch.«

Der Mann blieb jetzt vor einem Fahrzeug stehen und schaute sich noch einmal um, bevor er auf die Knie ging und mit der Handylampe unter das Auto leuchtete.

»Verdammt! Woher weiß er das?«, fluchte Hanna.

Der Mann fasste jetzt mit der rechten Hand unter den Wagen und schien dort etwas abzutasten.

»Gleich hat er das Teil gefunden.«

Der Mann hielt inne, beugte sich im Licht der Lampe weit nach unten und griff ein weiteres Mal unter das Auto. Jetzt kniete er sich hin und schaute auf etwas in seiner Hand, bevor er aufstand und zum nächsten Fahrzeug ging. Er beugte sich nach unten und langte mit der Hand unter den Fahrzeugboden. Schließlich richtete er sich auf und ging zu seinem Fahrzeug zurück.

»Hast du einen zweiten Sender unter dem Auto?«, fragte Jan.

»Nein, natürlich nicht.« Hanna war aufgestanden und zwängte sich am Tisch vorbei in die Fahrerkabine.

»Das wird nicht funktionieren«, sagte Jan und folgte ihr mit dem Laptop in der Hand.

»Hast du eine bessere Idee?«

Jan schwieg und schaute auf den Laptop. »Er fährt jetzt Richtung Norden die Straße hoch.«

»Verdammt, wie lange brauchen wir bis dahin?«

»Zwei Minuten sicher.«

Hanna erhöhte die Geschwindigkeit und fuhr rasant in die Kurve. Als sie die Zielstraße erreichten, war von dem Škoda Octavia nichts mehr zu sehen. Sie fuhren die Straße hinunter und standen schließlich vor der Entscheidung, nach rechts, links oder über die Querstraße hinaus geradeaus zu fahren.

Hanna stöhnte leise. »Wohin?«

»Rechts geht es zur A 7, links zur B 75 und geradeaus kommen wir weiter nach Harburg rein.«

»Und jetzt? Wohin ist er mitten in der Nacht? Trifft er sich mit Hoeppe? Welchen Weg würde er dann nehmen?«

»Richtung A 7 und dann auf die B 73. Also nach rechts.«

Hanna schlug mit der flachen Hand auf das Armaturenbrett, legte den Gang ein und fuhr Richtung Autobahn.

Nach einer gefühlten Ewigkeit erreichten sie den kurzen Zubringer zur A 7, ohne dass der Octavia in Sicht gekommen wäre. Sie entschlossen sich, weiter auf der Bundesstraße Richtung Buxtehude zu fahren.

»Nichts«, zischte Hanna, als sie das Ortsschild von Buxtehude passierten. »Das kann alles nicht wahr sein.« Sie fuhr auf den Parkplatz einer Bank und stellte den Motor aus.

»Der ganze Aufwand umsonst. Woher wusste Reimers, dass wir sein Auto im Visier hatten?«

Jan zuckte mit den Achseln. »So zielstrebig, wie er den Sender gesucht hat, muss er entweder ein extrem vorsichtiger Mensch sein oder es hat ihn jemand gewarnt.«

»Hoeppe muss seinen Sender gefunden haben.«

»Wann sollte das gewesen sein? Nach seinen Reaktionen bei der Befragung zu urteilen wusste er zu dem Zeitpunkt noch nichts von dem GPS-Tracker.«

»Und wenn er ihn vor seiner Alibifahrt gefunden hat?«, fragte Hanna.

»Und sich deshalb auch sicher war, dass wir ihn nicht verdächtigen? Das Fitnessstudio und der Kneipenbesuch waren nur Ablenkungsmanöver?«

Hanna schüttelte den Kopf. »Nein, das kann alles nicht sein. Dann wäre er wohl kaum nach Harburg gefahren und hätte mich direkt zu dem Haus geführt.«

»Sicher nicht. Wann hast du den Tracker entfernt?«

»Auf dem Parkplatz vor dem Kommissariat.«

»Hätte Hoeppe dich sehen können?«

Hanna schwieg.

»Hätte er?«, fragte Jan ein weiteres Mal.

»Ja, es könnte sein. Er kam mir entgegen, als ich vom Parkplatz ging.«

Jan fuhr sich mit der Hand durch die Haare. »Fahren wir nach Grünendeich. Ich will sehen, ob Hoeppes Auto vor dem Haus steht.«

Hanna drehte den Zündschlüssel um. »Ja, mehr Optionen haben wir im Moment wohl nicht.«

Zweiunddreissig

Hanna reduzierte die Geschwindigkeit, als sie an Hoeppes Haus vorbeifuhren. Der Polo stand an der Straße, im Gebäude war kein Licht zu sehen. Hanna fuhr weiter, wendete und stellte das Wohnmobil auf den Parkplatz des Supermarkts, auf dem sie bereits mehrfach gestanden hatten.

Jan lehnte sich auf dem Beifahrersitz zurück. »Er wird zu Hause sein.«

»Oder auch nicht«, murmelte Hanna. Es konnte kein Zufall sein, dass Reimers mitten in der Nacht nach dem GPS-Tracker suchte, ihn anschließend unter einem anderen Fahrzeug platzierte und dann losgefahren war. Die einzige Person, die ihn gewarnt haben könnte, war Hoeppe. Und auch deshalb war es folgerichtig, dass Hoeppe jetzt nicht in seinem Bett lag, sondern sich mit Reimers traf.

Jan stöhnte. Er schien zu ahnen, was sie vorhatte.

»Du kannst hierbleiben und schlafen«, sagte Hanna, griff nach ihrer Jacke und einer Decke und stieg aus.

Sie hatte nur wenige Meter zurückgelegt, als sie hinter sich die Tür zuschlagen hörte. Sie blieb stehen und wartete auf Jan.

»Doch nicht müde?«

»Gehen wir, du elender Quälgeist.«

Hanna wandte ihren Kopf ab, damit Jan de Bruyn nicht mitbekam, dass sie übers ganze Gesicht grinste.

Fünf Minuten später hatten sie es sich im Nachbargarten vom Hoeppe-Haus auf der Decke gemütlich gemacht. Geschützt durch mehrere Büsche konnte ihr Versteck von keiner Seite eingesehen werden.

»Er muss kommen«, flüsterte Hanna Jan zu.

»Und wenn nicht?«

»Dann hast du etwas gut bei mir.«

Aus dem Augenwinkel sah Hanna, dass Jan lächelte. Sie hatte nicht damit gerechnet, dass er ihr folgen würde, um sich eine weitere Nacht in der nassen Kälte um die Ohren zu schlagen.

»Ich komme darauf zurück«, sagte er.

»Und wenn ich recht habe?«

»Lass dich überraschen.«

»Ich hasse Überraschungen«, flüsterte Hanna.

»Seit wann das? Ich dachte, du wärst die Spontaneität in Person.«

»Du denkst zu viel, de Bruyn.«

»Soll ich jetzt sagen: und du zu wenig?«

Hanna rollte mit den Augen.

»Kalt?«, fragte sie, nachdem sie minutenlang geschwiegen hatten.

»Noch geht es.«

Hanna rückte näher an ihn heran. »Vielleicht hilft das ja.«

So saßen sie eine gefühlte Ewigkeit nebeneinander. Hin und wieder warf ihm Hanna einen kurzen Blick zu, den er lächelnd erwiderte.

»Zehn Minuten bleiben wir noch«, schlug Hanna schließlich vor. Bisher hatte sich im Haus gegenüber nichts getan. Seitdem sie im Gebüsch saßen, war nur ein Auto an ihnen vorbeigefahren.

»Zwei Minuten noch«, flüsterte Hanna. Im nächsten Augenblick hörten sie ein Motorengeräusch. Als es näher kam, war Hanna sich sicher, dass es sich um ein Motorrad handelte. Kurz darauf verstummte das Motorengeräusch, ohne dass ein Fahrzeug über die Straße gefahren war.

»Was war das denn?«, fragte Hanna mehr sich selbst.

»Hat das Grundstück eine hintere Zufahrt?«

»Nein, da ist keine Straße.« Sie schluckte und schlug sich mit der Hand an die Stirn. »Aber ein Fußweg.« Wie hatte sie das vergessen können? Bevor sie vor Tagen auf die erste Erkundungstour nach Grünendeich gefahren waren, hatte sie das Haus und die Umgebung auf Google Maps angesehen. Dabei war ihr auch der Fußweg aufgefallen, dem sie aber in der Folge keine große Aufmerksamkeit gewidmet hatte.

»Ist denn auf Hoeppe ein Motorrad angemeldet?«, fragte Jan, als im gleichen Augenblick Licht im Haus gemacht wurde.

»Das ist Hoeppes Zimmer«, flüsterte Hanna.

Eine Person stand vor dem Fenster, stellte es auf Kipp und schien sich danach auszuziehen.

Sie warteten, bis das Licht gelöscht wurde, und krochen anschließend aus dem Busch heraus. Zurück im Wohnmobil loggte sich Hanna in die Datenbank des Zentralen Fahrzeugregisters ein und fand schnell den vermuteten Eintrag.

»Auf den Namen der Mutter ist ein Motorrad eingetragen. Wie konnte Moritz das übersehen?«

»Das Motorengeräusch war auf unserer Höhe«, sagte Jan. »Das Licht im Haus ist kurz darauf angegangen. Er ist mit dem Motorrad zu dem Treffen gefahren, weil er vermutlich befürchtet hat, beschattet zu werden.«

»So könnte er auch nach dem Kneipenbesuch nach Stade gekommen sein. Und wir Trottel waren uns sicher, dass er zu Hause im Bett liegt, weil das Auto nicht bewegt wurde.«

»Das wäre eine Möglichkeit, aber die Zeit hätte trotzdem nicht für alles gereicht.«

Hanna stöhnte leise. »Ich weiß. Trotzdem …«

Jan sah auf die Uhr. »Ich schlag mal vor, dass wir zu dem Stellplatz mit dem netten Café am Deich fahren. Ein paar Stunden können wir noch schlafen.«

Punkt neun Uhr standen Hanna und Jan vor der Tür des Cafés Möwennest. Sie suchten sich den Platz mit dem besten Blick auf die Elbe und den Jachthafen und bestellten Latte macchiato und ein herzhaftes Frühstück.

»Wie viel erzählen wir gleich den Kollegen?«, fragte Hanna, nachdem sie einen kräftigen Schluck aus dem Kaffeeglas getrunken hatte.

»Sollte Hoeppe nicht observiert werden?«, fragte Jan.

»Die werden irgendwann um Mitternacht abgebrochen haben. Wenn sie überhaupt da waren.«

»Dann sollten wir uns sehr mit Informationen zurückhalten und nur pauschal sagen, dass wir einer Spur folgen, die auf einen zweiten Täter hinweist.«

»Sehe ich auch so.« Hanna sah, dass die Kellnerin auf ihren Tisch zukam. »Unser Frühstück kommt.«

Jan schien das Rührei mit Speck zu schmecken. Als Hanna ihm den Rest in der Schüssel anbot, griff er dankend zu.

»Hast du deinen Croissants abgeschworen?«, fragte Hanna und konnte sich das Grinsen nicht verkneifen.

»Ich bin anpassungsfähig. Ist dir das noch nicht aufgefallen?«

»Doch, doch. Wenn das so weitergeht, werden wir noch das Dream-Team des niedersächsischen LKA.«

»Mit Autogrammkarten und so?«

Hanna winkte ab. »Wir wollen es jetzt auch nicht übertreiben, oder?«

Jan lachte. »Nein, wir sollten auf dem Boden bleiben und lieber unseren ersten gemeinsamen Fall klären.« Er sah sich im Café um und schien zu kontrollieren, ob jemand ihr Gespräch mitbekommen konnte. »Harald Hoeppe und Lothar Reimers. Es führt wohl kein Weg mehr dran vorbei, dass wir zwei Täter haben, die mutmaßlich zusammenarbeiten oder -gearbeitet haben.«

Hanna tippte sich auf die Nasenspitze. »Ja, da hatte ich doch wohl die richtige Witterung aufgenommen. Und du hast mit den zwei Tätern richtiggelegen.«

»Für ein Lob ist es noch zu früh. Wir sollten uns nach dem Meeting mit den Kollegen Larsen und Jacobs zusammensetzen und ...«

»... einen Schlachtplan entwickeln«, beendete Hanna Jans Satz. »Wie kommen wir an Reimers DNA?«

»Einen Beschluss bekommen wir nicht«, sagte Jan. »Seine Wohnung werden wir auch nicht durchsuchen dürfen und das Telefon abzuhören können wir auch vergessen.«

»Und genau hier wird es wieder mal verdammt schwierig.« Sie sah auf die Uhr. »Entweder trinken wir noch einen Latte und kommen etwas zu spät zum Meeting oder wir fahren jetzt. Du entscheidest.«

Jan grinste und bestellte bei der Kellnerin zwei weitere Latte macchiato.

»Ach, die Kollegen vom LKA«, empfing sie Sven Bauer vor der versammelten SoKo-Mannschaft. »Wir hatten schon die Befürchtung, dass Sie verschlafen haben.«

»Wer die halbe Nacht auf Pirsch ist, darf auch mal eine Stunde länger schlafen«, antwortete Hanna und setzte sich auf den freien Stuhl neben ihrem Stader Kollegen.

Jan ging auf Lara Jacobs zu, die ihm zuwinkte und auf den freien Stuhl neben sich zeigte.

»Gut, dann können wir ja weitermachen«, sagte Sven Bauer und gab das Wort an einen der Oberkommissare im Team.

Wie sich herausstellte, gab es keine wesentlichen Fortschritte in den Ermittlungen bezüglich Harald Hoeppes. Der Todeszeitpunkt von Miriam Wendling war nach der Obduktion auf die Zeit zwischen dreiundzwanzig und ein Uhr dreißig festgelegt worden. Die Kriminaltechnik hatte weder verdächtige Fingerabdrücke noch DNA gefunden, die einem möglichen Täter zuzuordnen waren. Als Hanna an der Reihe war, hielt sie ihren Bericht vage und beantwortete Fragen der SoKo-Kollegen kurz und mit dem Verweis, dass sie noch keine konkreten Ergebnisse vorweisen konnten.

Eine Dreiviertelstunde nach ihrem Eintreffen saßen Hanna und Jan mit Moritz Larsen und Lara Jacobs zusammen. Nach einem ausführlichen Bericht über die Ereignisse des letzten Tages fragte Hanna nach der Observation von Harald Hoeppe.

»Der Beschluss hat sich verspätet«, sagte Lara. »Es war wohl nicht so einfach. Die Kollegen fangen erst heute an. Moritz und ich sind ja zum Glück nicht mit eingeteilt.«

»Selbst wenn sie letzte Nacht in der Nähe gewesen wären, hätten sie nichts mitbekommen. Okay, was gibt es Neues?«

»Die Mutter von Miriam Wendling hat sich gemeldet«, sagte Moritz Larsen. »Sie war in einem Kloster in Spanien, ohne Handyempfang oder andere Möglichkeiten, sie zu erreichen.«

»Deshalb hat sie nicht auf meinen Anruf auf dem AB reagiert«, warf Jan ein.

»Genau. Sie wird morgen hier in Stade sein. Der Vater von Miriam übrigens auch. Der Chef will beide empfangen.« Moritz Larsen wandte sich an Jan. »Willst du auch mit ihnen sprechen?«

»Im Moment nicht«, antwortete Jan.

»Ihr habt übrigens vorhin noch eine Info verpasst. Die Kollegen nehmen ja Hoeppe gerade auseinander. Sein Alibi für den Abend ist bestätigt worden. Er war im Fitnessstudio und später in der Kneipe. Aber das war ja bei den Angaben zu vermuten.« Moritz Larsen warf einen Blick auf seine Notizen. »Auch bei Hoeppe ist nach Jugendstrafen gesucht worden. Die Einträge im Strafregister wären ja schon alle gelöscht, aber häufig lassen sich doch noch Spuren finden.«

»Und?«, fragte Hanna.

»Bisher nichts. Weder hat die Anfrage bei älteren, schon pensionierten Kollegen etwas gebracht noch die Suche an anderer Stelle. Er scheint«, Moritz Larsen malte Anführungszeichen in die Luft, »sauber zu sein.«

Jan räusperte sich. »Hast du an meinen kleinen Auftrag gedacht und den Freund von Marie Weber gefunden?«

Der junge Kommissar nickte und schob Jan einen Zettel über den Tisch. »Es war kompliziert. Er hatte sich nie in Stade abgemeldet, war aber unter der Adresse nicht zu finden. Wo genau er sich aufgehalten hat, weiß ich nicht, aber ich vermute, dass er eine Weile im Ausland gewesen ist. Jetzt habe ich aber seine neue Stader Adresse.«

»Marie Weber?«, fragte Hanna. »Das war diese versuchte Vergewaltigung vor fünf Jahren, oder?«

Jan nickte. »Sie war mit einem Freund auf der Feier, der sie dann später hat sitzen lassen.«

»Was gibt es noch Neues?«

»Wir haben nach deinem Anruf gestern Nacht heute vor dem Meeting schon angefangen, nach Verbindungen von Reimers zu den vier Frauen zu suchen«, sagte Lara Jacobs. »Aber das wird dauern.«

»Es sollte ab sofort Priorität haben«, sagte Hanna.

»Geht ihr denn davon aus, dass Reimers Miriam Wendling überfallen und getötet hat?«, fragte Moritz Larsen. »Sollen wir auch nach einer Verbindung zwischen ihm und Miriam Wendling suchen?«

Jan, der sich etwas notiert hatte, sah auf. »Zuerst die anderen vier betroffenen Frauen.« Er legte den Kugelschreiber zur Seite. »Deine Frage ist berechtigt, da es ein starkes Motiv seitens Harald Hoeppes gibt. Der hat aber zumindest bis Mitternacht ein Alibi.« Er warf einen Blick zu Hanna, die nickte. »Hanna und ich haben Harald Hoeppe in der Tatnacht observiert. Er hatte einen GPS-Tracker unter dem Auto.«

Moritz Larsen zog scharf die Luft ein. »Jetzt wird mir einiges klar.«

Jan lächelte. »Wir hielten es bisher für unwahrscheinlich, dass er das Haus noch einmal verlassen hat, nachdem er aus Buxtehude zurückgekehrt war.«

»Das Motorrad«, warf Lara Jacobs ein.

Jan nickte. »Wir haben uns zu sehr auf die Technik verlassen. Da nun auch noch der Todeszeitpunkt von Miriam Wendling leicht nach hinten verschoben wurde, ist Harald Hoeppe …«

»… wieder mit im Spiel«, beendete Hanna Jans Satz.

Moritz Larsen nickte. »Und ihr denkt, dass Hoeppe nur zu knacken ist, wenn wir das schwächste Glied in der Kette brechen?«

»So könnte man es formulieren«, sagte Jan.

Dreiunddreissig

Jan parkte das Wohnmobil auf einem Parkplatz in der Nähe des Mietshauses, in dem Max Rinken wohnte. Hanna Will war im Kommissariat geblieben, da sie sich mit dem ersten Fall der Vergewaltigungsserie beschäftigen wollte und, so vermutete Jan, wenig Sinn in einer Befragung von Rinken sah. Moritz hatte die Videoaufnahmen gefunden und sie inzwischen richtig abgespeichert. Pia Sandstede hatte er allerdings weder erreicht noch hatte sie zurückgerufen.

Ein Mann Ende zwanzig öffnete Jan die Wohnungstür.

»Herr Rinken?«, fragte Jan. Als der Mann nickte, zeigte Jan ihm seinen Ausweis. »Wir haben vorhin telefoniert. Kann ich Ihnen ein paar Fragen stellen?«

Rinken blieb in der Tür stehen. »Wenn Sie mir verraten, um was es geht.«

»Frau Weber war vor fünf Jahren das Opfer einer versuchten Vergewaltigung. Sie hat …«

»Beschuldigt sie mich etwa?«

»Nein, nicht im Geringsten. Es geht lediglich um eine Zeugenaussage.« Jan trat einen Schritt vor. »Können wir das vielleicht ganz in Ruhe bei Ihnen in der Wohnung besprechen?«

Max Rinken trat zur Seite, Jan ging in den kleinen Flur, von dem zwei Türen abgingen.

»Die Erste. Im anderen Zimmer ist nicht aufgeräumt.«

Jan betrat die Küche und wartete, bis Max Rinken ihm folgte, bevor er sich auf einen der zwei Stühle setzte. Jan fragte sich, wie das andere Zimmer aussehen würde, wenn die Küche als aufgeräumt durchging. In der Spüle lagen mehrere Teller übereinander, zwei Töpfe standen auf dem Herd und die Bodenfliesen hatten schon länger keinen Besen mehr gesehen.

Max Rinken nahm eine schmutzige Tasse vom Tisch, stellte sie mit in die volle Spüle und setzte sich zu Jan.

»Wie geht es Marie?«, fragte er.

»Ich habe nur einmal mit ihr gesprochen, aber ich glaube, ihr geht es gut.«

»Sie hat erzählt, was damals passiert ist? Ich meine, zwischen uns auf der Fete?«

Jan nickte. »Ja, ich weiß Bescheid. Aber darum geht es mir nicht. Sie haben vielleicht gehört, dass in den letzten Monaten mehrere Frauen in Stade und Umgebung vergewaltigt und zwei getötet wurden?«

»Ja, stand ja dick in der Zeitung.«

»Auf der Suche nach dem Täter untersuchen wir auch frühere Fälle hier in Stade.«

»Und was wollen Sie jetzt von mir?«

»Wir gehen davon aus, dass der Mann, der Frau Weber überfallen hat, nicht zufällig dort vorbeikam. Entweder war er auch auf der Feier oder er hat Frau Weber schon länger beobachtet.«

»Da waren jede Menge Leute und die meisten kannte ich. Ich glaube kaum, dass es einer von denen war.«

Jan ließ sich Zeit mit der nächsten Frage, damit sich Max Rinken gedanklich zurückversetzen konnte. »Ist Ihnen jemand aufgefallen, der Frau Weber beobachtet oder sich merkwürdig verhalten hat?«

Max Rinken zuckte mit den Schultern. »Das ist ewig her. Und ich hatte damals ziemlich was intus. Nein, keine Ahnung, ich kann Ihnen da wirklich nicht helfen.«

Jan rief auf seinem Handy das Foto von Harald Hoeppe auf und zeigte es Max Rinken. »Kennen Sie diesen Mann?«

»Nee, woher?« Rinken hatte sich leicht vorgebeugt und kurz auf das Display geschaut, bevor er sich wieder zurücklehnte.

»Vielleicht schauen Sie es noch einmal in Ruhe an.« Jan reichte ihm sein Handy.

Max Rinken beugte sich über das Display und musterte jetzt intensiv das Foto. »Wie gesagt, das ist ewig her. Vielleicht ...« Er brach ab.

»Ja?«, fragte Jan.

»Ach, als wir zur Fete gingen, also Marie und ich, haben wir uns gestritten. Über irgendeinen Blödsinn. Und da bin ich mit so einem Typen zusammengestoßen. Ich kann es nicht beschwören, aber der könnte es gewesen sein. Ist der etwas kräftiger gebaut? Und etwas größer als ich war er auch.«

»Ja, das ist richtig. Was genau ist passiert?«

»Ich war schon auf hundertachtzig und das habe ich dann an dem Typen wohl ausgelassen. Obwohl er größer und kräftiger wirkte, hat er gleich seinen Schwanz eingezogen.« Max Rinken stutzte. »Sie wissen schon, was ich meine, oder?«

»Kam es zur körperlichen Auseinandersetzung?«

»Nein, nicht wirklich. Vielleicht habe ich ihn leicht an die Schulter gepackt oder so. Aber der Typ hat sich sowieso gleich verzogen.«

»Hatte er nicht aufgepasst oder Sie?«

»Weiß nicht, wahrscheinlich ich, so wie ich drauf war.«

»Wie hat Frau Weber reagiert?«

»Marie? Sie stand daneben und hat mich von dem Typen weggezogen. Es war ihr wohl peinlich. Wir sind dann einfach weiter und auch gleich ins Haus zur Fete.«

Jan schob Max Rinken noch einmal das Handy mit dem Foto hin. »Und Sie könnten sich vorstellen, dass es dieser Mann war?«

Ein weiteres Mal betrachtete Rinken die Aufnahme. »Ja, wie gesagt, das könnte er sein.« Er sah auf. »Ich muss das aber nicht vor Gericht bezeugen, oder?«

»Das halte ich für ausgesprochen unwahrscheinlich«, beschwichtigte Jan Max Rinken, obwohl er wusste, dass die versuchte Vergewaltigung noch lange nicht verjährt war. »Aber Sie müssten ein Protokoll unterschreiben, in dem Ihre Aussage festgehalten wird.«

»Wenn's sein muss.«

»Kommen wir noch mal auf die Situation zurück, in der Sie den Mann zurechtgestutzt haben. Sie sagten, er habe ›den Schwanz eingezogen‹. Kam er Ihnen ängstlich vor?«

»Nein, im Gegenteil. Er hat mich wütend angefunkelt und ich dachte schon, dass er auf mich losgehen würde. Aber dann hat er es sich schlagartig anders überlegt. Und Marie hat sich zwischen uns gestellt und mich mitgezogen. Wie gesagt, wir waren ja fast am Ziel.«

»Haben Sie den Mann später am Abend noch gesehen? Vielleicht aus dem Fenster?«

Max Rinken schüttelte den Kopf. »Nein. Daran würde ich mich sicher erinnern.«

»Das bringt uns jetzt nicht wirklich weiter«, sagte Hanna Will, nachdem Jan ihr von der Befragung berichtet hatte. »Ja, es ist ein weiteres Puzzlestück, aber ein ausgesprochen unwichtiges.«

»Nicht unbedingt«, entgegnete Jan. »Hast du etwas Interessantes zum ersten Vergewaltigungsfall gefunden?«

»Ich bin die Akte noch einmal durchgegangen und habe mir die Befragung von Pia Sandstede angehört. Wir sollten mit ihr reden.«

»Also nach Bremervörde.«

»Ja, da ist sie geboren und aufgewachsen.«

»Jetzt sofort?«, fragte Jan.

»Ja, ich habe sie endlich erreicht und uns für fünfzehn Uhr angekündigt. Wenn du fährst, kann ich dir noch das eine oder andere erzählen.«

Kurz darauf lenkte Jan das Wohnmobil vom Parkplatz der Polizeiinspektion und fuhr Richtung Westen aus der Stadt hinaus.

»Du kennst den Fall im Groben?«, fragte Hanna.

Jan nickte. »Ich habe die Akten am ersten oder zweiten Tag überflogen, mich aber mehr auf die anderen konzentriert.«

»Dann fasse ich mal kurz zusammen: Pia Sandstede ist fünfundzwanzig, dem Foto nach zu urteilen passt sie vom Typ her nicht wirklich in die Reihe. Aber das wussten wir ja schon. Pia Sandstede hat bis zu dem Tag, an dem sie vergewaltigt wurde, in einer Kinderarztpraxis als Arzthelferin oder, wie es heute heißt, medizinische Fachangestellte gearbeitet.«

»Wie lange war sie dort?«, fragte Jan, der sich an Details nicht mehr erinnern konnte.

»Sie ist direkt nach ihrer Ausbildung zu der Praxis in Stade gewechselt, also hat sie etwas mehr als fünf Jahre dort gearbeitet.«

»Als ich das erste Täterprofil erstellt habe, war ich mir ziemlich sicher, dass es sich nicht um einen geplanten Überfall gehandelt hat. Aber inzwischen gehen wir von zwei Tätern aus und das könnte auch für die Einschätzung des ersten Falles einiges ändern. Könnte Lothar Reimers Pia Sandstede in der Praxis getroffen haben?«, fragte Jan.

»Daran habe ich auch schon gedacht. Zeitlich würde das hinkommen. Allerdings hat er ja nicht in Stade gewohnt und die Kinder dort allenfalls besucht. Geht der Mann dann mit den Kindern zum Kinderarzt?«

»Eher nicht.«

»Okay, dann geht's weiter. Pia Sandstede hat sich ein Dreivierteljahr vor der Tat von ihrem Freund getrennt. Pascal Jürgens ist gründlich überprüft worden und hatte ein wasserdichtes Alibi. Pia Sandstede hat nach der Trennung auf Datingportalen nach einem Mann gesucht und auch einige von ihnen getroffen. Alle diese Männer sind ebenfalls im Fokus der Kollegen gewesen und mussten eine DNA-Probe abgeben, die logischerweise alle negativ ausgefallen sind. Des Weiteren wurde in ihrem Freundeskreis nach dem Täter gesucht, was aber zu keinem Ergebnis geführt hat.«

Hanna warf einen Blick auf die Uhr. »Zehn Minuten haben wir noch. Das reicht nicht für die Aufnahmen der Befragung. Aber vielleicht fasse ich es einfach zusammen. Pia Sandstede ist dreimal befragt worden. Einmal direkt am Tag nach dem Überfall, dann eine Woche später und ein drittes Mal zwei weitere Wochen nach dem letzten Termin. Die erste Befragung war relativ kurz. Letztlich ging es darum, ob sie den Vergewaltiger erkannt hat. Das war nicht der Fall. Über die Dauer ihres Martyriums konnte sie nur ungefähre Angaben machen und schätzte, dass der Täter sie etwa eine halbe Stunde festgehalten hat. Sie kam am Abend von einem Kinobesuch nach Hause, sie hatte eine kleine Wohnung im Altländer Viertel. Sozialer Wohnungsbau, wenig Kontakt zu den Nachbarn und ein Umfeld, wo kaum ein Fremder auffällt.«

»Und was ist bei der zweiten Befragung hinzugekommen?«

Als Hanna Will zur Antwort ansetzte, klingelte ihr Handy. Sie griff danach, schaute aufs Display und erstarrte.

»Was ist?«, fragte Jan, der ihre Reaktion aus dem Augenwinkel mitbekommen hatte.

Hanna drückte das Gespräch weg. »Nichts. Privat. Nicht so wichtig.«

Jan richtete seinen Blick nach vorne und schwieg.

»Wo waren wir stehen geblieben?«, fragte Hanna nach einer kurzen Pause. »Stimmt, die zweite Befragung. Pia Sandstede konnte da den Täter besser beschreiben. Der Mann hatte seine Stimme verstellt, in welche Richtung konnte Pia Sandstede allerdings nicht sagen. Einmal war die Stimme höher als im Durchschnitt, mal war sie tiefer. Vielleicht hat der Täter ja tatsächlich zwischen hoch und tief gewechselt. Für ihn wird die ganze Situation ja auch nicht unbedingt stressfrei gewesen sein. Der Mann hat sie mit einem Messer bedroht und ihre Hände mit einem Band gefesselt. Sie hatte panische Angst und hat sich weder gewehrt noch geschrien. Und das war ja durchaus die richtige Strategie, um zu überleben. Sie war sich sicher, dass der Mann ein Kondom benutzt hat. Das wurde allerdings nicht gefunden, dafür aber ein Tropfen Sperma. Die Kriminaltechniker vermuten, dass das beim Entfernen des Kondoms passiert ist. Ansonsten nur ein Fingerabdruck auf ihrem Gürtel. Die Kollegen gehen davon aus, dass er vom Täter stammt. Viel hat sie nicht gesehen, da ihr der Täter nach wenigen Minuten die Augen verbunden hat. Auch bei dieser Befragung war sie sich sicher, dass sie den Mann nicht erkannt hat.«

Sie passierten das Ortsschild von Bremervörde. Jan fuhr auf den nächsten freien Parkplatz und stellte den Motor ab.

»Soweit ich mich erinnere, hat die dritte Befragung auch nichts Neues erbracht«, sagte Jan.

»Rein von den Fakten ist das wohl richtig.« Hanna öffnete ihren Laptop und startete das Video der dritten Befragung. Eine Frau Mitte zwanzig mit kurzen hellbraunen Haaren erschien auf dem Monitor. Man sah ihr auf den ersten Blick an, wie anstrengend die letzten Wochen für sie gewesen sein mussten. Sie hatte dunkle Ringe unter den Augen und saß angespannt auf der Stuhlkante, als erwarte sie jeden Augenblick einen Schlag. Ihre Stimme klang ängstlich und zurückhaltend.

»Wir haben uns schon bei den letzten Gesprächen darüber unterhalten …«, sagte eine weibliche Stimme, die Jan als eine der Oberkommissarinnen aus dem SoKo-Team erkannte, »… ob Ihnen noch etwas an dem Mann aufgefallen ist, was Sie an jemanden erinnert. Die Stimme, der Körperbau, die Bewegungen, die Augen des Mannes.«

»Ja, ich weiß«, sagte Pia Sandstede und schaute jetzt auf.

»Wir haben die Erfahrung gemacht, dass Frauen in Ihrer Situation sich erst Wochen nach dem Überfall an bestimmte Details erinnern. Deshalb möchte ich Sie noch einmal fragen, ob Sie noch weitere Informationen für uns haben.«

Pia Sandstede zögerte und atmete schließlich tief durch. »Er hatte ja seinen Rollkragenpullover bis unter die Augen hochgezogen.«

Hanna hielt das Video an. »Hast du gesehen, wie sie reagiert hat?«

Jan nickte. »Das war bei den ersten beiden Befragungen nicht so?«

»Nein, sie hat sofort gesagt, dass sie ihn nicht kennt.« Hanna zeigte auf die Hände von Pia Sandstede. »Schau genau hin. Ich habe mir die Szene mehrfach angesehen.«

Sie setzte das Video um zehn Sekunden zurück und startete es erneut. Jan ließ den Blick nicht von Pia Sandstedes Händen, die sie ineinander verschränkt hatte und dabei unruhig knetete.

»Ich möchte niemanden belasten, ohne es genau zu wissen.«

»Da brauchen Sie keine Angst zu haben, Frau Sandstede. Sind Ihnen noch Details eingefallen, die wir bisher noch nicht besprochen haben?«

Pia Sandstede legte die Hände auf die Tischplatte und beugte sich leicht vor. Im nächsten Augenblick öffnete sie den Mund und schien etwas sagen zu wollen, sank jedoch wieder auf den Stuhl zurück und schüttelte den Kopf. »Nein, tut mir leid. Ich kann Ihnen da nicht weiterhelfen.«

Hanna hielt ein weiteres Mal das Video an. »Die Kollegin hat es dabei belassen.«

Jan nickte nachdenklich. Pia Sandstede schien etwas zu wissen, was sie nach kurzem Zögern doch nicht preisgegeben hatte. Jan vermutete, dass sie sich eigentlich schon vor dem dritten Gespräch entschieden hatte, ihren Verdacht für sich zu behalten, um niemanden unrechtmäßig zu verdächtigen. Während der Befragung waren ihr schließlich Zweifel gekommen.

»Ein Ansatzpunkt«, sagte Jan. »Aber wir werden sehr vorsichtig sein müssen. Sie hat bis heute geschwiegen und wird sich auch vorgenommen haben, es weiter zu tun. Ab einem bestimmten Punkt konzentrieren sich die meisten Menschen in ihrer Situation auf die Zukunft und denken, dass es am besten ist, das traumatische Erlebnis komplett aus ihrem Gedächtnis zu streichen. Es wird nicht leicht werden.«

»Das ist mir klar«, sagte Hanna. Sie stieß ihm spielerisch in die Seite. »Aber ich habe dich ja dabei.«

Vierunddreissig

Pia Sandstede empfing sie mit einem unsicheren Lächeln und bat sie in ihre Wohnung. Die auf dem Video noch kurzen hellbraunen Haare waren inzwischen länger und hatten einen Stich ins Rötliche. Pia Sandstede führte Jan de Bruyn und Hanna Will in das Wohnzimmer mit integriertem Küchenbereich und bat sie, auf dem Sofa Platz zu nehmen.

»Darf ich Ihnen etwas zu trinken anbieten? Ich habe gerade Kaffee aufgesetzt.«

Jan nickte. »Gerne.« Hanna schloss sich an.

Pia Sandstede ging in den Küchenbereich und kam mit einem Tablett zurück, auf dem Tassen, Milch und Zucker standen. Anschließend holte sie die Kaffeekanne und goss allen ein.

»Wir möchten uns schon einmal im Voraus bedanken, dass Sie uns so kurzfristig empfangen haben«, sagte Jan. »Vielleicht darf ich mich kurz vorstellen. Mein Name ist Jan de Bruyn und ich arbeite als Psychologe bei der Polizei. Mit meiner Kollegin haben Sie ja schon kurz telefoniert.«

Jan reichte Pia Sandstede je eine Visitenkarte von sich und Hanna. »Darf ich fragen, wann Sie von Stade nach Bremervörde umgezogen sind?«

»Zwei Monate nach …« Sie schluckte. »… also nach dem Überfall. Ich war krankgeschrieben und habe mich dann dazu entschlossen, zurück in meine Heimatstadt zu gehen.«

»Sie arbeiten hier wieder in einer Praxis?«

»Ja, zwei beziehungsweise drei Tage in der Woche.«

»Ich weiß, wie belastend ein Gespräch über so ein traumatisches Ereignis, wie Sie es erlebt haben, sein kann«, sagte Jan. »Sagen Sie bitte, wenn Sie abbrechen oder eine Frage nicht beantworten möchten.«

Pia Sandstede nickte. »Dürfen Sie mir sagen, warum Sie hier sind?«

»Sie haben von den Vorkommnissen in Stade gehört oder gelesen?«

Pia Sandstede nickte erneut und schloss kurz die Augen.

»Wir gehen im Moment davon aus, dass die Taten von der gleichen Person begangen wurden. Deshalb sprechen wir, soweit möglich, noch einmal mit allen betroffenen Frauen.«

»Das verstehe ich.« Sie hielt kurz inne. »Was möchten Sie wissen?«

»Die Frage ist Ihnen schon mehrere Male gestellt worden. Es geht um den Täter.« Jan legte eine kleine Pause ein. »Ich will ehrlich zu Ihnen sein. Wir, meine Kollegin und ich, haben uns die Videoaufzeichnung Ihres Gesprächs mit den Kollegen angeschaut und hatten bei der letzten Aufzeichnung den Eindruck, dass Sie sich nicht ganz sicher waren.«

Pia Sandstede nickte.

»Hatten Sie seinerzeit den Eindruck, den Mann von irgendwoher zu kennen?«, fragte Jan vorsichtig weiter.

»Ja, aber …« Sie brach ab. Die Tasse Kaffee, die vor ihr auf dem Tisch stand, hatte sie bisher noch nicht angerührt. »Er hatte doch seinen Rollkragenpullover bis zu den Augen hochgezogen, aber das wissen Sie ja sicher. Und ich war so«, sie schien nach einem Wort zu suchen, »so aufgelöst, dass ich ewig gebraucht habe, um etwas klarer im Kopf zu werden. Ich hatte damals und habe auch heute schreckliche Angst, jemanden zu beschuldigen, der vielleicht nichts damit zu tun hat.«

»Das ist verständlich, Frau Sandstede. Aber es wird niemand aufgrund einer vagen Aussage verurteilt. Das wäre allenfalls ein Anfangsverdacht, der später durch klare Beweise untermauert werden muss. Das ist unser tägliches Brot.« Jan lächelte sie aufmunternd an. »Vielleicht erzählen Sie mir einfach, was Ihnen bekannt vorkam an dem Mann.«

Pia Sandstede senkte den Kopf und verharrte so eine Weile. Schließlich sah sie auf. »Es waren die Augen.«

»Ja, die sind häufig sehr markant, gerade dann, wenn man den Rest des Gesichts nicht sehen kann.« Jan wartete einen Moment, aber Pia Sandstede reagierte nicht. »Die Augen haben Sie also an jemand erinnert, den Sie kennen oder dem Sie begegnet sind?«

»Ja. Ein Patient oder eigentlich ja der Vater eines Patienten, weil ich ja in einer Kinderarztpraxis gearbeitet habe.«

Jan sah aus dem Augenwinkel, dass Hanna Will ihr Handy auf den Tisch gelegt hatte und mehrfach mit dem Zeigefinger aufs Display tippte. Vermutlich suchte sie das Foto von Lothar Reimers, um es Pia Sandstede zu zeigen.

»Das Kind dieses Mannes war also Patient in der Praxis?«

»Eigentlich nicht. Es war ein Notfall und der Mann wusste nicht, welcher Kinderarzt normalerweise die Kinder betreute.«

»Die Kinder?«

»Ja, er kam mit zwei Kindern. Sie hatten wohl beide etwas gegessen, was ihnen nicht bekommen ist. Der Mann, also der Vater, war ziemlich panisch und wollte unbedingt, dass mein Chef seine Kinder sofort untersucht. Er ist dann etwas ausfällig geworden und ich musste ihn beruhigen. Deshalb hatte ich etwas mehr Kontakt zu ihm als normalerweise.«

»Wie lange vor dem Überfall auf Sie war der Mann mit den beiden Kindern in der Praxis?«, fragte Jan ruhig weiter.

»Das ist es ja. Es war eine ganze Weile vorher. Vielleicht ein Jahr oder mehr. Deshalb war und bin ich mir immer noch unsicher. Aber seine stechend blauen Augen waren so markant, dass man gar nicht wegsehen konnte. Und die Augenbrauen hatten so einen leichten Knick nach unten. Genau die hatte der Mann, der mich überfallen hat.«

Jan zog sein Handy aus der Tasche und öffnete die Aufnahme von Lothar Reimers. »Ich habe hier Fotos von drei Männern. Schauen Sie sich das ganz in Ruhe an. Erkennen Sie einen von ihnen wieder?«

Pia Sandstede zog Jans Handy zu sich her und atmete tief durch, bevor sie aufs Display schaute und die Fotos eines nach dem anderen ansah. Beim letzten Bild erstarrte sie für einen Moment, schob dann das Handy über den Tisch zurück und nickte stumm.

»Wir haben ihn«, sagte Hanna Will, als sie auf das Wohnmobil zugingen.

»Zumindest sind wir einen großen Schritt weitergekommen.«

Hanna hatte noch in der Wohnung ein Protokoll aufgesetzt und auf Pia Sandstedes Drucker ausgedruckt, das diese nach kurzem Zögern unterschrieben hatte.

Hanna war vor dem Wohnmobil stehen geblieben. »Wie sagte Moritz so schön? ›Das schwächste Glied in der Kette.‹ Wenn wir Lothar Reimers jetzt in die Mangel nehmen, wird er ziemlich schnell zusammenbrechen. Wir holen ihn zu uns nach Stade und kochen ihn weich.«

»Dazu brauchen wir die Kollegen aus Hamburg. Oder willst du Herrn Reimers in Harburg festnehmen, ohne die Kollegen einzuschalten? Sie werden Fragen stellen, der dortige Staatsanwalt wird Fragen stellen, Reimers Anwalt wird …«

»Schon gut. Ich habe es ja verstanden.« Hanna schloss das Wohnmobil auf.

»Darf ich fahren?«, fragte Jan.

Hanna schien etwas entgegnen zu wollen, deutete dann aber ein Augenrollen an und hielt ihm den Autoschlüssel entgegen.

»Wir sollten Sven Bauer mit ins Boot holen«, schlug Jan vor, als sie die Hälfte der Strecke nach Stade zurückgelegt hatten.

»Der will sicher nicht bei seinen Ermittlungen gestört werden.«

»Du willst ihn nicht miteinbeziehen?«

»Hatten wir uns nicht auf getrennte Wege geeinigt? Wir suchen den mutmaßlichen zweiten Täter – soweit es ihn überhaupt gibt – und er konzentriert sich mit dem Rest der Mannschaft auf Hoeppe.«

Jan stöhnte leise. Er hatte geahnt, dass Hanna Will weiter ihren Egotrip durchziehen würde. »Wenn Lothar Reimers eisern schweigt, stehen wir schnell blöd da. Das ist dir doch auch klar.«

»Der Jammerlappen hält das nicht durch. Wir nehmen ihn morgen früh fest. Dann haben wir fast zwei Tage, bevor wir ihn dem Haftrichter vorführen müssen. Allein wenn seine Fingerabdrücke zu dem auf Pia Sandstedes Gürtel passen, ist die Sache gelaufen.«

»Also morgen.« Jan warf einen Blick auf die Uhr. »Hast du Hunger?«

Hanna nickte und zeigte auf ein Schild am Straßenrand, das auf einen Imbiss hinwies. »Pommes rot-weiß?«

Jan parkte eine Dreiviertelstunde später das Wohnmobil in der Nähe der Stader Altstadt und wandte sich Hanna Will zu. »Wann treffen wir uns morgen?«

»Ich habe doch noch was gut bei dir, oder? Ich hatte darauf gewettet, dass Hoeppe nicht im Haus ist, du dagegen.«

»Stimmt, hätte ich fast vergessen. Was mö…«

»Eine Dusche bei dir im Hotel reicht mir als Wetteinsatz.«

Jan lächelte. »Kein Problem.«

Sie gingen gemeinsam durch die Altstadt auf den alten Hansehafen zu. Vor dem Hotel drehte Hanna sich einmal um sich selbst. »Du hattest recht, eigentlich ganz schick hier. Ein wenig wie im Museumsdorf, aber schick.«

Sie betraten das Hotel und gingen direkt in Jans Zimmer.

Hanna stellte ihre kleine Reisetasche, in die sie ihre Wechselkleidung gepackt hatte, auf den Tisch.

»Dusch du zuerst«, sagte sie, zog ihre Schuhe aus und ließ sich aufs Doppelbett fallen. »Ich brauche ein paar Minuten, um mich auszuruhen.« Sie sah ihn direkt an. »Das ist doch in Ordnung. Ich meine, dass ich hier …«

»Natürlich.« Jan holte sich aus dem Schrank neue Unterwäsche und verschwand in der Dusche.

Mit dem Wasser schien die Anspannung der letzten Tage von Jan abzufließen. Er genoss das leise Rauschen und die wohlige Wärme, die sich in seinem Körper ausbreitete. Er wusch sich die Haare und spülte sorgfältig das Shampoo aus, bevor er die Dusche verließ.

Nachdem er sich nass rasiert und die Haare trocken geföhnt hatte, zog er sich an, stellte das Fenster auf Kipp und verließ das Badezimmer.

»Du kannst «, sagte er mit Blick auf Hanna Will, die immer noch auf dem Bett lag. Erst als sie sich nicht rührte, bemerkte Jan, dass sie tief und fest eingeschlafen war. Er deckte sie zu und setzte sich mit dem Laptop an den kleinen Tisch im Zimmer.

Fünfunddreissig

Hanna drehte sich um. Wo war sie? Auf jeden Fall nicht im Wohnmobil. Ihr Bett dort war um einiges unbequemer. Sie blinzelte ins matte Licht. Am kleinen Tisch saß Jan de Bruyn und schaute von seinem Laptop auf.

»Ich muss eingeschlafen sein«, murmelte sie und richtete sich langsam auf. »Wie spät ist es? Warum hast du mich nicht geweckt?«

Jan griff nach seinem Handy und schaute aufs Display. »Es ist kurz nach zweiundzwanzig Uhr. Ich dachte, ein wenig Schlaf könnte dir guttun. Die Dusche wäre jetzt frei.«

Hanna setzte sich ganz auf und mühte sich aus dem Bett. »Dann gehe ich mal.«

Das Wasser der Dusche war herrlich. Sie wusch sich die Haare und ließ minutenlang das warme Nass auf sich herabregnen. Vor dem großen Spiegel schaute sie sich an. War sie so erschöpft gewesen, dass sie auf der Stelle eingeschlafen war? Sie würde lernen müssen, besser mit ihren Kräften zu haushalten. Die vielen kurzen Nächte hatten ihr zugesetzt. Sie griff nach dem Handtuch, das Jan ihr bereitgelegt hatte, trocknete sich ab und schaute sich um. Hatte sie nicht ihre Reisetasche ins Bad gestellt? Ins Handtuch eingewickelt öffnete sie die Tür zum

Schlafzimmer einen Spaltbreit und bat Jan, ihr die Reisetasche zu reichen. Kurz darauf stand sie mit gepackter Tasche vor ihm.

»Danke«, sagte sie. »Ich bin dann auch gleich verschwunden.«

»Darf ich dich morgen zum Frühstück einladen?«

»Sieben Uhr?«

Als Jan nickte, griff sie nach ihrer Reisetasche. »Danke für die Dusche. Wir sehen uns dann morgen.«

Zurück im Wohnmobil kontrollierte Hanna ihr Handy und atmete tief durch. Ihre Mutter hatte kein weiteres Mal angerufen. Lisa schien sie überredet zu haben, den ersten Schritt zu machen. Würde sich ihre Mutter noch einmal melden oder ging sie davon aus, dass Hanna sie zurückrufen würde?

Hanna setzte sich und streckte die Beine aus. Wie lange lag ihr Streit jetzt zurück? War es die Abtreibung gewesen? Ihre Eltern waren strikt gegen einen Schwangerschaftsabbruch gewesen. Anschließend hatte Hanna ihren Plan, Jura zu studieren, aufgegeben und sich stattdessen bei der Bundeswehr verpflichtet. Auch dieser Schritt hatte keinen Beifall bei ihren Eltern ausgelöst. Ihre Besuche im Elternhaus wurden seltener und wenn sie vorbeikam, endete es meistens im Streit.

Hanna stand auf und zog sich aus. Lange lag sie wach im Bett und dachte über den Tag nach, an dem sie vor drei Jahren einen Anruf ihrer Schwester bekommen hatte. Ihr Vater hatte einen Herzinfarkt erlitten und lag auf der Intensivstation. Hanna hatte einen halben Tag verstreichen lassen, bis sie sich nach Hannover auf den Weg gemacht hatte. Als ihr im Krankenhaus ihre Schwester entgegenkam, war ihr schlagartig klar geworden, dass sie zu spät gekommen war.

Ihr Blick fiel aufs Handy. Sie griff danach. Es war kurz vor Mitternacht. Nein, sie würde nicht zurückrufen, nicht jetzt. Ihr Finger glitt über das Display und blieb beim SMS-Button hängen. Sie aktivierte die App und suchte nach dem Namen ihrer Mutter.

Langsam tippte sie eine kurze Nachricht ein und zögerte lange, bevor sie dem grünen Button mit dem Pfeil näherkam. Es war an der Zeit, etwas zu ändern. Wenn sie jetzt nicht reagierte, würde sie auch in den nächsten Jahren einen großen Bogen um ihre Mutter machen. Sie berührte das Grün, das leise Geräusch, das den Versand der Nachricht begleitete, erklang.

Hallo Mama, ich konnte nicht ans Handy gehen. Ein aktueller Fall, ich war bei einer Zeugin. Ich melde mich in den nächsten Tagen bei dir. Hanna

Jan reichte ihr die Butter. »Hast du gut geschlafen?«

»Wie immer«, log Hanna. Sie war mehrfach in der Nacht aufgewacht und hatte sich jedes Mal lange im Bett herumgewälzt, bevor sie wieder einschlafen konnte. »Wir sollten uns die Besprechung heute sparen und uns Lothar Reimers vornehmen. Ich glaube nicht, dass er die Vernehmung lange durchhält.«

»Hast du schon mit den Kollegen in Hamburg gesprochen?«

»Wir nehmen ihn hier in Stade fest.«

Jan sah erstaunt auf. »Wie das?«

»Lass das meine Sorge sein.«

Jan seufzte und schwieg.

»Wir haben genug, um ihn zu vernehmen. Und wenn sein Fingerabdruck passt, haben wir ihn an den Eiern. Glaub mir, er wird auspacken. Wir haben bis morgen Zeit, bis er zum Haftrichter muss. Bis dahin haben wir vielleicht auch schon den DNA-Abgleich.«

Jan trank einen Schluck Kaffee. »Okay. Wissen Lara und Moritz Bescheid?«

»Ich rufe gleich Moritz an. Die beiden werden alles vorbereiten.« Hanna stand auf und griff nach ihrem Handy. »Bin gleich wieder da. Kannst du schon mal einen zweiten Latte bestellen?«

In einer ruhigen Ecke im Flur des Hotels holte sie ihr Zweithandy aus der Tasche und wählte Lothar Reimers Nummer.

»Ja?«, hörte sie eine verschlafene Stimme fragen.

»Spreche ich mit Herrn Reimers in Hamburg?«

»Ja, verdammt, was ist los?«

»Ich arbeite im Stader Klinikum und Ihre Ex-Frau hat mich gebeten, dass ich Sie informiere. Eins ihrer Kinder ist bei uns eingeliefert worden und sie möchte …«

»Was sagen Sie da? Krankenhaus? Wo ist meine Ex-Frau? Ich will sofort mit ihr sprechen.«

»Das geht nicht. Sie ist bei Ihrer Tochter. Deshalb rufe ich Sie ja an. Ich sollte Sie fragen, ob Sie gleich kommen können.«

»Verdammt, was ist passiert? Warum Stade?«

»Tut mir leid, Herr Reimers. Ich sitze hier an der Rezeption und kann Ihnen dazu nichts sagen.« Hanna machte eine kurze Pause. »Kann ich Ihrer Ex-Frau sagen, dass Sie unterwegs sind?«

»Ja, in fünf Minuten fahre ich los. Welche Station?«

»Melden Sie sich einfach bei mir. Meyer ist mein Name.«

»Ich bin in spätestens einer Stunde da.«

»Ist gut, Herr Reimers.«

Hanna wartete, bis Lothar Reimers das Gespräch unterbrochen hatte, und griff nach ihrem Diensthandy, um Moritz Larsen anzurufen.

»Danke«, sagte Hanna, als sie zurück an den Frühstückstisch kam und das zweite Glas Latte macchiato neben ihrem Teller stand. Sie setzte sich und trank einen Schluck.

»Alles geregelt?«, fragte Jan.

»Ja, wir haben noch eine gute halbe Stunde Zeit, bis wir aufbrechen müssen.« Sie stand wieder auf. »Ich hole mir noch etwas Rührei.«

Hanna gab die Adresse des Stader Krankenhauses ins Navi ein und startete den Motor. Bisher hatte Jan de Bruyn nicht nachgefragt, wo sie auf Lothar Reimers treffen würden, und Hanna hatte auch nicht vor, ihn in ihre kleine Finte mit einzuweihen. Der Dienstweg über das LKA in Hamburg wäre viel zu umständlich gewesen und hätte sich über Tage hinziehen können. Ein gewiefter Anwalt hätte ihnen dabei einige Stöcke zwischen die Beine werfen können.

Sie stellte das Wohnmobil auf dem Besucherparkplatz ab und lehnte sich im Sitz zurück.

»Auf wen oder was warten wir?«, fragte Jan.

»Nach meinen Informationen sollte Reimers hier in«, Hanna sah auf die Uhr, »sechs bis acht Minuten auftauchen.«

In diesem Moment fuhr ein Streifenwagen auf den Parkplatz und stellte sich kurz darauf neben das Wohnmobil. Hanna stieg aus und erklärte ihren Kollegen, dass sie im Sichtschatten ihres Fahrzeugs parken sollten.

Als sie zurück in der Fahrerkabine war, warf Jan ihr einen fragenden Blick zu. Hanna schüttelte den Kopf. »Ist es nicht egal, warum Reimers nach Stade kommt? Wichtig ist, dass wir ihn heute vernehmen können.«

In diesem Augenblick fuhr ein Škoda Octavia mit quietschenden Reifen auf den Platz und parkte.

»Wir lassen ihn noch kurz ins Krankenhaus gehen. Er ist sicher in zehn Minuten zurück beim Auto«, sagte Hanna.

»Wo vernehmen wir ihn?«, fragte Jan.

»Im Vernehmungsraum. Ich will alles korrekt aufgezeichnet haben. Mit der Kuschelstrategie werden wir bei ihm nicht weit kommen.«

»Okay. Also die harte Tour.«

Hanna nickte. »Ich hoffe auf den Fingerabdruck. Moritz hat alles vorbereitet, damit wir schnell ein Ergebnis bekommen.«

»Wird Harald Hoeppe observiert?«, fragte Jan.

»Ja. Wenn es notwendig ist, können die Kollegen ihn direkt ins Kommissariat bringen.«

Hannas Handy vibrierte. Sie schaute aufs Display. Eine Nachricht von Moritz, der ihr mitteilte, dass die Vorbereitungen abgeschlossen seien. Hanna schrieb zurück, dass die Kollegen spätestens in einer halben Stunde Lothar Reimers ins Kommissariat bringen würden, und erhielt von dem jungen Kommissar als Antwort ein »Okay«.

»Er kommt«, sagte Jan.

Hanna schob das Handy zurück in die Tasche und stieg aus, Jan folgte ihr. Sie erreichten fast gleichzeitig mit Lothar Reimers den Octavia.

»Guten Tag, Herr Reimers«, begrüßte ihn Hanna.

Lothar Reimers sah zwischen ihr und Jan hin und her. An seinem Gesicht war abzulesen, dass er nach der ersten Schrecksekunde wusste, um was es ging.

»Was wollen Sie?«, fragte er barsch und zog seinen Autoschlüssel aus der Tasche.

Hanna ging auf ihn zu. »Wir müssen mit Ihnen sprechen.«

»Ich habe keine Zeit.« Er drückte auf den Türöffner, ein Piepton signalisierte, dass die Türen jetzt offen waren.

Hanna trat noch einen Schritt vor und stellte sich vor die Fahrertür. »Würden Sie uns bitte ins Kommissariat begleiten?«

»Bin ich dazu verpflichtet?«

Hanna nickte. »Lothar Reimers, ich nehme Sie hiermit vorläufig fest.« Während sie ihn über seine Rechte aufklärte, traten die uniformierten Polizisten zu Hanna.

»Ihr Fahrzeug können Sie später hier abholen«, erklärte Hanna Reimers.

Der funkelte sie wütend an, schloss aber sein Auto wieder ab und ließ sich widerstandslos abführen.

Zwei Stunden später betraten Hanna und Jan den Vernehmungsraum. Neben Lothar Reimers saß Ulrich Janssen, ein Anwalt aus Harburg, der nach Reimers Anruf direkt nach Stade gekommen war.

Kaum dass sie saßen, räusperte sich der Anwalt und richtete sich in seinem Stuhl auf. »Mein Mandant wird sich zu den erhobenen Vorwürfen nicht persönlich äußern, bevor ich nicht vollständige Akteneinsicht habe.«

»Das ist sein gutes Recht«, sagte Hanna. »Der Termin der Haftprüfung ist für morgen um elf Uhr geplant. Sie werden noch schriftlich darüber in Kenntnis gesetzt.«

»Haftprüfung? Wenn ich Sie in unserem kurzen Vorgespräch richtig verstanden habe, will eine Frau meinen Mandanten wiedererkannt haben. Der Überfall und die Vergewaltigung liegen fast acht Monate zurück. Wollen Sie mir jetzt erklären, dass die Frau sich plötzlich und unerwartet erinnert hat? Das kann nicht Ihr Ernst sein. Kein Richter in Deutschland wird aufgrund dieser Faktenlage meinen Mandanten in U-Haft nehmen.«

Hanna lächelte. »Die Faktenlage hat sich inzwischen verändert.« Sie zog ein Blatt Papier aus ihrer Mappe, das sie über den Tisch schob. »Wir benötigen einen DNA-Abstrich Ihres Mandanten. Das ist der richterliche Beschluss dazu.«

Ulrich Janssen warf einen Blick auf das Schreiben. »Unglaublich! Auf welcher Grundlage soll das bitte schön angeordnet worden sein?«

Hanna griff in ihre Tasche, die sie neben dem Tisch abgestellt hatte, nahm ein Plastikröhrchen heraus und zog Latexhandschuhe über. »Können wir zunächst den Abstrich machen? Oder weigert sich Ihr Mandant? Sie wissen sicher, dass er damit nicht durchkommt.«

Der Anwalt neigte sich zu Lothar Reimers, der bisher regungslos auf seinem Stuhl gesessen hatte, und flüsterte ihm etwas ins Ohr. Schließlich wandte er sich an Hanna und nickte. »Bitte schön.«

Hanna stand auf und strich Lothar Reimers mit dem Wattestäbchen an den Mundinnenseiten entlang. Nachdem sie das Röhrchen verschlossen und etikettiert hatte, ging sie zur Tür, wo Moritz Larsen bereits wartete, um die Probe in Empfang zu nehmen.

Zurück am Tisch sah Hanna zwischen Reimers und seinem Anwalt hin und her und lächelte. »Sie haben die Wahl. Entweder sprechen wir jetzt weiter oder wir brechen die Vernehmung ab und sehen uns morgen beim Haftrichter.«

»Wann kann ich die Akten einsehen?«, fragte Ulrich Janssen.

»Die Ereignisse haben sich sozusagen überschlagen. Wir hoffen, dass wir Ihnen morgen früh damit weiterhelfen können.«

Der Anwalt zögerte und schien seine Optionen durchzugehen. »Sie sagten, dass sich die Faktenlage geändert habe?«

»Das ist richtig. Wie Sie wissen, wurden Ihrem Mandanten vorhin Fingerabdrücke abgenommen. Der seines rechten Zeigefingers ist auf dem Gürtel der vergewaltigten Frau gefunden worden.«

Hanna reichte ihm ein weiteres Schriftstück, das sie vor zehn Minuten aus der Kriminaltechnik erhalten hatten.

Ulrich Janssen räusperte sich. »Ich würde gerne unter vier Augen mit meinem Mandanten sprechen.«

Sven Bauer und einer der Oberkommissare warteten im Nebenraum, der mit einer Einwegspiegelwand ausgestattet war, auf Hanna und Jan. Die Tonübertragung war deaktiviert und der Spiegelvorhang zugezogen, damit Anwalt und Mandant sich beraten konnten.

»Ist Reimers in allen fünf Fällen der Täter?«, fragte Bauer, als sie sich an den Besprechungstisch gesetzt hatten. »Und wie kommt Hoeppe da ins Spiel? Ein Auftragsmord?«

Als Hanna und Jan mit Lothar Reimers zweieinhalb Stunden zuvor ins Kommissariat gekommen waren und Bauer von der vorläufigen Festnahme berichtet hatten, war der SoKo-Leiter kurz davor gewesen, Reimers wieder auf freien Fuß zu setzen. Erst Jan konnte ihn beruhigen und hatte als Kompromiss vorgeschlagen, auf den Fingerabdruckabgleich zu warten und anschließend eine Entscheidung zu treffen.

Jetzt erklärte Jan de Bruyn seine Theorie der zwei Täter und legte Bauer und dem Oberkommissar die Fotos der fünf Frauen auf den Tisch.

»Aber das hieße, dass Reimers Pia Sandstede überfallen und vergewaltigt hat und mit den anderen Taten nichts zu tun hat«, sagte Sven Bauer. »Sehe ich das richtig so?«

»Ja und nein«, antwortete Jan. »Ich denke, dass beide auf irgendeine Art zusammengearbeitet haben. Es gibt deutliche Hinweise, dass Lothar Reimers Kontakt mit Harald Hoeppe hatte.«

Sven Bauer zog die Augenbrauen zusammen. »Der eine plant und der andere führt es aus? Wollen Sie mir das sagen?«

»Das wäre eine Variante«, antwortete Jan.

»Mit Varianten wird sich der Staatsanwalt kaum zufriedengeben. Vom Haftrichter einmal ganz abgesehen.«

»Wir haben jetzt Reimers' DNA und die Fingerabdrücke«, sagte Hanna. »Ich bin mir ziemlich sicher, dass die DNA im ersten Fall mit der von Reimers übereinstimmt. Bei allen anderen Überfällen konnten einige Fingerabdrücke noch keiner Person zugeordnet werden. Mit etwas Glück werden wir da einen Treffer landen. Wir haben morgen gegen acht Uhr den DNA-Abgleich und die ersten Ergebnisse zum Vergleich der

Fingerabdrücke von den anderen Tatorten sollten auch gegen Mittag vorliegen. Dann werden wir weitersehen.«

»Die Wohnung von Lothar Reimers muss durchsucht werden«, nahm Jan den Faden auf. »Über kurz oder lang werden wir Verbindungen zu Harald Hoeppe finden. Davon bin ich überzeugt.«

»Gut, wir machen das so«, sagte Sven Bauer nach einer kurzen Bedenkzeit.

Es klopfte an der Tür. Lara Jacobs trat gleich darauf ein. »Der Anwalt von Lothar Reimers ist mit der Besprechung durch.«

»Danke«, sagte Hanna und warf einen Blick in die Runde. »Wie gehen wir vor? Ich plädiere dafür, dass wir bis morgen früh um acht unterbrechen. Bis dahin haben wir mehr Klarheit über die Befunde. Und Lothar Reimers ist vielleicht nach der Nacht in der Zelle gesprächsbereiter.«

Sven Bauer nickte. »Das halte ich für die richtige Strategie.«

Hanna stand auf. »Gut, dann machen wir uns mal an die Arbeit.«

Sechsunddreissig

»Wohin?«, fragte Hanna Will, als sie am späten Nachmittag in die Fahrerkabine des Wohnmobils stiegen.

»Du darfst mich zum Essen einladen«, sagte Jan. »Und ich brauche mindestens ein Glas Wein. Alles andere ist mir egal.«

Hanna griff nach ihrem Handy. »Bist du sicher, dass du das mir überlassen willst?«

»Ja.«

Hanna suchte nach einer Seite, die alle Stader Restaurants aufführte, und scrollte die Angebote durch. »Ein italienisches Restaurant an einem Fluss. Ich glaube, das ist der Burggraben.«

Jan nickte abwesend. Die letzten Tage hatten an ihm gezehrt: der fehlende Schlaf, die neue Partnerin, die Stadt, die ihn an seine verstorbene Mutter erinnerte, die Gespräche mit den traumatisierten Frauen und die Sorge, ob sein Täterprofil Bestand haben würde. Hinzu kam, dass ihm Georges Anruf aus London immer noch im Kopf herumschwirrte.

»Es ist nicht weit. Vielleicht gehen wir zu Fuß. Dann kann ich hier über Nacht stehen bleiben.«

»Ja, gerne«, antwortete Jan und stieg aus.

»Wir sind kurz vor dem Ziel«, sagte Hanna, als sie nebeneinander über den Bürgersteig gingen. Ihre Stimme klang, als wenn sie es bedauerte.

»Zwei Frauen haben ihr Leben verloren, die drei anderen im Grunde genommen auch«, sagte Jan. »Wir hätten Miriam Wendling rechtzeitig finden müssen.«

»Haben wir aber nicht.« Hanna schaute auf ihrem Handy nach dem kürzesten Weg zum Restaurant. »Und jetzt haben wir Feierabend. Wir reden übers Wetter oder meinetwegen über Politik.«

Jan lächelte matt. »Einverstanden.«

Der Kellner führte sie an einen Tisch am Fenster, mit Sicht auf den Burggraben. Jan bestellte eine Flasche Grauburgunder und reichte Hanna die Speisekarte. »Du wählst aus.«

Hanna bestellte Antipasti und anschließend ein Nudelgericht mit Meeresfrüchten. Jan hob sein Glas und sah sie fragend an.

»Auf uns?«

»Warum nicht?«, sagte Jan und stieß mit ihr an.

»Liegt deine Mutter hier auf dem Friedhof?«, fragte Hanna.

Jan schüttelte den Kopf. »Nein.«

»In Oldenburg?«

»Nicht ganz.« Jan sah auf. »Wollten wir nicht über das Wetter reden?«

Hanna sah aus dem Fenster. »Die Sonne soll morgen wieder scheinen.«

Jan stöhnte leise. »Ihre Asche liegt in einem Friedwald in der Nähe von Hude.«

Hanna schwieg eine Weile. »Du wirst es nicht glauben, aber da habe ich auch einen Platz für mich reserviert.«

»Ja, es ist schön da.« Jan warf ihr einen erstaunten Blick zu. »Das ist sehr früh.«

»Ein Freund von mir liegt da.«

»Polizist?«

Hanna schüttelte den Kopf. »Nein, Afghanistan. Vor sechs Jahren. Eine Mine. Er hatte keine Chance.«

»Ein enger Freund?«

Hanna nickte und schwieg.

»Das tut mir leid.«

»Tobias. Es sollte sein letzter Einsatz sein.«

»Ihr kanntet euch lange?«

»Zwei Jahre«, sagte Hanna. »Ich war bei einem Kameraden zu Besuch, Tobias kam spontan bei ihm vorbei. Er blieb zum Essen. Wie das so ist.«

Jan sah aus dem Augenwinkel, dass der Kellner mit der Vorspeisenplatte auf sie zukam. Er bedankte sich bei ihm und wartete, bis Hanna sich etwas von der Platte auf ihren Teller getan hatte, bevor er ihr das Pizzabrot reichte.

Gegen sieben am nächsten Morgen trafen sie sich in Jans Hotel im Frühstücksraum. Hanna hatte am Abend zuvor darauf bestanden, Jan bis zu seinem Hotel zu begleiten, und war anschließend weiter zu ihrem Wohnmobil gegangen. Über Tobias und seinen Tod in Afghanistan hatte Hanna kein weiteres Wort verloren.

»Hast du gut geschlafen?«, fragte Hanna. »Was macht der Kopf?«

Jan zuckte mit den Schultern. »Den Whisky am Schluss hätte ich weglassen sollen.«

»Mein Reden. Aber du wolltest nicht auf mich hören.«

Ihr Kaffee wurde serviert, Jan trank einen Schluck und lehnte sich auf dem Stuhl zurück. »Acht Uhr?«

Hanna nickte und biss in ihr mit Käse belegtes Brötchen. »Hast du eine Strategie?«

»Wenn Lothar Reimers weiter schweigt, wird es schwierig.«

»Du bringst ihn zum Reden, da bin ich mir ganz sicher.«

Jan betrat als Erster den Vernehmungsraum, Hanna folgte ihm. Lothar Reimers hatte den Blick gesenkt und starrte auf seine Hände, sein Anwalt stand auf und begrüßte sie.

»Der DNA-Abgleich ist positiv«, begann Jan, der Reimers nun gegenübersaß. »Möchte sich Ihr Man…«

»Ja«, unterbrach Ulrich Janssen ihn. »Herr Reimers ist dazu bereit, sich zu dem Vorfall zu äußern. Es ist richtig, dass er im September vergangenen Jahres Frau Sandstede vergewaltigt hat. Zu den genauen Umständen werden wir uns vor Gericht äußern.«

»Es sind, wie Sie wissen, noch weitere Frauen überfallen worden«, sagte Jan. »Sandra Franken, Jasmin Keller, Julia Sander und Miriam Wendling. Die beiden Letztgenannten wurden nach dem schweren sexuellen Übergriff getötet.«

»Mein Mandant streitet vehement ab, eine dieser Frauen zu kennen oder ihnen jemals begegnet zu sein.«

Jan nickte, als wolle er die Aussage des Anwalts bestätigen. »Fangen wir mit Miriam Wendling an. Ich gehe davon aus, dass Ihr Mandant ein Alibi für den betreffenden Tag hat, zwischen einundzwanzig und zwei Uhr.« Jan nannte noch einmal das Datum und lächelte Ulrich Janssen abwartend an.

»An diesem Abend und in der Nacht war mein Mandant in seiner Wohnung in Hamburg.«

»Zeugen?«

»Leider war er allein.«

Jan ging mit dem Anwalt die Daten durch. Für den Abend und die Nacht, in der Julia Sander getötet worden war, hatte Reimers ebenfalls kein überprüfbares Alibi. Wo er zur Tatzeit der zwei länger zurückliegenden Überfälle war, wusste er nicht mehr.

»Herr Reimers«, sprach Jan ihn schließlich direkt an. »Haben Sie mit anderen Personen, persönlich oder im Internet, über die Tat gesprochen?«

Lothar Reimers schien nicht erwartet zu haben, dass ihm selbst anstatt seinem Anwalt eine Frage gestellt würde. Er schreckte leicht zurück und schüttelte den Kopf.

»Wie Sie vielleicht wissen, ist es unglaublich schwer, keine nachweisbaren Spuren zu hinterlassen. Es bedarf einiges an Erfahrung, um …«

»Ich war das nicht«, platzte Reimers heraus. »Ich kenne diese Frauen überhaupt nicht.«

Ulrich Janssen legte ihm eine Hand auf den Arm und sprach leise mit ihm. Reimers erstarrte für einen Moment und schüttelte dann die Hand seines Anwalts ab.

Jan beugte sich leicht vor. »Wir werden über kurz oder lang Spuren finden, die beweisen werden, dass Sie sich an all den genannten Orten aufgehalten haben.«

»Ich kenne diese Frauen nicht«, wiederholte Reimers.

»Das glaube ich Ihnen sogar, Herr Reimers. Man kennt eine Person nicht, auf die man nur einmal im Leben getroffen ist. Sie haben diese Frauen nicht ausspioniert, sind ihnen nicht wochenlang gefolgt, um jede Einzelheit in ihrem Leben akribisch festzuhalten.«

»Nein, das habe ich nicht.«

Ulrich Janssen räusperte sich laut. »Herr de Bruyn, wenn Sie weitere Fragen haben, richten Sie sie bitte an mich. Mein Mandant wird keine weiteren Aussagen machen.«

Ohne auf den Einwurf des Anwalts zu reagieren, fuhr Jan fort. »Hat Julia Sander Ihr Gesicht gesehen? Kam es deshalb zu der heftigen Auseinandersetzung, in deren Folge sie so laut geworden ist, dass Ihnen nichts anderes mehr übrig blieb, als ein Kissen auf ihr Gesicht zu drücken?«

»Herr de Bruyn«, brauste Ulrich Janssen auf. »Haben …«

Reimers brachte seinen Anwalt mit einer Handbewegung zum Schweigen und sah Jan direkt an. »Sie wissen gar nichts. Ich habe das alles nicht gemacht. Bei dieser einen Frau hatte ich zu viel getrunken. Sie hat mich angesprochen und um Hilfe gebeten. Wir haben uns unterhalten und sie hat mir eindeutige Avancen gemacht. Ja, ich bin zu weit gegangen und dafür muss ich mich verantworten.«

»Lassen wir einmal die Frage außer Acht, wer was wie erlebt hat.«

Lothar Reimers nickte und schien erleichtert zu sein, dass Jan ihn nicht weiter bedrängte.

Jemand klopfte an die Tür, Hanna stand auf, öffnete sie und nahm eine dünne Mappe von Lara Jacobs in Empfang. Sie sprachen leise miteinander, bevor Hanna zurück an den Tisch trat, sich setzte und die Mappe wortlos zu Jan hinüberschob.

Jan nickte und schlug die Mappe auf. Nachdem er eine Weile auf das Dokument geschaut hatte, klappte er die Mappe wieder zu. Lothar Reimers und sein Anwalt hatten, seitdem Lara Jacobs an die Tür geklopft hatte, aufmerksam verfolgt, was passiert war.

»Es gibt ein kleines Problem«, sagte Jan in die entstandene Stille hinein. »Ich habe soeben eine Nachricht bekommen, dass Ihr Fingerabdruck in der Wohnung einer weiteren betroffenen Frau gefunden wurde.«

Ulrich Janssen schlug mit der flachen Hand auf den Tisch. »Herr de Bruyn, wenn Sie keine weiteren Fragen haben, sollten wir dieses Schauspiel beenden.«

Jan beachtete den Anwalt nicht und richtete seine ganze Aufmerksamkeit auf Lothar Reimers. »Interessiert es Sie nicht, wo wir etwas gefunden haben?«

Lothar Reimers schluckte schwer, seine Augenlider flatterten.

Jan zog das Dokument aus der Mappe und legte es vor sich hin. »Unsere Kollegen haben einen Abdruck Ihres Zeigefingers in der Wohnung von Frau Wassermann gefunden.«

Lothar Reimers' Anspannung schien nachzulassen, seine Schultern sanken nach unten und er atmete ruhiger. »Ich kenne keine Frau Wassermann.«

Jan nickte. »Auch das glaube ich Ihnen. Allerdings war nicht sie in der Wohnung, sondern ihre Freundin.« Jan hielt einige Sekunden inne, während er Lothar Reimers weiter aufmerksam musterte. »Die beiden Frauen sind seit Grundschultagen befreundet, Frau Wassermann und Frau Miriam Wendling.«

Lothar Reimers sank in sich zusammen. »Ich wollte das nicht. Das Klebeband war doch nur über ihrem Mund. Wie sollte ich das wissen? Ich wollte nicht, dass sie stirbt.«

Ulrich Janssen starrte seinen Mandanten fassungslos an.

Jan warf Hanna einen erstaunten Blick zu, sie zuckte fast unmerklich mit den Schultern. Dachte Lothar Reimers, dass Miriam Wendling an dem Knebel im Mund erstickt war? Hatte er sie nicht erwürgt? Wer dann? War der zweite Täter, ohne dass Lothar Reimers etwas mitbekommen hatte, nach ihm gekommen und …

»Sie müssen mir glauben«, unterbrach Reimers jammernd Jans Gedankenspiele. »Es war ein Unfall.«

Jan entschloss sich, aufs Ganze zu gehen, bevor der Anwalt seinen Mandanten zum Schweigen drängen würde. »Nein, Frau Wendling ist erwürgt worden. Mit bloßen Händen. Wer sollte das gewesen sein, wenn nicht Sie? Sie waren nachweislich in dieser Wohnung, Sie haben soeben zugegeben, dass Sie Miriam Wendling geknebelt haben, Sie haben sie überfallen und vergewaltigt.« Er fixierte Reimers. »Sie haben sie erwürgt.« Bei den letzten Worten hatte er jede Silbe betont und langsam gesprochen.

»Nein!«, presste Reimers heraus. »Nein, das war ich nicht.«

»Wer sollte das sonst gewesen sein«, fuhr Jan ihn deutlich lauter als zuvor an.

»Er! Er muss es getan haben.«

Hanna reagierte, bevor Jan etwas sagen konnte. »Der große Unbekannte? Wollen Sie uns auf den Arm nehmen? Niemand wird Ihnen das glauben. Niemand! Wissen Sie, was das bedeutet? Eine Mordanklage und lebenslänglich mit Sicherheitsverwahrung. Sie werden Ihre Kinder nie wiedersehen.«

»Er … muss … es … gewesen … sein«, stammelte Reimers.

»Wer ist ›er‹?«, fragte Jan mit ruhiger Stimme. »Haben Sie einen Namen für uns?«

Lothar Reimers schüttelte den Kopf. »Nur einen Vornamen. Harry.«

»Und wie stehen Sie mit Harry in Kontakt?«

»Wir haben einen privaten Chatroom im Internet.«

»Haben Sie ihn auch persönlich getroffen?«, fragte Jan.

Lothar Reimers nickte. »Ja, ein paar Mal.«

Jan beugte sich zu Hanna und flüsterte ihr etwas ins Ohr. Sie nickte, stand auf und verließ den Vernehmungsraum.

»Haben Sie Harry in den letzten Tagen getroffen?«

Lothar Reimers zögerte.

»Wann war es?«, bohrte Jan nach.

»Er war bei mir in der Wohnung.«

»Wann?«

»Am Dienstag.«

Hanna kehrte zurück und reichte Jan die vier Fotos. Er reihte sie auf dem Tisch auf und fragte Reimers, ob einer der Männer Harry sei. Lothar Reimers musterte die Aufnahmen und warf dann einen fragenden Blick zu seinem Anwalt. Als der nickte, zeigte er auf das Foto von Harald Hoeppe.

Siebenunddreissig

Am frühen Nachmittag saßen Hanna und Jan mit Sven Bauer, Moritz Larsen und Lara Jacobs zusammen. Der Haftrichter hatte für Lothar Reimers Untersuchungshaft angeordnet, nachdem dieser die Vergewaltigungen von Pia Sandstede und Miriam Wendling gestanden hatte. Seine dritte Vernehmung würde in den nächsten zwei Tagen stattfinden. Bis dahin hatten die Kriminaltechniker die Aufgabe, alle bisher an den Tatorten gefundenen Fingerabdrücke mit denen von Lothar Reimers abzugleichen. Es waren zahlreiche Teilabdrücke gefunden worden, die im ersten Durchgang nicht eindeutig identifiziert werden konnten. Hier bestand die Hoffnung, dass einer der Teilabdrücke doch noch Reimers zugeordnet werden konnte.

Ein weiteres Team der Kriminaltechnik durchsuchte mit Unterstützung der Hamburger Kollegen die Wohnung und das Fahrzeug von Lothar Reimers. Auch hier erhoffte sich die SoKo weitere Erkenntnisse und Beweise, die Reimers mit allen Fällen in Verbindung bringen würden oder mit denen sie eine Zusammenarbeit mit Harald Hoeppe nachweisen konnten.

»Wir haben die Aussage von Lothar Reimers«, sagte Sven Bauer. »Das reicht für eine vorläufige Festnahme, Hausdurchsuchung und weitere Maßnahmen.«

»Wir werden nichts finden«, sagte Jan. »Lothar Reimers hat ausgesagt, dass die Chatverläufe von beiden Seiten nach jeder Sitzung gelöscht wurden. Unabhängig davon werden sie im Darknet kaum Spuren hinterlassen haben, die wir finden können. Hoeppe war so vorsichtig, dass er die Taten nur vorbereitet hat. Er war der Planer, er hat die Frauen über Monate, vielleicht sogar Jahre ausspioniert. Aber er war nie bei der Tat dabei. Bis auf Marie Weber vor fünf Jahren hat er vermutlich keine Frau überfallen.«

»Irgendeinen Fehler muss er doch begangen haben«, warf Lara Jacobs ein. »Das wäre nahezu übermenschlich.«

»Stimmt. Aber den müssen wir erst mal finden«, sagte Jan.

»Was schlagen Sie vor?«, fragte Sven Bauer mit säuerlichem Unterton.

»Wir können nur weitersuchen«, sprang Hanna für ihn in die Bresche. »Mutmaßlich ist er in der letzten Tatnacht nach Stade gefahren, um, kurz nachdem Reimers die Wohnung verlassen hatte, dort einzubrechen und Miriam Wendling zu töten. Wir haben alle Aufnahmen von Videokameras bereits gesichtet, waren aber ausschließlich auf der Suche nach Hoeppes Polo. Das Motorrad, das auf seine Mutter angemeldet ist, hatten wir nicht auf dem Schirm.«

»Habe ich notiert«, sagte Moritz Larsen. »Lara und ich gehen gleich nach der Sitzung an die Arbeit.«

»Sobald wir Hoeppe zur Vernehmung hier haben, werden wir seine Fingerabdrücke und im nächsten Zug die DNA mit den vorhandenen Spuren aller Fälle abgleichen«, fuhr Hanna fort. »Zum Fitnessstudio und Sandra Franken haben wir die Verbindung, was ist mit dem Backshop, in dem Jasmin Keller gearbeitet hat, was ist mit Julia Sanders Arbeitsstelle im Krankenhaus? Sollte Hoeppe der …«, sie malte Anführungszeichen in die Luft, »… Auftraggeber sein, muss es Verbindungen zwischen ihm und den Frauen geben.«

»Wann holen wir Hoeppe?«, fragte Moritz Larsen mit Blick in die Runde.

Sven Bauer räusperte sich. »In einer Viertelstunde kommt die gesamte SoKo zusammen. Wir gehen noch einmal die Fakten durch und verteilen die Aufgaben. Moritz und Lara, ihr braucht nicht dabei zu sein. Macht euch über die Videoaufnahmen her. Es muss jetzt schnell gehen. Spätestens morgen wird die Presse Wind von Reimers' U-Haft bekommen, wenige Stunden später kommen die ersten Onlineberichte. Dann ist unser Vorsprung auf Hoeppe futsch.«

»Wir holen ihn spätestens morgen Mittag«, sagte Hanna. »Mehr Zeit haben wir nicht.«

»Was wird das?«, fragte Hanna mit Blick auf Jan de Bruyn, der die Fotos der Frauen vor sich aufgereiht hatte.

»Ich weiß noch nicht, ob das was zu bedeuten hat.« Er zeigte auf das erste Foto. »Pia Sandstede, kurze hellbraune Haare.« Dann tippte er in schneller Folge auf die anderen Aufnahmen in der Reihe. »Sandra Franken, Jasmin Keller, Julia Sander. Alle haben rückenlange naturblonde Haare. Zumindest zu dem Zeitpunkt, als sie mutmaßlich von Harald Hoeppe ausspioniert wurden.« Er zog das Bild von Miriam Wendling in die Reihe. »Sie passt vom Typ her zu den letzten Opfern. Lange blonde Haare, schmales feminines Gesicht, große blaue Augen.«

»Ab dem zweiten Fall hatte Hoeppe seine Finger im Spiel. Er war der Planer und hat vorgegeben, welche Frauen überfallen wurden. Das hatten wir doch schon.«

Jan holte das letzte Foto in die Reihe. »Marie Weber. Das Passfoto ist zu der Zeit aufgenommen worden, als Hoeppe sie angegriffen hat. Vor fünf Jahren nach der Feier.«

»Und, sie passt auch ins Bild. Alles paletti.«

Jan zog ein weiteres Passfoto aus seiner Mappe. Es zeigte eine ältere Frau, deren Haare sichtbar blondiert waren. Ihre

Augenbrauen waren ausgezupft, aber man sah Stellen, an denen dunkle Haare nachwuchsen.

»Hoeppes Mutter?«

Jan nickte. »Bis auf Pia Sandstede sind alle überfallenen Frauen naturblond, keine von ihnen ist blondiert.« Jan legte die Kopie einer Zeitungsseite auf den Tisch. Im kurzen Artikel zu einem Firmenjubiläum war ein Foto abgedruckt. Sieben Frauen standen in einer Reihe, dazwischen ein Mann. Jan zeigte auf eine der Frauen. »Das ist Harald Hoeppes Mutter mit Anfang dreißig. Auch hier hat sie schon blondierte Haare.«

»Wo hast du das her?«, fragte Hanna erstaunt.

»Lara hat es im Internet gefunden.«

»Und was sagt uns das jetzt? Hoeppe hasst Frauen, die mit seiner Mutter Ähnlichkeit haben?«

»Nein, er verabscheut, was seine Mutter nach außen darstellt. Harald Hoeppe ist quasi von seiner Mutter dazu gezwungen worden, sie von klein auf vor allen Männern zu beschützen. Das Blond ist für Harald Hoeppe das Grundübel. Gäbe es die Haarfarbe nicht, wäre seine Welt wieder in Ordnung und das Leiden seiner Mutter beendet. Wir wissen, dass sein leiblicher Vater bei einem Autounfall ums Leben gekommen ist und dass er von seinem Stiefvater misshandelt wurde. Es ist anzunehmen, dass dieser auch Hoeppes Mutter geschlagen hat. Mit Miriam Wendling ist alles in ihm aufgebrochen. Und diese naturblonden Frauen wurden für ihn das Böse schlechthin. Blonde Haare ziehen Männerblicke auf sich. Überall auf der Welt. Blonde Frauen wirken aufregend und sexy auf Männer. Blonde Haare sind ein Statement an die Männerwelt, ein Signal, sie attraktiv zu finden.« Jan hielt kurz inne. »Wusstest du, dass nur zwei Prozent aller Frauen weltweit naturblond sind?«

»Nein. Das Thema hat mich nie interessiert.« Hanna dachte an Zeiten zurück, in denen sie ihre blonden Haare gefärbt hatte, mal dunkler, mal ins Rötliche hinein. »Hat seine Mutter ihn missbraucht?«

Jan schüttelte den Kopf. »Nicht sexuell. Aber psychisch, emotional. Zumindest ist das meine Vermutung. Er war ihr Prinz. Dafür musste er teuer bezahlen. Er war und ist wahrscheinlich der Mann im Leben seiner Mutter, den sie sich immer gewünscht hat. Es sollte nur sie in seinem Leben geben. Er sollte sie nach dem Tod des Vaters stützen, wenn es ihr schlecht ging, er musste die Last für sie tragen. Harald Hoeppe hatte keine Chance, sich emotional normal zu entwickeln. Sie hat alle Sorgen auf ihren Sohn abgeladen, ihn nicht als Kind behandelt, sondern als Erwachsenen, als Seelentröster, als …«

Hanna stöhnte theatralisch. »Ja, das mag alles stimmen. Aber hilft uns das?«

»Es wird uns vielleicht helfen, wenn wir Hoeppe vernehmen.« Jan nickte gedankenverloren. »Und ich hätte es sehen müssen, hätte es sehen können, wenn ich mich länger mit dem Fall beschäftigt hätte. Ich dachte, der Überfall auf Pia Sandstede sei eine spontane Tat gewesen. Dass der Täter nur kurz Zeit hatte, sich zu entscheiden, und der Typ Frau nicht so ausschlaggebend war. Anders bei den Folgetaten. Dort wurden die Frauen genau ausgesucht. Ich hätte von Anfang an erkennen müssen, dass wir es mit zwei Tätern zu tun haben. Lothar Reimers wird die Vergewaltigung von Pia Sandstede geplant haben, wenn auch nicht in der akribischen Weise wie Harald Hoeppe die Folgetaten.«

»Mach dir keine Vorwürfe. Das konnte niemand ahnen.« Hanna stand auf. »Was planst du noch für heute?«

»Ich wollte mit einer der Schulfreundinnen von Miriam Wendling sprechen.«

»Und was versprichst du dir davon?«

»Mehr Informationen über Harald Hoeppe. Wir werden bald vor ihm sitzen und ich fürchte, das wird keine einfache Sache bei der momentanen Beweislage.«

Hanna warf ihm den Autoschlüssel zu. »Ich werde hier noch etwas in den Akten schnüffeln und Moritz und Lara unterstützen.« Sie stand auf und grinste. »Bring mir meinen Liebling heil zurück. Ich brauche ihn noch.«

»Ich komme ein Stück mit«, sagte Hanna am frühen Abend, als Jan ihr eine Gute Nacht gewünscht hatte und ins Hotel gehen wollte. »Ich brauche frische Luft und Bewegung. Das ist die beste Vorbereitung auf morgen.«

Sie liefen eine Weile schweigend nebeneinanderher, während Hanna sich fragte, warum sie ihn begleitete. Ja, ihr war nach frischer Luft und etwas Bewegung gewesen, aber nicht nach einem Gang in die Altstadt. War es deshalb, weil ihr gemeinsamer Einsatz dem Ende zuging?

»Morgen oder übermorgen ist es vorbei«, sagte Hanna mehr zu sich selbst.

»Unser Einsatz hier?«

Hanna nickte.

»Machen wir weiter?«, stellte Jan de Bruyn ihre unausgesprochene Frage.

»Warum nicht?«, antwortete Hanna leichthin. Sie blieb stehen und hob entschuldigend die Hände. »Ich gelobe auch, mich zu bessern.«

Jan lächelte. »Klingt verlockend.«

Hanna rollte mit den Augen, hakte sich bei ihm unter und zog ihn mit. »Wir müssen weiter. Sonst kommst du nicht zu deinem wohlverdienten Schlaf.«

»Das klingt, als wenn du dich um mich sorgen würdest?«

»Natürlich. Zweifelst du daran?«

»Nein. Im Grunde deines Herzens bist du ein ausgesprochen selbstloser Mensch.«

Hanna blieb stehen und zog ihre Hand zurück. »Was heißt das schon wieder?«

»Es war ein Kompliment. Ich kann noch einiges von dir lernen. Warum sollten wir also nicht weitermachen?«

Meinte er das jetzt im Ernst? Oder war es ein schnelles Ablenkungsmanöver? Natürlich konnte Jan noch eine Menge von ihr lernen, aber sicher in einem anderen Bereich, als er gerade angedeutet hatte.

»Auf geht's. Wir haben morgen einen schweren Tag vor uns«, sagte Hanna und setzte sich wieder in Bewegung.

Als Jan sie eingeholt hatte, warf sie ihm ein Lächeln zu.

Achtunddreissig

Jan rückte mit seinem Stuhl zur Seite, um besser auf den Monitor sehen zu können. Er war wenige Minuten zuvor in der Polizeiinspektion angekommen und hatte Hanna Will auf dem Flur getroffen. Er hatte sie ins Büro des SoKo-Leiters begleitet, wo bereits Lara Jacobs und Moritz Larsen auf sie warteten.

»Dann mal los«, sagte Sven Bauer.

Moritz Larsen klickte auf die linke Maustaste. Auf dem Monitor erschien ein Bild, das einen Bürgersteig und eine Straße zeigte. Die Straßenbeleuchtung brannte und die Zeitanzeige stand auf null Uhr fünfzehn.

»Einen Moment dauert es«, erklärte Lara. »Gleich …«

Es klopfte an der Tür. Moritz Larsen stoppte die Aufnahme, als Sven Bauer aufstand und mit schnellen Schritten auf die Tür zuging.

Ein uniformierter Beamter sah den verärgerten SoKo-Leiter beschwichtigend an. »Entschuldigung, ich denke, das ist wichtig.«

»Was denn?«, murrte ihn Bauer an.

»Am Empfang steht ein Mann und möchte mit Herrn de Bruyn sprechen. Er sagt, er habe eine Aussage zu machen.«

»Name?«

»Harald Hoeppe. Und ich …«

Sven Bauer zog den Beamten ins Zimmer herein. »Was haben Sie gerade gesagt?«

»Ein Mann, der behauptet, dass er Harald Hoeppe sei, möchte …«

»Schon gut«, fiel Bauer ihm ins Wort und drehte sich zu Jan und den anderen um. »Worauf läuft das jetzt wieder hinaus?«

Hanna war inzwischen aufgesprungen, neben Bauer getreten und wandte sich an den uniformierten Beamten. »Bringen Sie ihn ins Vernehmungszimmer. Sprechen Sie nicht mit ihm und bleiben Sie bei ihm, bis wir kommen.«

Der Beamte sah Bauer an und ging, als er zustimmend nickte.

»Aussage?«, fragte Hanna in Jans Richtung. »Will er sich stellen?«

Jan, der bisher die Szene von seinem Sitzplatz aus beobachtet hatte, schüttelte den Kopf. »Nein, das würde mich wundern. Er will uns zuvorkommen, weil er von Lothar Reimers' U-Haft erfahren hat und befürchtet, dass der geredet hat.«

»Dann eben so«, murmelte Hanna, kehrte zu ihrem Platz zurück und nickte Moritz Larsen zu, als Zeichen, dass er das Video abspielen solle.

Jan betrat den Vernehmungsraum und entließ den Beamten, der sie eine halbe Stunde zuvor informiert hatte.

»Guten Morgen, Herr Hoeppe.« Jan reichte Hoeppe die Hand, der aufgestanden war, als Jan auf den Tisch zukam.

»Setzen Sie sich doch. Man sagte mir, dass Sie mich sprechen möchten.«

Hoeppe nickte. »Das ist richtig.« Er sah sich im Raum um. »Werden hier die schlimmen Jungs verhört?«

»Den Begriff verwenden wir schon lange nicht mehr. Aber ja, dieser Raum ist für Befragungen und Vernehmungen vorgesehen.« Er sah Hoeppe fragend an. »Was haben Sie auf dem Herzen?«

Harald Hoeppe richtete sich leicht auf und seufzte schwer. »Ich habe mir lange überlegt, ob ich kommen soll. Es ist etwas«, er atmete tief ein und wieder aus, »kompliziert.«

Jan nickte. »Erzählen Sie doch bitte.«

»Nun gut, ich war ja hier und wurde zu Miriam Wendling befragt. Da habe ich Ihnen wohl nicht die ganze Wahrheit gesagt. Mein Verhältnis zu Miriam war nämlich nicht besonders gut.« Wieder legte er eine Kunstpause ein. »Sie und ihre Freundinnen haben mir in der Schule über viele Monate zugesetzt, ja regelrecht gemobbt haben sie mich und sich daraus einen Spaß gemacht. Ich weiß natürlich, dass das hier eigentlich nicht hergehört, aber ich fürchte …« Er fuhr sich mit der Hand durch die Haare. »Es ist so, ich kenne da einen Mann in Harburg, mit dem ich schon eine ganze Weile online unterwegs bin. Wir haben uns sogar ein paar Mal analog getroffen.« Er lächelte. »Nennt man das nicht heute so?«

»Wie heißt dieser Mann?«

»Lothar, Lothar Reimers. Ja, und weshalb ich hier bin, ich habe Lothar sozusagen mein Herz ausgeschüttet und jetzt bin ich mir nicht so ganz sicher …« Ein weiteres Mal ließ er den angefangenen Satz unvollendet.

»Ja?«, fragte Jan.

»Wir haben uns häufiger über Frauen unterhalten. Das war so sein Thema.« Hoeppe hob entschuldigend die Arme. »Ja, ich muss leider zugeben, dass es auch meins ist. Frauen, die ihre Macht ausnutzen und sich nicht nur über Männer lustig machen, sondern sie auch regelrecht ausnehmen.« Er atmete jetzt schwer, als fiele es ihm nicht leicht weiterzusprechen.

»Sie haben also mit Herrn Reimers über Frau Wendling gesprochen?«

»Gesprochen wäre zu viel gesagt. Ich habe ihm von meiner Schulzeit erzählt und von Miriam und ihren Freundinnen. Sie müssen wissen, es war keine so schöne Erfahrung damals und ich habe eine Zeit gebraucht, um das zu verdauen.«

Jan wartete, bis Harald Hoeppe weitersprach. »Jetzt ist Miriam ja ermordet worden. Und als ich das gehört habe, habe ich mich etwas mehr mit dieser ganzen Serie von Vergewaltigungen beschäftigt.«

Jan ahnte, auf was Hoeppes Aussage hinauslaufen würde. Er musste sich zwingen, ruhig zu bleiben und das Spiel mitzuspielen.

»Sie wissen ja, dass in der Zeitung nie die richtigen Namen von Opfern solcher Verbrechen stehen. Aber im Internet habe ich zumindest die Vornamen der Frauen gefunden. Dass ich die Trainerin im Fitnessstudio kannte, wissen Sie ja. Okay, auch da war ich etwas, sagen wir, zurückhaltend mit meiner Aussage. Ich habe sie schon einige Male beobachtet und gesehen, wie sie mit Männern umging. Es kann durchaus sein, dass ich Lothar von ihr erzählt habe.«

»Und die weiteren Frauen kennen Sie auch?«, fragte Jan.

Harald Hoeppe zuckte mit den Schultern. »Genau kann ich das nicht sagen, aber es war von einer Jasmin die Rede, die in einem Backshop arbeitet. Auf dem Weg zu meiner Arbeitsstelle ist ein Bäcker, also so ein Backshop, und eine Jasmin, eine junge Frau, hat da gearbeitet.«

»Und auch in diesem Fall haben Sie Ihrem Internetfreund von ihr erzählt?«

»Ich weiß es wirklich nicht mehr, Herr Kommissar. Aber es kann sein, dass ich einmal eine Bemerkung gemacht habe.« Er hielt inne, als sei ihm gerade etwas eingefallen. »Ist es denn richtig, dass Jasmin, also die aus dem Backshop, überfallen wurde?«

»Dazu darf ich Ihnen nichts sagen, Herr Hoeppe.«

Harald Hoeppe nickte. »Nein, natürlich nicht.«

»Kannten Sie auch die beiden weiteren Frauen?«

»Über das erste Opfer konnte ich nichts im Internet finden, aber die Frau, die ermordet wurde, da könnte es sein, dass ich sie kenne. Eine Julia, die im Stader Krankenhaus gearbeitet hat. Meine Mutter lag für ein paar Wochen dort und ich habe sie natürlich regelmäßig besucht. Darüber habe ich auch mit Lothar gesprochen.«

»Wenn ich Sie richtig verstehe, vermuten Sie jetzt, dass Ihr Freund für all diese Taten verantwortlich ist?«

»Es ist so, dass ich gestern bei Lothars Ex-Frau angerufen habe. Eigentlich war ich mit Lothar verabredet, also im Internet, und er hat sich gegen seine Gewohnheiten nicht gemeldet. Da habe ich mir Sorgen gemacht und ... nun ja, es war nicht so schwer, seine Ex-Frau zu finden. Sie hat mir gesagt, dass er von der Polizei festgenommen wurde. Da habe ich dann eins und eins zusammengezählt und jetzt sitze ich hier bei Ihnen.«

Die Tür in Jans Rücken wurde geöffnet. Hanna Will trat neben Jan und zog einen Stuhl vor. »Hanna Will, LKA.« Sie nickte Hoeppe zu. Jan hatte Hoeppe nicht aus den Augen gelassen und beobachtet, wie er für einen kurzen Moment erstarrte, als er Hanna musterte.

Jan beugte sich zu dem im Tisch eingelassenen Mikrofon. »Hauptkommissarin Will hat den Raum betreten.«

Hanna zog ein Blatt aus der Tasche, die sie auf den Tisch gelegt hatte. »Dies ist ein Durchsuchungsbeschluss für das Haus Ihrer Mutter. Im Moment durchsuchen unsere Kollegen das Haus. Ihre Mutter ist anwesend.« Sie schob ihm den Beschluss über den Tisch zu. »Herr Hoeppe, ich muss Ihnen mitteilen, dass Sie ab sofort als Beschuldigter gelten und zur Sache vernommen werden.« Sie klärte ihn über seine Rechte auf und fragte, ob er einen Anwalt hinzuziehen wolle.

»Meine Mutter …« Hoeppe schien für einen Moment vollkommen neben sich zu stehen. Er atmete flach und sein Blick flog zwischen Jan und Hanna hin und her.

»Ihrer Mutter geht es gut«, sagte Jan. »Wir haben eine Kollegin dabei, die sich um sie kümmert. Sie brauchen sich keine Sorgen um sie zu machen.«

Hoeppe nickte, sein Atem beruhigte sich. »Gut, das ist gut.«

»Möchten Sie einen Anwalt hinzuziehen?«, fragte Hanna ein zweites Mal.

Hoeppe fixierte sie. Jan sah die Wut in seinen Augen aufflackern. Seine Hände waren zu Fäusten geballt, seine ganze Körperhaltung signalisierte Angriff. Im nächsten Augenblick entspannte er sich wieder und faltete seine Hände. Ein boshaftes Lächeln glitt über seine Lippen.

»Frau Hauptkommissarin, hier muss ein Missverständnis vorliegen. Ich bin als Zeuge zu Ihnen gekommen. Ich brauche keinen Anwalt.«

»Dann benötige ich Ihr Handy«, sagte Hanna. »Der Beschluss umfasst auch alle Ihre elektronischen Geräte.«

Hoeppe griff in die Tasche, zog in aller Ruhe sein Handy heraus und reichte es Hanna. »Bitte schön. Brauchen Sie auch die PIN? Fünf, drei, drei, null.«

Hanna stand auf und brachte das Handy zur Tür, wo bereits jemand auf sie wartete.

»In Ordnung«, sagte Jan ruhig, als Hanna wieder neben ihm saß. »Dann würde ich vorschlagen, wir sprechen in aller Ruhe über den Sachverhalt.«

Hoeppe lächelte. »Gerne. Welcher Tat werde ich beschuldigt?« Er sah Jan fragend an. »Ich habe Ihre Kollegin doch richtig verstanden?«

»Sie werden der Anstiftung und Mittäterschaft des sexuellen Übergriffs in mindestens zwei Fällen und in einem Fall des

Mordes verdächtigt«, sagte Hanna, während sie Harald Hoeppe nicht aus den Augen ließ.

»Dann gehe ich einmal davon aus, dass mich Lothar Reimers beschuldigt hat? Ganz ehrlich, Frau Hauptkommissarin, das ist ein dummer Treppenwitz. Ich konnte nicht wissen, dass dieser Psychopath mich aushorcht und dann losläuft und Frauen vergewaltigt und auch noch umbringt. Haben Sie bis auf die Aussage dieses Verrückten auch nur den Hauch eines Beweises? Nein, aus einem ganz einfachen Grund, es gibt keine. Ich wiederhole es noch einmal: Ich habe keine Frau vergewaltigt und noch weniger getötet.«

Jan räusperte sich hörbar. »Vielleicht gehen wir die ganze Angelegenheit systematisch an. Sie verstehen sicher, dass wir den Verdacht ernst nehmen müssen.«

»Selbstverständlich«, sagte Hoeppe in gönnerhaftem Ton. »Gehen wir es systematisch an. Das ist ganz in meinem Sinne.« Er sah auf die Uhr. »Ich hoffe doch, dass wir zu Mittag fertig sind?«

»Das hoffe ich auch«, sagte Jan und ließ offen, was genau er damit meinte. »Ich habe gestern mit Annika Ott gesprochen. Sie erinnern sich an sie?«

Harald Hoeppe hatte für einen Moment den Atem angehalten, aber gleich darauf abfällig gelächelt. »Eine Mitläuferin, die selbst nichts auf die Reihe bekommen hat. Ich weiß nicht, ob ich sie noch erkennen würde, aber der Name ist mir im Gedächtnis geblieben.« Er lächelte. »Geht es ihr gut?«

»Sie hat mir einiges über die Zeit an der Fachoberschule erzählt«, fuhr Jan fort, ohne auf Hoeppes Frage zu antworten.

»Dann hat sie wohl ein besseres Gedächtnis als ich. Vielleicht verstehen Sie jetzt die eine oder andere kritische Einstellung, die ich bestimmten Frauen gegenüber habe.«

»Ich bemühe mich zumindest darum«, sagte Jan. »Frau Ott hat von Videoaufnahmen gesprochen.«

»Ja, das war damals ein beliebtes Spielchen. Sozusagen ›Versteckte Kamera‹ auf unterstem Niveau.«

Jan griff in seine Umhängetasche, die er neben den Tisch gestellt hatte, und öffnete seinen Laptop. Dabei beobachtete er Harald Hoeppe aus dem Augenwinkel. Sein Gesichtsausdruck änderte sich schlagartig. »Ich schaue noch einmal ins Protokoll.« Jan suchte eine beliebige Word-Datei und scrollte auf und ab. Anschließend klappte er den Laptop wieder zu. Hoeppe schien sich wieder zu entspannen.

Jan sah auf seine vor ihm liegenden Notizen. »Auf den Namen Ihrer Mutter ist ein Motorrad angemeldet. Gehe ich recht in der Annahme, dass Ihre Mutter nicht damit fährt?«

»Stimmt. Hin und wieder nutze ich es.«

»Wann sind Sie zum letzten Mal damit gefahren?«

Hoeppe zögerte kurz, bevor er antwortete. »Vor ein paar Tagen. Da hatte ich vergessen, den Polo zu tanken. Ich weiß gerade nicht, was ich gemacht habe.« Er senkte den Kopf und schien nachzudenken. »Zum Supermarkt gefahren. Ja, das könnte sein.«

»Fahren Sie auch längere Strecken mit der Maschine?«, fragte Hanna. »Zum Beispiel nach Stade?«

»Das ist eher selten. Das Auto ist da doch bequemer.«

Jemand klopfte an die Tür. Hanna stand auf und öffnete. Ein Kriminaltechniker mit einem Koffer in der Hand trat ein.

»Unser Kollege müsste Ihnen die Fingerabdrücke abnehmen«, sagte Jan. »Ist das für Sie in Ordnung?«

»Kann ich das verhindern?«

»Nein«, sagte Jan. »Es wäre sinnvoll, wenn Sie kooperieren. Sie wollen doch sicher auch schnell durchkommen.«

Als Hoeppe nickte, packte Jan seine Sachen zusammen und verließ mit Hanna den Raum.

Neununddreissig

»Wie läuft die Hausdurchsuchung?«, fragte Hanna, als sie im Nebenraum des Vernehmungszimmers auf Sven Bauer und den Oberkommissar trafen.

»Bisher nichts«, sagte der Oberkommissar.

Sie standen vor der Spiegelwand und sahen zu, wie sich Harald Hoeppe die Abdrücke abnehmen ließ.

»Dann können wir jetzt nur auf den Fingerabdruckabgleich hoffen. Ist alles vorbereitet?«, fragte Hanna.

»Das hatten wir doch abgesprochen«, antwortete Sven Bauer mit leicht verschnupfter Stimme.

»Reicht die Aussage von Reimers für U-Haft?«, fragte der Oberkommissar.

»Der Staatsanwalt, den ich vor einer halben Stunde ins Bild gesetzt habe, ist skeptisch«, sagte Bauer. »Reimers wird sich zumindest in den Fällen Pia Sandstede und Miriam Wendling vor Gericht verantworten müssen. Wir sprechen hier von lebenslanger Haft. Wenn er in allen fünf Fällen verurteilt würde, käme auch eine Sicherheitsverwahrung infrage. Da liegt es nahe, einen Mittäter oder gar Auftraggeber ins Spiel zu bringen. Ich zitiere gerade den Staatsanwalt.«

»Wie weit können wir morgen den Termin der Haftprüfung rausschieben?«, fragte Jan an Sven Bauer gewandt.

»Der Staatsanwalt klärt das mit dem Haftrichter. Ich habe in dem Gespräch schon fallen lassen, dass es möglichst am späten Nachmittag sein soll.«

Hanna zeigte auf die Spiegelwand. »Der Kollege ist fertig. Gehen wir wieder rein.«

»Kann ich mit meiner Mutter telefonieren?«, fragte Harald Hoeppe, als Jan und Hanna wieder am Vernehmungstisch saßen.

»Im Moment ist das nicht möglich«, antwortete Hanna in geschäftsmäßigem Ton.

»Ihr geht es gut«, sagte Jan. »Ich habe gerade mit der Kollegin telefoniert, die sie betreut.« Hanna und er hatten vor dem ersten Durchgang ihre Rollen abgesprochen. Hanna sollte Hoeppe provozieren, während Jan die mäßigende Position einnahm. Bei Bedarf würden sie ihre Rollen wechseln.

Harald Hoeppe nickte und schien sich mit der Antwort zufriedenzugeben. Er sah Jan ernst an. »Wie lange wird der Abgleich der Fingerabdrücke dauern?«

»Das geht leider nicht so schnell wie in Fernsehfilmen. Es hängt ganz von den Umständen ab.«

»Sie werden nichts finden. Glauben Sie mir. Ich habe nichts mit diesen schrecklichen Überfällen zu tun.«

Jan klappte abermals seinen Laptop auf und bemerkte wieder Hoeppes nervöse Reaktion. Er wirkte angespannter als bei der Frage nach den Fingerabdrücken.

»Ich würde gerne die Zeiten mit Ihnen durchgehen, zu denen die Frauen überfallen wurden. Für Miriam Wendling haben Sie uns ja bereits die Daten genannt.«

Harald Hoeppe nickte, griff in seine Seitentasche und holte einen Kalender heraus. Jan ging mit ihm in der nächsten

Stunde mehrfach die betreffenden Nächte durch. Außer für den Überfall auf Pia Sandstede konnte Hoeppe Personen benennen, mit denen er zu der Zeit zusammen war oder die ihn gesehen haben sollten.

»Ich würde gerne mit Ihnen über Ihren Stiefvater sprechen«, wechselte Jan das Thema. »Wann ist er verstorben?«

Hoeppe warf Jan einen genervten Blick zu. »Wenn Sie mir verraten, was das mit der Angelegenheit zu tun hat.«

»Wir müssen uns einen Überblick verschaffen. Dazu gehören natürlich wichtige Personen aus Ihrem Umfeld. Ihre Mutter, Ihr Stiefvater, Freunde und Bekannte.«

»Vor sieben Jahren. Er war keine wichtige Person für mich.«

»Das Jugendamt hat sich mehrmals mit Ihrer Familie beschäftigt.«

Harald Hoeppe zuckte mit den Schultern. »Da wissen Sie mehr als ich. Wenn die bei uns gewesen sein sollten, haben sie wohl mit meiner Mutter gesprochen.« Er hielt inne. »Wohl kaum mit ihm.«

Jan holte eine Akte aus der Tasche und öffnete sie. »Das Jugendamt war so freundlich, uns die Akte zur Verfügung zu stellen. Natürlich haben wir einen richterlichen Beschluss dafür.«

Harald Hoeppe schwieg.

»Ihr Stiefvater hat Sie geschlagen?«

»Wenn das dort steht, wird es wohl so richtig sein.«

»Was war der Grund?«

»Ich erinnere mich nicht mehr.« Hoeppe richtete sich auf. »Und ehrlich gesagt weiß ich auch nicht, was dieses Thema hier soll. Glauben Sie wirklich, dass ich wegen ein paar Ohrfeigen Frauen vergewaltige und umbringe? Ja, er war ein Idiot und Schläger. Und? Ich habe es überlebt. Er nicht.«

»Hat Ihre Mutter Sie nicht in Schutz genommen?«, fragte Hanna, ohne von ihren Notizen aufzusehen.

Hoeppes Gesichtsausdruck änderte sich von einer Sekunde auf die andere. Wutentbrannt funkelte er Hanna an und schnellte vom Stuhl hoch. »Lassen Sie meine Mutter aus der Sache heraus.«

Hanna sah auf und blickte ihn fragend an. »Warum? Sie waren ein Kind. Sie hätte Sie beschützen müssen.«

Hoeppe sank zurück auf den Stuhl und starrte sie aus leeren Augen an. Für einen Augenblick sah es für Jan so aus, als wenn Harald Hoeppe sich in sich zurückziehen würde, aber dann ging ein spürbarer Ruck durch seinen Körper und er lächelte Hanna kalt an. »Sie wollen mich provozieren. Suchen Sie sich dafür ein anderes Thema aus oder besser, lassen Sie es einfach. Es führt zu nichts.«

Hanna öffnete ihren Laptop und drehte ihn so weit zu Hoeppe, dass er den Monitor sehen konnte. Dann rief sie die Fotos auf, die Hoeppe bei seiner nächtlichen Tour durch Stade zeigten.

»Sie können mir sicher erklären, was Sie da gerade machen?«, fragte Hanna. »Für mich sieht es eindeutig aus.«

Hoeppe schwieg, er schien nicht damit gerechnet zu haben, dass die Observation schon so früh begonnen hatte.

Hanna rief die Karte von Jork auf, in der sie Hoeppes nächtlichen Aussichtsposten eingezeichnet hatte. »Fünf Häuser, die von diesem Standort aus gut einzusehen sind.« Sie machte eine Pause, bevor sie fortfuhr. »Was haben Sie mitten in der Nacht dort gemacht?«

Hoeppe lehnte sich auf dem Stuhl zurück und verschränkte die Arme. »Nichts.«

Hanna tippte auf die Video-App und startete sie. Auf dem Bildschirm erschien ein junger Mann, der sich im Zimmer umschaute. Schließlich begann er, sich auszuziehen.

Harald Hoeppe sprang auf und klappte Hannas Laptop mit einem schnellen Griff zu. »Hören Sie auf damit!«, schrie er

Hanna an. Seine Mimik war wutverzerrt, die Hände zitterten, jegliche Farbe war aus seinem Gesicht gewichen.

Hanna zog ihren Laptop zu sich her, fixierte Hoeppe und zeigte auf seinen Stuhl. »Setzen Sie sich! Sofort!«

Hoeppe sank auf den Stuhl zurück.

Jan beugte sich leicht vor. »Es tut mir leid, dass wir Ihnen den Film zeigen mussten. Es ist verständlich, dass Sie diese Zeit vergessen wollen, aber seien Sie ehrlich. Können Sie das? Nein, in Ihnen brodelt es nach wie vor. Sie haben Frau Wendling abgrundtief gehasst. Sie hat Sie vor der ganzen Klasse immer wieder tief gedemütigt. Und sie hat die Filme auch über die Klasse hinaus weiterverbreitet. Ihnen kam es vor, als wenn alle Welt sie gesehen habe. Alle Frauen in Ihrem Alter. Alle.«

»Sie hat den Tod verdient«, sagte Hoeppe so leise, dass Jan es kaum verstehen konnte.

»Wie bitte? Ich habe Sie leider nicht verstanden.«

»Sie … hat … den Tod … verdient!«, schrie Hoeppe Jan an.

»Was ist passiert?«, fragte Jan ruhig.

Hoeppe schwieg.

»Herr Hoeppe, was ist in der Nacht passiert? Sie sind mit Ihrem Motorrad nach Stade gefahren. Kurz zuvor hatte Ihnen Lothar Reimers geschrieben, dass er den Tatort verlassen habe. Sie haben ihn gefragt, ob Miriam Wendling noch lebt. Er hat es bejaht. Was ist dann passiert, Herr Hoeppe?«

Jan legte ihm den Screenshot eines Videos vor, auf dem in einer Nachtaufnahme ein Motorrad zu sehen war. Er zeigte eine weitere Aufnahme, auf der die Vergrößerung des Nummernschilds abgebildet war.

»Diese Aufnahme stammt aus der Tatnacht. Das ist Ihr Motorrad. Das ist Ihre Lederjacke und Ihr Helm. Das sind Sie auf dem Motorrad. Sie fahren in Richtung der Wohnung von Miriams Freundin.« Er tippte auf die Zeitangabe auf dem ersten Foto. »Schauen Sie bitte hin.«

Harald Hoeppe starrte auf die Aufnahmen. Nach einer gefühlten Ewigkeit schüttelte er den Kopf. »Ich habe sie nicht getötet.«

»Verdammter Mist!«, fluchte Hanna, als sie im Nebenraum mit Sven Bauer zusammenstanden. »Wir waren so dicht dran.« Sie hielt Daumen und Zeigefinger wenige Millimeter voneinander entfernt.

»Er war es«, murmelte Sven Bauer.

Hanna schlug mit der flachen Hand gegen die Wand. »Das wissen wir alle hier. Aber wir können ihm nichts beweisen.«

»Für die Untersuchungshaft wird es reichen«, sagte Jan mit Blick auf Harald Hoeppe, der hinter der Spiegelwand am Tisch saß. Er hatte beide Hände auf den Tisch gelegt und starrte geradeaus ins Nichts.

Hanna rollte mit den Augen. »Und dann? Den nächsten Haftprüfungstermin werden wir nicht überstehen.« Sie wandte sich an den SoKo-Leiter. »Hat die Hausdurchsuchung etwas gebracht?«

Sven Bauer schüttelte den Kopf. »Nein, nicht das Geringste. Sein Laptop ist nicht einmal passwortgeschützt. Bei der ersten Durchsicht ist nichts Verdächtiges gefunden worden. Keine Fotos, keine Videos.«

»Er hat einen zweiten. Und ein weiteres Handy. Aber wo?«

»Nicht im Haus, sagen die Kollegen. Ich habe darum gebeten, dass sie noch einmal alles nach den Geräten durchsuchen.«

»Das wird nichts bringen«, sagte Jan. »Er ist noch vorsichtiger, als ich vermutet habe. Bevor er zu uns gekommen ist, hat er alle Beweise vernichtet oder so versteckt, dass wir sie nie finden werden.«

Hanna ging auf die Spiegelwand zu und schaute auf Hoeppe, der ruhig auf seinem Stuhl saß. Jetzt griff er nach dem Glas Wasser und trank einen Schluck. Er stellte das Glas wieder an der Stelle ab, wo es vorher gestanden hatte, und legte die Hände wieder auf den Tisch. »Wir versuchen es morgen noch einmal. Für heute haben wir alles Pulver verschossen.«

Hanna schaute über die Elbe. Jan stand neben ihr.

»Er kommt davon, oder?«, fragte sie leise.

Nachdem sie die Polizeiinspektion verlassen hatten, waren sie Richtung Elbe gefahren, hatten das Wohnmobil auf einem Stellplatz geparkt und waren ein Stück auf dem Elbdeich entlanggelaufen.

»Das kommt aufs Gericht an. Es gab auch schon Indizienprozesse, in denen der Auftraggeber eines Mordes nur aufgrund von Zeugenaussagen verurteilt wurde.«

»Ja, ich weiß. Aber hier geht es um etwas anderes. Hoeppe gibt ja zu, dass er mit Reimers über die Frauen gesprochen hat. Das ist nicht strafbar. Reimers wird die anderen Überfälle und den Mord an Julia Sander nicht zugeben.«

»Ja, es ist noch ein langer Weg, aber wir werden Beweise finden.«

»Wir?« Hanna sah einem Containerschiff hinterher, das die Elbe aufwärts nach Hamburg unterwegs war.

»Die SoKo. Du weißt doch selbst, wie langwierig solche Ermittlungen sein können. Jetzt stehen Lothar Reimers und Harald Hoeppe im Fokus der Ermittlungen. Die SoKo wird personell aufgestockt, sie werden keinen Stein mehr auf dem anderen lassen.«

»Du bist ein unverbesserlicher Optimist. Ja, Reimers bekommt mindestens zwölf Jahre, aber Hoeppe wird davonkommen. Und irgendwann wird er wieder zuschlagen.« Jetzt sah sie Jan direkt an. »Das weißt du genauso gut wie ich.«

Jan schwieg. Hanna Will hatte natürlich recht. Die Chancen für Harald Hoeppe, mehr oder weniger unbeschadet aus der Sache herauszukommen, standen gut. Er hatte Hoeppe unterschätzt. Er hätte viel eher die Zusammenhänge sehen müssen.

»Hast du Hunger?«, fragte Hanna.

Jan schüttelte den Kopf. »Du?«

»Nein.«

»Gehen wir noch ein Stück?«

Hanna nickte und zeigte auf eine Segeljacht, die Richtung Nordsee unterwegs war. »Warum sind wir nicht auf dem Boot? Eine Tour Richtung Dänemark. Oder auch nach Schweden oder Norwegen.«

»Wie lange würdest du das auf den wenigen Quadratmetern aushalten?«

»Käme auf einen Versuch an. Mein Wohnmobil ist auch nicht gerade groß.«

»Wenn ich ein Boot hätte, würde ich dich einladen.«

Hanna grinste. »Wir würden uns vermutlich den ganzen Tag in den Haaren liegen.«

Jan zuckte mit den Schultern. »Wahrscheinlich schon.«

Hanna starrte auf ihr Handy. Jan de Bruyn hatte sich vor wenigen Minuten verabschiedet und war auf dem Weg in sein Hotel. Beim Anblick der Nummer auf dem Display zog sich ihr Magen zusammen. Warum hatte ihre Mutter trotz ihrer Nachricht ein weiteres Mal angerufen? Nein, sie konnte jetzt nicht zurückrufen, nicht an diesem Abend, nicht in dieser Stimmung. Vielleicht in den nächsten Tagen, wenn sie zur Ruhe gekommen war und wenn sie noch einmal mit Lisa gesprochen hatte. Und wenn dieser Fall aus ihrem Kopf verschwunden war.

Sie schob das Handy zur Seite, stand auf, öffnete den kleinen Kühlschrank und griff nach der letzten Flasche Bier.

Vierzig

Jan beobachtete Harald Hoeppe seit zwanzig Minuten. Während dieser Zeit hatte Hanna Will die Fragen gestellt. Hoeppe hatte bereitwillig geantwortet, sich nicht beschwert, wenn eine Frage zum wiederholten Male gestellt wurde, und war trotz der Nacht in Haft bereits zu Beginn der Vernehmung ungewöhnlich gut gelaunt gewesen, was sich in den letzten vier Stunden kaum verändert hatte. Jan vermutete, dass er in der Nacht immer wieder in Gedanken durchgegangen war, ob es Spuren zu finden gab oder er einen Fehler gemacht hatte. Am Ende musste er zu dem eindeutigen Ergebnis gekommen sein, dass ihm nichts nachzuweisen war. Nur so war sein im Verlaufe der Vernehmung immer stärker werdendes Selbstbewusstsein zu erklären.

»Ich habe heute mit Ihrer Mutter telefoniert«, sagte Jan. »Sie hat bei uns angerufen und wollte wissen, wann Sie wieder nach Hause kommen würden.«

Harald Hoeppe schluckte schwer. »Ich hoffe, Sie haben ihr die Wahrheit gesagt.« Hoeppe schaute auf die Uhr an der Wand. »Wann werde ich dem Haftrichter vorgeführt? Oder verzichten Sie auf dieses Schauspiel? Ich würde es Ihnen wärmstens empfehlen, wenn Sie sich nicht maßlos blamieren wollen.«

»Ihre Mutter hat mich gefragt, weshalb Sie festgehalten werden.«

Hoeppe schien von einem Moment zum anderen die Fassung zu verlieren. »Was haben Sie ihr gesagt?«, zischte er Jan an.

»Die Wahrheit. Das ist doch das, was Sie von mir erwartet haben.«

»Was?« In Hoeppes Augen spiegelte sich tiefe Verachtung.

»Ich habe ihr gesagt, dass Sie naturblonde Frauen mit schulterlangen Haaren hassen und Sie ihnen den Tod wünschen.«

Hoeppe schwieg und starrte Jan fassungslos an.

»Ich habe ihr weiter gesagt, dass sie daran eine Mitschuld trägt. Dass sie Ihre Kindheit ruiniert hat, Sie traumatisiert und permanent überfordert hat. Dass sie ihren Sohn wie einen Erwachsenen in die Pflicht genommen hat, ihn gezwungen hat, sich um sie zu kümmern, sie emotional zu umsorgen.« Jan legte eine Pause ein. »Warum haben Sie Miriam Wendling getötet?«

Harald Hoeppe öffnete den Mund, als wolle er etwas sagen. Jan hielt die Luft an. Sag es, fuhr es ihm durch den Kopf. Gestehe endlich!

Hoeppes Mund klappte wieder zu und formte sich zu einem breiten Grinsen. »Ich würde Ihnen so gern helfen. Sie sind doch einer der Guten, aber ich kann doch nicht einen Mord gestehen, nur um Ihnen einen Gefallen zu tun. Oder möchten Sie das gerne?«

Hanna war aufgesprungen und schien sich auf Hoeppe stürzen zu wollen. Jan schaffte es mit Mühe, sie an der Schulter zu fassen und zurückzuziehen.

»Wir machen eine Pause. Jetzt!« Er zog Hanna von dem Tisch weg und drängte sie zur Tür. Als sie den Raum verlassen hatte, räumte er die Unterlagen vom Tisch, packte den Laptop ein und folgte ihr.

Sven Bauer stieß einen Seufzer aus. Er hatte die letzten Minuten hinter der Spiegelwand gestanden und beobachtet, wie Jan de Bruyn Hoeppe zu einer Aussage provozieren wollte und Hanna ihn um ein Haar angegriffen hätte. »Wir schneiden die letzten Minuten aus dem Video«, sagte er. »Das hätte mir auch passieren können. Und wenn ich ehrlich bin, schon ein paar Stunden früher.«

Jan warf ihm einen dankbaren Blick zu. »Sie werden Hoeppe doch dem Haftrichter vorfü…«

»Nein«, unterbrach Bauer ihn. »Der Staatsanwalt hat sich dagegen entschieden.«

»Das ist nicht Ihr Ernst«, fuhr Hanna den SoKo-Leiter an.

»Ich habe alles versucht. Keine Chance. Tut mir leid.«

Jemand klopfte an die Tür und öffnete sie im nächsten Augenblick. Lara Jacobs stand mit einem Blatt Papier in der Hand vor ihnen, gefolgt von Moritz Larsen.

»Was ist?«, fragte Bauer in scharfem Ton. »Wir haben hier eine Besprechung.«

»Ein Abdruck«, sagte Lara Jacobs. »Vom Ringfinger. Der Handschuh muss gerissen sein.« Sie hielt das Blatt hoch. »Es reicht. Zehn Merkmale sind identisch.«

Jan trat auf sie zu und nahm ihr das Blatt aus der Hand. »Aus der Wohnung von Frau Wassermann?«

Lara Jacobs und Moritz Larsen nickten gleichzeitig.

»Harald Hoeppes Ringfinger?«

»Ja, eindeutig«, sagte Lara Jacobs.

»Kann ich gehen?«, fragte Harald Hoeppe, als Jan und Hanna nach einer halben Stunde zurück in den Vernehmungsraum kamen. Er grinste überheblich. »Oder muss ich mir doch noch einen Anwalt nehmen?«

»Ich denke, das wäre für Sie jetzt durchaus nützlich«, sagte Jan.

»Ach, das denken Sie also. Gut, dann werde …«

»Sie haben einen Fehler gemacht«, unterbrach Jan ihn. »Einen einzigen.«

»Guter Versuch, Herr de Bruyn. Beantworten Sie jetzt meine Frage? Kann ich gehen?«

Jan schüttelte langsam den Kopf. »Nein, das wird noch viele Jahre warten müssen.«

Harald Hoeppe grinste. »Sie haben nichts. Jetzt hören Sie schon auf mit den Spielchen. Ich hatte Sie für intelligent …«

»Ein kleines Loch, aber es hat gereicht. Ihr Schutzhandschuh ist gerissen und Sie haben es in Ihrem Adrenalinrausch nicht bemerkt.«

Hoeppe wurde unsicher und schaute zwischen Jan und Hanna hin und her. »Das kann nicht sein. Sie wollen mich wieder provozieren.«

Jan stand auf. »Nein, lesen Sie selbst.« Er legte den Bericht der Kriminaltechnik auf den Tisch.

Harald Hoeppe griff danach, las und wurde schlagartig kreidebleich im Gesicht.

Jan beugte sich vor und flüsterte: »Es ist vorbei.« Er richtete sich auf und folgte Hanna, die an der Tür auf ihn wartete.

Einundvierzig

Jan reichte Hanna einen Becher mit Wasser. Sie hatten auf dem Rückweg nach Oldenburg auf einem Rastplatz kurz vor der Autobahn eine Pause eingelegt.

Hanna nahm den Becher entgegen. »Danke.«

Jan schaute auf das Display vom Navi, das immer noch einen Stau auf der A 1 anzeigte. »Wir werden ihn umfahren müssen.«

»Was soll's. Jetzt kommt es auch nicht mehr darauf an.«

Nachdem Hoeppe am Tag zuvor vom Richter in Untersuchungshaft genommen worden war, hatten sie bis spät in die Nacht die Unterlagen auf den neusten Stand gebracht und sie am nächsten Vormittag mit den Kollegen der SoKo so weit durchgesprochen, dass sie sich gegen Mittag auf den Weg nach Oldenburg machen konnten.

»Vor Bremen scheint aber alles frei zu sein«, sagte Jan mit Blick aufs Navi. »Dann wird es nicht so schlimm werden.«

Hanna nickte. »Wann fliegst du?«

Jan hatte sich noch am Vorabend dazu entschlossen, seinen Sohn früher als geplant zu besuchen. Als er Hanna davon erzählte, hatte sie ihm mit der Hand über die Schulter gestrichen und gelächelt.

»In drei Tagen.«

»Grüß ihn unbekannterweise von mir.«

»Ja, ich werde ihm von dem Ding hier erzählen. Er träumt schon lange davon, dass wir einmal so ein Teil mieten und darin Urlaub machen.«

»Lass mich raten. Dir war es zu unbequem?«

Jan schmunzelte. »So in etwa wird es wohl gewesen sein.«

Hanna lachte. »Wo muss ich abfahren?«

Kurz hinter Bremen fuhr Hanna auf eine Autobahnraststätte, um zu tanken und eine kurze Pause einzulegen.

Jan kam mit zwei Kaffeebechern aus der Cafeteria zurück. »Ich meine mich zu erinnern, dass er hier ganz akzeptabel schmeckt.«

»Danke.« Sie trank einen Schluck. »Stimmt.«

Jan nippte an dem Becher und nickte.

Schweigend saßen sie eine Weile in der Fahrerkabine des Wohnmobils, bis Hanna ihm den leeren Becher reichte. »Ich hätte da noch einen kleinen Vorschlag«, sagte sie mit ernster Miene.

Jan schloss die Augen und schien sich auf seine Atmung zu konzentrieren.

»Wir könnten, aber nur wenn du willst, in Hude abfahren. Ich würde gerne einen Blick auf meinen Baum werfen. Seit dem großen Sturm im Februar war ich gar nicht mehr da.«

»Du hast daran gedacht?«

Hanna nickte. »Dein Auto ist doch sicher noch in der Werkstatt. Und heute ist der Jahrestag. Oder bin ich jetzt zu …« Sie brach ab.

Jan sah auf. »Nein, es ist in Ordnung. Ich würde gern in den Friedwald gehen. Wenn du möchtest, zeige ich dir den Baum meiner Mutter.«

Hanna startete den Motor. »Ja, ich komme sehr gerne mit.«

»Danke«, sagte Jan leise.

Epilog

Im Laufe der folgenden zwei Monate fand die Stader SoKo genügend belastende Hinweise, die Lothar Reimers der Vergewaltigung in allen fünf Fällen überführten. Er wurde ein Dreivierteljahr später angeklagt und wegen Freiheitsberaubung, sexuellen Übergriffs, schwerer Körperverletzung und des Mordes an Julia Sander zu einer Haftstrafe von vierzehn Jahren verurteilt.

Der Prozess gegen Harald Hoeppe fand im Anschluss statt. Lothar Reimers hatte umfassend ausgesagt und Hoeppe schwer belastet. Hoeppe verweigerte die Aussage und wurde in einem reinen Indizienprozess zu vierzehn Jahren Haft wegen Mordes an Miriam Wendling verurteilt.

Felix Adler sagte als Kronzeuge aus und kam nach dem Prozess gegen fünf Männer des Drogenrings in ein Zeugenschutzprogramm.

Sabine Steffens, Lothar Reimers' Ex-Frau, zog mit den beiden Kindern und ihrem neuen Partner nach Süddeutschland.